Jerzy Kosinski, 1935 in Polen geboren, kam 1957 in die Vereinigten Staaten. Der Autor, der nur in englischer Sprache schreibt, wurde mit dem American Academy and National Institute of Arts and Letters Award für Literatur ausgezeichnet und erhielt für seinen Roman »Aus den Feuern« den National Book Award. Er schrieb die Romane »Der bemalte Vogel«, »Der Teufelsbaum«, »Cockpit«, »Blind Date« und »Passion Play« sowie verschiedene Sachbücher. Seine Werke wurden in zahlreiche Sprachen übersetzt. Der Roman »Willkommen, Mr. Chance« (Knaur-Taschenbuch 715) wurde mit Peter Sellers erfolgreich verfilmt.
Kosinski war Professor für Englische Sprache und Literatur an den Universitäten Wesleyan, Princeton und Yale. Er war Präsident des amerikanischen PEN-Clubs und setzt sich in vielen Organisationen für die Verwirklichung der Menschenrechte ein.
Jerzy Kosinski ist passionierter Reiter (Polo und Springen), Skiläufer und Fotograf; er unternimmt ausgedehnte Reisen durch die Vereinigten Staaten, Lateinamerika und Europa.

Die Handlung dieses Buches ist frei erfunden. Jede Ähnlichkeit mit tatsächlichen Geschehnissen, Personen oder Gesellschaften, ob in Vergangenheit oder Gegenwart, ist rein zufällig.

Der Autor

Vollständige Taschenbuchausgabe
Droemersche Verlagsanstalt Th. Knaur Nachf. München
Lizenzausgabe mit freundlicher Genehmigung
des Albrecht Knaus Verlages
Titel der Originalausgabe: »Pinball«
erschienen 1982 bei Bantam Books Inc., New York

Aus dem Amerikanischen von Tommy Jacobsen

Published by arrangement with Bantam Books Inc., New York
Satz Appl, Wemding
Druck und Bindung Clausen & Bosse, Leck
Printed in Germany · 2 · 3 · 1284
ISBN 3-426-01185-9

2. Auflage

Jerzy Kosinski: Flipper

Roman

Knaur

Für Katherina v. F. in unvergleichlicher Liebe
und in memoriam
Goddard Lieberson und Boris Pregel

ISBN 3-426-01185-9 980

Wer nicht Musik hat in sich selbst,
Wer nicht gerührt wird durch der süßen Töne Harmonie,
Ist fähig zu Ränken, zu Verrat und Raub.
Die Bewegung seines Geists ist trüb wie Nacht,
Sein Trieb und Sinnen düster wie der Erebus:
So jemand traue nicht. Horch, die Musik.

SHAKESPEARE
Der Kaufmann von Venedig

Denn wer einmal lauschen mußte,
wird immer lauschen, ganz gleich, ob er weiß,
daß er nie mehr etwas hören wird,
oder ob er es nicht weiß . . . Schweigen,
das einmal gebrochen, wird nie wieder heil.

BECKETT
Der Namenlose

I

Als Patrick Domostroy den Zündschlüssel herumdrehte, hörte er kein Motorengeräusch, das Armaturenbrett blieb dunkel. Wieder und wieder probierte er es, doch nichts geschah: die Batterie war tot.
Er wußte, daß es in der Gegend mindestens eine Stunde dauern würde, auf einen Mechaniker zu warten, und da er keine Zeit verlieren wollte, löste er die Batterie aus der Halterung und packte sie in einen alten Leinensack aus dem Kofferraum seines Wagens. Vorsichtig schleppte er den Sack über den Parkplatz, an der Straße winkte er einem Taxi.
Nach wenigen Minuten war er am National KnowHow, dem größten Auto-Service-Center der südlichen Bronx. Ein riesiges Schild »Kennen Sie das KnowHow?« tauchte überm Haupteingang auf.
Den Leinensack in der Hand, ging Domostroy zum Meister, einem dickbäuchigen Burschen im blauen Arbeitshemd mit einem gestickten JIM auf dem weißen Kittel.
»Können Sie mir eine Batterie aufladen?« fragte ihn Domostroy.
»Sicher«, sagte Jim. »Fahren Sie rein.«
»Hier ist sie«, sagte Domostroy und stellte den Sack auf den Boden.
Jim blickte auf den Sack, dann über die Brille hinweg zu Domostroy. »Das Auto«, sagte er, jedes Wort sorgsam betonend, »fahren Sie das Auto rein.«
»Kann ich nicht«, sagte Domostroy. »Es macht keinen Mucks mit der toten Batterie.«
»Hatten Sie denn keine Starthilfe?« fragte Jim.
»Starthilfe nützt nichts; sie muß ganz geladen werden. Ich habe die Batterie ausgebaut, ein Taxi genommen und – bitte schön!« Er öffnete den Sack mit der Schuhspitze.
Mit gelangweiltem Blick fragte Jim: »Wo ist denn das Auto?«
»Auf dem Parkplatz vom Old Glory«, erwiderte Domostroy.
»Und Sie haben das –« Jim deutete auf die Batterie – »mit dem Taxi hergebracht?«
»Sicher. Für einen Fußmarsch wäre es viel zu schwer gewesen«, sagte Domostroy.
Jims Gesicht änderte sich. Er nahm die Brille ab und machte den

Sack zu. Er rief einen Mechaniker. »Pete, komm doch mal kurz her!«
Pete, ein schlanker junger Mann, schaute auf, sah Jim und Domostroy und legte den Schraubenschlüssel weg. »Komme«, sagte er.
Jim zeigte auf den Leinensack. »Rate mal, was da drin ist?« fragte er Pete strahlend mit dem Air des Quizmasters bei der Preisfrage.
Petes Augen wandten sich vom Sack zum Kunden und dann zurück zu Jim. »Weiß nicht«, sagte er und zuckte die Achseln.
»Dann rate«, sagte Jim und klopfte ihm auf die Schultern.
Petes Augen musterten Domostroy, dann den Sack. »Schmutzige Wäsche«, sagte er.
»Falsch«, antwortete Jim triumphierend.
»Ein Bowlingball?«
»Auch falsch! Letzter Versuch«, stachelte Jim ihn an.
Pete ließ sich Zeit. »Ein toter Hund«, sagte er auf gut Glück.
»Tot – richtig! Hund – falsch«, verkündete Jim und kickte den Sack auf. »Es ist eine tote Batterie! Und dieser Bursche«, sagte er und deutete auf Domostroy, »hat sie hergebracht.« Er legte eine kleine Kunstpause ein und fügte dann hinzu: »Im Taxi!«
»Und wo ist sein Auto?« fragte Pete.
»Macht keinen Mucks mit der toten Batterie«, unterbrach ihn Domostroy, »also mußte die Batterie allein kommen.«
»Im Taxi?« fragte Pete.
»Im Taxi. Um Zeit zu sparen.«
Kopfschüttelnd ging Pete weg.
Jim schrieb die Arbeitsanweisung aus. »Seit zwanzig Jahren bin ich beim KnowHow«, sagte er über das Formular gebeugt, »eine Menge Leute schleppen Autos mit toten Batterien her. Aber Sie sind der erste mit einer Batterie ohne Auto.« Er hielt inne. »Was sind Sie von Beruf?«
»Ich bin Musiker«, sagte Domostroy.
»Sie haben einen Akzent«, sagte Jim. »Wo kommen Sie her?«
»Süd-Bronx«, sagte Domostroy.
»Ich meine – vorher. Wo kommt der Akzent her?«
»Aus Neu-Atlantis«, sagte Domostroy. »Aber Akzente merkt man nicht in der Musik.«
Jim lachte. »Welche Art von Musik?«
»Ernste«, sagte Domostroy. »Todernste.«

»Wenn sie so tot ist wie diese Batterie«, sagte Jim, »hätten Sie Ihre Musik auch zum Aufladen mitbringen sollen.« Er lachte noch, als er einen flüchtigen Blick auf die Arbeitsanweisung warf. »Ich glaube nicht, daß ich je von Neu-Atlantis gehört habe«, sagte er. »Wo liegt das?«
»Im Land der Klänge«, sagte Domostroy. »Francis Bacon hat ein Buch darüber geschrieben.«

Während die Batterie aufgeladen wurde, öffnete Domostroy seine Post, die er mit in dem Leinensack verstaut hatte. Die üblichen Rechnungen und Kontoauszüge steckte er in die Tasche; dann sah er die Reklame durch: Ein Brief vom Verein für Vasektomie fragte in fetten Lettern: »Schon vasektomiert?« und animierte: »Machen Sie anderen Mut! Wenn Sie einer von Tausenden vasektomierter Männer sind, treten Sie ein in den Verein für Vasektomie und regen Sie andere dazu an, Ihrem Beispiel in der Frage der Bevölkerungskontrolle zu folgen.« Für ein paar Dollar nur bot ihm der Verein umgehende Zusendung der silbernen Anstecknadel, Mitgliedskarte und den Autoaufkleber an.
Domostroy hörte auf zu denken. Wenn er sich je einer Vasektomie unterziehen würde – obgleich er sich nichts weniger als das vorstellen konnte –, mit welchem Recht durfte er weitere Proselyten werben? Und wie stand es mit der gesellschaftlichen Anerkennung – eine Formel, die ihm ebenso fremd war –, wenn er sich als Vasektomist ausgab; wo würde er sich mit der Anstecknadel sicher fühlen? Auf Gesellschaften? Beim Abendessen mit einer Freundin? In der Kirche? Und was wäre mit der Mitgliedskarte? Wann und wo würde er sie benötigen? Wem könnte er sie zeigen? Sollte er der Polizeistreife, die ihn bei einer Geschwindigkeitsübertretung stoppte, zum Führerschein die Mitgliedskarte vom Verein für Vasektomie überreichen und sagen: »Die Sache ist die, Herr Wachtmeister, ich bin auf der Jagd nach Menschen, die es nicht schaffen, das Bevölkerungswachstum zu stoppen, und die Zeit ist knapp!«
In einem anderen Brief warb ein bildreicher Prospekt für Zukkerslips – hundert Prozent eßbare Unterwäsche. »Kommt in allen Geschmackslagen – karamel, kirsch, banane, orange oder limone. Eine Größe für alle.« Domostroy versuchte sich vorzustellen, daß er solche Slips von Andrea aß. Warum sollte er, wenn er durch sie erregt war, noch Zeit vergeuden und ihren Slip essen, fragte er

sich. Und was würde Andrea tun, während er sich mit Bananen-, Kirsch- oder Karamelslips vollstopfte? Ihm beim Kauen zuschauen? Ihn nach dem Geschmack fragen? Für einen Augenblick stellte er sich eine Gerichtsverhandlung gegen den Hersteller vor, mit einem ganzen Arsenal von Fragen wegen Vergiftungserscheinungen durch Zuckerslips: Waren eßbare Slips schädlicher als, sagen wir, Zucker? Verbesserten sie Familienbeziehungen? Beschleunigten sie die Lust? Steigerten oder verminderten sie den gesunden sexuellen Appetit? Sollte man Studenten bei Campus-Feten verbieten, mehr Slips anzuknabbern, als sie kauen konnten? Und wie stand es schließlich mit der Verantwortlichkeit des Herstellers in Fragen des Geschmacks?

Als die Batterie wieder in Ordnung war, fuhr er mit dem Taxi zurück zum Old Glory, dem ehemals größten Spiel- und Bankettsaal der Bronx. Es stand jetzt leer. Bandenkriege und zunehmende Kriminalität in der Nachbarschaft hatten den größten Teil der überwiegend jüdischen Kundschaft vertrieben, die dort früher ihre großen Feste und Hochzeitsgesellschaften gefeiert hatte. Der Besitzer, ein alternder *slumlord,* hatte das Old Glory schließlich geschlossen, zum Verkauf angeboten und sich in Florida zur Ruhe gesetzt.

Vor zehn Jahren, zur Zeit seiner großen Erfolge, hatte Domostroy manches Benefizkonzert für in der Bronx wohnende Flüchtlingskinder im Old Glory gegeben; mit Erlaubnis des Besitzers, der sich dieser Konzerte wohl erinnerte, hauste er seit zwei Jahren im Ankleideraum des Ballsaals.

In der Hoffnung, ein möglicher Käufer würde das Old Glory wieder im Glanz seiner goldenen Tage eröffnen, hatte der Besitzer alle Möbel und sonstiges Zubehör dort zurückgelassen. Die riesige Küche konnte über tausend Essen liefern. Und auf einer geräumigen Bühne neben der Tanzfläche stand ein stattlicher antiker Flügel vor einem eindrucksvollen Ensemble anderer Musikinstrumente, sämtlich in üblem Zustand und reparaturbedürftig: eine Harfe, ein Cello, elektrische Gitarren und Akkordeons und als Zeichen moderner Technologie – eine elektronische Musikkonsole, die den Klang zahlreicher Instrumente simulieren konnte.

Ein Käufer war noch immer nicht in Sicht. Und bis einer auftauchte, hatte Domostroy es als Gegenleistung für die Wohltätigkeit des Besitzers auf sich genommen, als Wächter und Führer im Old Glory tätig zu sein und sämtliche Schätze des prunkvollen Lokals zu zeigen.

Jetzt bat er den Fahrer des Taxis, neben seinem Wagen, der allein auf dem riesigen Parkplatz stand, anzuhalten. Als er im Zwielicht aus dem Taxi stieg und das Glory betrat, kam ihm der Ballsaal wie ein gigantisches Flaggschiff vor, das an einem vorübergehenden Anlegeplatz auf Grund gelaufen war. Ähnliche Gefühle hatte er schon oft gehabt. Sein Raum war die Kapitänskajüte, er der einzige Passagier, bereit, sich zur letzten Entdeckungsfahrt aufzumachen. Nachts kamen ihm Klänge entfernter Straßenschießereien, heulende Sirenen der Streifenwagen, Ambulanzen oder Feuerwehrautos vor wie Lebenszeichen, die ihm galten, und wenn er den Klängen lauschte, fühlte er, daß dieses ebenso zu seinem Leben gehörte wie seine eigene Existenz.

Domostroy baute die Batterie wieder ein und startete. Er genoß den ruhigen Lauf der Maschine, die bulligen Ledersitze, die Kraft und die Geschwindigkeit beim geringsten Druck auf das Gaspedal. Er war schon immer gern Auto gefahren, und von allen seinen Wagen war ihm dieser der liebste: ein altes, verehrungswürdiges Vehikel, das größte Cabriolet Detroits, gebaut auf dem Höhepunkt industrieller Macht. Als Domostroy den Wagen vor fünfzehn Jahren aus dem Schaufenster gekauft hatte, bedeutete er für ihn ein Symbol eigener Machtfülle und Mobilität. Oft hatte er das Auto zu seinen Konzertvorstellungen verschiffen lassen – nach Kalifornien, in die Karibik, selbst in die Schweiz – als sei es ein kleines Paket, doch heute war dieses Cabriolet der einzige Gegenstand, der ihm aus seiner reichen Vergangenheit geblieben war, eines der letzten Verbindungsglieder. Wo er auch arbeitete, nahm er das Auto mit; es war sein einziger, eindrucksvoller Besitz. Für Patrick Domostroy bedeutete seine altes Cabriolet soviel wie ein maßgeschneiderter Superjet – ein fliegender Privatsalon – für einen Rockstar.

Sein musikalisches Talent war das zweite, was ihn mit seiner Vergangenheit verband. Ohne neue Kompositionen oder nennenswerte Einnahmen aus dem Verkauf seiner letzten Aufnahmen hatte er seinen Lebensunterhalt in den letzten zehn Jahren damit verdient, daß er sich selbst auslieh. In kleinen, abseits gelegenen Nachtclubs spielte er Klavier, Akkordeon, Cembalo, sogar elektronische Synthesizer mit Rock- und Popmusikern, die halb so alt waren wie er. Er arbeitete entweder als Mitglied einer Combo, oder er begleitete andere Künstler – Sänger, Tänzer, Jongleure oder Zauberer. Wenn er in Geldnot war, sprang er auch bei privaten Parties, Tanzgesellschaften und Spielabenden ein.

In den vergangenen Jahren hatte er im Kreutzer gearbeitet. Das Publikum dort wechselte kaum. Es waren Paare in den späten Fünfzigern, meist ortsansässige, aber manche kamen aus anderen Stadtteilen wie Queens und Brooklyn, sogar aus New Jersey, angelockt von Zeitungsannoncen, die kostenloses Parken, Live-Musik, zwei Drinks zum Preis von einem, eine Salatbar und massenhaft hausgemachtes Knoblauchbrot, im Preis fürs Dinner inbegriffen, versprachen. Auch auswärtige Geschäftsleute in mittleren Jahren kamen auf der Suche nach Beute allein oder mit flitterbehängten weiblichen Begleiterinnen, die sie in der Single-Bar um die Ecke aufgelesen hatten; junge Paare aus der Nachbarschaft wollten vor allem tanzen; Geburtstags- und Jubiläumsfeste mit acht, zwölf oder sechzehn Personen – gewöhnlich Familien – wurden gefeiert. An der Bar fand man vereinsamte Männer verschiedenen Alters, die fernsehen wollten; sie lauschten dem Musikautomaten und spielten an Flippern oder elektronischen Geräten. Sie warfen verstohlene Blicke auf die drei oder vier Damen, denen es, sofern sie gut aussahen, ihre Gunst auch dem Geschäftsführer gewährten und ihr Einkommen mit dem Rausschmeißer teilten, erlaubt war, an der Bar zu sitzen und zu animieren.

Bevor sich die Gäste allabendlich versammelten, aß Domostroy an einem Ecktisch, gewöhnlich allein, manchmal zusammen mit einem der Oberkellner oder dem Geschäftsführer, sein Abendessen; dann ging er zur Toilette und zog seinen Smoking an. Er war froh, daß sein Job von ihm nur die Begleitung anderer Musiker oder Sänger forderte und er nie allein spielen mußte. Dadurch wurde der Bruch mit seiner Vergangenheit – als Solist – sauber und vollständig; er mißbrauchte seine eigene Geschichte nicht. Seit er nicht mehr komponierte, konnte er sein Leben seiner eigenen Existenz widmen, nicht nur der Welt seiner Musik. Er konnte mit relativer Sicherheit voraussagen, wie seine Tage in absehbarer Zeit aussehen würden – das war während seiner Musiker-Existenz unmöglich gewesen. Auf diese Weise war sein Leben leidlich einfach und frei von Angst geworden. Er pflegte es etwa

in der Weise, wie er seinen Wagen pflegte – eine kleinere Reparatur hier, ein wenig Glanz da – und er war zufrieden, wenn alles einigermaßen glatt lief.
Hätte er im victorianischen Zeitalter oder während der Prohibition gelebt oder wäre er im totalitären Osteuropa geblieben, wo er seine Jugend verbrachte, hätte er dort zweifellos die Last moralischer Regeln jeglicher Art willkürlich und überaus einschränkend gefunden. Er war sicher, daß die Computerwelt von morgen mit ihrer Technologie, ihrem standardisierten Verhalten, ohne natürliche menschliche Talente, ihn im Grunde weder herausfordern noch im geringsten interessieren würde.
Er fühlte sich frei von der trügerischen Sicherheit anwachsenden Wohlstands und der Schimäre des Erfolgs – seine persönliche Freiheit war ein nützliches Nebenprodukt seines Notenhefts, und so freute er sich, sein Leben so leben zu können, wie es ihm gefiel, zu der Zeit und an dem Ort, wo er es lebte. Er brauchte nur seinem ethischen Kodex von moralischer Verantwortlichkeit zu folgen, durch den er, indem er mit niemandem in Konkurrenz trat, keinem Leid zufügte, nicht einmal sich selbst – ein Kodex, in dem freie Wahl oberstes Gebot war.
Aber er war einsam. Er hatte keine Freunde. Die meisten seiner Freunde aus der Zeit seiner ganz großen Erfolge glaubten, daß Erfolg und Versagen parallel verliefen und sich vermutlich allein aus diesem Grund ihre Wege nicht kreuzen würden. Da er früher selbst so gedacht hatte, konnte er sie jetzt schwerlich mit Erklärungen über seinen eigenen Mißerfolg belasten und dadurch Schuldgefühle wegen ihrer Erfolge hervorrufen oder sie gar an ihrem eigenen Talent und ihrem sozialen Prestige zweifeln lassen. In ihren Augen, das wußte er wohl, bewies seine gegenwärtige Lebensweise – besonders die Art, wie er sich seinen Unterhalt verdiente – nicht nur Mißerfolg, sondern Mißerfolg mit einem gewissen Beigeschmack von grotesker Lächerlichkeit. Er würde sie nie von der Wahrheit überzeugen können, daß er sich dort unten, wo er jetzt lebte, ganz wohl fühlte.
Oft stieg er, lange nachdem alle das Kreutzer verlassen hatten, in seinen Wagen und fuhr über die Third-Avenue-Brücke nach Manhattan. In der Dämmerung öffneten sich die langen Straßen vor ihm wie Notenlinien ohne Noten. Er parkte in einer unbewohnten Straße, wo kein Ton die Stille durchbrach. Im Auto sitzend stellte er sich vor, daß die Quelle seiner Musik, die jetzt leer

und lautlos war wie die Straßen dieser riesigen Stadt, eines Tages wieder fließen würde. Bis dahin mußte er jeden Augenblick seines Daseins so leben, daß ihn dessen Bedeutung mit Sicherheit erfüllte.

Nicht nur durch die Umstände seiner Karriere, sondern ebenso aus freien Stücken gestaltete Domostroy sein Dasein so, als habe er stets aus dem Augenblick heraus gelebt. Zur Begleitung wählte er Menschen, die aufgrund ihres Alters, ihrer Erziehung oder ihres Geschmacks seinen Namen nicht kannten und keinen Begriff von seiner früheren Berühmtheit hatten. Ihr Urteil über ihn, wie auch sein Urteil über sie, beruhte nur auf der Einschätzung einer beliebigen Zahl eher zufälliger Begegnungen, nie entsprang es aus der Kenntnis seiner Vergangenheit. Er mied die Gesellschaft derer, die über seine musikalische Karriere informiert waren und die ihn davon überzeugen hätten können, daß seine augenblickliche musikalische Sterilität, seine finanziellen Schwierigkeiten und seine gegenwärtige Lage seine früheren Leistungen in keiner Weise aufwiegen konnten.

Es war ihm allmählich gelungen, seine private Welt zu einer wohlbehüteten Festung zu machen. Bis heute hatte er jeden ausschließen können, der den Frieden, den er gefunden, gestört hätte.

Auf dem Weg zu Andrea ließ Domostroy sein Lieblingsband im Auto laufen. Seine Stimmung wurde oft durch die Musik bestimmt. Die Schwingung der Luft und die Klangwellen, die sich verengen und erweitern, beeinflußten seine Gefühle. Was er empfand, war wichtiger für ihn als das, was er darstellte. In diesem Videozeitalter kam er sich oft vor wie ein Anachronist, der darauf gedrillt worden war, mit der Cochlea, nicht mit der Retina zu reagieren; er empfand sich als Kreatur, die zum Hören, nicht zum Sehen geschaffen war. Er war der Ansicht, daß mit zunehmender Angst vor der Überbevölkerung die Menschen immer abhängiger von jedem Stück Raum, das gesehen und gemessen werden konnte, sein würden – und ebenso von den visuellen Medien, die diese Welt darstellten, vom Fernsehen bis zur Photographie.

Domostroys Medium war das Gehör, seine Kunst war die Musik, die seine geistige Welt weitete, indem sie die Grenzen von Raum und Zeit sprengte und Myriaden von Verbindungen und Begegnungen zwischen Menschen und Dingen ersetzte durch eine mystische Verschmelzung von Ton, Raum, Stimmung und Bewegung. Zu seinen geistigen Ahnen gehörten Dichter, Musiker und Menschen, besonders solche, die, wie Shakespeares Liebespaar, »mit den Augen hören« konnten.

Das Zwei-Stunden-Band, dem er jetzt lauschte, enthielt etwa ein Dutzend Kompositionen oder musikalische Bruchstücke, manche waren nur wenige Minuten lang. Diese über Jahre hinweg gesammelten Stücke erleichterten es ihm, die Emotionen in sich hervorzurufen, die er herbeisehnte.

Er hatte es gelernt, sich der jeweiligen musikalischen Gefühlslage zu überlassen, er war ein Meister geworden im Selbstbestimmungsprozeß. Er konnte in sich eine Vielfalt an Stimmungen auslösen: Erwartungen, Gelassenheit, Begeisterung, sexuellen Hunger, in den Tagen künstlerischen Schaffens sogar das Verlangen, zu komponieren. In *Lebenspartituren,* seinem letzten Interview, hatte er gesagt: »Komponieren ist die Essenz meines Lebens. Was ich sonst mache, ruft in mir nur den einen Gedanken hervor: Könnte ich, kann ich, würde ich, sollte ich es in meiner nächsten Partitur verwenden? Wann immer ich meine Musik spielen höre, habe ich das Gefühl, mein ganzes Leben steht auf dem Spiel, eine einzige falsche Note könne alles vernichten. Ich habe keine Kinder, keine Familie, keine Verwandten, kein nennenswertes Vermögen, kein Eigentum; meine Musik ist mein einziges Werk, der einzige Ausdruck meines Wesens.«

Nur ganz selten, wenn er an seine kreative Zeit zurückdachte, fragte sich Domostroy, was mit dieser Essenz seines Lebens geschehen war. Hatte der Musikkritiker des einflußreichen *Musical Commentary* recht gehabt mit der Behauptung, er habe sich selbst in eine »radikale Isolation« komponiert? War seine Musik wirklich so kalt und nackt, daß sie ihren Schöpfer eines Tages, wie ein anderer Kritiker damals meinte, in Versuchung führen würde, sich die Kehle durchzuschneiden?

Domostroy fiel ein, wie er, auch etwa vor zehn Jahren, in *Tuning to Time,* einer Talkshow im Fernsehen, aufgetreten war. Der zweite Gast in der Show war ein im Exil in Florida lebender Militär gewesen. Obgleich die Vereinigten Staaten den hohen Offizier vor seinem Exil in einem Jahre dauernden Krieg unterstützt hatten, war sein Land schließlich besiegt worden. »Wir haben noch eine Minute, meine Herren«, sagte der Moderator konziliant am Ende des Programms und wandte sich an den Offizier. »Sagen Sie uns, General, nach einer solch brillanten Karriere – was ist schiefgegangen?« Wäre die Frage an ihn gestellt worden, Domostroy wäre in Panik geraten, hätte keine Antwort gewußt. Der Offizier jedoch blickte ohne ein Zeichen der Erregung auf seine diamantenbesetzte Armbanduhr, auf den lächelnden Moderator, dann ins verständnisvolle Publikum. »Was schiefgegangen ist?« fragte er. »Zunächst haben mich meine Verbündeten im Stich gelassen. Dann habe ich den Krieg verloren. Das ist schiefgegangen.« Für einen Militär war ein verlorener Krieg die ausreichende und klare Erklärung für sein Scheitern im Leben. Aber welche falsche Note war ausreichend, um das Leben eines Komponisten zu verpfuschen und ihn in der Blüte des Lebens den Schaffensdrang verlieren zu lassen?

Domostroy parkte den Wagen vor einem renovierten Backsteinbau. Er rannte die Treppe hinauf, oben im fünften Stock war er außer Atem. Er wartete kurz, bis Herz und Lunge sich beruhigt hatten, dann klopfte er. Andrea öffnete die Tür und ließ ihn eintreten. Sie hängte sein Jackett in einen Schrank voller Kleider und Mäntel und bat ihn, auf der niedrigen breitausladenden Bettcouch mit der bunten Überdecke Platz zu nehmen. Neben der Couch stand auf einer Seite ein Tisch mit dem Radio, auf der anderen der Fernsehapparat. Der Raum war behaglich, wenn auch spärlich möbliert, die wenigen Stücke waren, wie er wußte, ausgesuchte Antiquitäten; einige vorzügliche Kopien präraffaelitischer Gemälde ergänzten sie. Auf einem separaten Tisch stand eine große Kollektion antiker Flacons.

Küche und Bad lagen beide am gleichen Ende des Raumes, es war, als wollten sie einander Platz stehlen. Domostroys Augen folgten Andrea, die durch das hübsch eingerichtete Appartement ging, um ihm einen Drink zu machen. Sie war einfach, aber kostspielig in eine Seidenbluse und einen weiten Rock gekleidet.

Als er sie am Vortag zum ersten Mal im Kreutzer gesehen hatte, hatte er vor allem ihre Jugend wahrgenommen, ihre wunderbare Erscheinung – ausdrucksvolle Augen, voller Mund, sanft gewelltes Haar, wohlgestalteter Brustkorb, lange Beine. Ihm war sofort klar geworden, daß sie in ihm ein Verlangen geweckt hatte, nicht gerade nach ihr – noch nicht –, aber vielleicht nach jemandem, der so aussah wie sie. Vielleicht hatte sie wie der Klang ei-

nes Akkords aus seiner Vergangenheit das Gefühl und Verlangen nach einer Frau geweckt.
»Ich habe nicht geglaubt, daß du wirklich kommen würdest«, sagte sie, als sie ihm den Drink reichte und sich auf den Tisch neben der Couch setzte. »Letzte Nacht, als ich dir im Kreutzer diesen Zettel gab, kam ich mir vor wie ein Band-Mitläufer.«
»Ein Band-Mitläufer?« fragte er unsicher.
»Ein Mitläufer, ein Groupie«, sagte sie und lachte.
Mit dem Drink in der Hand glitt sie leicht auf die Couch und lehnte, das Gesicht ihm zugewandt, den Rücken gegen den Tisch. Ihre Beine waren nur Zentimeter von seinem Oberschenkel entfernt. »Im Juilliard, wo ich Dramaturgie und Musik studiere, schätzen eine Menge Studenten deine Musik. Sie sagen, du seist ein Profi.«
»Ein Profi, der seit Jahren keine neue Schallplatte gemacht hat, und die alten stehen unter Denkmalschutz.«
»Nicht alle!« sagte sie. »Letzten Monat überreichte Etude Classics der Juilliard-Bibliothek ihre besten Aufnahmen als Geschenk, einschließlich jeder Schallplatte von dir.«
»Wie gut, daß Etude meine Meisterstücke weiterpreßt – um sie dann als Geschenke loszuwerden.«
Andrea stand auf und ging zu Regalen mit Büchern und Schallplatten an der einen Wand. Langsam zog sie, eine nach der anderen, die acht Schallplatten Domostroys heraus und stapelte sie auf dem Plattenspieler. Dann stellte sie ihn an und verkündete im vertrauten Discjockey-Jargon: »Unser Abendprogramm, meine Damen und Herren, wird ganz dem gesammelten Werk Patrick Domostroys gewidmet sein, dem bemerkenswerten amerikanischen Komponisten, dem Gewinner des Nationalen Musikpreises.« Sie streifte ihn kurz, als sie sich wieder auf die Couch setzte, er konnte den Duft ihres Haares atmen.
Die Musik kam aus zwei großen Lautsprechern auf Wandkonsolen in einander gegenüberliegenden Ecken des Raums. Wie immer war er auch jetzt überrascht von seiner eigenen Musik, von den Klängen, die er einst nur mit dem inneren Ohr hatte hören können. Und wie immer wurde er unsicher; er konnte nicht entscheiden, ob er seine Musik gut fand oder nicht. Gewiß, er identifizierte sich mit ihr, er kannte jede Note, jedes Wort; er wußte noch, wie lange – und wo – er daran gearbeitet hatte. Er erinnerte sich sogar an seine eigene Reaktion auf jedes Stück, als er es zu-

nächst im Konzert gehört hatte, danach im Radio, gelegentlich im Fernsehen; und er erinnerte sich ebenso an die innere Spannung vor jeder einzelnen Schallplatte, an die unbewußte Erfolgserwartung und die Neugier auf die Kritiken.

»Ist es denn kein erhebendes Gefühl, Komponist zu sein?« fragte sie und sah ihn intensiv an.

»Ich komponiere nicht mehr«, antwortete er.

»Wirst du je wieder ein großes Konzert geben?«

»Keine großen Konzerte mehr«, sagte er bestimmt.

»Warum?«

»Ich habe meine Anhänger verloren«, sagte er.

»Aber – warum? Sie haben dich doch geliebt.«

»Sie – die Kritiker und die Hörer – haben sich geändert, ich aber mich nicht. Aber vielleicht ist auch das Gegenteil richtig.«

»Du bist noch immer ein viel gespielter Star«, sagte sie. »Durch deine Schallplatten kommen mehr Menschen mit deiner Musik in Berührung, als es in jedem Konzert möglich wäre.«

Er spürte ihren Blick, der sanft und einladend wie der eines Kindes auf ihm ruhte, und er war versucht, sie zu küssen.

»Wenn meine Musik dich berührt – kann ich es auch?«

»Möchtest du denn?« sagte sie und sah ihm ins Gesicht. Dabei streifte ihr Busen seine Hand.

»Nur wenn du es selbst möchtest.«

»Warum glaubst du, daß ich es nicht möchte?« sagte sie mit sich öffnenden Lippen und rückte näher.

›Was tun?‹ überlegte er, während er Andrea anschaute. Ihm fiel sein Aufenthalt in Oslo bei einer seiner Konzertreisen durch Europa ein, als eine junge Reporterin ihn beim Abendessen interviewt hatte und danach mit ihm zurück zum Hotel gegangen war. Sie hatte ihn gebeten, statt der ihr bevorstehenden langen Heimfahrt den Rest der Nacht in seinem Zimmer verbringen zu dürfen. Auch wenn er sie recht verführerisch fand, war er erstaunt, denn sie hatte sich den ganzen Abend lang nicht auf den geringsten Flirt eingelassen. Er verkündete ihr ohne Umschweife, daß in seinem Zimmer nur ein Bett sei, und sie sagte, daß sie es bedenkenlos mit ihm teilen könne, sie habe als Mädchen häufig das Bett mit Freunden geteilt. Dieses freimütige Zugeständnis und der skandinavische Ruf sexueller Offenheit hatten Domostroy Mut gemacht, der jungen Frau zu sagen, daß er sie sich schon seit

dem Abendessen in allen möglichen Variationen der Liebe vorgestellt habe und voller Neugier und Lust das Bett und alle Phantasien mit ihr teilen wolle. Die Frau war empört.
»Ich glaube, Sie verstehen das ganz falsch«, sagte sie. »Alles, worum ich bat, war, das Bett mit Ihnen zu teilen, nicht Sie mit dem Bett. Für mich«, sagte sie, »heißt das Bett mit Ihnen teilen dasselbe, wie mit Ihnen Schwimmen gehen. Wenn man schwimmt, spricht man nicht darüber; man fragt einander nicht, ob man schwimmen möchte oder ob man lieber auf dem Rücken oder Bauch schwimmt. Man schwimmt eben. Mit der Liebe ist es genauso. Warum denken Sie nicht einmal so darüber nach!«
Verärgert ging sie. Ihre Lektion war vergeblich, was Domostroy betraf. Als Junge wäre er fast einmal ertrunken, seitdem war er wasserscheu.

»Warum glaubst du, daß ich von dir nicht berührt werden möchte?« wiederholte Andrea. »Immerhin habe ich dir im Kreutzer zugehört und auf dem Zettel meine Schwäche für dich gestanden.«
Sie wechselte wieder die Lage, jetzt war ihr Atem an seinem Nakken, ihr Busen an seiner Brust.
Im Nu hätte er sie mit seinem Körper bedecken können, doch er rührte sich nicht. »Warst du schon mit anderen Musikern zusammen?« fragte er.
Sie sah ihn spöttisch an. »Zusammen?«
»Ich meine –«
»Du meinst, ob ich mit Musikern geschlafen habe. Sicher. Vergiß nicht, ich bin Musikstudentin. Und du? Vögelst du nicht die Frauen, die im Kreutzer rumhängen?«
Er richtete sich auf und wandte sich leicht von ihr ab. »Du hast nicht einfach im Kreutzer rumgehangen. Du bist mit einer bestimmten Absicht gekommen.«
»Das stimmt«, gab sie zu. »Um dich kennenzulernen.«
»Aber – du kanntest doch meine Musik. Genügte das nicht? Musik stellt keine Forderungen. Komponisten schon.«
»Ich fürchte deine Forderungen nicht.«
»Du kennst mich nicht!«
»Ich kenne mich.«
»Wärst du auch gekommen, wenn ich Klavierstimmer wäre?«
»Klavierstimmer interessieren mich nicht. Patrick Domostroy schon.«

Sie rückte näher. Sie legte die Hand auf seinen Oberschenkel, zog ihn an sich, küßte sanft sein Ohrläppchen.
Als er nicht reagierte, preßte sie die Brüste an ihn, küßte ihn kurz in den Nacken. Ihn schauderte leicht, und er griff nach ihr, getrieben von einer jähen Erregung. Doch plötzlich löste sich Andrea von ihm, und sein Verlangen ließ nach.
»Ich will nicht so tun, als sei Sex mit dir das einzige, was mich interessiert«, sagte sie und suchte seinen Blick. »Da ist noch etwas, das du – und nur du – für mich tun kannst.«
Ein kleiner Mißklang machte sich zwischen beiden bemerkbar.
»Was ist das?« fragte er in der Befürchtung, sie könne ihn um Geld bitten.
»Ich möchte, daß du mich mit Goddard bekannt machst!«
»Mit Goddard? Welcher Goddard?«
»Der Goddard. Der einzige und einzigartige.«
»Goddard, der Rockstar?« fragte er und kam sich auf einmal völlig verlassen vor. Er konnte keine Verbindung sehen zwischen seiner Person und der Welt der Schlagzeilen, des Erfolgs, des Geldes und der populären Musik, die Goddards Name hervorrief.
»So ist es«, sagte Andrea. »Ich will ihn kennenlernen. Persönlich. Mehr nicht.«
Domostroy mußte lächeln. Machte sie Spaß? Hinter der glatten Fassade war dieses Mädchen höchst ungewöhnlich. »Ist das alles?« fragte er sarkastisch.
»Ja«, sagte sie, »das ist alles. Finde heraus, wer er ist. Besser noch: Finde ihn. Ich will ihn kennenlernen.«
Die Worte waren ernüchternd. Ihr mädchenhaftes Selbstvertrauen ärgerte ihn. Dazu wollte sie ihn also haben. Einen älteren Mann, der einer jungen Frau hilft, ihre Jugendphantasien zu erfüllen.
»Was in der Welt macht dich glauben, daß ich Goddard finden kann«, sagte er barsch.
»Warum solltest du das nicht können?« sagte sie und sah ihn an. »Hast du nicht auch einen Namen?«
Er wurde ungeduldig. »Schau, seit fünf – oder sind es sechs? – Jahren«, sagte er, »ist Goddard der größte Plattenstar im Land. Und doch ist er nichts als Stimme und Name – ein großes Geheimnis. Keiner hat ihn je gesehen oder nur den kleinsten Fetzen Information über ihn herausgefunden. Keiner! Und seit seine er-

ste Platte über den Äther lief, hat jedes Magazin, jede Zeitung, Radio und Fernsehen, jeder Journalist und jeder Dilettant versucht, ihn aufzuspüren. Aber keiner weiß über Goddard heute mehr als damals. Und du willst, daß ich herausfinde, wer er ist? Weißt du genau, wer ich bin?«

»Ich weiß sehr genau, wer du bist!« sagte sie, nun ebenfalls verärgert. »Und auch, daß du ihn finden kannst. Du kannst – aber nur, wenn du es unbedingt willst. Wenn die Sache wirklich Bedeutung für dich hat, kannst du Goddard aufspüren«, sagte sie emphatisch. »Du brauchst es nur zu wollen. Ich habe Nachforschungen über dich angestellt«, sagte sie, »und eine ganze Menge erfahren. Ich weiß, daß du den Nationalen Musikpreis für *Octaves* verliehen bekommen hast, und daß beide, die Music Writers Guild of America und die British Academy of Film and Television Arts, deine Melodienfolge für *Chance* zur Filmmusik des Jahres gewählt haben.«

»Was noch?« fragte Domostroy, der sich ein wenig wohler fühlte durch ihren kindlichen Glauben an seine Macht.

»Ich weiß außerdem, daß du vor zwanzig Jahren oder so in der ganzen Welt bekannt warst und daß du damals jeden großen Boss aus der Musikszene und der Kunst kanntest. Ich habe dich auf Photographien gesehen, zusammen mit Popsängern, Businesstypen, Filmschauspielern, Fernsehmoderatoren und Modezeichnern. Ich habe die Resolution der Komponisten, Texter und Musiker von MUSE-International zu deiner Verabschiedung als Präsident dieses Verbandes nach der zweiten Amtsperiode gelesen. Du sollst großen Einfallsreichtum und fürsorgende Verantwortlichkeit gegenüber Musikern in der ganzen Welt bewiesen haben, und die Früchte deiner Bemühungen sollen weit in die Zukunft reichen. Gut. Wenn du das alles für sie getan hast, glaubst du nicht, daß sie jetzt dir einen Gefallen tun würden? Alles, was du tun müßtest, wäre anzurufen, ein paar Fragen zu stellen und Spuren zu verfolgen, die zu Goddard führen.«

Er war beeindruckt, weil sie seine vergangenen Erfolge verklärte und seine gescheiterte Karriere ausklammerte.

»Es ist nicht ganz einfach, Bekannte von früher anzurufen und zu sagen: ›Ich will etwas von dir!‹« sagte er sanft, um sie nicht zu entmutigen. »Glaubst du nicht, daß sämtliche Reporter, Discjockeys, Kolumnisten, Kommentatoren und Musiker im Land ebenso viel wie du dafür geben würden, herauszufinden, wer Goddard ist? Wie kommst du darauf, daß ich bloß den Hörer abnehmen muß, ein paar alte Bekannte anrufen und sagen: ›Hier ist Patrick Domostroy. Sag mir, wer ist Goddard?‹ «

»So naiv bin ich nicht«, sagte sie mit versöhnlicher Stimme, »und doch muß es irgendwo da draußen Menschen geben, die wissen, wer Goddard ist und wo er ist und wie er aussieht – was er ißt und wen er vögelt, was er nimmt oder raucht oder sich schießt, um high zu werden. Es muß eine ganze Schar Menschen sein – seine Familie, Verwandte, Freunde, Geliebte, große Tiere aus der Plattenbranche, Steuerbeamte, Anwälte, Sekretärinnen, Ärzte, Krankenschwestern, Musiktechniker. Ganz gleich, wie groß oder wie gewieft oder schlau oder reich Goddard ist, er kann es nicht ganz allein geschafft haben! Sieh doch, jeder ernsthafte Musiker weiß, daß nur ein Ohr – nämlich deins – jedes einzelne deiner Stücke gehört und geschrieben haben kann! Und diese fatale Hetzschrift über dich, nach der du deine Musik nicht selbst geschrieben haben sollst, konnte doch nur deshalb deinen ganzen Ruf treffen, weil du dir, um die Integrität deiner Arbeit zu wahren, deine eigenen Lektoren ausgesucht hast. Siehst du denn nicht, daß auch Goddard andere geholfen haben müssen? Und wer arbeitet jetzt mit ihm? Du mußt nur einen finden. Nur einen!«

»Selbst wenn mir einer über den Weg liefe, würde jemand, der all die Jahre geschwiegen hat, dieses Schweigen – für mich – brechen?« Er schüttelte den Kopf.

Sie gab nicht nach. »Finde einen, bevor du nein sagst! Und überrede ihn – oder sie.« Sie hielt inne, wartete auf seine Reaktion, als er jedoch schwieg, fuhr sie fort: »Wenn du sagst, daß du es versuchen willst, tue ich alles, um dir behilflich zu sein. Alles, Patrick. Ich zahle dir bar auf die Hand, was du in sechs Monaten im Kreutzer kriegst. Und ich habe genug Geld für uns beide. Kommt alles von meiner Familie.«

Die Aussicht auf ein Leben mit ihr und auf Bargeld – sein Wagen mußte in die Werkstatt – klangen überaus verführerisch.

Er stand auf und ging durchs Zimmer. »Seit wann geht dir das durch den Kopf?« fragte er.

»Dich kennenzulernen?«

»Nein. Goddard zu finden.«

»Seit einem Jahr oder so.«

»Hast du mit anderen darüber gesprochen?«

»Nein.«
»Warum nicht?«
»Ich hatte nicht die rechten Verbindungen. Und ich fürchtete mich, dich anzusprechen, weil ich nichts von Interesse für dich zu besitzen glaubte.« Sie hielt inne, ein listiges Lächeln um die Lippen. »Ich habe das ganze Zeug über dich gelesen bis hin in die Zeit, als du zum erstenmal öffentlich aufgetreten bist und ich noch nicht einmal auf der Welt war. Und ich war schon drauf und dran aufzugeben, da stieß ich auf einen höchst erhellenden Artikel über dich. Er war Jahre alt – aber er sprach von deinen Neigungen und gab mir Hoffnung, daß ich dir doch nicht ganz gleichgültig sein könnte.«
»War es mein Profil im *New York Times Magazin?*« fragte er.
»Nein.« Sie lachte etwas boshaft. »Es war im *Hetero,* dem ›Magazin für moralisch freie Menschen‹ – obwohl es nicht unbedingt ein Magazin für die moralische Mehrheit ist. Hast du ihn gelesen?«
»Mag sein«, sagte er. »Da ist so viel Unsinn geschrieben –«
»Der Artikel war von einer Frau geschrieben, Ample Bodice«, unterbrach sie, »dem einarmigen Porno-Star, der als Reporterin durch die Sexszene nachtwandelt. Darin beschreibt Frau Bodice ein Wochenende im *Sorcerers Apprentice,* einem Privatclub in Catskills für ›sexuell einfallsreiche Paare‹, wo ihr Patrick Domostroy über den Weg lief. Sie sprach von deiner Begleitung als einer gelenkigen, jungen Puppe, die sich wie deine Sexsklavin verhielt. Das ganze Wochenende hindurch und während der diversen ›sexuell einfallsreichen‹ Aktivitäten wechselte dein kleines Lederstrippen-Mädchen von einem Kostüm ins nächste – sah bald pubertär, bald nuttig, bald bi aus – aber immer perfekt, bis hin ins kleinste Detail und Make-up. Und kein einziges Mal hat sie sich wiederholt.« Andrea schwieg und wartete auf seine Reaktion. Sie setzte sich ihm direkt gegenüber, die Beine gekreuzt, die Schenkel weit gespreizt, das Fleisch feilgeboten. Sie musterte ihn in aller Ruhe, als sei er es, der ihrem forschenden Blick entblößt ausgesetzt war.
»Ein langer Weg – große Musik schreiben und ausverkaufte Konzerte in der Carnegie Hall geben bis zum Leben im Old Glory und der Notendienerei im Kreutzer, einem Flipperschuppen, der als Nachtclub gelten möchte! Willst du das nicht ändern?«
»Dieser ›lange Weg‹ ist zufällig mein Leben, und ich beklage

mich nicht«, sagte er in der Hoffnung, sie abzulenken. »Und lästere nicht zu früh über Flipperschuppen!« Er schlug einen sanfteren Ton an. »Immerhin hat Earle Henry, der Erfinder des Flippers, auch die Musicbox erfunden. Und wo wäre dein geliebter Goddard heute ohne Musicbox?«
Andrea überhörte das. »Alles, was ich sagen will, Domostroy, ist das: Werde so erfinderisch im Leben wie früher in deiner Musik – und, wie es den Anschein hat, im Sex – durch Arbeit bei mir. Hilf mir Goddard finden. Du wirst es nicht bereuen: auch ich kann Sexsklave spielen und närrische Kostüme tragen, verstehst du?«
»Sicher – aber ich bin nicht der Richtige für die Rolle des Herrn«, sagte Domostroy und stand abrupt auf, um zu gehen.
Sie folgte ihm und legte die eine Hand auf seine Schulter; die andere knöpfte sein Hemd auf und streifte es über die Schultern, so daß es zu Boden fiel. Dann streckte sie sich zu voller Größe und zwang ihn, ihr direkt in die Augen zu schauen. Sie wußte, daß sie gewonnen hatte.
»Geld ist bloß der halbe Lohn«, sagte sie. »Und das –« sie stieß ihn mit den Schenkeln an und blickte zum Bett – »ist die andere Hälfte. Wenigstens verschwendest du deine Zeit nicht mehr in Flipperlöchern.«
»Ich verschwende sie dafür mit Goddard!« sagte er.
»Du verschwendest sie nicht!« Sie lachte und kickte die Schuhe weg. Die Hände glitten den Körper entlang, streiften Rock und Slip ab, dann die flink geöffnete Bluse. Kaum hatte sie sich nackt aufs Bett gelegt, als die nächste von Domostroys Platten auf den Plattenteller fiel.
Sie wartete auf ein Wort oder eine Reaktion und spielte mit den Fingerspitzen kreisend um ihre Brüste, dann weiter am Bauch und tiefer, um die Schenkel zu streicheln und zu reiben. Unter ihrem bannenden Blick wurde er hilflos, verlegen: hier stand er und suchte das Gesicht zu wahren, und dabei seine Weisheit und Erfahrung reifer Jahre gegen die geschlechtliche Gunst einer jungen Frau einzutauschen. Er hätte sie lieber selbst ausgezogen.
Die letzte seiner Platten war noch nicht abgelaufen, da schaltete er um auf das Radio, das auf ihren Lieblingssender eingestellt war.
Das Mechanische am Ausziehen lenkte ihn ab, er spürte das Nachlassen der Lust. Sofort nahm er, in der Furcht, sie könne es

bemerken, am Bettrand Platz und tat, als müsse er die Hosen sitzend ausziehen. Er blieb mit dem Rücken zu ihr sitzen, bis er die restlichen Kleider abgestreift hatte. Dann rutschte er, das inzwischen schlaffe Glied vor ihr verborgen, neben sie und begann ihr die Schultern zu streicheln, den Nacken zu küssen. Langsam schob er seinen Körper über ihren Leib; nach und nach senkte er, die eine Hand fest zwischen seinen Schenkeln, den Kopf zu ihrem Busen und küßte, leckte und rieb ihre Brustwarzen mit Lippen und Zunge. Die Lust war wieder da.

Als er spürte, daß sie ihn ermutigte, ihn antrieb, wollte er sie daran hindern. Er gab lieber selbst den Ton an bei Frauen, die hartnäckig das Äußerste taten, um ihn zum Orgasmus zu bringen, den sie als doppelten Beweis für seine Lust und ihre Kontrolle über ihn zu brauchen schienen. Wenn dies bevorstand, übernahm er immer die Initiative; denn sonst setzte sein eigener Orgasmus seiner Erregung ein Ende und zügelte, zumindest vorübergehend, seine Leidenschaft.

Andreas Arm schaltete die Lampe am Bett aus; in der Dunkelheit, inmitten der aus Lautsprechern dröhnenden Musik, versenkte sich Domostroy in die von ihr heraufbeschworenen Bilder, er fühlte ihren Körper ganz nah, bis er wachgerüttelt wurde von etwas, das wie das Flüstern eines Mannes klang, ein Räuspern, fast ein Husten. Er bemühte sich, die Stimme zu hören, die durch ein Loch in der Decke oder ganz oben aus der Wand zu kommen schien. Das Geräusch lenkte ihn ab, er brauchte seine ganze Konzentration, um sich wieder der Liebe zuzuwenden.

Andrea spielte jetzt heftiger mit ihm, ihre Finger streichelten und liebkosten seinen Körper. Er wollte sie schreien und schütteln und kämpfen lassen, sie sollte sich fühlen, als würde er sie in Stücke reißen. Da unterbrach das Geräusch über ihm wieder das Liebesspiel, jetzt war es kein Flüstern mehr, sondern eine tiefe Stimme mit lateinamerikanischem Akzent.

»José, was hast du eben gesagt? Sag das nochmal, Mensch . . .«

Dann war die Stimme weg und Musik spielte wieder. Voller Furcht, heiß und naß, mit pochendem Herzen, fuhr Domostroy auf. »Wer war das?« fragte er, ergriff die Überdecke und hüllte sie beide ein.

»Was? Ach, das!« Sie sprang unter ihm hervor und machte Licht. Sie strich ihr Haar zurück und musterte sein erschrockenes Gesicht. Lachend, ein wenig geheimnistuerisch sagte sie: »Das sind

wahrscheinlich Taxi- oder Lastwagenfahrer. Ab und zu, meistens mitten in der Nacht, pickt mein Tuner – durch elektronische Zauberei – ihre Stimmen aus dem Privatfunk auf.«
Die Stimmen unterbrachen sie wieder. Sie schienen um des Schwatzens willen zu reden und über einen Zuhörer erfreut zu sein.
»Wirklich, Mensch, ich sag dir doch . . .«
»Komm, José, du weißt, was ich meine . . .«
Im nächsten Augenblick lösten sich die Stimmen wieder in Musik auf.
»Du zitterst«, sagte Andrea. Dann lachte sie. »Sie haben dir Angst eingejagt, nicht wahr?«
»Ich glaube schon. Unheimlich. Hier drinnen ist es außerdem höllisch kalt. Kann ich die Heizung anstellen?«
»Du kannst es versuchen, aber das Ventil sitzt fest.«
Er ging vom Bett zum Heizungskasten unter dem Fenster. Ihr den Rücken bewußt zuwendend, hockte er sich davor, öffnete die Metallklappe und versuchte, das Ventil zu drehen. Aber es saß fest, und obgleich er es mehrfach energisch versuchte, bewegte es sich nicht. Das Ventil gab nicht nach. Auf dem kalten Boden, den Zug vom Fenster im Rücken, begann er zu frieren. Er fühlte sich unbeholfen und hilflos, sammelte sämtliche Kräfte und stemmte sich mit beiden Händen gegen das Ventil. Er spürte, daß es nachgab und hörte dann den Knacks. Der kochend heiße Dampfstrahl aus der Öffnung verfehlte knapp Arm und Bein. Katapultartig schoß Domostroy davon, er fiel über einen Stuhl und landete zusammengekauert unter einem Tisch. Dampfende Gischt füllte, die Konturen verwischend, den Raum. Neben sich hörte er Andrea lachen, doch er konnte nur kurz einen glitzernden Schleier sehen, als ihr nackter Schatten sich geisterhaft vor der Lampe neben dem Bett erhob. Dann war sie wieder verschwunden. Auch er stand auf im weißen Dampf und suchte sich tastend den Weg zum zischenden Ventil und zum Fenster. Er und Andrea riefen einander, bis sie – triefend naß, von dünnen warmen Wasserbächen – zusammenstießen, sie klebten aneinander.
Endlich fand Domostroy das Fenster und öffnete es. Der kalte Luftstrom trieb sie beide zurück ins Bett, zitternd und lachend flüchteten sie gemeinsam unter die Decke. Minuten später, kaum daß der gestaute Dampf aus dem Radiator entwichen war, kühlte

die Luft ab, der Nebel lichtete sich. Wie in einem Garten nach einem Regen war alles tropfend naß.
»Der Sturm ist vorüber«, sagte Andrea. »Ich lege ein Handtuch übers Leck.« Gleich darauf sagte sie: »Warum, meinst du, bin ich mit dir ins Bett gegangen? Weil ich verliebt in dich bin, oder weil ich dich gebrauchen will?«
»Ich hoffe, es war, weil du mich brauchst«, sagte Domostroy.
»Wirklich? Du meinst, es stört dich nicht, gebraucht zu werden?«
»Ich kann damit umgehen, denn hinter ›gebraucht werden‹ steckt ein klares Ziel«.
»Auch in der Liebe?«
»In der Liebe nicht. Denn das paßt nicht in meine Lebensbahn.«

Ganz im Süden der Bronx, etwa zwanzig Minuten Fahrt von Manhattan, hatte das Kreutzer in seinen alten Tagen ein wohlerzogenes junges Publikum angezogen, das dort die besten Country-Sänger hören konnte. Domostroy erinnerte sich an die Phase vor nahezu zwanzig Jahren – es war die Zeit, da er sein Studium abgeschlossen hatte und *Der quintanische Vogel*, sein erstes Werk, von größeren Orchestern gespielt wurde. Gelegentlich ging er damals in Begleitung ins Kreutzer, um einen Abend mit großer Musik, gepflegtem Tanz und guter italienischer Küche zu haben; serviert wurde im berühmten Borgia-Saal des Clubs. Auch in dieser Zeit wurden im Kreutzer, wie in vielen anderen Clubs, Schwarze diskriminiert. Ohne rechtliche Handhabe, schwarzen Gästen den Zutritt zum Lokal zu verwehren, ließen die Geschäftsführer sie an den ungünstigsten Tischen Platz nehmen, weit hinten im Saal, und gaben den Kellnern Anweisung, sie zu ignorieren, bis sie entweder aus freien Stücken gingen oder durch zu laute Beschwerden Unruhe stifteten, worauf die Geschäftsführung die – dem Lokal stets wohlwollend gesinnte – Polizei rief und sie hinauswerfen ließ.
Eines Abends ging Domostroy, von Kopf bis Fuß elegant in Frack und Kaschmir-Seidenmantel gekleidet, in Begleitung einer atemberaubenden Frau in Gala lange vor Beginn des Abendprogramms ins Kreutzer. Mit starkem osteuropäischem Akzent und entsprechend gewichtiger Stimme bat er den Geschäftsführer um die beiden besten Tische des Hauses für ein Dutzend hochgestellter Persönlichkeiten der Vereinten Nationen, Freunde, die er

zum Essen eingeladen hätte. Durch Domostroys großzügiges Trinkgeld beflügelt, richtete das Personal mit feinstem Silber, Damast und frischen Blumen die beiden Mitteltische her.
Bald war der Raum bis an den Rand gefüllt, und zum Entzücken der Geschäftsführung kam eine von Domostroy alarmierte Schar Pressephotographen, um Aufnahmen von den internationalen Würdenträgern zu machen.
Tumult am Eingang kündigte kurz vor Beginn der Show die Ankunft von Domostroys Gästen an. Der Geschäftsführer und eine Schar Kellner eilten zur Tür, um sie zu begrüßen und an die Tische zu geleiten; die Photographen im Gefolge hielten Kameras und Blitzlicht schußbereit. Als die neuen Besucher durch die Tischschneisen zu ihren Plätzen schritten, stellten Geschäftsführer, Kellner und das restliche Personal zu ihrem Entsetzen fest, daß die so sehnlich erwarteten hohen Persönlichkeiten Schwarze waren, der Kleidung und Sprache nach Amerikaner – aus Harlem. Kaum hatten die schwarzen Männer und Frauen Platz genommen, da schossen die Photographen Bilder, die in fast allen Morgenausgaben erschienen. Die Zeitungen berichteten spöttisch, daß von allen New Yorker Nachtclubs sich im Kreutzer noch immer das ausgesuchteste Publikum traf. Damit waren Kreutzers Rassenschranken durchbrochen, und der Club wurde nie wieder wie früher.
Das war nun mehr als zwei Jahrzehnte her. Heute gab es keinen im Kreutzer, der sich an Domostroys Beitrag zur Geschichte des Clubs erinnern konnte oder wollte. Wie sich Domostroys Aussehen und Zukunft geändert hatten, so auch das jetzige Aussehen des Clubs. Je mehr die Bronx in Verfall geriet und zu einem Risiko für Sicherheit und Leben wurde, um so häufiger scheuten die Manhattaner Bürger den Besuch, ohne die der Nachtclub seinen luxuriösen Standard nicht halten konnte. Schließlich wechselte der Besitzer. Heute standen Flipper, ein Musikautomat und elektronische Videospiele, wo einst polierte Tanzfläche war. Um Kunden anzulocken und dem Essen eine Würze zu geben, bot der Oboe d'Amore-Saal noch immer Abendprogramm, das in diesen Tagen aus einem heruntergekommenen Opernsänger, einer zusammengewürfelten Combo und einer Stripperin bestand. Es gab keine Aussicht auf bessere Zeiten. Vier Tage pro Woche begleitete Patrick Domostroy diese Aktionen auf der Barbarina-Orgel, dem elektronischen Spinett mit Wahlschaltung, die auf Wunsch

fast alle Instrumente simulierte, vom Klavier, Akkordeon, Saxophon, Posaune, Gitarre, Flöte und Trompete bis zu Rhythmus-Musik und gemischtem Chor.

Als Domostroy Andrea Gwynplaine zum ersten Mal durchs Kreutzer gehen sah, hatte es ihm einen Stich versetzt, er verspürte den heißen Wunsch, ihr zu gefallen. Aber er hatte keine bestimmten Erwartungen gehabt, und als sie zu ihm kam, ihm bescheiden einen Brief reichte mit der Bitte, ihn zu lesen, war er überrascht und bestürzt. Es war ihr gelungen, sein ganzes Gedankengebäude mit einem Ruck auf den Kopf zu stellen.

Er blickte auf und sah, daß Andrea ihn anstarrte. Sie rückte näher, stapelte die Kopfkissen zu einem Haufen, lehnte sich zurück und fuhr ihm mit der Hand durchs Haar.
»In keinem Artikel wird erklärt, warum du dein erstes Werk *Der quintanische Vogel* genannt hast«, sagte sie. »Was bedeutet der Titel?«
Domostroy war sich nicht sicher, wie aufrichtig ihr Interesse war, und zögerte mit der Antwort.
»Im Mittelalter«, sagte er, »war ein Quintan ein Übungspfahl mit rotierendem Querbalken für Turnierspiele. Am einen Ende hing ein bemalter Holzvogel, am anderen ein Sandsack. Der heranreitende Ritter mußte den bemalten Vogel mit der Lanze treffen, seinem Pferd die Sporen geben und in geduckter Haltung unter dem Querbalken hindurchreiten, bevor der schwere Sandsack herumschwang und ihn aus dem Sattel hob. Ich hielt diesen quintanischen Vogel für eine treffende Metapher für meine Arbeit und für mein Leben.«
»In keinem Artikel stand etwas über eine Frau, Kinder oder Familie«, sagte sie.
»Ich habe keine.«
»Warum nicht?«
»Ich habe meine Eltern sehr früh verloren. Bald nahm die Musik meine ganze Zeit und Enregie in Anspruch. Musik zu komponieren, bedeutete für mich, jedem zu gehören, jede Sprache zu sprechen, jedes Gefühl entfalten zu können: als Komponist war ich frei. Eine Familie hätte meiner Freiheit Schranken gesetzt.«
»Und Sport und Hobbies?«
»Ich hatte nie viel Zeit dazu.«

»Außer für Sex, glaubt man *Hetero*.«
»Auch nur bei besonderen Anlässen.«
»Was für Anlässen?«
»Wenn ich einen Partner habe. Ich spiele nicht solo.«
»Wer waren deine Lieblingspartner?«
»Freundinnen – Künstler, Musiker, Schriftsteller.«
»Wer sind jetzt deine Partner?«
»Ein bandloser Groupie ab und zu. Eine ausgejazzte Jazzsängerin. Das sind die einzigen Frauen, mit denen ich meine Zeit verbringe.«
Sie warf ihm einen traurigen Blick zu. »Sieht aus, als würdest du derzeit in erster Linie Liebe komponieren. Macht es dir nichts aus, daß du dein Leben nicht mit einer Frau teilst?«
»Überhaupt nicht. Schließlich werde ich genauso geteilt.«
»Würdest du mich teilen?« fragte sie und streichelte ihn.
»Mit wem?«
»Mit meinem Liebhaber. Einem Rockstar.«
»Er stillt deine Bedürfnisse. Du meine.«
Sie lachte. »Ich habe bloß Spaß gemacht. Ich habe keinen Liebhaber, aber – bist du am Ende nicht doch besitzergreifend?« fragte sie.
»Bin ich. Ich brauche neue Erfahrungen. Ich will die Zeit besitzen, die ich verbringe.«
»Dann verbring sie mit mir. Mit der Suche nach Goddard.«
»Warum willst du ihn unbedingt finden?«
»Eine fixe Idee. Ich will auch irgendwann eine Villa besitzen, sie mit echten präraffaelitischen Bildern vollhängen. Vorher aber will ich Goddard kennenlernen.«
»Warum ausgerechnet Goddard?«
»Warum nicht Goddard? Er ist eine Person aus dem öffentlichen Leben, und ich bin sein Publikum. Ich habe ein legitimes Recht darauf, alles über ihn zu erfahren, was es über ihn zu erfahren gibt.«
»Und er hat das Recht, seinen Namen, sein Gesicht und sein Leben geheimzuhalten.«
»Nicht vor mir. Ich trenne ihn nicht von seiner Musik.«
»Doch er trennt sich offensichtlich selbst davon.«
»Schade für ihn«, sagte sie, lehnte sich zurück und gab Domostroy noch einmal Gelegenheit, sich über die glatte Haut ihres Bauches zu wundern.

»Sag mal, Patrick«, fragte sie ihn ein paar Tage später, »hast du dich mit einer Frau je frei gefühlt?« Sie lag verführerisch auf dem Bett neben ihm. »Ich meine so frei, daß du jede spontane Regung oder noch so geheime Lust mit ihr geteilt hast? Hast du sie wann und wo du wolltest genommen, einmal, zweimal oder ständig – oder unter Umständen gar nicht? Hast du dich vom Instinkt leiten lassen, um all das zu entdecken, was du von ihr und von dir wissen wolltest, all das anzufassen, zu nehmen und zu schmekken, was du dir wünschtest?«
»Ich fühle mich frei mit dir«, sagte er.
»Wenn, dann nur deshalb, weil du micht nicht liebst. Weil du bei mir nichts zu verlieren hast, wenn du ganz du selbst bist.«
»Du willst sicher nicht, daß der Mann, den du dir genommen hast, sich in dich verliebt«, sagte er lachend, um ihre Bemerkung zu übergehen. » ›Geld teilen in der Liebe, stärkt die Liebe; Geld geben, tötet sie‹, sagt Stendhal, und er hat recht: denk nur, wie widerspenstig ich werden könnte, wenn ich dir deine Goddard-Besessenheit übelnehmen würde!« sagte Domostroy.
Er schwieg und rückte näher, bis sein Körper fest an ihren gepreßt war.

Andrea betrieb die Erweiterung ihres Sexualwissens mit demselben Ernst und Eifer wie das Studium der Dramaturgie und Musik. Sie machte sich Gedanken über schädliche Nebenwirkungen der Anti-Baby-Pille und anderer Verhütungsmittel – dem IUP, dem Diaphragma, sogar spermientötendem Schaum; sie war ein überzeugter Anwalt der Zervixkappe, die sie mit großer Sorgfalt, ohne Scham, vor Domostroys Augen einsetzte.
Sie kaufte periodisch eine Reihe Magazine und Hefte, die sich mit schnellebigen Sextrends und mit der Häufigkeit des Geschlechtsverkehrs beschäftigten, sie besuchte regelmäßig Läden, die raffinierte Sexartikel, Kostüme und andere Neuheiten verkauften. Ihr Schrank war eine wahre Fundgrube für sexuelles und – wie Domostroy zu seiner Verwunderung feststellte – bisexuelles Zubehör. Sie war, das wußte er inzwischen, ein Partner voller Leidenschaft. Sie steuerte und stillte sein Verlangen, als gälten ihre Nachforschungen nicht nur seiner Musikkarriere, sondern auch seinen sexuellen Neigungen. Mit Vorliebe brachte sie ihn schnell zum Orgasmus, um sich dann von ihm zu lösen – unter dem Vorwand, einen Drink zu holen.

Zu seiner Überraschung kehrte sie oft nicht nackt ins Bett zurück, wie sie es verlassen hatte, sondern in verschiedenen Verkleidungen. Einmal putzte sie sich heraus wie ein Punk, ganz in Schwarz: nietenbesetztes Lederhalsband, enge Lederjacke und kurzer Lederrock, bis zum Ellbogen reichende Lederhandschuhe und hochhackige Schaftstiefel, die wie angegossen an Fuß und Wade saßen. Ein anderes Mal tauchte sie stark parfümiert aus dem Bad auf, gleich einer Stripperin mit platingrauer Perücke, dunklem Lidschatten, knallrotem Lippenstift. Sie trug bloß einen schwarzen Spitzen-BH, Spitzenslip und Straps, Seidenstrümpfe und Schuhe mit Stilettabsatz und um die Knöchel geschlungenen Lederriemchen. Eines Nachts verschwand sie und erschien unmittelbar danach ganz ohne Make-up – jeder Zoll, jede Pore, jede Öffnung ihres Körpers war frisch und rein, das Haar seidenweich, das Kleid aus schlichtestem Stoff, an den Füßen Sandalen. Mit ihrer Kleidung und ihrer Aufmachung änderte sich auch ihr Verhalten. Einmal war sie so aggressiv, daß sie die Kraft aus ihm heraussaugte; ein anderes Mal ließ sie ihn ergeben ihren Körper ganz nach seinem Willen gebrauchen. Was sie auch trug, wie sie auch aussah, stets umgab sie eine Aura von Sinnlichkeit, zugleich zart und grob, keusch und schamlos, die so wirklich, so überwältigend und faßbar war, daß er sich ihr ausgeliefert fühlte, wie einer autoritären Persönlichkeit oder einer ansteckenden Krankheit.
Zuerst hatte er den Verdacht, daß sie nur schauspielerte, sich verstellte, einen sexuellen Maskenball aufführte, bei dem er zugleich Teilnehmer und Zuschauer war, sie dagegen bloß das Instrument für Vergnügen und Spaß. Aber als er später ihrem hastenden Atem lauschte, den wohlgeformten Busen bei steigernder Erregung sich rhythmisch heben und senken sah, als er den rasenden Herzschlag fühlte und spürte, wie ihr die Liebe den Atem raubte und sie Schreie, gipfelnd in Orgasmen, ausstieß, merkte er, daß sie den Sex ebenso liebte wie er. Ihre Versuche, ihn zum Höhepunkt zu bringen, brachten ihr ebenso große Lust und Erregung wie ihm.
»Wenn ich einen Mann haben will, kann es der Bucklige von Notre Dame sein«, sagte sie. »Aussehen, Alter und Beruf tun nichts zur Sache. Wichtig ist sein Wesen – dabei ist mir gleich, ob er bucklig ist. Ich muß zum Kern seines Wesens vordringen. Gelingt es mir – und der Prozeß wird nicht behindert – fühle ich

mich frei, sicher und allen seinen und meinen Wünschen offen. Ich finde das ganz natürlich. Um so zu leben, bin ich jedem Mann nachgestiegen, den ich wollte. Und ich habe ihn immer gekriegt. Immer.« Sie ließ das Kinn auf seine Schulter sinken. »Bis auf einen: Goddard. Und ihn zu bekommen, ist nur noch eine Frage der Zeit.«

»Mir fällt da der Bursche ein«, sagte Domostroy nachdenklich, »der jahrelang, Tag für Tag, ob Sonne oder Regen, in schmutzigen Lumpen auf dem Bürgersteig vor der Carnegie Hall gestanden hat und populäre Opernarien sang. Seine Stimme war nicht schlecht, und sie war, weiß Gott, kräftig – sie trug einen Häuserblock weit –, aber wenn er sang, mit vor Anstrengung hochrotem Gesicht, Grimassen schneidend und mit zahnlosem Mund, waren die Passanten über die Erscheinung so entsetzt, daß sie der Stimme keine Beachtung schenkten, sie hielten ihn für verrückt. In all den Jahren hat er durch seinen Gesang nichts als Unbehagen verbreitet, sogar Furcht. Mit Goddard ist es gewissermaßen umgekehrt; wir sehen ihn nicht – wir hören nur seine Stimme –, und deshalb wollen wir wissen, wer er ist und wie er aussieht.«

»Was aber«, sagte Andrea, »wenn Goddard so heftig gegen die Abhängigkeit des Rock von der Aufmachung, vom Aussehen, der Gestik und dem Privatleben der großen Stars rebelliert hat, daß er beschlossen hat, sich dem ein für allemal zu entziehen? Will er womöglich das Gesicht des Rock wahren, indem er das eigene versteckt?«

»Er muß einen äußerst zwingenden Grund für sein Versteckspiel haben«, sagte Domostroy. »Es steckt erheblich mehr dahinter als ein Publicity-Trick. Außerdem kostet es ihn eine ganze Stange Geld!« Er hielt inne. »Vor ein paar Jahren haben bei Bob Dylans Tournee sechs Millionen Menschen nach Karten gefragt – und es gab nur 660 000 Plätze. Wenn Goddard morgen ein Live-Konzert gäbe, würden Millionen Fans dahin stürmen, ganz gleich, wie hoch der Eintrittspreis ist. Wenn er aus seinem Versteck käme, würde ihm jeder Fernsehsender Millionen für einen einzigen Auftritt geben, und jedes Filmstudio in Hollywood würde für die Rechte an seiner Lebensgeschichte diese Fernsehsummen verdreifachen.« Er zögerte. »Warum, also, zeigt er sich nicht? Ist er vielleicht ein Krüppel, häßlich oder unansehnlich, so daß er sich verstecken muß?«

Andrea sah ihn skeptisch an. »Vielleicht reagiert er nur allergisch

auf Menschen«, sagte sie. »Häßlich oder nicht«, faßte sie zusammen, »wir müssen ihn finden. Ich will ihn immer noch kennenlernen.«
Sie wartete darauf, daß Domostroy wieder reagierte, sie wieder an sich preßte; als er nichts dergleichen tat, nahm sie seine Hand wie einen Gegenstand und schob sie in sich hinein, drehte sie, bis seine Finger vor Feuchtigkeit trieften, zog sie dann heraus und führte sie an seinen Mund, während sie mit den Fingern der anderen Hand seine Lippen spreizte. Seine Zunge spürte und schmeckte ihre Feuchtigkeit, bevor sie sich mit seiner eigenen vermischte.
Ihre Stimme klang traumverloren. »Eines Tages, wenn ich weiß, wer Goddard ist, werde ich vor ihn treten und ihm die eigene Wahrheit ins Gesicht sagen!«
»Was aber, wenn er diese Wahrheit schon weiß?« sagte Domostroy.

Er hatte ihr Angebot akzeptiert, ihr Geld genommen. Den Gegenwert für sechs Monate Schinderei im Kreutzer hielt er auf einen Schlag bar in den Händen.
Aber er wußte nicht, wo er beginnen sollte, Andreas Nuß zu knacken. Auch als er sich größter Popularität erfreute, als er komponierte, Schallplatten machte und regelmäßig öffentlich auftrat, war Domostroy ein kreativer Künstler geblieben und lebte als solcher relativ zurückgezogen. Seine Verbindungen im Musikgeschäft waren im wesentlichen auf den Stab seines eigenen Verlages begrenzt, Etude Classics. Seitdem das öffentliche Interesse an klassischen Schallplatten geringer geworden und die Profite an einem Punkt angelangt waren, wo Etude das eigene Lager und den Vertrieb nicht länger aufrecht erhalten konnte, wurden sämtliche Schallplatten von Etude durch Nokturn Records vertrieben, einem großen Verlag mit Sitz in Manhattan, spezialisiert auf Rockmusik. Durch diese neue Vaterschaft hatte Domostroy bei verschiedenen Anlässen einige Direktoren und Mitarbeiter kennengelernt.
Seine anderen beruflichen Beziehungen bestanden meist aus Rechtsanwälten, die ihn im Laufe der Jahre beraten hatten, wenn es um komplizierte Details bei neuen Verträgen ging. Er hatte nicht einmal einen Agenten gehabt. Er zog es vor, auf eigene Faust zu handeln. Er konsultierte seine Anwälte nur dann, wenn

er, wie es oft der Fall war, durch einseitigen und schmutzigen Journalismus verspottet und verunglimpft worden war. Gewöhnlich rieten sie ihm, die Zeitung, das Magazin oder den Verleger wegen Verleumdung zu verklagen. Ein treuer Anwalt uneingeschränkter Pressefreiheit und jahrzehntelanges aktives Mitglied der Amerikanischen Bürgerrechtsunion, hatte er es stets abgelehnt, ihrem Drängen nachzugeben.
Mit dem Rest der Musikwelt, den Komponisten, Musikern, Impresarios, Managern und Medienbossen, verkehrte er heute kaum mehr, obschon er sie in den Jahren seiner Triumphe alle gekannt hatte. Er war zwei Amtsperioden Vorsitzender der Musiker- und Künstlergewerkschaft gewesen, hatte dem Komitee der New York Chamber Soloists vorgesessen und war in der National Academy of Recording Arts and Sciences, der Recording Industry Association of America und der National Academy of Popular Music aktiv gewesen.
Wenn er Goddard durch solch reguläre Kanäle finden wollte, mußte er versuchen, sich die Musikindustrie als ein Ganzes vorzustellen, dann entscheiden, welcher Teil und welches Individuum ihm bei der Suche behilflich sein konnte.
Würde er in einem totalitären Staat leben – so wie früher –, hätte er es mit dem Monopol eines einzigen Führers oder einer Partei zu tun. Er müßte sich nur mit einer Person in einer privilegierten Position befreunden, sie verführen – notfalls anderen andeuten, daß er das getan –, um Zugang zu jeder gewünschten Information zu bekommen. Darin lag die Ironie der Sache. In einem geschlossenen und totalitären Regime wäre es weitaus einfacher, den Schlüssel zu finden, der sämtliche Türen öffnete, als in der offenen und freien amerikanischen Wettbewerbsgesellschaft die verschlossene Tür zu finden, die zu Goddard führte.
So, wie Domostroy sich niemals auf einen öffentlichen Disput mit seinen Gegnern einlassen oder die bösartigen Verleumdungen der Boulevardpresse niemals vor Gericht austragen würde, so hatte er als freischaffender Künstler Bundes- und Landesregierungen wie auch großen Gesellschaften und Zusammenschlüssen stets mißtraut. Sie waren so hochgradig bürokratisiert, daß sie den Menschen, die sie geschaffen hatten, nur die Entfaltung solcher Persönlichkeitszüge erlaubten, die sich mit denen ihrer Arbeitskollegen deckten, nie aber solchen, die den einzelnen Menschen als Individuum auswiesen.

Statt mit Unterstützung aus der Musikindustrie zu rechnen, war Domostroy daher eher geneigt, Hilfe bei einer Person zu suchen, die, wie er selbst, unabhängig und selbständig tätig war, in ihrem Verhältnis zur Musikwelt von korporativen oder kollektivistischen Interessen frei.

Sidney Nash war solch ein Mensch. Als freier Journalist, nicht einmal ganz dreißig, hatte er nahezu ein Jahrzehnt lang mit großem Erfolg die gesamte komplexe Musikwelt Amerikas analysiert und kritisiert. Seine neueste Studie über die Verflechtungen in der Musikindustrie, *Musik für ihre Ohren: Das Schallplattengeschäft in Amerika,* hatte ihm den Pulitzerpreis eingebracht, und sein Hauptwerk, *Mondscheinsonate: Musik, Selbst und Profit in der amerikanischen Gesellschaft,* wurde bereits als kleiner Klassiker und als Muster journalistischer Arbeit und Dokumentation betrachtet. Infolge seiner scharfsinnigen Forschungen und seiner unzähligen Kontakte war nichts im modernen Musikgeschäft ein Geheimnis für Nash.

In der späten Phase seines Lebens als Komponist hatte Domostroy Nash recht gut gekannt, und er war selbst Gegenstand der Bewunderung dieses jungen Kritikers gewesen, aber er hatte ihn seit Jahren nicht mehr getroffen. Er wußte, daß Nash, als typischer New Yorker, der er nun einmal war, zwar hauptsächlich mit seinen momentanen Interessen beschäftigt, noch immer bereit wäre, einem Ruf aus der Vergangenheit zu folgen. Auch würde Nash besser als die meisten Menschen die Gründe für die lange Abwesenheit seines alten Freundes von der erfolgsorientierten gesellschaftlichen Szene verstehen.

Nash schlug Domostroy vor, sich gleich am Abend im Fuzz Box zu treffen, einem weithin bekannten Peep-Show-Theater in Greenwich Village, wo er eine neue Punk-Gruppe entdecken wollte. Als Domostroy dort ankam, befanden sich vier Kinder mit satt gefärbtem Haar im rasenden Finale auf der winzigen Bühne. Nash, der allein an einem Tisch saß, erspähte ihn und winkte. Trotz seines hohen Einkommens und seiner wachsenden Popularität, hatte sich Nash nicht geändert. Er sah noch immer wie ein zerstreuter Doktorand aus mit seiner Hornbrille, dem schäbigen Tweed-Jackett und dem Nyltesthemd, das ihn schwitzen machte.

Er stand auf und begrüßte Domostroy herzlich, wie ein erfolgreicher Student, der seinem guten alten Professor nach Jahren wieder begegnet. Er erinnerte sich daran, daß Domostroy gern Cuba Libre trank, bestellte einen und für sich ein weiteres Bier. Er drehte auch einen Joint, den er unter den Tisch hielt, wenn er nicht daran zog.

Nachdem sie sich nach dem gegenseitigen Wohlbefinden erkundigt hatten, kam Domostroy direkt zur Sache.

»Ich brauche deinen Rat«, sagte er. »Ich arbeite mit einer Frau an einem Projekt aus der Schallplattenbranche, und sie will, daß ich über Goddard herausfinde, was immer ich kann. Die Wahrheit ist, ich habe nicht die leiseste Ahnung, wie oder wo ich anfangen soll.« Es klang hilflos, verlegen.

Nash schenkte ihm ein nachsichtiges Lächeln. »Was will sie denn wissen?« fragte er.

»Alles, was ich herausfinden kann«, platzte Domostroy unbeholfen heraus. »Mehr jedenfalls, als allgemein bekannt.«

»Was allgemein bekannt ist«, sagte Nash, die Arme ausbreitend, »ist seine Musik – und sonst nichts. Weiß deine Freundin denn nicht, daß im Fall Goddard mehr weniger ist? Hat sie denn nicht gehört, daß er der Mann ist, der nicht da ist?«

»Natürlich hat sie das«, sagte Domostroy. »Sie dachte nur, mit meinen Kontakten ... du verstehst ... Leute wie du ...« Er konnte nicht weiterreden.

»Ich verstehe«, sagte Nash, »aber ich kann dir nur Fakten geben.« Er seufzte. »Wie du wissen wirst, hat Goddard vom ersten Tag an, da WNEW ihn zu spielen begann, mehr Platten verkauft als jeder andere Popstar. In sechs Jahren hat er sechs LPs gemacht, jede davon stand monatelang ganz oben auf der Liste. Vier von ihnen erreichten Platin, haben sich mehr als eine Million mal verkauft. Obendrein hatte er vermutlich mindestens ein Dutzend einzelne Hits, die sechs Goldenen eingeschlossen, die brutto je über eine Million Dollar eingebracht haben.« Er trank sein Bier. »Was soll ich sagen? Der Bursche will ein Geheimnis bleiben.«

»Du bist ihm nie begegnet?« fragte Domostroy unschuldig.

»Nicht daß ich wüßte«, sagte Nash mit einem strahlenden Lächeln. »Er ist ein äußerst wohlgehütetes Geheimnis. Der größte Unterhaltungskonzern im Land, die American Music Limited, hat Nokturn Records nicht bloß geschaffen, um Goddards Schallplatten herzustellen und zu vertreiben, es soll ausdrücklich sein Geheimnis gehütet, seine Unsichtbarkeit geschützt werden – ganz abgesehen von den Investitionen der Aktionäre in seine

Musik.« Er hielt inne. »Vergiß nicht, wir sprechen nicht über billigen Ramsch. Wir sprechen vom großen Geld. Der Schallplattenabsatz in diesem Land ist so hoch wie der gesamte Bruttogewinn von Film, Fernsehen und sämtlichen Profisportarten zusammen genommen. Und Goddard ist der größte Geldbringer im ganzen Geschäft! Seit Menschengedenken! – Hast du das alles etwa nicht gewußt?«
»Doch«, sagte Domostroy. »Ich habe es in deinem Artikel in der *Times* gelesen.«
»Gratuliere. Dann weißt du auch, daß im Rock nichts erfolgreicher ist als das Außergewöhnliche. Solange sich also Goddards Platten so verkaufen wie jetzt, wird niemand die Nokturn-Nuß knacken und Goddard zum Essen einladen. Das heißt«, er korrigierte sich, »man kann ihn einladen – indem man an Nokturns Adresse schreibt –, aber ich habe den Verdacht, daß er nicht auftauchen wird!« Er gab der Kellnerin zu verstehen, noch ein Bier und für Domostroy einen Cuba Libre zu bringen.
»Was hältst du von seiner Musik?« fragte Domostroy.
»Sie ist gut – vielleicht die beste. Die Quantität hat schon immer die Qualität geschluckt – aber nicht bei ihm. Er wird einfach ständig besser. Zugegeben, man kann fremde Einflüsse in seinem Werk hören, aber er bleibt kohärent, stets ins Beste versenkt. Er weiß, was er sucht, und aus all den Bruchstücken und Anleihen aus der lateinamerikanischen und heimischen Folklore hat er den besten Popsound seit eh und je gemacht. Erzähl mir nicht, daß du ihn nicht magst!«
»Nicht besonders«, sagte Domostroy.
»Generationsproblem«, erwiderte Nash, um ihn ein wenig aufzuziehen. »Oder womöglich Eifersucht? Wie viele wirklich zusammenhängende Kunstwerke gibt es denn schon?«
»Wie steht es mit seinen Texten?« fragte Domostroy.
Nash begann, noch einen Joint zu drehen. »Sein Geschmack bei Texten gleicht meiner Ansicht nach dem seiner Musik. Nimm nur einen Song wie *Aus nacktem Fels.* Welcher andere Popstar würde Verse von William Butler Yeats singen:

Aus nacktem Fels
Aus trostlosem Born
Macht Liebe die eigene Form.

Oder wie ist es mit *Es stirbt die Welt?* Nenn mir einen Menschen, der ein so großartiges Gedicht von Archibald MacLeish vertont hat!« Mit Inbrunst begann er zu rezitieren:

»Es stirbt die Welt, wenn ihre Bilder sterben.
Es wird die Zeit zur Zeit, laßt alles mal beiseite,
Wenn Dichter, empfindsam in kreativem Stolz
Embleme suchen, die der Seele dienen,
Um das zu sagen, was unsagbar ist,
Erfahrbar nur in Bildern, die der Mensch gemacht;
Sie stirbt, wenn diese Bilder, die man sieht,
Nichts mehr bedeuten . . .

Und das ist die Single, von der man Millionen verkauft hat! Das ist kaum zu schlagen, meinst du nicht auch?« fragte Nash.
»Mag sein«, sagte Domostroy, »aber was ist mit einem Song wie *Acne Lady?* Mit all diesen niedlichen Wortspielereien: Oder *Pornutopia is Utopia* –, wo er sagt, ›Zeugung ist Kreation, Kontrazeption, Betrug, Masturbation – sexuelle Probezeit‹. Findest du das nicht ausgesprochen albern?«
»Dann ist aber auch die Kultur albern, die diese Dinge täglich propagiert«, sagte Nash. »Goddard macht sich ganz offensichtlich einen Spaß daraus, Domostroy! Darüber hinaus ist das der Stoff, den seine jungen Fans verstehen. Er gefällt dir nicht, aber das mag an deinem Alter liegen. Vergiß nicht –«
»Laß es mich lieber vergessen«, sagte Domostroy. »Kindisches Reimgeklingel im Fernsehen und aus sämtlichen Musikautomaten machen es mir nicht leichter, älter zu werden.«
»Sei ehrlich, Domostroy. Musikalisch und mit seinen Texten übertrifft Goddard all seine Rock 'n' Roll-Vorgänger – Elvis Presley, John Lennon, Bob Dylan, Elton John, Bruce Springsteen –, auch die Besten im Funk, Soul, Reggae überragt er – und natürlich, den Einfluß von so meisterhaften Salonsängern wie Nat King Cole und Tony Bennett. In Goddards Musik kannst du das ganze Vokabular von Karlheinz Stockhausen und den elektronischen Zauber hören – angefangen beim Sound City Jo'anna und Pianomate über den Hammond, den Moog, den Buchla, bis hin zum ARP, dem Putney, Synthi und Gershwin.«
Domostroy hörte aufmerksam zu. Nach einer Weile sagte er: »Ich kann einfach nicht glauben, daß in dieser offenen und medien-

verrückten Gesellschaft niemand die Identität unseres populärsten Musikers feststellen kann!«

»Jeder hat die Freiheit dazu«, sagte Nash, »und glaub mir, fast jeder hat es versucht. Denk doch mal zurück an die Zeit, als sämtliche Fanzeitschriften allen Belohnungen versprachen, die Goddards wirklichen Namen nennen oder ein glaubhaftes Photo vorweisen konnten! Als etliche hundert Burschen auftauchten und sich als Goddard ausgaben – und manche sogar sangen wie er! Als der wirkliche Goddard seinen ersten Schallplattenpreis nicht entgegennahm – den ersten seiner bislang drei – und die Rundfunk- und Fernsehanstalten ihn aufspüren wollten. Und als das dann auch jeder Hanswurst versucht hat, jeder Discjockey, jeder Spürhund und Spitzel aus der Plattenbranche Amerikas, jeder frustrierte Musikkritiker, jeder Liedermacher und jeder Verskoch aus der Gerüchteküche – und alle anderen aus den Musiktagen der Tin Pan Alley – diesem Klüngel aus Liedermachern, Musikbossen und Schallplattenfirmen! Und was haben sie gefunden? Nichts, außer den üblichen Finten und Mutmaßungen: daß er sich versteckt, weil er verkrüppelt ist; daß sein Gesicht bei einem Autounfall entstellt wurde; daß er den Veitstanz hat; daß er eine Vorahnung gehabt habe, daß ihn eine Kugel erwarten würde – statt der Blumen und Küsse – von einem seiner Fans oder erbitterten Feinde, falls er aus seinem Versteck käme. Andere, die mit ihm gevögelt oder angeblich beim Schreiben seiner Musik oder Texte oder sogar bei beidem geholfen haben wollten, behaupteten, daß er fast immer high sei – ein Heroinsüchtiger, der nicht geheilt werden wolle. Oder hör dir folgendes an: Er sei ein psychopathischer Freak, der sich Elektroden ins Gehirn implantieren ließ, die ihm halluzinatorische Stöße versetzen, damit er und seine psychopathischen Freunde stundenlang auf Elektro-Sextrips gehen können. Wieder andere behaupten, daß seine Unsichtbarkeit nichts als raffinierter Werberummel ist – der beste seit Menschengedenken. So was hält die Öffentlichkeit in Schwung und schützt den Star vor sämtlichen Verrücktheiten, denn solange keiner weiß, wer Goddard ist, kann keiner auf ihn schießen. Ein Sänger, der gegenüber seinem Publikum den Kopf verliert, wird öffentlich geköpft. Denk an John Lennon!«

Nash sah auf seine Uhr. »Wenn ich du wäre, würde ich aufgeben«, sagte er abschließend. »Alle haben das getan. Goddard sagt uns das, wenn er die Zeilen aus dem *Ulysses* von Joyce singt:

Ich bin der Mann
der sich
unsichtbar machen kann.

Und warum soll man ihm den Spaß an seiner Unsichtbarkeit nicht lassen? Wenn einer so gut ist wie er und ein Rätsel sein will, so laß ihn doch. Und ich frage mich, ob heute wirklich noch jemand scharf auf seine Person ist.«

»Meine Freundin ist es«, sagte Domostroy.

»Sag ihr, daß sie mir nachsteigen soll. Ich bin ein kluger Kopf, sehe aus wie ein Rockstar und – was viel wichtiger ist –, ich verstecke mich nicht!«

In der New Yorker Stadtbibliothek brütete Domostroy über einem Artikel nach dem anderen. In ihnen stand auch nur das, was er bereits wußte; er fand nicht eine einzige neue Spur. Jedes Jahr standen Goddards Platten an der Spitze der Bestsellerliste, und jede Woche nahm sein Sound derart an Popularität zu, daß die Atmosphäre von ihm schwanger zu sein schien, doch niemandem war es gelungen herauszufinden, wer er war. Sein Geheimnis blieb unberührt, trotz aller Versuche, in es einzudringen. Ein Musikwissenschaftler aus San Francisco behauptete, daß Goddard ein ehemaliger Student von ihm an der Berkeley-Universität sei, der dem Credo Descartes »Larvatus prodeo« – »Ich bin öffentlich maskiert« folgte und Essays geschrieben hatte, die wie die Verse von Goddards meistverkauftem Song ›Die Leidenschaften der Seele‹ klangen. Der Wissenschaftler berichtete, daß dieser Student, als man versuchte, Kontakt mit ihm aufzunehmen, verschwunden war und keiner seiner Freunde verläßliche Informationen über ihn geben konnte. Ein Manhattaner Discjockey verkündete mit ähnlicher Gewißheit, daß Goddard als Farmer mit Frau und drei Kindern auf einem abgelegenen Hof ganz oben im Staat New York lebe. Und ein bekannter englischer Rockgitarrist war überzeugt, daß er und Goddard sich in einem bestimmten Londoner Jazz-Club herumzutreiben pflegten, bevor beide den Durchbruch geschafft hatten.

Eine ganze Reihe Psychologen, von Boulevardblättern und Fan-Magazinen engagiert, hatten ein höchst unterschiedliches Bild von diesem Mann entworfen. Einer sah Goddard als einen pathologisch scheuen Kleinstadtjungen, der sich in einer privaten Anstalt aufhielt, in der er seine Musik schrieb und aufnahm; ein anderer schilderte ihn als Drogenabhängigen; ein dritter sagte, daß er der Öffentlichkeit eigentlich als zweitklassiger Country-Sänger bekannt war und es nur dank der konspirativen Mitwirkung einflußreicher Freunde und seiner Geliebten, einer bekannten Hollywood-Agentin, geschafft hatte, so lange seine Maske zu wahren.

Widerstrebend beschloß Domostroy, einen Blick ins Goddard Beat zu werfen, einer allgemein beliebten Discothek an der West Side, die nach Goddard benannt war und in erster Linie seine Musik spielte. Das Goddard Beat unterschied sich von anderen Discos darin, daß es statt der üblichen Discjockeys und Platten Live-Musik bot, häufig die originellsten Rock- und Popgruppen, für die ein Auftritt im Goddard Beat gleichbedeutend war mit einem Gang nach Mekka. Domostroy verabscheute Discos und hatte sie selbst in der Zeit seiner eigenen Erfolge gemieden, auch wenn Freunde ihn zu einem Besuch dorthin eingeladen hatten. Der Grund war einfach: von einem Computer gemischt, von einem Roboter verstärkt und von menschlichen Automaten betanzt, galt Disco-Musik für ihn nicht als Kunst.

Als Domostroy das Goddard Beat betrat, bauten die Mitglieder einer der sich ständig abwechselnden Bands des Abends geräuschvoll ihre elektronische Ausrüstung ab, während die Mitglieder der neuen Band ihre Instrumente aufbauten. Ehe Domostroy sich durch die verschwitzte Menge einen Weg zur Bar bahnen konnte, setzte die neue Band mit ihrer ersten Nummer ein, und die Paare um ihn herum begannen eng umschlungen zu taumeln, gleich Fleischbrocken, die an einem Fleischerhaken baumeln.

Als er endlich an der Bar angelangt war und einen Cuba Libre bestellt hatte, starrte ihn der Barkeeper, ein Lateinamerikaner mit bedrohlichem Schnauzbart, an und sagte: »Was wollen Sie?«

»Cuba Libre!« wiederholte Domostroy lauter.

»Cuba was?« fragte der Mann grimmig.

»Cuba Libre«, sagte Domostroy sehr deutlich und versuchte, sich zu beherrschen. »Sie sind doch Barkeeper, oder? Das ist Rum mit Cola und einer Scheibe Limone!«

»Ich weiß, was ein Cuba Libre ist. Ich bin Kubaner!« schnauzte ihn der Barkeeper an. »Aber Libre bedeutet ›frei‹«, fuhr er fort,

»und ich weiß zufällig, daß Kuba nicht frei ist, Señor. Statt also Ihren Drink einen Cuba Libre zu nennen – was eine Lüge ist –, schlage ich vor, Señor, daß Sie ihn eine Große Lüge nennen! Verstehen Sie?«
»Ich verstehe«, sagte Domostroy geschlagen. »Dann geben Sie mir bitte eine doppelte Große Lüge. Mit zwei Scheiben Limone.«
Ein Mädchen an der Bar neben Domostroy begann zu lachen. Verlegen drehte Domostroy sich ihr zu. Sie hatte gleichfalls lateinamerikanische Züge, ausdrucksvolle braune Augen, pechschwarzes Haar und Zähne, die fast zu weiß zu sein schienen.
Er kam sich deplaziert vor, als sie ihn fortwährend anstarrte und lachte, aber er wandte weder seinen Blick ab, noch verzichtete er darauf, ihre vollen, hohen Brüste und ihre Figur zu betrachten.
»Nicht böse sein, Pappi!« sagte sie zu ihm. »Frag das nächste Mal nach einem Tequila Sunrise.«
»Ich bin nicht dein Pappi«, sagte Domostroy.
»Könntest du aber sein«, sagte sie und drehte sich auf dem Barhocker zu ihm herum, bereit zu einem Gespräch.
»Ich könnte eine Menge Dinge sein«, sagte er. Im selben Atemzug versuchte er, sich darüber klar zu werden, ob sie ein harmloser Flirt war, gegen den er nichts einzuwenden gehabt hätte, oder eine Professionelle, die er sich nicht hätte leisten können.
»Du hättest einen besseren Haarschnitt verdient«, sagte sie, während sie ihn musterte.
»Warum?«
»Es ist zu kurz geschnitten«, sagte sie mit Überzeugung. »Paßt nicht zu deinem Gesicht.«
»Was soll ich dagegen tun?« fragte er mit einem Grinsen.
»Es ein oder zwei Monate wachsen lassen. Dann richtig schneiden lassen.«
»Von wem?«
Sie warf ihm einen koketten Blick zu. »Von mir, zum Beispiel.«
»Warum von dir?«
»Ich bin Schönheitspflegerin. Amtlich geprüfte Friseuse.« Sie griff prompt in ihre Hängetasche, zog eine Geschäftskarte heraus und reichte sie ihm.
Er las die Karte: »Angelina Jimenez, Schönheitsexpertin. Ehemals Hotel Casa de Campo, La Romana, Dominikanische Republik.« Die Anschrift war Manhattan-Mitte.

»Man nennt mich Angel«, sagte sie.
Domostroy stellte sich vor.
»Ich schneide ihnen die Haare«, sagte sie, indem sie stolz in Richtung Bühne auf die Band deutete. »Ich schneide die meisten großen New-Wave-Musiker.« Sie hielt inne, als erwarte sie von ihm, daß er Überraschung zeige; als er dies nicht tat, sagte sie: »Bei jeder tollen Frisur, die auf einem neuen Plattencover von Punk, Funk, Rock oder Pop in die Augen fällt, kannst du sicher sein, daß sie von mir ist. Ich sorge bei jedem für die besondere Note, und – ich kenne sie alle persönlich!«
»Ich bin beeindruckt«, sagte er. Er witterte eine Möglichkeit. Er rückte mit dem Stuhl näher an sie heran.
»Erzähl mir nicht, daß du auch Haare schneidest«, sagte sie.
»Nein. Ich mache – habe früher Schallplatten gemacht.«
»Wirklich? Was für Schallplatten?«
»Meine eigene Musik«, sagte er.
Sie warf ihm einen langen Blick zu. »Müßte ich dich kennen?« fragte sie schließlich, nicht ganz ohne Scheu im Ton. »Ich meine, kenne ich vielleicht deine Sachen?«
»Ich bezweifle es. Als ich sie geschrieben habe, warst du noch nicht auf der Welt.«
»So alt bist du nun auch wieder nicht«, versicherte sie ihm. Danach fügte sie ganz ernsthaft hinzu: »Ich wette, daß du noch fast alle Zähne hast.«
»Die meisten«, gestand er ihr. »Zwar einige überkront, aber meine eigenen.«
»Deine Zähne sind in Ordnung, aber dein Geist ist geflickt«, rezitierte sie. »Das ist von John Lennon. Aber was machst du für Musik?« fuhr sie fort.
»Nichts, was hier gespielt würde«, sagte er.
»Hast du je in der Hall gespielt?«
»In der Hall?«
»In der Carnegie Hall. Eine Menge Popstars spielen da.«
»Ja, ich habe in der Carnegie Hall gespielt«, sagte er.
»Und im Garden?« bohrte sie weiter.
»Nein. Da nicht. Der Madison Square Garden war zu groß für meine Musik.«
»Könnte ich deine Platten im Laden kaufen?« fragte sie.
»Ja«, sagte er. »Inzwischen sind die meisten Liebhaberstücke geworden.« Er bestellte weitere Drinks.

»Was machst du jetzt?« fragte sie.
Er lächelte. »Ich nehme einen Drink, lasse mir die Haare wachsen.«
»Nicht jetzt! Ich meine – im Leben. Du weißt schon.«
»Ich bin zwischen –« er zögerte – »Schallplatten.«
»Ruf mich an, bevor du die nächste Platte machst. Ich schneide dir die Haare und richte dich fürs Albumcover her. Glaub mir, ein gutes Bild ist das wichtigste!«
»Sag mal, Angel«, fragte er sie, »hast du jemals Goddards Haar geschnitten?«
»Das wäre zu schön gewesen«, sagte sie und ließ das Weiß ihrer Zähne blitzen.
»Vielleicht hast du ihm die Haare geschnitten, ohne zu wissen, daß er es war.«
»Vielleicht hast du recht. Aber dann wüßte ich es nicht, nicht wahr?« überlegte sie laut.
»Er könnte doch sogar einer der Burschen dort drüben sein«, sagte Domostroy. Er deutete auf die Band.
»Auf keinen Fall«, sagte sie. »Diese Burschen kennen untereinander jeden einzelnen Ton ihrer Stimmen von Schallplatten. Sie würden Goddard sofort erkennen. Aus dem Effeff!«
»Sind sie denn nicht neugierig auf seine Person?«
»Natürlich sind sie das«, sagte sie. »Sie versuchen seit Jahren, sich ein Bild von ihm zu machen. Sie reden und reden in einem fort über seinen Elfmeterschlag und seinen Doppelbeat und seinen Pintensound, seinen Singsang, seine Pausen und seine Harmolodien, seine Flaumtöne und Sodaklänge und seine Überspieltechnik – was du willst –, und trotzdem können sie es sich nicht erklären.«
»Was erklären?« fragte er.
»Warum er so einen gemeinen Flipper spielt – warum man nie weiß, welchen Weg sein Song nimmt – wie der Ball in einem Flipper-Automaten.«
»Was ist so Besonderes an ihm?«
»Seine Verse, zum Beispiel. Die Weise, wie er sich wie kein anderer an manche Noten schmiegt. Manche Punks schwören darauf, daß Goddard vor einem Publikum probt – wußtest du das? Sie schwören darauf, daß er die Resonanz von leibhaftigen Menschen braucht, um so stark und so gut herauszukommen.«
»Meinst du, daß er sein eigenes Studio hat?«

»Aber sicher«, sagte sie. »Schau, sein eigenes Aufnahmestudio zu haben, ist heute keine große Sache mehr! Ich schneide einer Menge Leute in ihren eigenen vier Wänden das Haar. Ich kenne da einen Punk-Rock-Typen, der ein Penthouse-Studio hat mit der feinsten Sound-Track-Ausrüstung und der besten elektronischen Ausstattung, die du dir vorstellen kannst – direkt an der New York Avenue, mit Blick auf den Fluß!«

»Was sollen das für Leute sein, mit denen Goddard arbeitet?«

»Manche meinen, daß er mit Nokturn im Rücken die besten Leute im Geschäft für seine Arbeit hat. Aber ich schneide vielen die Haare«, sagte sie mit einem breiten Lächeln, »und eine ganze Reihe von Leuten meint, daß Goddard eine Menge Sachen ganz allein macht. Wenn der blinde Stevie Wonder in seinem eigenen Studio, das er von seinem eigenen Geld gekauft hatte, ganz allein spielen, aufnehmen und ein Album produzieren konnte wie *Music of My Mind,* warum sollte dann ein gescheiter Bursche wie Goddard nicht dasselbe tun können? Warum sollte er sich nicht seine eigenen Sachen zusammenschneiden – mit seinen eigenen Synthesizern und Tonbändern und Bandfiltern und Mischpulten und Echoletten und wie das restliche Zeug heißt – genauso wie Stevie Wonder?«

»Kennst du Leute, die behaupten, Goddard zu kennen?«

»Aber sicher! Jeder sagt, daß er was weiß«, antwortete sie achselzuckend, »aber unter uns, sie wissen nichts. Sie wissen bloß, daß keiner so ist wie er.«

»Wo kommt er deiner Meinung nach her?« fragte er. »Ist er ein Schwarzer oder ein Weißer?«

»Das fragen sich alle«, sagte sie. »Die meisten halten ihn für einen Schwarzen, aber das weiß man natürlich nicht. Ich selbst müßte es eigentlich sagen können, ob er einen spanischen Einschlag hat. Kann ich aber nicht.«

»Was meinst du damit?« fragte Domostroy.

»Er hat ein paar Lieder auf spanisch herausgebracht. Hast du das nicht gewußt?«

»Nein«, sagte Domostroy.

»Aber sicher. Sie sind aus Mexiko. *Volver, Volver, Volver* und *El Rey.* Alte Volkslieder. Jeder Lateinamerikaner kennt sie!«

»Und wie gut ist Goddards Spanisch?«

»Nicht schlecht, aber er hat einen eigenartigen Akzent. Manche Leute meinen, daß er Mexikaner amerikanischen Ursprungs ist,

aber er könnte ebenso gut wie ich ein Amerikaner aus Santo Domingo sein!« rief sie stolz aus. »Ich habe mal einem Burschen die Haare geschnitten, der kannte jeden vom *Billboard, CashBox* und *Variety,* und der sagte, Goddard sei –« sie suchte nach dem richtigen Wort – »ein musizierender jüdischer Intellektueller.«
»Und was heißt das?« fragte Domostroy.
»Daß er Köpfchen hat!« Sie tippte mit dem Zeigefinger an ihre Stirn. »Daß man Goddard nur genau zuhören muß, um zu wissen, daß er eine gute Musikschule besucht hat. Im Gegensatz zu diesen Burschen!« sagte sie und nickte mit dem Kopf hinüber zur Band.
Zwei junge Männer aus der Band kamen herüber, um ihr zu sagen, daß sie gehen wollten. Angel erhob sich. Als sie Domostroy für die Drinks dankte, warf sie einen letzten sachlichen Blick auf sein Gesicht und seine Hände. »Deine Haut wird ein bißchen trocken«, sagte sie. »Du solltest Feuchtigkeitscreme nehmen. Weißt du, daß reine Vaseline das Beste ist?« Sie grinste. »Für die Hände tun es auch Glycerin und Oxyd. Wenn du dir aber einen Luxus gönnen willst, dann kauf dir Präparate mit Stearinsäure, Propylenglycol, Glycerinstearate oder Puercillinöl.« Es bereitete ihr offensichtlich Vergnügen, ihr Fachwissen zu demonstrieren. »Puercillinöl ist wirklich Klasse. Es kommt aus den Drüsen der Enten und Gänse. Die Enten haben das Zeug, damit das Wasser nicht zur Haut vordringt!« Damit schloß sie sich ihren Freunden an.

Mittlerweile war Domostroy davon überzeugt, daß jeder Versuch, Goddard über Musikverlage, Geschäftswege oder Regierungskanäle ausfindig zu machen, sinnlos war. Auch mit Andreas Hilfe hatte er weder Mittel noch Energie, die notwendigen Recherchen vorzunehmen; es gab obendrein keinen Grund zu glauben, daß er dort Erfolg haben sollte, wo andere Pech gehabt hatten. Es mußte einen Weg geben, der zu Goddard führte. Aber welcher?
Domostroy begann, sich Goddards Musik anzuhören, mit geschlossenen Augen, Stunde um Stunde. Der melodische Rahmen war stets originell; die Tempi kreierten ein erregendes Pulsieren; die Singstimme wurde von viel Kraft und Vibrato getragen, mit guter Diktion und Färbung; und die Verse, bald stürmisch, bald zart, nahmen der Musik fast nie die ihr eigene Dramatik.

Nach einer Weile argwöhnte Domostroy, daß Goddard den Klang von Live-Instrumenten geschickt mit einem Synthesizer mischte. Indem er den Klang verschiedener Instrumente elektronisch speicherte, hatte er die Möglichkeit, durch kurzes Antippen einer Tastatur sich selbst mit einer Reihe von Instrumenten oder sogar einer ganzen Band zu begleiten. Ihm fiel auf, daß Goddard nur ein einziges Mal Musik aufgenommen hatte, die er nicht selbst geschrieben hatte – und sogar hier hatte er die Songs radikal zurechtgeschneidert, um den berühmten Goddard-Sound zu erzeugen. Beide Volkslieder waren in der Vergangenheit mehrfach von lateinamerikanischen Sängern interpretiert worden; wenn also Goddard die Strapazen auf sich genommen hatte, die Rechte an der Musik und am Text zu erwerben, und danach die Mühe nicht gescheut hatte, sie umzuschreiben, zu übersetzen und einzuspielen, so mußten diese einfachen Volkslieder große Bedeutung für ihn gehabt haben. Denn nichts auf seinen anderen Schallplatten wies auf einen lateinamerikanischen Einfluß hin. Hatte er die Melodien vielleicht auf einer Reise in einem mexikanischen Nachtclub oder auf einem lateinamerikanischen Musikfestival gehört? Hatten sie ihm so sehr gefallen, daß er dafür seine Zeit und sein Talent investierte und es der Mühe wert fand, sie in den Staaten populär zu machen? Wer vermochte das zu sagen. Es konnte ein Dutzend andere Gründe geben, die ebenso plausibel waren.

Einige Tage nach seiner Begegnung mit Nash besuchte Domostroy Samuel Scales in den Büros von Mahler, Strauss, Händel und Penderecki, einer riesigen Anwaltskanzlei, die eine große Klientel in Künstlerkreisen hatte, im wesentlichen jedoch Musiker. Vor wenigen Jahren hatte Scales für Domostroy den Vertrag mit Etude Classics ausgearbeitet, und in dieser Zeit hatten sich die beiden Männer oft privat getroffen. Bis vor kurzem hatte Scales seine Räume in einem Sandsteinbau an der East Side, heute spiegelten seine Büros perfekt den pilzartig schnellen Aufstieg der amerikanischen Unterhaltungsindustrie, denn jetzt belegte seine Kanzlei sechs Etagen im Hammerklavier-Building, einer der höchsten futuristischen Neuheiten in der Silhouette Manhattans.

Domostroy teilte das Wartezimmer mit einem alternden, aber noch immer zauberhaften Filmstar und einer Gruppe schwarzer Rockmusiker. Er folgte der Empfangsdame zu Scales' Büro, passierte lange Tischreihen und viele Dutzend Nischen, die erfüllt waren vom Lärm elektronischer Schreibmaschinen, Fernschreiber, Telephone und Photokopiergeräten. Der Anblick so vieler Sekretärinnen, die mit den modernsten elektronischen wortverarbeitenden Apparaten arbeiteten, überraschte ihn. Er fühlte sich mit einem Mal eingeschüchtert, war peinlich berührt bei dem Gedanken an sein Anliegen.

Scales erhob sich hinter seinem riesigen Rosenholzschreibtisch, der in der Mitte vor einem wandgroßen Fenster stand, fünfzig Etagen über der Madison Avenue. Braungebrannt, das silbergraue Haar nach hinten gekämmt, Stirn und Wangen durch kosmetische Chirurgie geglättet, sah Scales wie ein Beverly-Hills-Playboy in mittleren Jahren aus. Er winkte Domostroy herein.

»Nun, mein Guter, ich bin überrascht, dich in so guter Verfassung zu sehen«, scherzte er, »nach all den häßlichen Dingen, die ich über dich gehört habe.«

»Was für häßliche Dinge?« fragte Domostroy.

»Zigeunerleben. Nackt- und Nebelaktionen. Mickey-Mouse-Allüren.« Er lachte und gab ihm zu verstehen, sich zu setzen. »Stimmt's, oder stimmt's nicht?«

»Stimmt«, sagte Domostroy und nahm Platz. »Das hält mich fit.«

Scales schob ein paar Papiere beiseite und beugte sich über den Schreibtisch. »Was kann ich für dich tun, Domo?« fragte er. »Hast du ein neues Meisterwerk? Ein neues *Octaves* vielleicht?«

»Nicht ganz. Ich arbeite an etwas – mit noch jemandem«, sagte Domostroy, der sich ein Herz fassen mußte.

»Sei vorsichtig! Ich erinnere mich noch gut an diese üblen Hetzartikel über dich und deine ›geheimen‹ Mitarbeiter und wie die Schlagzeilen deinem Ruf geschadet haben. Ist es diesmal eine echte musikalische Zusammenarbeit?« fragte Scales mit Interesse.

»Nur zum Teil. Und nicht mehr als all die anderen auch. Aber diesmal brauche ich deinen Rat. Es dauert nicht lange«, sagte er. Er dachte an Scales' außerordentlich hohes Honorar aus früheren Tagen.

»Ich bin ganz Ohr«, sagte Scales.

»Naja ... mein Partner und ich ... wie hoch die Chancen sind, Goddard aufzuspüren.«

Scales hob die Augenbrauen. »Goddard? *Den* Goddard?«

»Ja.«
»Warum?«
»Aus einem guten Grund, glaub es mir«, sagte Domostroy.
»Als da wäre? Mord? Kannst du beweisen, daß Goddard jemand umgebracht hat?« fragte Scales ein wenig ungeduldig.
»Nein, aber –«
»Denn wenn du das nicht kannst, gebe ich dir den Rat, deine Zeit nicht zu vergeuden.« Er überlegte kurz. »Genau genommen, selbst wenn du etwas beweisen könntest, wäre es immer noch nicht einfach, ihn zu finden. Ich hatte einmal einen Fall, der großes Aufsehen erregte. Ein Gefangener in Leavenworth war darin verwickelt.« Er hielt inne, um dann zu einer Geschichte anzuheben, die er gerne erzählte. »Dieser Mann hatte seit seinem zwölften Lebensjahr wegen diverser Straftaten, unter anderem wegen des Mordes an einem Mitgefangenen und anderen üblen Delikten, etwa fünfundzwanzig Jahre im Kittchen gesessen. Während seiner Haftzeit schrieb er, völlig abgeschlossen von der Außenwelt, Country- und Westernmusik und dazu Gedichte. Er schickte das Zeug an diverse musikalische Leuchten draußen. Diese Leute waren überzeugt, ein Genie entdeckt zu haben, und sie engagierten mich, um Strafaussetzung für den Mann zu erlangen. So traf er also im Alter von siebenunddreißig Jahren in Nashville ein und wurde vom Country- und Western-Establishment aufgenommen, als sei er ein zweiter Johnny Cash.
Obwohl seine – im besten Falle zweitklassige Musik – sanft war, seine Verse waren es nicht. Sie drückten Verachtung für die gesichtslosen Massen aus, die er als ignorant, zynisch und von Grund auf böse ansah. Der Kerl glaubte, daß ein Mann, um ernstgenommen zu werden, jeden umbringen müsse, der ihn mit Gewalt bedrohe, allein um das Gesicht zu wahren. Aber nachdem seine Ankunft zu einem Publicity-Ereignis unter dem Motto ›vom Underdog zum reichen Mann‹ geworden war, hofften alle, daß der Mann, für den Gewalt Musik war, jetzt nur noch Musiker sein würde, ein geadelter Wilder, ein zahmer Gefangener der Klaviatur, mit einem musikalischen Talent, das seine Seele erlösen würde. Überflüssig zu sagen, daß seine Musik trotz der haßerfüllten Verse wie auf Befehl die wohlwollendsten Kritiken auf den Titelseiten erhielt, die der Country- und Western-Sound je gesehen hatte, und unser Genie wurde wie kein anderer – die Hölle vor Augen – in eine musikalische Karriere gestürzt.

Kaum zwei Wochen später war er in einem Café. Er bat darum, die Toilette benutzen zu dürfen. Der Kellner, ein zweiundzwanzigjähriger Musiker – ein jungvermählter und liebenswürdiger Geselle, der dort zeitweise aushalf –, sagte ihm, daß keine öffentliche Toilette vorhanden sei. Das entsprach auch der Wahrheit, doch unser edler Wilder zog es vor, dem jungen Mann keinen Glauben zu schenken und stach ihn nieder. Vermutlich wollte er das Gesicht vor den beiden jungen Frauen wahren, die sich in seiner Begleitung befanden. Danach tauchte er unter. Er brachte es fertig, der Polizei aus dem Wege zu gehen und noch viele andere Songs zu schreiben. Vermutlich brachte er sie unter einem anderen Namen in Absprache mit alten Sponsoren heraus und ließ sie von unseren besten Country- und Westernstars singen, bevor es in den Zeitungen durchsickerte, wer dahintersteckte. Er schreibt noch immer, so viel ich weiß, lebt noch immer auf freiem Fuß und ist wieder unsichtbar. Heute weiß niemand mehr, wie er aussieht, ob er noch andere umgebracht hat, ob ihm jemand hilft. Und dieser Mann ist der Öffentlichkeit als Mörder bekannt! Wenn er sich verstecken und im geheimen Musik schreiben kann, dann stell dir vor, womit Goddard mit Nokturn Records im Rücken ungestraft davonkommen kann!« Scales Augen sahen Domostroy traurig an.

»Dann meinst du also, daß die Suche nach Goddard reine Zeitverschwendung ist?« fragte Domostroy.

»Meiner Meinung nach, ja«, sagte Scales. »Jedenfalls war es bis dato für ein paar tausend Menschen wohl reine Zeitverschwendung.«

»Du meinst, ich habe nicht die geringste Chance, ihn zu finden?«

»Das genau meine ich.«

»Was ist mit Nokturn Records? Sicher haben sie mit ihm zu tun. Aber wie? Auf welchem Weg bekommen sie seine Musik?«

»Per Post vermutlich. Seit der allerersten Pressekonferenz über Goddard hält Nokturn an derselben Geschichte fest: sie sagen, daß niemand im Verlag Goddard jemals persönlich getroffen hat und daß niemand weiß, wer oder wo er ist. Aus diesem Grund könne Nokturn sein Geheimnis nicht enthüllen, selbst wenn sie es wollten.«

»Glaubst du das?« fragte Domostroy.

»Habe ich den Beweis, daß es eine Lüge ist?«

»Aber was ist mit der Regierung?« Domostroy war hartnäckig. »Jemand in der Regierung muß doch wissen, wer Goddard ist.«
»Komm, hör auf, Domostroy«, sagte Scales schroff. »Was geht das die Regierung an? Goddard ist Rocksänger, kein fremdes Staatsoberhaupt incognito oder ein frei herumlaufender CIA-Agent oder sowjetischer Meisterspion!«
»Aber Goddard bekommt doch Geld von Nokturn, oder? Will denn der Staat keine Steuern von ihm haben? Meine Einnahmen sind Jahr für Jahr überprüft worden, als ich noch komponiert und Schallplatten gemacht habe!« Domostroy fühlte sich hilflos.
»Ich weiß das«, sagte Scales einfühlend. »Ich habe dich seinerzeit vertreten.« Er richtete sich in seinem Stuhl auf. »Soweit ich mich erinnere«, fuhr er mit übertriebener Ruhe fort, »wurde etwa ein Jahr, nachdem Goddards erstes großes Album herausgekommen war und das erste große Geld zu rollen begann, die Finanzbehörde durch eine Anfrage im Kongreß veranlaßt, sämtliche Beziehungen zwischen Goddard und Nokturn einer rücksichtslosen Rechnungsprüfung zu unterziehen. Die Finanzbehörde fand nichts Illegales an Nokturns Handhabung der Geschäfte mit Goddard. Ganz im Gegenteil, wie dann auch Oscar Blaystone, der Nokturn-Präsident, offenbarte, bezahlte der Verlag sämtliche Tantiemen Goddards auf ein Schweizer Nummernkonto ein, doch erst nach Abzug aller Steuern an Bund, Land und sonstige Institutionen. Das bedeutet, wie ein Beamter der Finanzbehörde öffentlich betonte, daß Goddard durch sein Incognito freiwillig auf erhebliche Steuervergünstigungen verzichtete, auf die er nach amerikanischem Steuerrecht als selbständiger Künstler einen Anspruch hatte.« Er hielt inne. »Es bedeutet ebenfalls, daß Goddard unbehelligt von jeglichen Recherchen seitens der Steuerbeamten bleibt, solange sein Einkommen rechtmäßig und voll versteuert wird. Und mit der ausgesprochenen Diskretion, die die Schweizer den Leuten mit wirklich großen Bankkonten gewähren – du kannst dir vorstellen, wie groß Goddards Konto sein muß! –, kann er von dort Geld auf Konten mit seinem eigenen Namen transferieren, ohne Angst, entdeckt zu werden. Was willst du sonst noch wissen, Domo?« fragte er mit einem Blick auf seinen Terminkalender.
»Nichts. Ich denke, du hast alles gesagt.« Domostroy erhob sich. »Kannst du mir irgendeinen Rat geben?« fragte er, während Scales ihn zur Tür begleitete.

»Schreibe Musik und mache keine neuen Schlagzeilen. Damit schadest du dir nur«, sagte Scales und schüttelte ihm die Hand. »Ich meine das ernst. Im übrigen, bist du nicht noch immer bei Etude?«

»Ja«, sagte Domostroy. »Sie pressen nach wie vor meine Schallplatten.«

»Na ja. Nokturn macht den Vertrieb für Etude. Wenn du also wieder Musik schreibst, sitzt du mit Goddard im selben Boot! Gibt's bessere Wege, ihn zu finden?«

»Aber woher weiß ich, daß der andere Bursche im Boot Goddard ist?« fragte Domostroy.

»Man weiß es eben nicht. Und das ist die Falle«, sagte Scales lachend, als er die Tür schloß.

Als Domostroy sich Goddards Musik anhörte und über sein eigenes Schicksal nachdachte, fielen ihm seine besseren Tage ein, seine Reisen zu Konzerten, sein Auftritt mit seiner neuesten Komposition in der Öffentlichkeit. Als seine Schallplatten sich gut verkauften und seine Musik den höchsten Punkt ihrer Popularität erreicht hatte, war er wiederholt im Fernsehen, in Radiosendungen und Musikprogrammen im ganzen Land aufgetreten. Seine Fanpost war damals so umfangreich gewesen, daß ihm Etude ausnahmslos nur die Crème der Fanbriefe schickte, denn er hätte sie niemals alle lesen können. Eine Sekretärin bei Etude Classics besorgte die Auswahl, schickte ihm per Expreß ausschließlich Briefe von Kritikern, ernsthaften Zuhörern und Musikstudenten. Die Wegwerf-Post wurde von der Sekretärin mit dem üblichen Formbrief beantwortet. Domostroys Gedanken wanderten zu einem Gespräch, das er einmal mit einem gutaussehenden Hollywoodstar geführt hatte. Der Schauspieler hatte gesagt, daß die meisten Briefe seiner unzähligen weiblichen Fans so einschlägig banal gewesen seien, daß in ihm nie das Interesse erwacht sei, eine dieser Frauen kennenzulernen.

»Im typischen Fanbrief einer Frau«, hatte er gesagt, »geht es nur darum, wie sehr sie mich liebt, wie dringend sie mich kennenlernen will, wie gern sie einen Augenblick mit mir teilen möchte, wie sehr sie hofft, daß ich mit ihr ins Bett gehen möge! Es geht nur um sie und um das, was sie will. Aber was ist mit mir? Bin ich da, um Amerikas Schätzchen zu bumsen, bloß weil ich der Traum ihrer Wünsche bin?

Wenn nur eine dieser verwöhnten Mösen bloß einen einzigen Augenblick an mich dächte«, hatte er weiter ausgeführt, »dann wüßte sie, daß der einzige Weg, mich kennenzulernen, nicht das Angebot ist, sie aufs Kreuz zu legen – ich kann mich von jeder beliebigen Frau aufs Kreuz legen lassen –, sondern mir zu zeigen, daß sie mich auf eine andere Art versteht. Hat sie alle meine Filme gesehen, einschließlich der frühen, in denen ich Nebenrollen spielte? Hat sie all das gelesen, was über mich geschrieben wurde? Hat sie aus meinen Interviews entnommen, warum ich das gesagt habe, was ich gesagt habe – und ob ich die Wahrheit gesagt habe? Warum mag ich manche Filme von mir und hasse andere? Warum bin ich auf manche Rollen stolz, auf andere nicht? Nachdem sie sich damit beschäftigt hat, soll sie mich davon überzeugen, daß sie weiß, wie ich es gern habe und daß sie es mir besser besorgen kann als jede andere Frau, die ich selbst aufpicken kann. Wäre toll, einem solchen Fan zu begegnen! Aber wenn es ihn gibt, so hat er mir noch nicht geschrieben – und das Rendezvous steht noch aus. Wie ist das bei dir, Domostroy? Hast du je einen Fan gehabt, der dich versteht?«
»Vielleicht einen«, hatte Domostroy ausweichend geantwortet, »und den habe ich nicht verstanden.«

»Sämtliche Wege, die ich bislang eingeschlagen habe«, sagte er zu Andrea, »sind nicht gangbar. Und zwar deshalb, weil sie alle in eine Richtung gehen – von uns zu Goddard.«
»Gibt es denn einen besseren Weg?«
»Ja. Von ihm zu uns. Wir müssen ihn aus seinem Versteck locken und dann demaskieren, jedenfalls geht es eher so als auf dem umgekehrten Weg.«
»Er hat vermutlich nicht einmal ein Versteck«, sagte sie. »Die ganze Welt kann Goddards Versteck sein.«
»Ist sie vermutlich auch. Darum müssen wir die richtige Einladung von dir an ihn komponieren und sie ihm zuschicken. Alles in der Hoffnung, daß sie ihn so sehr fasziniert, daß er hier auftaucht, um dich zu suchen.«
»Und was könnte Goddard faszinieren?«
»Was du in deinem Brief sagst. Du mußt in ihm ein Interesse für dich wecken. Verständnis für ihn zeigen. Hast du damit Erfolg, wird er früh genug auftauchen, um Anspruch auf dich zu erheben.«

»Verständnis für ihn?« wiederholte sie. Sie verschränkte die Arme über der Brust und rief: »Du bist der Komponist, Patrick; du verstehst mehr von ihm, als ich es jemals würde! In einem deiner alten Interviews hast du gesagt, daß Musik ›die einzige geistige Lebenserfüllung ist‹! In einem anderen hast du gesagt, ›Es gibt eine Angst, die einzig Komponisten aneinander erkennen‹. Denk an seine Musik, Patrick! Seine Musik ist seine geistige Adresse. Sie könnte uns sagen, wer er ist!« Sie stockte – vor Erregung –, sprach dann weiter. »Kannst du nicht feststellen, welcher Künstler ihn beeinflußt hat? Ein bestimmter Komponist? Ein Musiklehrer? Einer, der Einfluß auf die Wahl seiner Musikinstrumente oder seiner Arrangements hatte? Ein bestimmter Techniker oder Klangexperte? Oder einer dieser neuen elektronischen Hexenmeister?«
Ihr Enthusiasmus und ihr Gedankengang wirkten ansteckend auf ihn. »Ich kann es versuchen«, sagte Domostroy. »Goddards Melodien, Harmonien, Rhythmen und musikalischen Formen sagen vermutlich mehr über ihn aus als seine Handschrift, sein Horoskop oder seine Handlinien. Das gilt auch für seine Verse.« Er hielt inne. »Zum Beispiel heißt eins seiner Lieder *Fuge*. Nun kündigt freilich in der Musik das Wort *Fuge* eine kontrapunktische Themenimitation an, aber in der Psychiatrie bedeutet es das Stadium der Flucht vor der Realität. Solche Dinge mögen uns in der Tat mehr über Goddard erzählen als der Versuch, ihn dem Aussehen nach zu beurteilen.«
»Was meinst du mit ›dem Aussehen nach‹?«
»Ich meine, daß er nicht als Goddard zu dir kommen wird. Er kann jeder sein.«
»Wenn ich ihn aber schon getroffen habe?« sagte sie. »Wenn der Kriecher von nebenan, der immer ›Hallo‹ zu mir sagt, Goddard ist? Was dann?«
»Wenn er es ist, wird er es mit Sicherheit nicht zugeben – auch nicht vor dir. Wenn er sich all die Zeit im Stadium der Flucht und der Geheimhaltung behauptet hat, erwartest du doch nicht ernsthaft von ihm, daß er durch die Tür kommt, dir die Hand schüttelt und sich als Goddard vorstellt, oder? Und ich bin fest davon überzeugt, daß seine natürliche Stimme ganz anders klingt als die auf seinen Schallplatten – wie es bei so vielen anderen Popsängern der Fall ist. Eine Menge Arbeit ist in diese Geheimhaltung gesteckt worden, und eine Menge Geld kommt wieder her-

aus. Er oder seine Hintermänner werden das allein wegen eines schlauen Briefes von einem verliebten Fan nicht aufgeben wollen. Selbst wenn ihm dein Brief gefällt und er versucht ist, persönlich deine Bekanntschaft zu machen, werden vermutlich er oder seine Freunde dir jemanden zur Überprüfung ins Haus schicken, um sicher zu sein, daß du ihn nicht in eine Falle lockst.«

»Wen schicken, zum Beispiel?«

»Wer weiß? Einen Mann, eine Frau, möglicherweise ein Paar. Jeder kann das sein – ein Typ, der dich auf einer Cocktail-Party anspricht, eine hausierende Verkäuferin, selbst der Kriecher von nebenan! Wir wissen doch nicht, wer für ihn arbeitet! Ich bin im Grunde recht sicher, daß er incognito kommen muß, falls er auf dich anspringt, als gewöhnlicher Mann, ohne jemals das Handicap seines Erfolges, seines Reichtums und seines Ruhms einzugestehen – und ohne eine Anspielung auf deinen Brief. Du kannst mit Goddard schlafen – oder seiner Lebensgeschichte lauschen – und doch nie wirklich wissen, ob er Goddard ist.«

»Du meinst, daß ich nach meinem Wunderbrief jeden gewöhnlichen Kerl umarmen muß, der es bei mir versucht, nur, weil er Goddard sein könnte?«

»Das kann sein, ja. Und wenn du es tust, versuche festzustellen, ob er deinen Brief gelesen hat.«

»Aber ich will meinen Körper nicht mit jedem Kerl teilen.«

»In diesem Fall könntest du die Möglichkeit verpassen, Goddard kennenzulernen, denn es kann ja sein, daß der wahre Grund für seine Unsichtbarkeit und Geheimhaltung – und seinen Erfolg – darin liegt, daß er Spaß daran hat, ein gewöhnlicher Kerl zu sein.«

Sie erwog den Gedanken in aller Ruhe. Danach sagte sie: »Wo schicken wir den Brief hin?«

»An Nokturn Records«, sagte Domostroy.

»Erhält Nokturn nicht täglich viele hundert Briefe für Goddard?«

»Vermutlich. Wir haben keine andere Adresse. Nokturn hat sogar bekannt gemacht, daß seine Fanpost bis zu tausend Briefe pro Woche ausmacht und ein eigens dafür geschaffener Stab sie sortiert. Aus diesem Berg Post leiten sie ganz sicher nur eine Handvoll Briefe weiter.«

»Warum sollten sie meinen Brief weiterleiten?«

»Das weiß ich noch nicht. Er muß etwas Außergewöhnliches – und Überzeugendes haben.«
»Denk daran, Patrick«, sagte Andrea, »daß der Brief den unsichtbaren Mann nicht einmal erreicht. Wenn er in der Woche, in der unser Brief ankommt, Besseres zu tun hat, als Fanpost zu lesen? Wenn er auf Reisen ist? Wenn er . . .« Ihre Stimme erstarb.
»Wenn er den Brief liest und nicht viel von dir hält?«
»Auch dies«, sagte sie.
»Dann schicken wir mehrere Briefe«, sagte Domostroy, »einen nach dem andern.«

Domostroy hatte Angst vor dem Tod – nicht vor Krankheit oder Schmerz oder der demütigenden Unselbständigkeit, die dem Sterben eigen ist, sondern vor dem Tod selbst: der plötzliche Stillstand des Ich, das Ende des Seins, die letzte willkürliche Trennung, die der erstarrten Geschichte von Patrick Domostroy entsprach.
Der Gedanke daran plagte ihn oft, am Tag, in Augenblicken der Freude oder der Wonne und gleichermaßen bei Nacht, wenn ihn Alpträume aus dem Schlaf rissen, ihm, der allein im Dunkeln lag, diese Furcht bewußt vor Augen führten.
Jeder Mensch war dem Tod jederzeit ausgeliefert, und er wußte, den meisten Menschen war ihre Vergangenheit – ihr gelebtes Leben – die einzige Wirklichkeit, die ihnen der Tod nicht nehmen konnte. Zwar konnte der Tod Domostroy in seiner physischen Existenz ein Ende setzen, nicht aber der Existenz seiner Musik, die, gleich einem abstrakten Wesen, in die Zukunft reichte. Seine Musik warf einen Schatten voraus, und solange er komponierte, sah Domostroy sich als Schöpfer der Möglichkeit, sich selbst zu überleben.
In der Zeit seines musikalischen Schaffens hielt Domostroy seine Musik für den Schlüssel, der die Tür zur Zukunft öffnen konnte. Da viele seiner Verehrer jung waren, würden sie ihn überleben und auf diese Weise die Bannerträger und Boten in den zukünftigen Jahren werden. Als seine Musik weithin bekannt war und er als Person berühmt, hielt er Schloß und Angel dieser Türen stets gut geölt. Er hatte Berge von Briefen junger Männer und Frauen beantwortet, die enthusiastisch sein Talent priesen – ausnahmslos aufrichtig, einige wirklich scharfsichtig. Gelegentlich hatte er aus Gründen der Eitelkeit, aber mehr noch aus Gründen der eige-

nen Zukunftssicherung, ihnen sogar Mut gemacht. Er war so weit gegangen, daß er Verabredungen mit ihnen traf und mit dem einen oder anderen dieser wißbegierigen Fans sprach.
An einen erinnerte er sich besonders deutlich, eine Musikstudentin irgendwo aus Michigan. Sie hatte geschrieben, daß ihr seine Musik sehr viel bedeute und es für sie der Höhepunkt ihres Lebens sein würde, wenn sie mit ihm darüber diskutieren dürfe. Sie hatte ferner versichert, ihm keine Ungelegenheiten zu bereiten und ihn höchstens um Autogramme für ihre Notenblätter und Musikalben von ihm zu bitten. Sie würde nach New York kommen, wann immer es ihm am besten passe, wenn er ihr nur – durch ein R-Gespräch – sagen würde, wann. Dem unverhohlen flehentlich verfaßten Brief lag ein Bild des Mädchens bei, das schlank und jung und hübsch aussah. Domostroy rief sie an und nannte ein Wochenende, an dem er in New York sein würde. In unschuldig klingendem Ton bedankte sie sich überschwenglich; ihr sei die Stadt nicht allzu vertraut, erklärte sie, und daher machten sie aus, sich in ihrem Hotel zu treffen.
Er saß an einem Tisch an der Hotelbar, als sie kam, und sie erkannte ihn sofort. Sie war hochgewachsen und graziös, mit großen blauen Augen und einem ovalen Gesicht, gerahmt von kastanienbraunem Haar. Sie kam herüber an seinen Tisch und stellte sich vor. Sie trug die einfache Kleidung mit Selbstverständlichkeit – mit lässiger Eleganz –, und war doch überaus schüchtern. Als sie ihm zur Begrüßung die Hand reichte, war ihre Aufregung so groß, daß sie die unter den Arm geklemmten Partituren und Alben fallen ließ. Während beide auf allen vieren krabbelnd sie wieder aufsammelten, stießen sie unter dem Tisch mit den Köpfen aneinander.
Domostroy versuchte, ihr diese Schau zu nehmen. Er bestellte Drinks für beide, und während sie mit schamroten Kopf an ihrem Drink nippte, sagte er scherzhaft, daß eigentlich er derjenige sei, der sich unsicher fühlen müsse vor den Augen einer Frau, die so jung und attraktiv sei wie sie. Ganz allmählich begann sie aufzutauen. Sie erzählte von sich und ihren Studien, berichtete Domostroy, wie eine Kommilitonin, die seine Werke bewunderte, ihr seine Musik zunächst empfohlen hatte, und sie machte keinen Hehl daraus, daß sie durch seine Musik Gefühle bei sich entdeckt hatte, deren sie sich vorher nicht bewußt gewesen war.
Als der Abend sich in die Länge zu ziehen begann, versuchte Do-

mostroy, seine Gefühle gegenüber dem Mädchen auszuloten. Sollte er das gemeinsame Zusammensein verlängern und schließlich mit ihr ins Bett gehen, oder sollte er sie verlassen und zu seinen Freunden auf eine Geburtstagsparty gehen, an der eine junge, ausgesprochen reizvolle französische Cellistin teilnahm, die sie ihm zugedacht hatten? Die Party sollte im Rainbow Room stattfinden, einem Nachtclub hoch oben im RCA-Gebäude.

Domostroy neigte dazu, vor allem unbedeutenden Angelegenheiten große Bedeutung beizumessen – wo er essen, was er tragen, wen er treffen, wie lange er auf einer Party bleiben sollte. Seine literarischen Freunde pflegten in seine chronische Unfähigkeit, sich entscheiden zu können, ein Jekyll-Hyde-Syndrom hineinzudeuten; die Freunde, die an Astrologie glaubten, sahen ihn einfach als einen typischen Zwilling, ewig zwischen zwei Polen hin- und hergerissen.

Natürlich konnte er seinen Fan aus Michigan mit zu seinen Freunden nehmen, sie vorstellen und danach wieder zurück zum Hotel bringen. Er konnte auch allein zum Rainbow Room gehen, mit der französischen Cellistin eine Verabredung für den nächsten oder übernächsten Tag treffen und danach zurückkommen und die Nacht mit seinem auswärtigen Besuch verbringen. Er versuchte, die Situation unter dem Aspekt der Verantwortung zu beurteilen. War es fair von ihm, sie ins Bett zu nehmen, sie wie einen Gegenstand zu behandeln, ein Bild von Jugend und Reinheit?

Auf der anderen Seite, überlegte er sich, sah sie in ihm den Künstler, der Reife, Kreativität und mehr noch als das inzwischen vergessene gesellschaftliche Widersprüche verkörperte. Und da sie sich eine Vorstellung von ihm gemacht hatte, die ihren eigenen Wünschen genügte, hatte sie ihn zu einem Teil ihres Selbst gemacht; doch dieses Bild beherrschte sie wie die Droge den Abhängigen, der meint, selbst die Wahl zu treffen. Doch indem sie ihn gewählt hatte, bewies sie damit nicht die Fähigkeit, selbst Entscheidungen treffen zu können, den Wunsch, ihn zum Objekt ihrer Leidenschaft zu machen – seine Geliebte zu werden und ihn gleich einem Gegenstand ins Bett zu schleppen, ein Ding, das bloß geschaffen war, um ihr eigenes Verlangen zu stillen?

Das Mädchen mußte seine Unruhe gespürt haben, dachte er sich, denn sie warf einen Blick auf ihre Uhr und sagte, sie habe seine Zeit schon zu lange in Anspruch genommen. Sie bedankte sich

aufs neue, sagte dann, daß sie ein Bekenntnis ablegen müsse: Es sei vielleicht falsch, ihm dies zu sagen, sagte sie. Sie habe sich diese Begegnung so sehr gewünscht, weil sie an akuter Myelomonoblast-Leukämie leide, einem degenerativen Krankheitsprozeß, der das Knochenmark befalle wie auch Leber, Milz und Lymphknoten, und der Ansicht ihrer Ärzte nach – und sämtlichen Büchern, die sie zu diesem Thema gelesen habe, zufolge – werde sie noch im Laufe dieses Jahres sterben. In Anbetracht der Tatsache, daß sie das späte Stadium ihrer Krankheit sicher im Krankenhaus, ans Bett gefesselt, verbringen werde, habe sie beschlossen, ihre Ängste zu ignorieren und solange sie dazu noch in der Lage sei: Patrick Domostroy kennenzulernen, den Menschen, der ihr Leben am meisten bereichert habe.
Er maß sie mit einem prüfenden Blick. Nichts an ihrem Aussehen und ihrem Verhalten deutete auf die Zerstörungen dieser Krankheit hin, im Gegenteil, sie schien geradezu vor Gesundheit zu blühen. Er sagte ihr, daß sie heutzutage und in ihrem Alter sehr wohl von dieser Krankheit geheilt werden und noch viele Jahre leben könne, ja sogar ihre Familie und Freunde überleben. Unter Umständen werde ihr Leben ganz anders enden, nicht durch Leukämie, sondern, womöglich, durch einen Autounfall. Allein der Zufall wisse um das Vorhersehbare in unserem Leben, sagte er, der Zufall sei am Ende die einzige Rechtfertigung für den Menschen und daher ein Trost im Angesicht des Irrationalen.
Er obachtete sie, während er sprach, sah, wie zart und makellos ihre Haut war, wie dicht und glanzvoll ihr Haar. Ihr Atem schien völlig gleichmäßig, und als er unter dem Vorwand, eine Fussel von ihrem Kragen zu entfernen, erst ihren Nacken, dann ihren Hals berührte, fühlte sich ihre Haut frisch und trocken an.
Er hatte das Gefühl, daß sie gar nicht krank war, daß sie ihre Krankheit erfunden hatte, um ihren Besuch zu rechtfertigen, um Schuldgefühle bei ihm zu erwecken, um sein Interesse zu erregen und ihn zu bewegen, länger bei ihr zu bleiben, als er es bei jedem anderen Besucher getan hätte, der ihm nichts anderes zu bieten hatte als Jugend, Unschuld und blinde Bewunderung. Und dies veranlaßte ihn zu der Entscheidung, ihr nicht in die Hände zu spielen, sondern seinen Kopf an Ort und Stelle aus der Schlinge zu ziehen. Er bat um die Rechnung und versah unterdessen die Partituren und Alben, die sie mitgebracht hatte, rasch mit Widmungen. Danach begleitete er sie höflich bis an den Aufzug.

Minuten später jagte ihn der Aufzug im RCA-Gebäude mit hoher Geschwindigkeit hoch zum Rainbow Room, fünfundsechzig Etagen über den Lichtern von Manhattan.

In den darauffolgenden Monaten, in der arbeitsreichen Phase seines Lebens – er schrieb tagsüber Musik, ging nachts aus, reiste, trat auf und suchte die Gegenwart von Frauen mit Phantasie und Männern mit Verstand –, vergaß er seinen Besuch aus Michigan ganz. Als ihn eines Tages ein Rechtsanwalt aus Ann Arbor anrief, ihren Namen erwähnte und meinte, daß Domostroy die junge Dame sehr gut gekannt haben müsse, fühlte Domostroy sich belästigt. Er fragte, was dem Mann denn Anlaß zu diesem voreiligen Schluß gegeben habe. Nach einem kurzen Schweigen bat der Rechtsanwalt für seine Äußerung um Entschuldigung und informierte Domostroy dann darüber, daß die junge Frau vor kurzem verstorben sei – Opfer einer tödlichen Blutkrankheit. Zum Befremden ihrer Familie und Freunde habe sie ihren gesamten Besitz Domostroy hinterlassen. Es wirke wie Ironie und sei ergreifend genug, daß die einzigen Dinge von Wert Domostroys Partituren und Musikalben gewesen seien, die der Komponist ihr vor einigen Monaten bei ihrem Besuch in New York so liebevoll signiert habe. Der Anwalt erzählte Domostroy, daß sie ihren letzten Worten nach in diesem Besuch das ergreifendste Erlebnis ihres kurzen Lebens gesehen habe. Ob Domostroy gewußte habe, fragte der Anwalt, daß sein Fan den größten Teil seiner mageren Ersparnisse für diese Reise geopfert hatte?

»Kein kreativ arbeitender Künstler von Rang kann vollkommen auf Fans verzichten«, sagte Domostroy zu Andrea. »Wenn ich mir Goddards Musik anhöre, habe ich den Eindruck, daß er manchmal nicht nur ein wirkliches Publikum braucht, sondern daß er –« er hielt inne – »daß er es gelegentlich auch hat, und zwar bei einer Live-Vorstellung. Allerdings kann man dann ausschließen, daß er Psychopath, Einsiedler oder siamesischer Zwilling ist.«
Andrea schaute ungläubig. »Hast du Live-Vorstellung gesagt?«
»Ja. Ein Mädchen, mit dem ich im Goddard Beat gesprochen habe, hielt das für möglich, und ich meine, sie hat recht. Die Art, wie Goddard in seinem letzten Album Worte betont und bestimmte Wendungen einsetzt, aber vor allem die geballte Energie seiner Darstellung haben mich zu der Überzeugung gebracht,

daß er manche Lieder in der Öffentlichkeit gesungen hat, bevor sie aufgenommen wurden.«

»Würde Goddard denn eine Live-Vorstellung riskieren, nur um seine Lieder zu testen?«

»Nicht seine Lieder. Sondern sich.« Er beugte sich über sie. »Wie jeder andere Popsänger weiß auch Goddard, daß das Singen in einem Aufnahmestudio ein bißchen dem Singen unter der Dusche gleicht. Statt der eigenen Stimme hört man die Resonanz der Duschwände. Das geht auch den Salonsängern so; sie wissen, daß der Auftritt in einem überfüllten Nachtclub nicht mit einem Auftritt in der Carnegie Hall zu vergleichen ist, dem Kennedy Center oder gar dem Madison Square Garden. Ein großes Live-Publikum zwingt den Sänger, mit seiner Stimme bis an den Rand seines musikalischen Könnens zu gehen, eine Vorstellung zu geben, in der seine Kraft die kollektive Kraft des Publikums übertreffen muß. Bei einer Studioaufnahme wird ein guter Sänger deshalb versuchen, seine eigene Live-Vorstellung zu imitieren, die Lebendigkeit darin wieder einzufangen und sogar eine Tonbandaufzeichnung davon zu verwenden.«

»Aber wo konnte Goddard Live-Vorstellungen geben, ohne an seiner Stimme erkannt zu werden?«

»Im Grunde in jeder großen Stadt«, sagte Domostroy. »Die Hälfte aller jungen Sänger heute tut alles Erdenkliche, um wie Goddard zu klingen – und viele haben Erfolg damit. Das Letzte, womit man in dieser Welt rechnet, ist doch wohl ein öffentlicher Auftritt Goddards. Davon abgesehen kennt keiner seinen Namen oder weiß, wie er aussieht.«

»Wo kann er deiner Meinung nach aufgetreten sein?«

»Vermutlich in einer mexikanischen Stadt – an der Grenze zu den Vereinigten Staaten«, sagte Domostroy.

»Warum dort?« fragte sie verwundert.

»Südlich dieser Grenze würde Goddard vermutlich nicht mehr Aufsehen erregen als jeder andere junge Amerikaner mit einer Gitarre über dem Rücken. Er könnte auf jedem Fleckchen Erde oder in jedem beliebigen Straßencafé singen und spielen – und seine Wirkung auf ein Live-Publikum überprüfen –, ohne groß Gefahr laufen zu müssen, erkannt zu werden.«

»Warum sollte er das dann nicht in Paris – oder Amsterdam – versuchen, wo man auch überall amerikanische Musik kennt und spielt?« fragte Andrea.

»Aus einem guten – persönlichen – Grund, glaube ich. Von sieben Liedern in seinem neuesten Album sind zwei Bearbeitungen oder Paraphrasen mexikanischer Volkslieder, *Volver, Volver, Volver,* und *El Rey,* die Goddard, von ein paar spanischen Zeilen abgesehen, auf englisch singt. Ich habe vorgestern die beiden mexikanischen Originale in einem lateinamerikanischen Schallplattenladen am Broadway gekauft, und als ich sie mit Goddards Bearbeitungen verglich, habe ich festgestellt, daß einige von Goddard auf spanisch gesungene Ausdrücke in den Originalen nicht auftauchen. Goddard hat sie selbst verfaßt – auf spanisch!«
»Ich kenne diese Lieder«, sagte Andrea. »Sie scheinen sentimentaler als seine anderen Sachen.« Sie sang *Volver, Volver, Volver:*

»Unruhig will
meine Liebe zurück;
ich irre in den Wahnsinn
und umgeben von Trauer
will ich lieben
und vergehe vor Sehnsucht.«

Dann fragte sie: »Was bedeuten die spanischen Zeilen, die er verfaßt hat?«
»In *El Rey* folgen sie direkt nach diesen Originalzeilen:

Mit oder ohne Geld
Ich mach, was ich will ...
Und bleibe König immerzu«,

intonierte er. »In dem einen Lied spricht er davon, daß er einsam ist, ›wie Del Coronado‹; von Geistern heimgesucht wie ›die nutzlosen Kriegsschiffe – an der Grenze – die ich überschreite, um sie zu treffen‹. Im anderen Lied spricht er übers ›Verstecken und Singen – in El Rosarito – wo sie wiederkommt – und wiederkommt – jedes Mal – das letzte Mal‹. Er spricht auch davon, daß er ›müde ist von Frieden und Ruhe ... dem Preis der Liebe‹, und sagt, daß ›Liebende, die auseinandergehen, ein Verbrechen an der Liebe begehn‹.«
Andrea wurde erregt. »Gibt es noch weitere Anhaltspunkte?« fragte sie.

»Ich denke schon. Auf der letzten Schallplattenseite in diesem Album verbindet Goddard geschickt Motive aus drei Schubertstücken: *Die Stadt, Am Meer* und *Der Doppelgänger.* Er wiederholt die schwermütigen Akkorde aus *Der Doppelgänger* in einem fort, nur um sie durch den Wechsel in eine abschließende Akkordfolge zu unterbrechen, die eine raffiniert verwobene, wenn auch innerlich anders geartete Harmonie bildet, sie ist eindeutig arabischer Natur. So, als habe Goddard – ›Der Doppelgänger‹ – nach Jahren monotonen Verbergens sich schlagartig selbst offenbart – oder seine wahren Gefühle!« Domostroy schwieg für einen Augenblick nachdenklich.
»Arabisch?« fragte Andrea.
»Arabisch«, antwortete er. »In der Musik ist die Arabeske ebenso bekannt wie bei Filigranarbeiten oder feinen Stickereien.«
»Schon gut – mach weiter!« sagte Andrea.
»An der Grenze zwischen San Diego und Tijuana, nur ein paar Meilen von dem berühmten alten Hotel Del Coronado entfernt, liegt eine Schiffswerft der U.S. Marine. Vielleicht war Goddard aus einem ganz bestimmten Grund dort, und womöglich hatte er Angst, seine Gefühle einer Person mitzuteilen – einer Person, die er, wie ich meine, geliebt hat. Vielleicht hatte er nicht die Zeit, ein Stück zu komponieren, das seine Gefühle angemessen zur Sprache brachte und hat sich stattdessen eilig ein paar mexikanische Volkslieder angeeignet und ein arabisches Motiv hinzugefügt.«
»Eine Nachricht an eine Frau?«
»Warum nicht? Und wenn er für sie auf spanisch gesungen hat, war sie vermutlich Mexikanerin. Er kann sie im Hotel Del Coronado kennengelernt haben. Viele Mexikaner machen auf dem Weg nach San Diego dort halt, wenn sie diese geisterhaften Schiffe an der Grenze passiert haben. Wer weiß? Vielleicht war sie verlobt, vielleicht sogar verheiratet.« Er hielt inne. »Wenn sie es war, so bestand der einzige Weg, sie zu treffen, ohne einen Verdacht bei ihrer Familie oder dem anderen Mann in ihrem Leben erregen zu wollen, in Auftritten auf öffentlichen Plätzen – in Cafés oder Restaurants. In deinem Brief«, sagte er, indem er seinen Gedanken weiterverfolgte, »sollten wir ihn fragen, ob der Reiz für die mexikanischen Lieder und die Inspiration, ihre Originalverse zu verändern, von seiner mexikanischen Liebe ausgegangen waren. Wenn wir auf der falschen Fährte sind und er das

ganze lateinamerikanische Zeugs erfunden hat, indem er einfach *El Festival Latino* im Village Gate in New York besuchte, wird er diese Idee als ein Phantasiegespinst von dir verwerfen. Liegen wir aber richtig, haben wir ins Schwarze getroffen.«

»Apropos, ins Schwarze getroffen«, sagte Andrea, nun ihrerseits nachdenklich geworden, »hast du gewußt, daß eine Menge Amerikaner aus Süd-Kalifornien regelmäßig zu den Corridas in Tijuana kommen?« Ohne auf seine Antwort zu warten, fuhr sie fort, »ich habe Stierkämpfe in Spanien gesehen, und du kannst mir glauben, ich habe sie nie als ein Macho-Duell zwischen einem tapferen Matador und einem wilden Stier verstanden. Irgendwie war für mich der Stier mit seinem riesigen, baumelnden und schwarzen Schwanz immer die Verkörperung des Männlichen. Der Matador hingegen ein werbendes Weibchen – eine Pirouetten ausführende, herausgeputzte Jungfrau, die vorgibt zu jagen, aber in Wirklichkeit selbst gefangen werden will, indem sie den Mann mit ihrem Tuch reizt und herausfordert. Indem sie den Mann bei jedem Stoß verführerisch ihr Tuch streifen läßt, das so rot ist, als sei es bereits mit dem Blut ihrer Entjungferung durchtränkt, als sei sie bereits vom Stier durchbohrt worden. Und erst wenn der Stier am Ende wirklich zu müde ist, zu satt von der Jagd und die Beine artig von sich streckt und den Kopf tief senkt, erst dann hebt der Matador, gleich einer abgewiesenen Frau, die ihren jetzt verschmähten Geliebten bestrafen will, den Degen und sticht ihn tief in die verwundbarste Stelle der Welt – in das männliche Herz.«

Gelegentlich erzählte Andrea von ihrer Familie. Ihre Großmutter, eine eigensinnige alte Dame, sei auf ihr schönes dichtes Haar so stolz gewesen, daß sie sich jahrelang geweigert hatte, es schneiden zu lassen. Zum Mißfallen der Gwynplaine-Familie – die es unschicklich für eine alte Frau fand, das Haar offen zu tragen – reichte es schließlich gut bis zur Taille. Daraufhin hatte Andrea noch als sehr junges Mädchen beschlossen, ihrer Großmutter auf eigene Faust eine Lektion zu erteilen. Spät in der Nacht, als die alte Dame in tiefem Schlaf lag, schlich sie heimlich ins Zimmer ihrer Großmutter und dünnte das Haar mit einer Schere aus, stets darauf bedacht, das abgeschnittene strähnige Haar über die Kopfkissen verteilt liegen zu lassen. Da sie annehmen mußte, daß ihr das Haar aufgrund seiner Länge und seines Gewichts

ausgefallen war, wurde Andreas Großmutter von Panik ergriffen, und um das zu retten, was übrig war, hatte sie es prompt so kurz schneiden lassen, daß es kaum den Nackenansatz bedeckte.
Andrea erzählte ihm auch von einem Trick, den sie als Primanerin bei einem Rendezvous anzuwenden pflegte. Sie ließ sich von einem Jungen in dessen Zimmer locken und liebkosen und leidenschaftlich küssen. Wenn er einen Augenblick abgelenkt war, griff sie heimlich nach unten in ihre Handtasche und holte einen in Rotwein getränkten Tampon heraus, den sie mit solchem Schwung in die Luft schleuderte, daß er an der Decke landete und dort oben haften blieb. Der Junge starrte dann entsetzt auf den schlammigen Baumwollpfropf und die roten Tröpfchen, die daraus auf den Boden tropften. Die irrationale männliche Furcht vor sämtlichen Dingen, die durch Menstruationsblut befleckt sind, war ihm ins Gesicht geschrieben. Andrea ließ ihn dann überschwenglich um Verzeihung bitten und sie unberührt nach Hause bringen. Wenn er diesen und anderen, ähnlichen Geschichten zuhörte, fragte sich Domostroy manchmal, ob Andrea auch ihm einen Streich spielen würde; obgleich er immer wieder von ihrem Scharfblick fasziniert war, fühlte er sich doch gleichzeitig verwirrt.
Eines Nachts mußte er Andrea, die bereits schlief, verlassen, um zur historischen Passion Play Church auf Long Island zu fahren, wo er früh am Morgen ein Requiem für eine Beerdigungsgesellschaft spielen sollte. Doch zehn Minuten nach seiner Abfahrt fiel ihm zu seinem Entsetzen ein, daß er seine Brieftasche vergessen hatte. Er fuhr zurück und tastete sich auf den Zehenspitzen durchs Appartement, darauf bedacht, Andrea nicht zu wecken. Er fand das Bett, das sie geteilt hatten, leer – sie war weg. Er fragte sich, wo sie in den wenigen Morgenstunden – allein – hingegangen sein konnte und warum sie ihn angelogen hatte, als sie ihn bat, sie bei seiner Rückkehr zum Frühstück zu wecken.
Der Sarg stand in der Kirche am Kopfende des Mittelschiffs, und während Domostroy spielte, konnte er nicht umhin, ihn anzuschauen und an den toten Mann darin zu denken, eine Mahnung an die Lebenden, daß sie nicht mehr waren als das nächste Glied in der Kette des Todes. Der Gedanke brachte Domostroy nicht aus der Fassung, er erheiterte ihn vielmehr. Den Tod vor Augen fiel es ihm leichter, den anderen Grenzen des Lebens entgegenzusehen.

Als er später an diesem Morgen zurück ins Appartement kam, fand er Andrea schlafend im Bett vor, als habe sie es nie verlassen. Da er sich von ihr hintergangen fühlte, weckte er sie und fragte, wie die Nacht gewesen sei. Andrea gähnte und streckte sich nach ihm zu einem Guten-Morgen-Kuß und sagte, sie habe endlich einmal eine ganze Nacht gut durchschlafen können. Da er nicht den Mut hatte, sie zur Rede zu stellen, sagte er nichts von seinem überraschenden nächtlichen Besuch.

Ein anderes Mal erzählte sie ihm, daß sie sich im Geist halb als Mann und halb als Frau sehe. Von Zeit zu Zeit, sagte sie, liebte sie es, sich als Mann zu verkleiden und in Begleitung einiger Freunde, einer Gruppe Punkrock-Musiker, durch Manhattans untere West-Side-Bars und Discos die Runde zu machen. Sie sagte, daß die Faszination an der männlichen Sexualität bei ihr im Teenageralter eingesetzt habe, als sie sich in einen Jungen verliebt hatte, der aktiv bisexuell gewesen sei. Sie habe ihn bei seinen heimlichen Streifzügen auf der Suche nach männlichen Partners begleitet, mitunter sich sogar selbst als Beute angeboten, um sexuelle Partner für ihn anzulocken. Als Gegenleistung habe ihr Freund sie beim Liebesspiel mit einem Mann zuschauen lassen. Sie sagte, es sei wie eine Offenbarung über sie gekommen, daß der Anblick der beiden nicht den weiblichen Part in ihr erregt habe, sondern den männlichen. In solchen Augenblicken habe sie ihren Freund stets lieben und befriedigen wollen wie ein Mann, ein Mann, den er liebte. Und wenn sie ihn dann so geliebt habe, habe sie die Vorstellung gehabt, einen eigenen Penis zu besitzen – ein Ebenbild seines Gliedes.

Andrea brüstete sich damit, eine vollendete sexuelle Gespielin zu sein. Mitten in der Nacht, wenn sie nicht schlafen konnte, suchte sie sich aufs Geratewohl den Namen eines Mannes aus dem Telephonbuch heraus, wählte die Nummer und stellte sich mit belegter Stimme als Ludmila oder Vanessa oder Karen vor. Sie sagte, sie sei soeben aufgewacht, und um wieder einschlafen zu können, brauche sie ›einen kleinen lustvollen Schwatz‹. Wenn der Mann einhängte, wählte sie die nächste Nummer und wiederholte die Vorstellung. Sie bat den nichtsahnenden Mann, etwas von sich zu erzählen und verführte ihn somit zu einem langen Gespräch – und mehr als das. An Domostroys Reaktionen neben ihr im Bett maß sie die Wirkung, die jedes Wort, das sie von sich gab, hatte.

»Ich will, daß du dich ganz frei mit mir fühlst, mein Schatz«, hauchte sie in den Hörer, »so, wie ich mich jetzt mit dir. Ich will, daß du dich da anfaßt, wo ich mich anfasse. Soll ich zuerst anfangen? Mach ich – denn es macht mir Lust. Ich mag deine Stimme – sie bringt dich so nah zu mir. Laß mich deine Hände führen – wohin du willst – ja, da will ich sie hinhaben. Faß du dich jetzt an, und denk, daß deine Hände meine sind – faß dich jetzt wieder an und jetzt wieder . . .«
Durch ihre Stimme und durch ihre Phantasie in Lust versetzt, hauchte ihr der telephonische Liebhaber Worte ins Ohr, die Domostroy nicht hören konnte, aber während sie ins Telephon hauchte und stöhnte, ihr Atem hastete und brach, lag sie ausgestreckt auf Domostroy, den Busen an seiner Brust, das Gesicht neben seinem, der Hörer in der Hand war die einzige Schranke zwischen ihnen.
Sie setzte ihre verbale Scharade fort, zur gleichen Zeit leckte sie Domostroys Ohren, küßte seinen Mund, drängte mit der freien Hand zwischen sein Geschlecht und ihres, streichelte und knetete es.
»Lieb mich schneller, Geliebter, fester, tiefer – schneller jetzt«, hauchte sie ins Telephon, und inmitten der Geräusche aus dem Hörer löste sie sich abrupt von Domostroy, ließ ihn mit seiner Erregung allein und legte den Hörer auf die Gabel. »Hat mich doch schon wieder so ein Hurensohn heimgesucht«, rief sie mit gespieltem Ärger. »Der hat Nerven – bei unserem ersten Rendezvous.«

Eines Morgens, Domostroy wollte gerade Andrea von seiner neuesten Entdeckung berichten, verblüffte sie ihn, indem sie diese vorwegnahm. »Goddard gleicht einem Schriftsteller, der ein Pseudonym benutzt«, sagte sie. Sie rollte sich zu ihm herüber und schaute ihn an. »Gewöhnlich hat solch ein Name keine Beziehung zum richtigen Namen des Schriftstellers oder seinem Leben, weil er als Künstlername dienen soll, als Verkleidung. Aber neulich hast du gesagt, du wüßtest, warum Goddard sich diesen Namen ausgesucht hat. Was hast du damit gemeint?«
»Ich habe eine Spur«, sagte Domostroy. »Als ich seine Schallplatten anhörte, habe ich zwei musikalische Themen ausmachen können, die beide mit Sicherheit von anderen Komponisten stammen, deren Musik ich schon früher gehört hatte. Beide Themen

waren subtile Phrasen einer Musik, die ich zu kennen glaubte, und ich habe mir tagelang Hunderte von Bändern und Schallplatten angehört – alte und neue, amerikanische und ausländische –, aber ich konnte die Quelle nicht ausfindig machen, hauptsächlich, weil diese beiden schwer greifbaren Themen in mir die Musik einer ganzen Reihe vergangener und zeitgenössischer Komponisten wachriefen. Schließlich habe ich ein Motiv aufspüren können.«

»Von wem?«

»Von – Lieberson, einem Mann, den ich früher kannte«, antwortete er, »und der vor ein paar Jahren gestorben ist. Lieberson war Präsident der Columbia Records Masterworks und verantwortlich für die Betreuung und Unterstützung einiger unserer besten zeitgenössischen Komponisten, klassischer wie populärer; außerdem hatte er großen Anteil an Produktionen wie *South Pacific, My Fair Lady* und *West Side Story.* Ihm sind sieben Grammophonpreise verliehen worden und mindestens ebenso viele goldene Schallplatten, und er war ein sehr belesener und bewunderter Mann in der Musikbranche.«

»Augenblick«, unterbrach sie ihn ungeduldig. »Du sprichst von der Funktion einer Person. Was hat das mit den Themen in Goddards Musik zu tun?«

Domostroy beugte sich langsam vor und atmete ihren herben Duft, rieb seine Wange an der Innenseite ihres Schenkels, der fest und kühl war. Die andere preßte er an ihre Schamlippen, die enthaart waren, das Fleisch gewellt, feuchtwarm und einwärts gerollt. »Lieberson war auch ein begnadeter und vollendeter Komponist«, sagte er sanft. »Ich habe mir die Mühe gemacht, sein ganzes Werk nochmals durchzuhören, und er hat eine beachtliche Menge geschrieben: die Begleitmusik für *Alice im Wunderland,* ein Ballett, eine Suite für ein Streichorchester, eine Symphonie, die Vertonung von drei chinesischen Gedichten für gemischte Stimmen, eine Suite für zwanzig Instrumente, ein Stück, das *Klagen der Jungen* heißt, ein weiteres, das *Neun Weisen für Klavier* heißt, ein Quintett und eine Reihe Lieder zu Texten von Ezra Pound, James Joyce und anderen. Ich habe sogar seinen Roman *Drei fürs Schlafzimmer C* noch mal gelesen. Gloria Swanson hat in diesem Film mitgespielt.«

»Komm zur Sache«, sagte sie, während sie zurückrutschte und seinen Kopf listig zwischen den Waden einfing; kein Muskel-

strang und kein Haar verunstalteten die Rundungen ihrer Beine.
»Die Sache ist die: Goddard hat einen ganzen Satz aus einem Werk von Lieberson paraphrasiert.«
»Wie toll!« fuhr sie dazwischen. »Alle paraphrasieren. In meinem Seminar für Musikgeschichte habe ich gerade erfahren, daß Chopin, der ungeniert kräftige Anleihen bei der polnischen Volksmusik gemacht hatte, auch in seinem *Fantaisie-Impromptu* von Moscheles paraphrasiert hat, das zufällig gemeinsam in einem Band mit Chopins Opus 15 Nocturnes veröffentlicht worden war. Chopin war über die Ähnlichkeit mit Moscheles Werk so beschämt, daß er sich zwanzig Jahre lang weigerte, sein Meisterwerk zu veröffentlichen. Wie jeder andere Künstler auch gestaltet der Komponist bereits existierende Formen, Motive und Techniken um in ein neues musikalisches Gebilde«, belehrte sie ihn. »Aber Goddard hat nicht mehr als eine einzige Passage aus einem Musikstück paraphrasiert, das er sonstwo gehört hat!« Sie war enttäuscht. »Das ist keine neue Spur. Das ist nicht genug.«
»Stimmt, das ist nicht genug«, sagte er und küßte sie. Seine Zunge folgte den Falten und Windungen ihres Körpers, bestürmte und bedrängte sie und wich wieder zurück.
Seine Berührungen schickten Schauer durch ihren Körper, und ihr Atem kam in Stößen; mit geschlossenen Augen warf sie den Kopf von der einen Seite zur anderen, wand ihren Körper. Er hielt inne, sagte dann sanft: »Es gibt noch eine andere Verbindung. Rate mal, wie Lieberson mit Vornamen hieß!«
»Wozu?« sie stemmte die Hände gegen seine Schultern, hörte auf, sich zu winden.
»Rate doch mal«, sagte er.
»Viktor. Nein, warte: Hektor.«
»Falsch.«
»Was hat Liebersons Vorname mit Goddard zu tun?«
»Eine Menge«, sagte Domostroy, »weil Lieberson mit Vornamen Goddard hieß.«
Sie strich das Haar aus dem Gesicht und setzte sich auf. »Was?«
»Goddard Lieberson.« Er sah ihr fest in die Augen.
»Das ist unglaublich«, sagte sie. »Ist das kein Zufall?«
»Zufall? Erst Liebersons Name, dann seine Musik! Das ist ein richtiges Bindeglied, kein Zufall.« Domostroy wartete. »Aber

welche Lücke schließt dieses Glied? Als Goddard Lieberson auf dem Höhepunkt seiner Laufbahn war, war unser Goddard vermutlich wie du, Andrea, ein Teenager im Gymnasium.«
Sie saß da und dachte nach. »Du hast gesagt, daß Goddard die Themen von zwei Komponisten paraphrasiert hat. Der eine ist Lieberson. Hast du auch den anderen ausmachen können?«
»Noch nicht«, sagte Domostroy.

Als wolle sie seine Fortschritte prüfen, sagte Andrea ein paar Tage danach: »Hast du das andere Thema gefunden, das Goddard deiner Meinung nach paraphrasiert hat?«
»Es war wie verhext. Ich konnte den Komponisten oder das Stück einfach nicht bestimmen«, sagte er. »Es lag etwas Klares und zugleich sich Auflösendes in dieser Musik, etwas Fremdes und Altmodisches. In der Anlage glich es späten russischen Romantikern aus dem 19. Jahrhundert – Borodin, Balakirew, Mussorgsky. Und doch hatte ich das sonderbare Gefühl, daß ich das Stück irgendwann einmal, von dem Komponisten selbst gespielt, gehört hatte, was bedeutete, daß es weitaus moderner sein mußte. Dann fiel es mir wie Schuppen von den Augen. Goddard hat das Motiv von Boris Pregel, auch ein Komponist, den ich kannte – wie ich Lieberson kannte.«
»Boris Pregel? Ich glaube nicht, daß ich schon von ihm gehört habe – oder von seiner Musik.«
»Er lebte ebenfalls ein wenig vor deiner Zeit. Pregel wurde in Rußland geboren. Von seinem sechsten Lebensjahr an wurde er von seiner Mutter ausgebildet, die eine ausgezeichnete Pianistin und Sängerin war. Später studierte er Musik am Konservatorium in Odessa, dann aber wechselte er zu Maschinenbau und floh in den Westen – nach Frankreich. Danach ging er in die Vereinigten Staaten. Wie Lieberson wurde auch Pregel berühmt, aber nicht wegen seiner Musik, sondern aus anderen Gründen – in seinem Fall vor allem als großer Experte und Erfinder auf dem Gebiet der Atomenergie. Außerdem war er ein äußerst erfolgreicher Unternehmer, handelte mit Uran und anderen radioaktiven Materialien. Für seine Leistungen im Dienste der Menschheit war Pregel zum Präsidenten der New York Academy of Sciences gewählt worden, und er zählte zu den hochdekorierten Ordensträgern der Welt, direkt neben Männern wie de Gaulle, Eisenhower und dem Papst.«

»Was ist mit seiner Musik?« fragte Andrea.

»Es war Musik ersten Ranges«, sagte Domostroy. »In der romantischen Tradition Rußlands. Seine *Romantische Suite,* seine Fantasie in D-Dur und viele seiner anderen Werke wurden unter D'Artega von den Symphonie-Orchestern aus Rom und Mailand in Amerika und Europa aufgeführt.« Er zögerte. »Seltsam, an was man sich wieder erinnert«, sagte er. »Ich hatte ganz vergessen, daß D'Artega, der Dirigent, auch Schauspieler war. Er hat den Tschaikowsky in dem Film *Carnegie Hall* gespielt.«

»Du kennst alle möglichen musikalischen Spezialitäten«, sagte sie beeindruckt.

»Halt dich ran, dann kennst du sie auch«, sagte Domostroy. »Zum Beispiel waren Boris Pregels Lieder, wie auch die Liebersons, meistens Vertonungen von Werken berühmter Poeten.« Er schwieg und dachte nach. »Es gibt eine Besonderheit, über die ich gerne noch mehr wüßte: wie kam Goddard dazu, Motive der beiden aufzugreifen, nämlich von Goddard Lieberson *und* von Boris Pregel? Ich sehe da keinen Zusammenhang!«

»Vielleicht hat er einfach ihre Musik gemocht«, sagte Andrea.

»Trotzdem. Ein eigenartiger Zufall! Selbst als Pregel und Lieberson noch lebten, war ihre Musik nicht weithin bekannt. Die meisten Menschen kannten nicht einmal das Werk des einen, geschweige denn das beider. Ich frage mich, ob die Familie unseres Goddard irgendwie in Verbindung mit ihnen stand. Ob Goddard womöglich Lieberson und Pregel gekannt hat?«

»Warum nicht?« rief sie erregt. »Goddard kann ein junger Manager sein, eine Art zeitgenössischer Lieberson oder Pregel! Kann nicht das der Zusammenhang sein?«

»Das bezweifle ich. Denn Lieberson und Pregel waren kaum typische Manager. Beide waren kreative Künstler und Intellektuelle, Männer mit umfassender Bildung, Personen des öffentlichen Lebens, Männer von Welt.«

»Glaubst du, daß Goddard ihrem Niveau entspricht?«

»Ganz sicher nicht. Beide waren talentierte und voll ausgebildete Musiker. Der Meinung Nashs und den anderen Kritikern zum Trotz: unser Goddard hat kein wirkliches Verständnis für das Klavier; seine Musik ist elementar, flach, ohne Tiefe; seine Handhabung der Rhythmen, der Harmonien und der Melodien ist ein einziger synthetisierter Mischmasch. Meiner Meinung nach zeichnet er sich als Sänger ebenso wenig aus: seine Stimme

bleibt so mittelmäßig wie sein Repertoire. Er kann seine Vokale nicht tief singen, und für sein Stimmvolumen ist er ganz und gar auf elektronische Verstärkung angewiesen.«
»Wenigstens macht er nicht nur reine Unterhaltungsmusik«, sagte Andrea. »Goddard schreibt, um das Musikverständnis seiner Hörer zu erweitern. Deshalb lieben ihn seine Fans. Deshalb ist er nicht nur ein Rockstar. Er ist ein Wegbereiter wie Gershwin.«
»Die breite Masse ist von Natur aus kritiklos und leichtgläubig«, sagte Domostroy. »Da sie leicht von den Massenmedien zu beeinflussen ist, kann sie nicht mehr unterscheiden zwischen dem, was wahr ist, und dem, was nur glaubhaft ist, zwischen wahrer Originalität und dem nur scheinbar Neuen. Goddard ist bestenfalls ein mäßig begabter Sänger und ein geschickter Improvisator der elektronischen Musik, mehr nicht. Chopin hat einmal gesagt, daß nichts abscheulicher ist als Musik ohne eine verborgene Botschaft. Aber Goddard hat keine Botschaft zu verbergen. Statt dessen hat er sich selbst geschickt in seiner Musik verborgen! Seine Unsichtbarkeit ist noch immer sein größter Wert.« Er schaute Andrea an und sah, daß seine Worte sie verärgert hatten. »Wegbereiter oder nicht«, fuhr er in einem freundlicheren Ton fort, »durch seine Musik allein erfahren wir nichts über seine Verbindung mit Lieberson und Pregel. Aber vielleicht werden uns die Akten der Columbia Records oder der New York Academy of Sciences weiterbringen.«

Andrea las den Brief. »Er ist wunderbar«, seufzte sie, »und so bewegend. Wenn ich Goddard wäre, ich würde mit Sicherheit die Frau kennenlernen wollen, die ihn geschrieben hat.« Sie las ihn ein zweites Mal, in aller Ruhe, mit zuckenden Lippen, wenn sie bei einem Wort verweilte. »Müssen meine sexuellen Gefühle in dieser Deutlichkeit ausgedrückt werden?«
»Was du in diesem Brief über Sex sagst, muß dem tonhaltenden Pedal am Klavier gleichen. Es muß dich in seiner Phantasie mitschwingen lassen.«
»Ich wäre glücklich, wenn ich den Brief selbst geschrieben hätte«, murmelte sie verzückt. »Er ist schön.«
»Er wird von dir kommen«, sagte Domostroy.
»Schon, aber die Unterschrift wird mein einziger Beitrag sein.«
»Er wird nicht unterschrieben werden«, sagte Domostroy. »Und es wird kein Absender darauf stehen.«

»Warum? Wenn der Brief die Wahrheit sagt –«

»Die Wahrheit braucht keine Unterschrift«, sagte Domostroy. Er nahm ihr den Brief aus der Hand. »Wenn ihn deine Worte überzeugen, wird ihn die Unkenntnis deiner Person um so mehr fesseln. Er wird die Tage bis zu deinem nächsten Brief zählen – in der Hoffnung, daß du deinen nächsten Brief unterschreibst, so daß er dich eines Tages kennenlernen kann.«

»Kann ein Brief das alles bewirken?« Andrea wunderte sich laut.

»Das bezweifle ich. Aber mehrere – sagen wir fünf – könnten es«, sagte er. »Vor Jahren, während meiner Sturm-und-Drang-Zeit«, fuhr er fort, »als ich genügend Fanpost erhalten hatte, um zu wissen, wie ähnlich sie sich war, erhielt ich einen ungewöhnlichen Brief. Der Absender, eine Frau, kannte mich lediglich durch mein Werk und von einigen Konzert- und Fernsehauftritten, aber ihre Analyse meiner Musik war ebenso scharfsinnig wie das Verständnis meiner Bedürfnisse und Sehnsüchte – geheimer Strömungen meines Lebens, über die ich nie mit einem Menschen gesprochen hatte, so daß ich vollends hingerissen war.

Wenn sie, ohne mich zu kennen, so viel von meinem innersten Wesen entdeckt hatte, so kannst du dir vorstellen, wie groß für mich die Versuchung war, sie in meinem Gesicht lesen zu lassen, ohne all die emotionalen und professionellen Annehmlichkeiten, die sonst Begegnungen verschleiern. Aber als ich zum Schluß des Briefes kam, mußte ich zu meinem Entsezten feststellen, daß sie ihn nicht unterschrieben hatte, oder genauer gesagt, daß sie nur eine musikalische Phrase von Chopin darunter geschrieben hatte. Ich nahm an, daß sie es schlichtweg vergessen hatte, ihren Namen darunter zu schreiben, und hoffte ernsthaft, daß sie, da sie von mir nichts hören konnte, bald wieder schreiben würde.

Ein paar Wochen später kam ein zweiter Brief. Dieses Mal erriet sie mit einer mir geradezu unheimlichen Einsicht, an welcher Art musikalischer Komposition ich arbeitete – ihre Länge, ihren Modus, meine Inspirationen –, und alles, was sie sagte, lag verblüffend nahe an der Wahrheit. Wieder war der Brief nur mit einer Phrase Chopins unterschrieben – einer anderen –, aber jetzt wußte ich wenigstens, daß es Absicht war, kein Versehen.

Andere Briefe folgten – sämtlich mit Chopinphrasen unterschrieben –, in denen sie wiederholt über meine Arbeiten sprach. Aber sie enthielten auch mehr und mehr Gedanken über ihre eigenen

Gefühle und Wünsche, und im Laufe der Zeit wurden die Briefe im Hinblick auf ihre sexuellen Vorstellungen und Phantasien deutlicher. Sie beschrieb bis ins kleinste Detail hinein Szenen zwischen uns beiden im Bett, sogar mit den Dialogen – was ich zu ihr sagen würde und wie ich es sagen würde; was sie antworten würde; und die exakten Positionen unserer Körper in jeder Phase. Ihr außergewöhnlicher Scharfblick erriet mit verblüffender Genauigkeit die gesamte Skala meiner sexuellen Wünsche – angefangen bei denen, die ich freimütig bekennen würde, bis hin zu denen, die ich nicht einmal im Traum gestehen würde.

In den meisten Fällen kam sie mit ihrer Wahrheit meinem Herzen so nahe, daß ich an übersinnliche Wahrnehmung bei ihr zu glauben begann. Schlimmer noch, ich bekam Angst, daß meine mysteriöse Korrespondentin eine Person war, die ich kannte, oder die Freundin eines Freundes – eine frühere Geliebte, eine gelegentliche Gespielin, eine gute Bekannte oder eine vertraute Person. Und doch war ich mir sicher, daß mir noch kein Mensch über den Weg gelaufen war, der eine solche Eingebung besaß.

Allmählich war ich, um erfolgreich kreativ arbeiten zu können, wie auch in meinen Sexualphantasien, vollkommen von ihren Briefen abhängig geworden, als wären sie die treibende Kraft in meinem Leben gewesen. Monatelang war ich bei jedem neu eintreffenden Brief davon überzeugt, daß sie sich darin offenbaren würde, so daß wir uns zu guter Letzt kennenlernen würden und ich ihr sagen konnte, welche Bedeutung sie für mich gewonnen hatte. Aber sie hat es nie getan, und nach etwa einem Jahr hörten die Briefe plötzlich auf. Zuerst hatte ich ein Gefühl, als hätte jemand meine geistige Lebensader durchtrennt. Zum Trost begann ich mir die verschiedensten Theorien zurechtzulegen: sie sei alt und krank; sie sei gestorben, und selbst wenn sie noch lebte, sei sie zwar brillant – aber neurotisch, labil und vermutlich schizophren. Schließlich banalisierte ich sie für mich – stellte sie mir physisch eintönig oder häßlich, vielleicht ein wenig abstoßend vor –, und im Laufe der Zeit habe ich sie vollständig aus meinem Gedächtnis gestrichen.

Einige Jahre danach nahm ich an den Musikwochen in Crans-Montana teil, einem bei Künstlern beliebten Skiort in der Schweiz. Der Ehrengast auf dem Festival war eine Pianistin, die trotz ihrer jungen Jahre – sie war in den Zwanzigern – als eine der größten Pianistinnen der Welt galt und die aufgrund ihres

außergewöhnlich guten Aussehens der besondere Liebling des Publikums und der Medien war. Einige Male hatte ich sie gehört und spielen sehen, jedes Mal hatte ich mich von ihrer Erscheinung angezogen gefühlt.
Am letzten Abend dieser Musikwochen war mir – gemeinsam mit zahlreichen anderen Gästen – ein Platz am Tisch mit der Pianistin und ihrem Ehemann, einem jungen Geschäftsmann, zugewiesen worden. Während des Essens bemerkte ich, daß die Pianistin mir verstohlen Blicke zuwarf, mich einmal geradezu neugierig musterte. Da ich durch ihre Schönheit und die Gegenwart ihres Mannes eingeschüchtert war, wechselte ich lediglich ein paar Bemerkungen mit ihr – über das Verlangen des Künstlers sowohl nach Abgeschiedenheit wie auch nach Öffentlichkeit, das für uns beide auf der Hand lag, den anderen am Tisch aber zum Teil widersprüchlich erschien.
Irgendwann verließ ich den Tisch, um nach unten zur Toilette zu gehen; auf der matt beleuchteten Treppenflucht hörte ich hinter mir eine Frau meinen Namen rufen. Es war die Pianistin. ›Ich möchte mich dafür entschuldigen, Herr Domostroy‹, sagte sie, ›daß ich Sie beim Essen so angestarrt habe.‹
›Ich fühlte mich geschmeichelt‹, sagte ich. ›Ich möchte Sie schon seit langer Zeit kennenlernen.‹
›Sie haben mich bereits kennengelernt – schon vor dem heutigen Abend!‹ sagte sie und kam näher, bis ihr Gesicht im Licht war. Erneut spürte ich die geheimnisvolle Macht ihrer Schönheit. ›Ich habe Sie spielen gehört, aber ich glaube nicht, daß wir uns schon begegnet sind‹, sagte ich.
›Nicht persönlich‹, sagte sie, und sie legte ihre Hand auf meine Schulter. ›Aber ich habe Ihnen geschrieben‹, sagte sie, ›viele Male. Ich habe meine Briefe nicht unterschrieben. Ich schloß sie statt dessen mit musikalischen Phrasen.‹
Ich spürte den Ruck in meinem Körper. Mein Herz raste. ›Der Mädchenwunsch, eine Mazurka von Chopin‹, sagte ich und begann die lyrischen Zeilen zu rezitieren, die sie geschickt hatte.

Könnt' ich als Sonne hoch am Himmel scheinen,
all meine Strahlen ergöß' ich für einen.

Ach, dürft' als Vöglein droben ich singen
sollte für einen nur mein Lied erklingen!

Dort unterm Fenster, unter dem kleinen,
säng' ich die ganze Nacht nur für einen.

Überwältigt von der Erinnerung an ihre Briefe und den Bildern, die sie heraufbeschworen, ergriff ich, jetzt, da sie vor mir stand, ihre Hand und zog sie an mich. Ich verschränkte die Hände hinter ihrem Rücken und drückte mein Gesicht an ihres. ›Ich habe Ihre Briefe sehr geliebt‹, sagte ich. ›Sie haben mich ununterbrochen an Sie denken und gespannter auf Sie warten lassen, als ich je auf einen Menschen gewartet habe. Das war vor fünf Jahren! Was hätten diese fünf Jahre sein können, wenn wir uns damals begegnet wären!‹
Sie nahm meine Hände und legte sie in ihre. ›Ich habe mir beim Essen Ihre Hände angeschaut‹, sagte sie, ›und an die Zeit gedacht, da ich alles in der Welt dafür gegeben hätte, sie auf meinem Körper zu spüren. Ich war so vernarrt in Sie, in Ihre Musik, in alles um Sie herum. Ich habe Sie im Fernsehen angeschaut, habe in den Zeitungen von Ihnen gelesen, bin zu jedem Ihrer Konzerte gegangen. Mein einziger Wunsch war, daß Sie sich in mich verlieben würden.‹
›Wenn Sie sich nur zu erkennen gegeben hätten, ich hätte Ihre Liebe erwidert‹, sagte ich. ›Ich habe die Frau geliebt, die diese Briefe schrieb. Ich habe fortwährend von ihr und dem Leben geträumt, das wir gemeinsam hätten führen können. Ich hätte alles aufgegeben für ein Leben mit ihr.‹ Ich zog sie an mich heran, ich vergrub mein Gesicht in ihr Haar, ich preßte unsere Körper aneinander. Sie schwankte in meinen Armen. ›Ich würde noch immer alles aufgeben‹, sagte ich. ›Ich liebe Sie noch immer. Sagen Sie mir, was ich tun muß, damit wir zusammen sein können.‹ Sie zögerte, senkte den Blick und erinnerte mich daran, daß sie verheiratet war.
›Lieben Sie ihn?‹ fragte ich.
›Lieben? Das vielleicht nicht, aber ich habe ihn gern‹, sagte sie. ›Und wir haben ein Kind zusammen.‹
›Wir könnten dennoch Liebende sein‹, drängte ich sie.
Sie wandte ihr Gesicht von mir ab. ›Ich habe Ihnen einmal geschrieben, daß ich Sie lieben würde. Ich tue es noch immer‹, sagte sie, ›aber wenn ich meine Liebe verbergen müßte, hätte ich immer das Gefühl, etwas Natürliches in etwas Anstößiges zu verkehren.‹

›Müssen wir sie verbergen?‹ fragte ich und hielt sie enger an mich gedrückt. ›Ich will Sie nicht wieder verlieren.‹
Sie befreite sich aus meiner Umarmung und sagte: ›Mein Mann liebt mich. Er ist sehr großzügig gewesen. Ohne seine Unterstützung wäre ich das nicht geworden, was ich bin. Ich kann ihn nicht verlassen.‹
Als sie sich zum Gehen wandte, rief ich hinter ihr her: ›Bitte schreiben Sie mir wieder.‹ Dann war sie fort; am nächsten Tag reisten sie und ihr Mann aus Crans-Montana ab.
Ich stand da mit dem gewissen Gefühl, daß ich die Frau in meinen Armen gehalten hatte, die ich liebte, und erst später wurde mir vollends bewußt, daß ich sie wieder verloren hatte. Während ich auf einen Brief von ihr wartete, beschäftigte ich mich in meiner Phantasie immer häufiger mit ihr. Ich stellte mir vor, wie sie nackt aussah, wie sie mich an verborgenen Orten liebte – nach ihren Konzerten, in großen anonymen Hotels an der New Yorker West Side; in abgelegenen Hotels in Paris, Rom oder Wien; in Motels in Los Angeles; in den privaten Gemächern der geheimen Sexpaläste in Rio de Janeiro. Aber sie schrieb nicht, und ich verbrachte endlose Stunden damit, ihre alten Briefe zu lesen und nochmals zu lesen. In dieser Zeit habe ich mich selbst verachtet – meine Musik, meine ganze Existenz –, weil ich in dem einzigen Augenblick, in dem ich sie hätte haben können, versagt hatte. Der Anblick eines Telephons erfüllte mich mit Schmerz, aber ich wagte es nicht, sie anzurufen. Wie ein verzweifelter Schuljunge, der sich in seine Musiklehrerin verliebt hat, habe ich kunstvolle Pläne ausgearbeitet, um ihr zu folgen, um die Dinge so zu gestalten, daß wir uns zufällig über den Weg liefen, aber ich habe diese pubertären Entwürfe stets aus Mutlosigkeit aufgegeben.
Vor wenigen Monaten habe ich erfahren, daß ihr Mann bei einem Autounfall ums Leben gekommen ist.«
»Wirklich?« fragte Andrea. Sie griff nach einer Haarbürste. »Warum nimmst du dann nicht Verbindung mit ihr auf?«
»Wozu?«
»Um bei ihr zu sein.« Sie kämmte sich bedächtig das Haar. »Du bist die beste Rolle ihrer Vergangenheit.«
»Aber sie nicht die beste aus meiner«, sagte Domostroy in bewußt besänftigendem Ton. Er stand auf und streckte sich. »Wie dem auch sei, sie hat mir geschrieben, als ich noch Komponist war. Heute komponiere ich nur noch Briefe – für andere.« Er ki-

cherte, nahm Andrea am Arm und legte sie aufs Bett. Er bedeckte ihren Busen mit ihrem Haar, das er zärtlich über ihren Brustwarzen glattstrich.

»Wie lange nach der Begegnung mit dieser Pianistin hast du aufgehört zu komponieren?« fragte Andrea am folgenden Tag mit unbewegter Stimme.
»Ein Jahr oder so danach«, sagte Domostroy. Mit einem Lächeln fügte er hinzu: »Man könnte sagen, daß die Kreativität allmählich nachließ, nachdem das Laster angefangen hatte.«
»Bist du nicht immer noch in sie verliebt?« fragte Andrea.
»Nicht in sie. Nur in ihre Briefe«, sagte er. »Was mich daran erinnert, dein erster Brief an Goddard ist gestern rausgegangen. Ich habe ihn in einem offiziellen Umschlag vom Weißen Haus aufgegeben, einem der wenigen, die ich jahrelang als Souvenir aufgehoben habe. Es sind bossierte Innenkuverts von der Art, in der man Einladungen zu Hochzeiten erhält. Sie sind noch nie frankiert oder mit einer Adresse versehen worden.«
»Wo hast du sie her?« fragte Andrea.
Domostroy schaute sie an, bevor er antwortete. »Jedes Mal, wenn ich in Washington aufgetreten bin, hat mir ein Fan, der damals Berater des Präsidenten war, darin Glückwünsche übermittelt. Wenn überhaupt jemals ein Brief bei Goddard ankommt, so gewiß dieser.«
»Er wird vermutlich denken, ich arbeite im Weißen Haus.«
»Vielleicht. Oder daß du die Ehefrau oder Tochter von einem der großen Bosse des Landes bist – die, wie Goddard, ihre Unsichtbarkeit bewahren wollen. Das wird ihn zwar daran zweifeln lassen, ob du jemals deine Anonymität aufgeben wirst, aber du kannst sicher sein, daß er wie ein Schießhund auf den nächsten Brief aus dem Weißen Haus lauern wird und den darauf folgenden.«
»Was wird darin stehen?«
»Mehr über deine Vorstellungen von ihm, von seiner Musik, von seinem Leben – vielleicht legen wir auch ein paar Photographien von dir bei, um ihm zu zeigen, wie schön du bist.«
»Wollen wir ihm schon so bald zeigen, wie ich aussehe?« sagte sie und beantwortete darauf prompt ihre eigene Frage. »Vielleicht könnten sie aus einiger Entfernung geschossen werden oder mit abgewandtem Gesicht aufgenommen sein.«

»Das ist eine gute Idee«, sagte er.
»Wenn ich meine Briefe nicht unterschreibe, sollte ich auch mein Gesicht nicht zeigen. Das Gesicht ist die Unterschrift des Körpers.«
Er lächelte. »Hast du viele gute Aufnahmen von dir?« fragte er sie.
»Nicht viele.« Sie schwieg und fügte hinzu: »He! Vielleicht können wir selbst welche machen! Welche, die sexy sind. Ich könnte mich sogar für ihn ausziehen.«
»Die zweite gute Idee«, sagte er und fügte dann hinzu: »Aber ich frage mich, ob er es dir nicht übelnehmen wird, wenn du vor einem anderen Mann posierst.«
»Natürlich wird er das«, erklärte sie, »deshalb werden wir es ihn nicht wissen lassen. Können wir die Schnappschüsse nicht so arrangieren, daß er annehmen muß, ich hätte eine Kamera mit Selbstauslöser benutzt?«
»Ich glaube schon. Was für einem Zweck sollen die Bilder denn deiner Meinung nach dienen?« fragte Domostroy.
»Sie sollen ihn erregen. Beim bloßen Anblick meiner Person soll er in Erregung versetzt werden.«
»Du denkst wirklich an alles«, sagte er beeindruckt.
»Einer muß es ja«, sagte sie, »denn, Patrick, wenn Goddard sein Geheimnis all diese Jahre vor der Welt hat hüten können, so muß er äußerst gerissen sein. Das heißt, daß wir noch gerissener sein müssen, nicht wahr? Außerdem müssen wir darauf achten, daß keine Fingerabdrücke auf meinen Briefen an ihn sind – oder auf den Photographien. Sollte er wirklich Interesse an mir finden, halte ich es nicht für ausgeschlossen, daß er das überprüft. Und wir wollen doch nicht, daß er mich identifiziert, bevor ich ihn identifiziert habe?« Sie verdrehte die Augen und brach in heftiges Lachen aus.
»Was ist denn so lustig?« fragte Domostroy sie.
»Was ist«, sagte sie, »wenn sich nach alledem herausstellt, daß Goddard eine Schwäche für Männer hat?«
»Wenn das so ist«, sagte Domostroy mit einem breiten Lächeln, »habt ihr beide ganz von Anfang an etwas gemeinsam.«

Sie waren nackt, sonnten sich auf dem Dach ihres Sandsteingebäudes. Neben ihm ausgestreckt, den Kopf auf ein zusammengefaltetes Handtuch gelegt, schlief Andrea. Er verfolgte, wie eine einzelne Schweißperle sich an ihrem Nacken sammelte, auf ihre Brust rollte, an der Brustwarze haltmachte, seitlich auswich und ohne die geringste Unebenheit, die sie hätte aufhalten können, die glatte und trockene Oberfläche ihres Bauches herunterrollte.

Dann betrachtete er sich selbst. Ströme von Schweiß ergossen sich aus den kleinen Teichen, die sich zwischen den Falten und Runzeln seiner Haut gebildet hatten. Da er die Hitze nicht länger ertragen konnte, zog er seine Badehose an und stand auf. Unten waren die dunstigen Straßen Manhattans. Eine schwache Brise brachte den Geruch von Teer herauf, und unten auf dem Hudson befand sich ein atomgetriebener Flugzeugträger, von einer Flotille aus Schleppdampfern und Vergnügungsbooten eskortiert, auf seinem Weg nach Ambrose Light. Die hochgeklappten Flächen der Flugzeuge fingen die Sonne ein wie ein offenes Akkordeon.

»Ich glaube dir das mit dem Briefpapier vom Weißen Haus nicht.«

Andreas Stimme fing ihn von hinten ein.

»Warum nicht?« fragte er, ohne sich umzusehen.

»Diese ganze Post-in-der-Post-Geschichte klang faul«, sagte sie ruhig. »Also habe ich mich erkundigt. Man verwendet in solchen Fällen keine doppelten Umschläge im Weißen Haus. Du hast gelogen, Domostroy. Sag mir, warum?«

»Ich dachte, die Umschläge könnten unserer Sache nützlich sein, die Wahrheit, wie ich an sie gelangt bin, schien mir unwichtig.«

»Die Wahrheit muß nicht notwendig nützlich sein«, sagte sie. »Die Wahrheit ist einfach da.«

»Dann habe ich sie lediglich zurückgehalten«, sagte Domostroy, der noch immer dem Flugzeugträger nachsah.

Im gleichen Moment, da er seine Worte gesprochen hatte, mußte er über sie nachdenken: hatte er auch seine eigene Wahrheit vor sich selbst zurückgehalten? Wäre seinem Leben besser gedient, wenn er sich, statt in die Dienste dieser jungen Frau, in die Dienste des Landes stellte, einer aus der Mannschaft auf diesem Flugzeugträger würde? Um sich selbst treu zu bleiben, sollte er vielleicht anpassungsfähig sein, so wechselhaft wie das Leben der Musik. Es machte da wenig Unterschied, daß die amerikanische Nationalhymne bis zum Krieg von 1812 »An Anakreon am Himmelszelt« hieß und ein Trinklied Londoner Clubs war? Oder daß Chopins erhabene Polonaise in As-Dur die großen Zuhörermassen zum ersten Mal durch den geschmacklosen Film *Ein Lied für die Welt* erreichte und auch als *Cheekto Cheek,* einer Jazzversion ihres Leitmotivs?

»Warum sagst du nicht die Wahrheit, Patrick? Wie bist du an diese Umschläge gekommen?« bohrte Andrea nach.

»Schon gut, ich werde es dir sagen«, antwortete Domostroy. »Vor über einem Jahrzehnt habe ich an der Schauspielschule an einer der Ivy-League-Universitäten musikalische Satzlehre gelehrt. Unter meinen Seminarteilnehmern befand sich eine Studentin, die ich – offen gesagt – besonders mochte, und als sie sich um die Assistentenstelle bei mir bewarb, habe ich sie sofort angenommen.«

»Soweit zu den unvoreingenommenen Einstellungspraktiken an Akademien«, warf Andrea dazwischen. »Ich wette, dasselbe passiert am Juilliard.«

»Sie wohnte im Erdgeschoß eines riesigen Landhauses in der Nähe der Universität«, fuhr Domostroy fort. »Der Besitzer, der die obere Etage bewohnte, war ein im Ruhestand lebender Rechtsanwalt, ehemals Sozius in einer prominenten Washingtoner Anwaltskanzlei. In seinen jüngeren Jahren war er einer der höchsten Berater im Weißen Haus gewesen.«

»Und der hat Briefpapier vom Weißen Haus rumliegen lassen?« fragte Andrea mit einem Grinsen.

»Selbst wenn er das hätte, damals hatte ich wichtigere Dinge im Kopf als das Klauen von Liebhaberpapieren für Briefe, die ich eines Tages schreiben könnte – obendrein noch als Frau! –, und an einen Rockstar mit einer Unsichtbarkeitsnummer.«

»Wichtigeres? Was, zum Beispiel?« fragte Andrea.

»Kompositionen. Das war das Jahr, in dem ich das *Baobab*-Konzert geschrieben habe.«

Andrea lächelte geringschätzig. »Das du, wenn ich mich recht erinnere, nur wenige Jahre danach umgeschrieben hast, weil es dir nicht gut genug war. Offensichtlich hattest du schon beim ersten Versuch andere Dinge im Kopf. Angefangen bei dieser jungen Assistentin.«

»Richtig«, sagte Domostroy. »Ohne sie wäre meine Lehrtätigkeit tödlich langweilig gewesen.

Der alte Mann lebte übrigens ganz allein, und trotz seines fortge-

schrittenen Alters bestand er darauf, seine eigenen Mahlzeiten zu bereiten – so sparte er die Kosten für einen Koch.
An einem Samstagmorgen rief meine Assistentin mich an. Sie bat mich, auf der Stelle zu ihr zu kommen. Sie habe eine Überraschung für mich, sagte sie, ein Ereignis, das mich sogar zu einem neuen Musikstück inspirieren könne.
Am Haus angekommen, fand ich sie im Garten vor. Sie trug ein nahezu durchsichtiges Chiffongewand aus einer früheren Zeit und ein Paar altmodische Schuhe mit hohen Absätzen. Als sie auf mich zukam, ließ ein leichter Wind das Gewand an ihrem wohlgeformten Körper kleben. Wie die Lady of Shalott auf dem Waterhouse-Gemälde in der Tate Gallery, nahm sie mich an der Hand und führte mich zum Haus. Dort verband sie mir mit einem Schal die Augen und führte mich eine Treppe hinauf.
Wir betraten einen Raum. Wegen des Geruchs von Büchern und altem Leder nahm ich an, daß wir uns im Arbeitszimmer des alten Mannes befanden.
Das Mädchen führte mich an eine Ledercouch und setzte mich darauf. Sie gab mir einen feuchten Kuß auf die Lippen, und plötzlich nahm sie mir die Binde ab. Ich öffnete die Augen und sah ihn am Schreibtisch, kaum zehn Fuß von uns entfernt, sitzen, den Kopf in die Hände gestützt, den Blick in blinder Faszination starr auf uns gerichtet.«
»Wen?« fragte Andrea.
»Den alten Mann, wen sonst?«, sagte Domostroy. »Aber er bewegte sich nicht – er war tot.«
»Wie lange war er schon tot?« fragte Andrea wie nebenbei.
»Nur ein paar Stunden. An diesem Morgen hatte das Mädchen bemerkt, daß er nicht nach unten gekommen war, um seine *New York Tomes* abzuholen. Als sie zu ihm hinaufging, fand sie ihn an seinem Schreibtisch vor, bereits kalt, und einer augenblicklichen Regung folgend, hatte sie seinen Kopf auf seine Hände gebettet und mich angerufen. Sie hatte einen Hang zum Bizarren, mußt du wissen.«
»Und ich Dummkopf, ich dachte, ich könnte dich mit meiner Punk-Lederausrüstung überraschen!« jammerte Andrea. »Was ist dann passiert?«
»Nichts Besonderes«, sagte er. »Wir haben seine Sachen durchwühlt – die Schubladen, die Akten, die Privatbriefe. Seine Gegenwart versetzte sie sichtlich in Erregung – die Vorstellung, daß

der Tod aufs Leben schaut. Wir beide hier und jetzt in Liebe vereint, sagte sie, wären ein ideales Sujet für Hieronymus Bosch oder Dalí gewesen.«
»Mit dem alten Mann, wie ich hoffe, nur als Zuschauer«, unterbrach ihn Andrea. »Oder war deine Assistentin auf das nächste bizarre Experiment aus?«
Der Flugzeugträger war verschwunden, und die kleinen Schiffe waren in alle Winde zerstreut.
»Und das Briefpapier?« fragte Andrea.
»Ich habe einen Stapel Briefpapier vom Weißen Haus aus seinem Schreibtisch genommen. Als Souvenir«, sagte er.
»Als Souvenir«, murmelte Andrea vor sich hin. »Ich wüßte nur allzu gerne wofür!«

In ungewöhnlichen, unerwarteten Augenblicken liebte es Andrea, Domostroy aus der Fassung zu bringen.
»Als mein Großvater in den Ruhestand trat«, bemerkte sie einmal, »wollte er nichts mehr essen. Als die Ärzte den Mann, der seines unnützen Lebens überdrüssig war, vor dem Hungertod retteten, hielt er es wie Hemingway und hat sich mit einer Schrotflinte das Hirn aus dem Kopf geblasen. Warum hast du das nicht getan?«
»Weil ich noch nützlich bin«, sagte Domostroy. »Für mich selbst. Für dich. Ich habe Spaß am Leben.«
»Das heißt nicht nützlich sein«, sagte sie ihm lachend ins Gesicht. »Das heißt, ein Ego haben!«
Mitunter brachte ihm Andrea in Erinnerung, daß er gehen müsse, sobald sie wisse, wer Goddard sei. Sie sagte ihm dies in aller Ruhe, als wolle sie nur hervorheben, was ohnehin klar war: daß sie nur zusammen waren, weil es Goddard zu finden galt. Und sie sagte das manchmal direkt nach einer Liebesnacht, wenn sie sich durch ihn hatte erregen lassen und sie danach, in vertauschten Rollen, ihn über alle Schwellen hinweg in Erregung getrieben hatte. Wenn er keine Spannung mehr in sich verspürte und sie anflehte, ihn nicht über sein Vermögen hinaus zu fordern, fiel er, von Erregung erschöpft, in Schlaf und wachte gesättigt und heiter an ihrer Seite auf. Dann sagte sie es ihm.
Ihre Worte brachten ihm unweigerlich den Schrecken zurück, den er häufig verspürt hatte, bevor er sie kennengelernt hatte – den Schrecken, jede Nacht allein nach Hause fahren zu müssen –

vom Kreutzer zum Old Glory – in das schwarze Loch seiner kleiner werdenden Welt.

Domostroy war sich sicher, daß Goddard zu guter Letzt Andreas Spur verfolgen würde, um Anspruch auf sie zu erheben, sofern die Briefe und die Photographien von ihr den entsprechenden Reiz auf den Star ausübten. Man mußte es durch einen Trick für Goddard unmöglich machen, Andrea eindeutig zu identifizieren, bevor sie ihn nicht eindeutig identifiziert hatte. Falls er herausfand, wer sie war, gäbe es für ihn keinen Grund, sich selbst zu offenbaren, und alle ihre Bemühungen, ihn zu entlarven, wären umsonst gewesen. Domostroy überlegte sich, selbst wenn Goddard Andrea fände und ihr Liebhaber werden würde, durfte er niemals – nicht einmal, wenn ihr nackter Körper ausgestreckt neben ihm lag – in der Lage sein, sie aufgrund ihres Äußeren eindeutig zu identifizieren. Vielmehr mußte Goddard, um sie als Frau aus dem Weißen Haus zu identifizieren, zu einem ausführlichen Gespräch mit ihr gezwungen werden. Goddard mußte hoffen, sie werde sich durch eine Anspielung auf einen Gedanken, eine Wendung oder eine Formulierung aus einem ihrer Briefe an ihn verraten. Domostroy hoffte, Goddard werde sich in diesem verbalen Austausch selbst zuerst zu Fall bringen und verraten, indem er sich unwillkürlich auf etwas bezog, das Andrea als aus ihren Briefen stammend erkennen konnte.
Um Andrea sämtliche Vorteile in diesem Spiel zu sichern, beschloß Domostroy, sie lieber in einem anonymen Motelzimmer statt in ihrem Appartement zu photographieren, das Goddard wahrscheinlich auf Anhieb wiedererkennen würde. Er beschloß, sie zu verkleiden. Indem er ihr Haar mit einer Farbspülung behandelte und es trocken fönte, veränderte er dessen Beschaffenheit und Form. Mit Körper-Make-up wandelte er die Höhlung ihres Bauchnabels leicht ab, vergrößerte die Aureolen ihrer Brüste und machte sie dunkler. Auf ihrem Rücken und ihren Schenkeln deckte er einige auffällige Leberflecke ab. Da sie ihr Schamhaar regelmäßig abrasierte, ließ er sie eine Schamhaarperücke tragen, ein bei Transvestiten und Hermaphroditen beliebtes Mittel, das ihre Vagina höher angesetzt erscheinen ließ, voller und spitzer zulaufend, als sie in Wirklichkeit war.

Auf den zahlreichen Photographien, die er von Andrea machte, mußte er selbst vollkommen unsichtbar bleiben. Nichts auf den Bildern oder in Andreas Ausdruck oder Pose durfte auf die Anwesenheit eines Mannes im Raum hinweisen. Nachdem er sie für eine Pose hergerichtet hatte, löste er sich von ihr, stand auf und richtete die Kamera so aus, daß auf dem Bild nur Andreas Körper zu sehen war – nicht ihr Gesicht –, und die Kamera selbst einsam im Spiegel reflektiert erschien.
Sobald Andrea zwischen den Kissen und den in Unordnung gebrachten Laken nackt auf dem Bett lag, goß Domostroy Öl auf ihre Schultern, auf Nacken, Brüste, Bauch und Schenkel und danach auf sich selbst. Neben ihr sitzend, oder mit gespreizten Beinen hinter ihr, massierte er sie mit gleichmäßigen Bewegungen. Er begann mit seinen Handflächen am oberen Ansatz ihrer Wirbelsäule, hinab über den Rücken, bis seine Daumen ihre Gesäßbacken spreizten. Er legte sie auf den Rücken, fächerte die Finger um die Höfe ihrer Brustwarzen und preßte dann, indem er zugleich die braunen Aureolen dehnte, seine Daumenspitzen auf die Brustwarzen. Er ließ seine Hände tiefer gleiten und mit den Daumen Öl auf ihre Lenden verteilen, über die Konturen ihrer Gesäßbacken, auf die Lippen ihrer Vulva. Er goß mehr Öl auf ihren Körper. Unerbittlich hart, spannungsgeladen und ölig hob er sie ohne Warnung an und glitt mit all seiner Kraft und seinem Gewicht in sie hinein und sogleich wieder heraus, die Arme an ihre aalglatten Waden, die Brust an ihre hinteren Schenkel gepreßt. Kaum daß ihre Brüste auf- und abwippten, löste er sich von ihr, eilte zur Kamera und richtete sie auf den gewundenen, inmitten seiner Lust liegenden Körper aus. Sobald sich das Polaroidbild gleichmäßig aus der Kamera rollte, verfolgte er aufmerksam die sich entwickelnden Konturen und Farben, prüfte kritisch die Schärfe jedes Details ihres Körpers und Fleisches, die von Sekunde zu Sekunde an Kontrast und Dichte gewannen.
Er stellte die Kamera an einen anderen Ort, massierte sie erneut, änderte ihre Position – oder die Position seiner Hände auf ihren Brüsten, ihrem Bauch oder ihrem Schoß – und schoß weitere Bilder von ihr, von ihrem Körper, der glänzte, als sei er in Schweiß gebadet. Wieder kehrte er zu ihr zurück. Mit aller Kraft suchte sie, sich bis zum Äußersten unter ihm windend, seinen Mund, und zitternd glitten ihre Hände an seinen Hüften entlang und packten ihn und führten ihn in ihre Scheide. Dann stieß er in sie

hinein, doch nur so lange, bis sie zusammenzuckte und sich gegen ihn stemmte. Dann löste er sich wieder aus ihr und lief zur Kamera.
Er schoß ein Bild nach dem anderen, verließ sie unbefriedigt und schreiend, ließ sich als grausam und herzlos beschimpfen. Wenn sie außer sich geriet, ging er hinüber zu ihr und schlug ihr rechts und links ins Gesicht, während die andere Hand sie solange roh behandelte, bis sie wimmerte und zuließ, daß er ihre eigene Hand zwischen ihre Schenkel an ihren Schoß zwängte. Wenn er zurück zur Kamera geeilt war und diese näher herangerückt hatte, um ihre Brüste, ihre Schenkel und ihr Fleisch und ihre Finger darauf zu photographieren, begann sie erneut mit ihren Beschimpfungen. Dann ging er wieder hinüber zu ihr. Er brüllte, daß es ihre Idee gewesen sei, Goddard durch Bilder von ihrer Lust zu erregen. Er schlug sie auf Brust und Bauch und Hüften, wie ein eifersüchtiger Ehemann im Kampf mit dem Liebhaber seiner Frau. Er drückte ihr das Gesicht nach unten, bändigte sie mit einem mächtigen Griff und bestieg sie dann von hinten, tauchte ein ums andere Mal in sie und verletzte sie bei jedem Stoß, während sie unter ihm wild um sich schlug, das Gesicht ins Kissen vergrub, ihn anflehte, von ihr zu lassen.
Er machte auch Aufnahmen von ihr in Situationen, in denen sie völlig ausgelassen war, in der Badewanne sitzend oder stehend, oder mit dem Fön in der Hand, das Haar vor das Gesicht wehend, um es vor der Kamera abzuschirmen. Um sie sich selbst immer in Erinnerung bringen zu können, photographierte er für seinen eigenen Bedarf jede Phase ihres Ankleidens: im Slip, beim Anziehen von Strümpfen und Schuhen, mit geöffneter Bluse, mit geschlossener Bluse, beim Schritt ins Kleid, beim Zuknöpfen.

Im Laufe der Zeit änderte sich Domostroys Haltung gegenüber Andreas Bedeutung in seinem Leben. Er brauchte sie noch immer, aber er begann, sich über sein Verlangen nach ihr zu ärgern. Er würde noch immer auf dem schnellsten Wege zu ihr eilen, mochte keinen Augenblick ihrer Liebe missen, die sie so großzügig gewährte, doch je besser er sie kennenlernte, um so mehr rebellierte er gegen seine Abhängigkeit. Er befürchtete, daß er in seinem Verhältnis mit ihr begonnen hatte, jene Sexualgewohnheiten zu pflegen, für die er stets Verachtung verspürt hatte: Männer und Frauen, die so abhängig von ihren eigenen Sexual-

praktiken und deren garantierter Erfüllung wurden, daß sie sie nur noch in der Sicherheit und Zuverlässigkeit von privaten Clubs wie dem Sorcerer's Apprentice suchten.
Es gab noch einen anderen Grund für Domostroys Rebellion. Andrea in ihrer maßlosen Neugier für Goddard als Mann, in ihren nicht endenwollenden Spekulationen über sein Leben, sein Geld, seine Liebesaffären und seine Reisen, verwies im gleichen Moment die wichtigste Sache in Goddards Leben – seine Musik – in einen Bereich ohne große Bedeutung, eine Ansicht, die Domostroy beleidigend und geschmacklos fand.

»Eines Tages«, sagte Domostroy, der Andrea in die Arme schloß, bis ihre Lippen sich berührten, um dann die Worte in ihren Mund zu hauchen, »eines Tages wirst du genau so wie jetzt in den Armen eines anderen liegen – eines anderen, der Goddard sein könnte –, und er könnte dich etwas fragen – etwas über ein Bild, über eine Idee, über einen Gedanken, die er in einem deiner Briefe gelesen hat –, und dann bist du besser darauf vorbereitet!« Er packte sie an den Schultern, bis sie sich unter Schmerzen wand. »Damit er dich leichter ausfindig machen kann, beabsichtige ich auf einige Themen, die du ständig am Juilliard hörst, Bezug zu nehmen – Chopins Leben und Briefe, zum Beispiel. Aber du mußt stets auf der Hut sein. Selbst in der Hitze des Gefechts mußt du dich genau an das von mir Geschriebene erinnern und in der Lage sein, die geringste Abweichung zu erkennen, wenn er versuchen sollte herauszufinden, ob du die Briefe geschrieben hast.«
Sie befreite sich aus seinen Armen und sagte giftig: »Sei kein Narr, Patrick. Wenn Goddard mit mir im Bett liegt, wird er mich nicht – wie du – ins Kreuzverhör nehmen. Er wird andere Dinge im Sinn haben.«

»Meinst du, daß Goddard auf den Bildern mein Gesicht vermissen wird oder wird er denken, ich sei häßlich oder vernarbt?«
»Vielleicht, aber bis dahin sollte er bereits in den Rest von dir verliebt sein.«
»Er kann doch ebenso gut in eine andere verliebt sein.«
»Kann er. Aber wenn sie seine intime Freundin ist und ihn kennt, so hat er kein Geheimnis vor ihr und sie keins vor ihm. Indem sie seine Größe als selbstverständlich betrachtet, schmeichelt sie sei-

ner Eitelkeit nicht mehr, wohingegen du in deinen Briefen sie nährst. Als seine Geliebte kann sie im besten Falle nur seine Lust stillen – aber du kannst seine Eigenliebe wecken, die Trommel, die lauter als Liebe schlägt. Bei ihr fühlt er sich verstanden. Bei dir wird er begehrt und bewundert. Stell dir die Versuchung vor, bei dir zu sein!«

»Stell dir meine vor!«

»Das tue ich. Ich weiß auch, daß wir uns an anderen Orten treffen müssen, sobald Goddard weiß, wo er mit der Suche nach dir anfangen soll. Ich wäre hier nicht mehr sicher, nicht einmal mehr im Old Glory; er – oder seine Spione – könnten uns sehen. Und du willst doch gewiß nicht Goddard verlieren, bloß um Patrick Domostroy zu halten, oder?«

»Das will ich mit Sicherheit nicht!« erwiderte sie. Danach sagte sie: »Wie wird Goddard jemals erfahren, wer ich bin?«

»Durch Fäden, die ich in den Briefen für ihn spinne. Keine Angst. Ich lege ihm den Erfolg in den Schoß.«

»Und wenn er versagt?«

»Werde ich ihm noch mehr Briefe schicken. Mit noch mehr Fäden.«

Sie streckte sich und gähnte. »Ich frage mich, was unser geheimnisvoller Mann im Augenblick tut«, sagte sie.

»Vielleicht fragt er sich, wer du bist!« sagte Domostroy.

II

James Osten hielt vor einem Uhrengeschäft in der Fifth Avenue. Er betrachtete die Schaufensterauslage und ging hinein, prompt wurde er von einem jungen Verkäufer angesprochen.

»Guten Tag, mein Herr«, sagte der Verkäufer mit starkem italienischen Akzent. Er lächelte Osten mit unverhohlener Bewunderung an und lief hinter den Ladentisch wie ein Ballettänzer. »Kann ich Ihnen behilflich sein?«

»Ja«, sagte Osten, »indirekt.« Und auf eine goldene Armbanduhr im Schaufenster deutend, sagte er: »Mir gefällt diese Uhr.«

»Ich beglückwünsche Sie zu Ihrem Geschmack«, ließ der Verkäufer mit einem strahlenden Lächeln verlauten, während er die Uhr aus dem Fenster holte. »Dies ist die flachste Uhr, die jemals gemacht wurde. Und«, er fügte es mit einem zweideutigen Augenzwinkern hinzu, »das Design ist unisex.«

Während Osten die Uhr betrachtete, stellte er sie sich an Donnas dunklem Handgelenk vor. »Was kostet sie?« fragte er.

Der Verkäufer nannte den Preis, er zwang sich zu einem wehen Lächeln. »Es ist wirklich ein zeitloser Zeitmesser. Er wird niemals seinen Wert verlieren. Daher ist es ein sehr guter Schutz gegen Inflation – auch für den Preis eines Cadillacs!«

»Ich beabsichtige nicht, mich damit vor der Inflation zu schützen«, sagte Osten. »Es ist das Geschenk für einen Freund.«

»Vortreffliche Wahl«, schmeichelte der Verkäufer. »Selbstverständlich ist sie wasserdicht.«

»Gut«, sagte Osten. »Mein Freund haßt Wasser.«

Der Verkäufer tat, als habe er den Hieb nicht bemerkt. »Ihr Freund wird gewiß das schwarze Zifferblatt sehr erregend finden.«

»Höchstwahrscheinlich«, sagte Osten. »Mein Freund hat schwarze Haut.«

»Er wird solch ein Geschenk gewiß zu schätzen wissen«, sagte der Verkäufer in förmlichem Ton.

»Er ist eine Frau«, sagte Osten, während er ein Bündel Geldscheine aus der Tasche nahm und den Betrag zu einem ordentlichen Stapel auf den Ladentisch blätterte.

»Eine Menge Geld so einfach lose in der Tasche!« bemerkte der Verkäufer, beeindruckt von dem Stapel. »Haben Sie keine Angst, jemand könnte Sie überfallen?«

»Ganz und gar nicht«, sagte Osten. »Ich habe gelernt, mich unsichtbar zu machen.« Er lachte, fügte dann hinzu: »Dabei fällt mir ein: ich möchte das Zifferblatt der Uhr gegen eines ohne den Namen des Herstellers ausgetauscht haben.«
»Keinen Namen?« Der Verkäufer war entsetzt. »Aber dann wäre alles unsichtbar – keiner wird wissen, daß es der exklusivste Zeitmesser der Welt ist!«
»Exklusiv oder nicht, ein Zeitmesser mißt lediglich die Zeit, nicht wahr? Nur in der Musik hört man, wie die Zeit vergeht. Meine Freundin beschäftigt sich mit Musik – nicht mit Zeit.«
Ohne ein Wort nahm der Verkäufer die Uhr und ging in ein Hinterzimmer des Ladens. Nach wenigen Minuten kam er zurück. »Bitte schön, wie Sie es wünschen«, sagte er und reichte Osten die Uhr. »Ein Glück, daß Sie, Ihrer schwarzen Freundin zu Gefallen, die Uhr nicht auch zusätzlich verstärkt haben wollen«, murmelte er mit einem Naserümpfen, während er für Osten die Ladentür aufhielt. »Das hätte man nicht sofort machen können!«
Ohne die geringste Notiz von ihm zu nehmen, ging Osten hinaus.

Er wählte ein kleines Hotel, das abseits vom Broadway zwischen zwei Varieté-Theatern lag. Er weckte den Portier, einen älteren Schwarzen mit einem mexikanischen Hut und einer Brille aus Spiegelglas, der neben seiner Telephonanlage döste, und bat ihn um ein Zimmer mit Bad.
»Für Sie? Oder sind Sie zu zweit?« fragte der Portier verschlafen und rieb sich die Augen.
»Ich bin allein«, sagte Osten.
»Sicher, das sagen sie alle«, sagte der Portier, als er mit einem Seufzer nach einem Schlüssel griff. »Wie lange bleiben Sie?«
»Einen Tag. Aber für den Fall, daß ich einen Fisch vom Theater nebenan angle, bezahle ich für zwei.« Er gab dem Mann ein paar Geldscheine.
Der Mann brummte: »Kein Gepäck?«
»Ist alles da oben drin«, sagte Osten und deutete auf seinen Kopf.

Osten blieb nur kurz in seinem Zimmer, um die Toilette zu benutzen. Danach ging er hinunter in die Halle zum öffentlichen Telephon. Nachdem er die Tür der Telephonzelle sorgfältig verschlossen hatte, wählte er die Nummer von Nokturn Records.

»Nokturn Records, das Haus Goddards – guten Morgen!« antwortete die Telephonistin, wobei ihre Stimme klang, als käme sie vom Band, und sie kam ihm so unangebracht vor wie Nokturns Reklamefeldzug mit Goddards Anonymität, den Osten schon immer als ausgesprochen lächerlich empfunden hatte.
Bevor Osten sprach, hustete er. Indem er auf diese Weise die Muskeln in seiner Kehle straffte, konnte er die Tonhöhe seiner normalen Stimme senken und ihr einen rauhen und krächzenden Klang verleihen. Der kleine Trick, den er so oft angewendet hatte, war ihm zur Gewohnheit geworden. Osten fragte nach Oscar Blaystone, dem Präsidenten der Gesellschaft. Als sich Blaystones Sekretärin meldete, bat Osten sie, ihn durchzustellen.
»Darf ich fragen, wer am Apparat ist?« fragte die Sekretärin.
»River«, sagte Osten. »Swanee River.«
»Herr Swanee River?« wiederholte sie argwöhnisch.
»Richtig.«
»Herr Blaystone kann im Augenblick nicht gestört werden. Er befindet sich in einer Konferenz. Ich fürchte, Sie werden mir Ihre Nummer geben müssen, und ich –«
»Geben Sie Ihrem Herzen einen Stoß«, unterbrach sie Osten. »Sagen Sie ihm nur, Swanee River ist am Apparat. Er erwartet meinen Anruf. Ich bin sozusagen sein Schwanengesang!« sagte er, stillvergnügt in sich hineinlachend.
Bald hörte er Blaystone einen herzlich-geschäftsmäßigen Ton am anderen Ende anschlagen. »Hallo? Herr River? Swanee River? Ich rufe Sie auf meiner Privatleitung zurück. Wo sind Sie?«
»In einem Schmelztiegel«, sagte er.
»Einem Schmelztiegel?«
»Jawohl. Manhattan im Sommer«, sagte Osten und gab Blaystone die Nummer an seinem Apparat durch.
Er hatte kaum eine Minute eingehängt, da rief Blaystone zurück. »Ich habe Ihr Telegramm mit dem neuen Decknamen vor zwei Wochen bekommen«, sagte er vorwurfsvoll. »Seitdem warte ich auf Ihren Anruf.«
»Ich hatte zu tun«, sagte Osten. »Immerhin haben wir neulich miteinander gesprochen.«
»Neulich? Das war vor sechs Monaten!« sagte Blaystone. »Sie müssen bedenken«, hob er mit übertriebenem Nachdruck hervor, »daß ich keine Möglichkeit – absolut keine Möglichkeit – habe, mich mit Ihnen in Verbindung zu setzen, wenn ich Sie brauche.

Und ich brauche Sie. Von Goddard müssen eine Menge Papiere unterschrieben werden – und zwar bald. Aber ich höre nichts als Ihre Stimme am Telephon, diese Gespräche und Ihre diversen Decknamen, von denen einer den anderen aufhebt. Sie verstehen, was ich sagen will?«
»Sicher. Sie sagen es jedes Mal, wenn ich Sie anrufe. Sonst noch was?« fragte Osten.
»Ja! Als erstes brauche ich von Ihnen eine neue Ermächtigung für den Transfer Ihrer ausländischen Tantiemen aus dem letzten Album. In weniger als einem Monat hat diese LP ihr Geld wieder eingespielt. In Großbritannien haben Sie damit einen bisher unerreichten Rekord aufgestellt. Stellen Sie sich vor – in Großbritannien allein! In Lateinamerika haben Ihre auf spanisch gesungenen Lieder über –«
»Nehmen Sie dasselbe Schweizer Konto, dieselbe Nummer, die ich Ihnen das letzte Mal gegeben habe«, fiel ihm Osten ins Wort.
»In Ordnung. Aber ich brauche Ihre Goddard-Unterschrift auf den neuen Steueranträgen. Und bitte verändern Sie nicht die Form des G Ihrer Unterschrift wie das letzte Mal. Wir haben keine Möglichkeit, Sie zu erreichen, um es von Ihnen bestätigen zu lassen! Es ist das einzige Signum, das Sie haben, wenigstens, was uns und das Finanzamt angeht. Dann ist da noch die Angelegenheit mit Etude Classics. Ich habe das erneute Zweijahresabkommen getroffen, nach dem Sie – Goddard – Nokturn die Ausgaben für den Vertrieb und den Verkauf von Etude-Classics-Schallplatten zurückerstatten – einschließlich der Agentengebühren und dem üblichen Rest. Die ganze Transaktion ist absolut geheim – genau so wie die jetzt auslaufende –, und Etude hat keine Möglichkeit zu erfahren oder gar den geringsten Verdacht zu haben, daß Sie sie im Geschäft halten.«
»Und das bleibt auch besser so«, sagte Osten. »Etude ist nicht die einzige Gesellschaft, die ich im Geschäft halte. Ich halte auch Nokturn am Leben.«
»Ja, natürlich«, pflichtete Blaystone ihm hastig bei, »aber das ist kein Geheimnis.« Er hielt inne. »Sie wissen doch sicher, daß Etude Classics ohne Ihre Unterstützung schon vor Jahren untergegangen wäre! Und wenn Sie das weiterhin mit einem Betrag in dieser Höhe betreiben, könnte Ihnen das ebenfalls passieren. Wissen Sie überhaupt, wieviel Geld es Sie kostet, die über Was-

ser zu halten? Für dieses Geld könnten Sie sogar Beethoven wieder zum Leben erwecken!«

»Das muß ich nicht – solange ich Etude am Leben erhalte.«

»Ja, ich weiß, ich weiß«, sagte Blaystone, und Osten konnte die Wärme in seiner Stimme hören. »Aber ich muß jedes Mal lachen, wenn ich an diesen armen alten Snob an der Spitze von Etude denke – und wie herablassend er uns seine Auswahlliste Klassiker verkaufen läßt! Wenn der wüßte! Der sollte einmal die Berge von Remittenden sehen, die wir erhalten!«

»Was haben Sie mit den letzten Remittenden getan?«

»Wir haben Ihre Anweisungen befolgt und sämtliche unverkauften Etude-LPs – Tausende, darf ich hinzufügen – an Schulen und Krankenhäuser und Musikbibliotheken in der ganzen Welt weitergegeben. Keine Angst; wir betreiben eine gewissenhafte Buchführung für solche Geschenke und –«

»Gut«, sagte Osten. »Was noch?«

»Sie möchten vielleicht Ihre Tantiemenabrechnungen überprüfen, und, wie ich bereits sagte, die Steueranträge sind von Ihnen zu unterschreiben. Sie müssen noch Ihre Einwilligung zu einigen Freigaben für die Presse geben, und dann ist da noch die ganze Fanpost. Ach ja, beim letzten Schub war sogar ein Brief vom Weißen Haus dabei. Ein offizieller Umschlag mit dem Vermerk ›persönlich‹ «. Er kicherte. »Nicht übel! Gar nicht übel! Wie fühlt man sich mit einem Fan ganz da oben an der Spitze?«

»Wie schnell kann ich das ganze Zeug haben?« fragte Osten, bestrebt, das Gespräch zu beenden.

»Jederzeit.«

»Wer macht die Übergabe?«

»Ich kann es selbst abgeben. Sagen Sie mir, wo.«

»Lassen Sie Ihr Taxi an der südwestlichen Ecke vom Broadway und Siebenundvierzigster Straße anhalten. Ein Bursche mit einem mexikanischen Sombrero und einer Brille mit reflektierenden Gläsern wartet dort auf Sie. Reichen Sie es ihm durchs Fenster. In einem neutralen Manilaumschlag.«

»Muß es ein Taxi sein? Kann ich nicht den Geschäftswagen nehmen?«

»Ein Taxi«, sagte Osten bestimmt. »Es wird Ihnen gut tun, sich zur Abwechslung in der wirklichen Welt zu befinden.«

»Da wir von der wirklichen Welt sprechen«, sagte Blaystone, »wann kann sie die nächste Schallplatte von Ihnen erwarten?«

»Die wirkliche Welt? Oder Nokturn? Sie werden gefräßig«, sagte Osten.
»Mag sein«, sagte Blaystone, »aber das sind auch die Fans. Können Sie mir eine ungefähre Vorstellung geben?«
»Ich arbeite an etwas«, sagte Osten, »und ich werde Sie wissen lassen, wenn es fertig ist.«
»Das bleibt zu hoffen«, sagte Blaystone. »Immerhin sind wir Ihre Schallplattengesellschaft.«
»Was die Schallplatten betrifft, so sind Sie es«, stimmte Osten ihm zu. »Jetzt beeilen Sie sich und nehmen Sie ein Taxi, um meinen Zapata zu treffen!«
»Zu Befehl!« sagte Blaystone spielerisch. »Sonst noch was?«
»Ja. Folgen Sie meinen üblichen Spielregeln. Sagen Sie keinem, wo Sie all diese Papiere hinbringen. Denken Sie daran: ein einziger Bruch in unserem netten kleinen Pakt heißt – keine weitere Musik!«
»Habe ich Sie jemals enttäuscht?« fragte Blaystone mit feierlichem Ernst. »Ich weiß sehr wohl, was Nokturn an Ihnen hat. Warum sollte ich es mir mit Ihnen verderben? Wir wollen ganz sicher nicht, daß die Konkurrenz erfährt, wer Sie sind und mit Angeboten kommt!« sagte er lachend. »Jetzt sagen Sie Ihrem Zappa, daß er in zwanzig Minuten mit der Übergabe rechnen kann!«
»Nicht Zappa – Zapata«, wiederholte Osten. »Ist das für heute alles?«
»Ich denke schon«, sagte Blaystone. »Halt, warten Sie. Wenn Sie das nächste Mal anrufen, welchen Namen werden Sie verwenden?«
»Wie wär's mit Zapata?« sagte Osten und hängte ein.
Auf dem Weg aus dem Hotel blieb Osten am Empfangstisch stehen. Der Portier machte wieder sein Nickerchen.
Osten weckte ihn und sagte: »Können Sie mir für etwa eine Stunde Ihren Hut und Ihre Brille leihen?« Ohne auf die Antwort zu warten, legte er ein paar Geldscheine auf den Tisch.
»Wozu denn, Mensch?« murmelte der Portier, noch immer halb verschlafen. Dann fiel sein Auge auf das Geld. Sofort reichte er ihm Hut und Brille.
»Für ein Nümmerchen«, sagte Osten. »Diese Kleine – sie heißt Tequila Sunshine – wird nur erregt, wenn ich einen großen Hut, dunkle Brille und sonst nichts anhabe.«

»Wirklich?« sagte der Portier fasziniert, aber Osten war bereits aus der Tür gegangen.
Kaum hatte das gelbe Taxi am Bordstein angehalten, da trat Osten von hinten heran und tippte an die Scheibe. Blaystone kurbelte das Fenster herunter, und Osten, der sein Gesicht unter der Hutkrempe verborgen hielt, nahm wortlos einen großen Manilaumschlag aus Blaystones Hand. Dann klopfte er zweimal auf das Wagendach, Blaystone kurbelte das Fenster hoch, und das Taxi fuhr weiter.

Osten legte Hut und Brille in den Schoß des nun friedlich schlafenden Portiers und ging hinauf in sein Zimmer. Er öffnete den großen Umschlag und verteilte seinen Inhalt auf dem Bett. Er warf einen flüchtigen Blick auf die Tantiemenabrechnungen, unterschrieb die Unterlagen vom Finanzamt und die Transferermächtigung. Er ging eingehend die einzelnen Vertragspunkte zwischen Nokturn Records und Etude Classics durch, denen zufolge sich Nokturn für weitere zwei Jahre verpflichtete, den Vertrieb der Etude-Schallplatten für einen bestimmten Betrag zu übernehmen und gleichzeitig eine Garantie für eine Mindestabnahme zu geben. Danach prüfte er sorgfältig die Einverständniserklärung zwischen Goddard und Nokturn, unterschrieb sie und steckte sie und die anderen Unterlagen in mehrere frankierte Umschläge; diese schickte er direkt an Blaystones besonderes Postschließfach, das Nokturn einzig zu dem Zweck unterhielt, um Mitteilungen von Goddard zu empfangen.
Der geschäftliche Teil war erledigt, er legte sich ausgestreckt aufs Bett. Auf einen Ellbogen gestützt, blätterte er rasch die vorsortierten Fanbriefe durch, die von Nokturn zu seiner Durchsicht ausgewählt worden waren. Es gab eine gewisse Beständigkeit bei der Fanpost, lauter gewohnte Kategorien: technische Fragen von Studenten und Musikkritikern – die er, aus Furcht, sie könnten ihn verraten, niemals beantwortete; flehentliche Bitten, Dispute über seine Musik zu schlichten, die aus sich widersprechenden Kritiken entstanden waren – er antwortete ebenfalls niemals. Wenige ernsthafte Kritiken von dem einen oder anderen Fan mit höherer Bildung las er zwar gründlich, doch mit geringem Interesse, denn er hatte schon vor langer Zeit die Erfahrung gemacht, daß nur wenige Dinge in der Welt phantasieloser waren als die rührseligen Bemühungen der Musikfans, sich mitzuteilen.

Einen Umschlag hatte Nokturn nicht zu öffnen gewagt. Darauf stand in blau geprägten Lettern »Das Weiße Haus, Washington«, und »Persönlich – bitte nur mit eingeschriebener Post weiterleiten« neben die Adresse getippt: Herrn Goddard, c/o Nokturn Records, Hemisphere Center, New York City. Er riß den Umschlag auf und zog einige auf offiziellem Briefpapier des Weißen Hauses eng getippte Seiten heraus. Das Wasserzeichen in Form einer Krone wurde deutlich sichtbar, als er das Papier gegen das Licht hielt. Bevor er den Brief zu lesen begann, warf er einen suchenden Blick auf die Unterschrift am Schluß, aber er war unsigniert.

Enttäuscht wandte er sich wieder dem Anfang des Briefes zu. Der erste Satz nahm ihn sogleich gefangen: »Sie werden, lieber Goddard, diesen Brief vermutlich in der Abgeschiedenheit eines schäbigen Hotels irgendwo lesen.« Er lächelte, schluckte und las weiter. »Vermutlich befürchten Sie auch, daß ich eine dieser ränkeschmiedenden Weiblichkeiten bin, die Ihnen den Frieden Ihres selbstauferlegten Exils neiden und alles tun würden, um Sie aufzuspüren und solange zu bleiben, wie Sie es dulden. Haben Sie keine Angst. Ich habe keine solchen Absichten. Ich liebe Sie um des Reichtums Ihrer Musik willen, nicht wegen der Armut Ihrer Existenz. Ich bin nicht eines dieser Mädchen, das Sie irgendwo aufgegabelt haben – und ich werde es auch niemals sein – einzig, weil sie ihre Musik mochte und niemals vermuten konnte, wer Sie sind. Ich bin wie keine andere Frau, die Sie jemals gehabt haben oder jemals haben werden. Und wenn Sie diesen Brief mit der gleichen Geduld lesen, wie ich Ihrer Musik lausche, werden Sie wissen, warum.« Ein unheimliches prickelndes Gefühl der Panik – daß diese Worte von jemand gekommen waren, der ihn kannte oder im Begriff war, ihn kennenzulernen – überkam ihn.

Er las den Brief zu Ende. Dann las er ihn nochmals durch, halb fürchtend, er könne auf eine wichtige Offenbarung stoßen, die er übersehen hatte. »Dieser wird Sie an die grausame, wenn auch selbstgewählte Isolation erinnern, die Sie von einem erfüllteren Leben abhält. Mit einem Menschen wie mir könnten Sie Sie selbst sein. Trotzdem werden Sie ihn vermutlich hassen, weil er die Sicherheit des Gefängnisses bedroht, in das Goddard eingeschlossen ist. Ich weiß, wie eintönig und eng Ihr wirkliches Leben sein muß, wenn Sie nicht Goddard sind – vor allem, wenn

Sie Musik komponieren, die Sie nicht als Ihre eigene anerkennen wollen.«
Ostens Panik machte Ärger Platz. Ihre harten Worte – »Armut Ihrer Existenz«, »eintönig« und »eng« – versetzten ihm einen Stich ins Herz, und er fühlte, wie sein sorgsam gehütetes Geheimnis sich in ein Gefängnis ohne Tore wandelte. Welches Recht hatte diese Frau – vermutlich nur eine gescheite Sekretärin aus dem Weißen Haus –, ihm zu sagen, wer er war? Und wie konnte sie es wagen, anzunehmen, daß sie allein, indem sie seiner Musik lauschte, überhaupt etwas über ihn wissen konnte?
Er ließ das Badewasser einlaufen und tauchte hinein. Im Radio, das er auf einen populären Musiksender eingestellt hatte, waren innerhalb von zwanzig Minuten zwei seiner Singles gespielt worden. Er liebte das anonyme Klima des Hotels, die sich ablösenden Tapeten, die gesprungenen und vergilbten Kacheln im Bad und die steif gestärkten Handtücher mit ihren abgewetzten Ecken. Er fühlte sich sicher. Doch der Brief aus dem Weißen Haus rief ihm ein Hotel ins Gedächtnis, das nur drei Straßen weiter weg lag und in dem er sich ebenfalls sicher gefühlt hatte – in der Begleitung eines Mädchens, das er einfach deshalb mitgenommen hatte, weil sie seine Musik mochte.

Das war vor einem Jahr, an einem heißen und feuchten Tag wie heute. Auf dem Great White Way vom Broadway wimmelte es von unruhigen Samstagnacht-Bummlern. Er blieb vor einem Schallplattengeschäft, das zu den größten der Stadt zählte, stehen und betrachtete die Auslage, die von einer Seite zur anderen aus Plattenhüllen des neuesten Goddard-Albums bestand. Er betrat den Laden, in dem eine lange Kundenschlange wartend vor einem Ladentisch stand, um sich seine Schallplatten durch Stereo-Kopfhörer anzuhören. Über ihnen an der Wand war in fußhohen fluoreszierenden Lettern GODDARD zu lesen. Er war im Begriff zu gehen, da fiel ihm ein hübsches, frisch-wirkendes Mädchen auf, das an einem der Plattenspieler eine seiner Schallplatten anhörte. Es war nicht ihre jugendliche, zum Teil unter dem Kopfhörer verborgene Schönheit, die ihn sie begehren ließ, sondern der heitere, geradezu übernatürliche Ausdruck in ihrem Gesicht. Ihre Augen waren geschlossen. Ihr Körper wiegte sich einfühlend in das, was sie hörte.
Der Tonarm hob ab, und sie erwachte aus ihrer Meditation. Im

Moment, da sie die Platte nochmals spielen lassen wollte, ging ein Verkäufer zu ihr und nahm sie vom Plattenteller. »Es ist genug«, sagte er, »geben Sie den anderen auch eine Chance. Sie haben sie schon viermal angehört. Entweder kaufen Sie die Platte, oder nicht.«

Das Mädchen schaute ihn liebenswürdig, wie unter einem Zauberbann an. »Ich glaube, ich kaufe sie nicht – nicht heute.«

Osten sprach sie an. »Mögen Sie Goddard?« fragte er, auf die Schallplatte deutend.

»Ich liebe ihn«, sagte sie, indem sie seinen Blick suchte. »Ich könnte ihm tagelang zuhören.«

»Warum kaufen Sie die Platte dann nicht und hören sie sich zu Hause an?« fragte der Verkäufer.

»Keine Mäuse«, erwiderte sie, schon im Gehen.

»Warten Sie«, sagte Osten. Er gab dem Verkäufer Geld, nahm ein Album von einem Stapel und reichte es dem Mädchen. »Ein Geschenk«, sagte er.

»Danke«, sagte sie. »Aber Sie kennen mich doch nicht einmal.«

»In gewisser Weise schon«, sagte Osten. »Wir mögen beide Goddard.« Er ging auf die Ladentür zu.

Das Mädchen folgte, die Platte in der Hand, an seiner Seite. »Wie heißen Sie?« fragte sie.

»Jimmy.«

»Ich heiße Debbie«, sagte sie. »Wo kommen Sie her?«

»Von außerhalb«, antwortete er.

»So geht es mir auch«, sagte sie. »Ich bin nur heute da.«

»Wann müssen Sie wieder weg?« fragte er.

»Der letzte Bus geht um Mitternacht.«

»Möchten Sie etwas zu essen haben?« fragte er. Er gab sich Mühe, seine Stimme zwanglos klingen zu lassen. »Wir könnten ein paar Sachen in dem Imbiß an der Ecke kaufen und sie mit zu mir ins Hotel nehmen.«

»Wie weit ist das?«

»Zwei Straßen weiter.«

»Ist mir recht«, sagte sie mit völliger Gleichgültigkeit.

Sie kauften belegte Brötchen und Kartoffelsalat, die sie fernsehend aßen. Als Osten ein Bier öffnete, griff das Mädchen in ihre Tasche und holte eine Spritze, eine Nadel und ein kleines Päckchen weißes Pulver heraus. »Willst du auch?« fragte sie auf dem Weg zum Badezimmer.

»Nein, danke«, erwiderte er und fügte hinzu. »Du solltest vorsichtig mit dem Stoff sein.«
»Ich muß nur vorsichtig ohne den Stoff sein«, sagte sie und kicherte. Durch die Tür hörte er, wie sie die Dinge aufs Waschbekken legte und die Toilette spülte. Nach einer kurzen Zeitspanne kam sie zurück und legte sich ausgestreckt aufs Bett. Er saß neben ihr und betrachtete ihr seidenes Haar, die zarten Linien ihres Nackens, die Konturen ihrer kleinen mädchenhaften Brüste unter ihrer Bluse.
Sie verfolgte seinen Blick. »Du bist süß«, sagte sie. »So süß. Selbst deine Stimme ist süß. Was ist los damit?« Sie schaute zu ihm auf, die Pupillen ihrer Augen glänzten, sie waren weit geöffnet.
»Vor ein paar Jahren«, sagte er, »hatte ich kleine Kalkablagerungen in der Kehle. Ich habe sie ausschaben lassen, und als Folge muß ich girren.«
»Es klingt hübsch«, sagte sie, »solange du nicht singen mußt.« Sie lachte weich.
Darauf änderte er seinen Kurs. Mit seiner natürlichen Stimme sagte er: »Aber wenn ich will, dann singe ich – mit meiner richtigen Stimme. Du mußt wissen – ich bin Goddard. Ich habe all diese Songs gesungen.« Er deutete auf das Album auf dem Tisch.
»Ich glaube dir«, sagte das Mädchen in ihrem lieblichen Ton. »Ich habe schon fünf Goddards kennengelernt. Ich habe es jedem einzelnen geglaubt.«
Ihre Wangen waren glutrot; sie starrte ihn an, mit unstetem Blick, und er starrte zurück. Dann streckte sie die Hand nach ihm aus. Er schlief mit ihr, wohl wissend, daß er sie verletzen konnte und daß sie es in ihrer narkotischen Trance nicht spüren würde. Doch ihre Passivität erregte ihn; er fühlte sich frei zu tun, was ihm gefiel. Das Mädchen antwortete, indem es sich wie ein Kind an ihn klammerte. All seine Bemühungen, sie zum Orgasmus zu bringen, schlugen fehl, und sie schien sich seiner Umarmungen nur vage bewußt. Nachher nahmen sie ein gemeinsames Bad und kleideten sich an. Als Osten sich auf dem Weg aus dem Zimmer zur Seite wandte, um das Licht auszuschalten, hörte er sie mit einem dumpfen Schlag zu Boden fallen. Da er dachte, daß sie das Bewußtsein verloren hatte, stützte er sie an der Wand ab und spritzte ihr kaltes Wasser ins Gesicht und an den Hals, aber sie bewegte sich nicht, und als er nahe herankam und ihr in die Au-

gen sah, starrte sie zurück, ohne die Lider zu schließen. Sie war tot.
Im ersten Augenblick kam es ihm geradezu unerhört vor. Wie konnte der Tod auf diese Weise zwischen sie treten – ohne Warnung das Leben dieses Mädchens abschneiden, als spiele es keine Rolle, als sei es ein Synthesizer, dem plötzlich die Stromquelle abgeschaltet wird! Und was war der Sinn des Lebens, wenn es so plötzlich, so beliebig und so sinnlos genommen werden konnte?
Jetzt wurde Osten von Panik ergriffen. Ihn befiel schreckliche Angst bei dem Gedanken, die Polizei zu verständigen und auf ein Revier geschleppt zu werden, in dem es von Säufern, Zuhältern und Huren wimmelte. Er konnte ohnedies keine Angaben zum Tod des Mädchens machen, sagte er sich. Er hatte keine Ahnung, wo sie den Stoff herhatte oder wieviel sie sich davon geschossen hatte. Und was sollte er sagen, wenn die Polizei ihn fragte, wer er sei, womit er seinen Lebensunterhalt verdiene, warum er ausgerechnet in diesem Hotel wohne, wo er das Mädchen kennengelernt habe, ob sie Sex miteinander gehabt hätten? Seine Spermien waren noch in ihr; die Polizei könnte sagen, daß sie während des Verkehrs gestorben sei oder sogar, er habe sie umgebracht.
Ihn fröstelte bei dem Gedanken, was seine Anwesenheit hier und seine unklare Rolle beim Tod des Mädchens für seinen Vater bedeuten würde; er dachte an den Schrecken seines Vaters über die Schlagzeilen und ihre Folgen für den Ruf von Etude Classics, das Familienunternehmen, der einzige und am meisten geliebte Besitz seines Vaters. Schlimmer noch, er schreckte zurück bei dem Gedanken, daß er der Welt erklären müßte, wer James Norbert Osten in Wirklichkeit war. Was würde die Entdeckung des wahren Goddard und der nachfolgende Wirbel in den Medien seinem Vater antun? Was würde das für ihn bedeuten? Was für seine Musik?
Er nahm ein Handtuch und beseitigte sorgfältig sämtliche Fingerabdrücke von den Gegenständen, die er im Zimmer angefaßt hatte. Danach war sein Mund vor Angst ausgetrocknet, und sein Herz hämmerte wild. Er ließ den Körper des Mädchens an die Wand gelehnt stehen, auf dem Weg nach draußen schaltete er das Licht aus und verschloß die Tür. Mit Goddards Schallplatte unter dem Arm ging er hinunter durch die Hotelhalle und langsam hinaus auf die Straße, wo er sich wieder sicher fühlte.

Der Brief vom Weißen Haus rief die Erinnerung an das tote Mädchen in ihm wach, weil er heute wie damals der Versuchung unterlag, Gefallen an einer Person zu finden, die sich sowohl zu ihm als auch zu seiner Musik hingezogen fühlte. In der Badewanne sitzend, dachte er weiter über den anonymen Briefschreiber nach. An der University of California in Davis, wo er auf die Schule gegangen und noch immer als graduierter Student eingeschrieben war, wäre ein so gut und so analytisch schreibender Verfasser entweder ein Englisch- oder ein Psychologiestudent höheren Semesters gewesen. War die Frau, die ihn schrieb, jung oder alt? War sie die Ehefrau oder Tochter oder Sekretärin oder Geliebte eines Prominenten? Und wenn sie ihren Namen geheimhalten wollte – oder mußte –, warum schrieb sie den Brief auf Bögen vom Weißen Haus und schickte ihn in einem offiziellen Umschlag?

Der Brief ließ durchblicken, warum er den Namen »Goddard« gewählt hatte. Das verblüffte ihn. Wie konnte sie das wissen? Wenn sie sich zu einem zweiten Brief entschlösse, sagte sie, würde sie »mehr darüber und andere ähnliche Entdeckungen schreiben«. Welche Schlüsse hatte sie aus seinen mexikanischen Liedern gezogen, die sie in ihrem Brief nur andeutungsweise erwähnt hatte? Und warum hatte sie mit ihrem Brief an ihn bis heute gewartet – sie hatte offensichtlich schon seit langer Zeit Nachforschungen über ihn angestellt. Warum bat sie ihn vor allem – in Anbetracht der Tatsache, daß sie soviel Zeit mit der Analyse über ihn verbracht hatte – nicht um eine Begegnung?

Vielleicht hatte sie hervorragende Verbindungen im Weißen Haus. Aber selbst wenn dies so war, beeindruckte es ihn nicht. Politik und Macht hatten ihm nie viel bedeutet, das eine glich der Kunst, Glas zu blasen, das andere dem Akt, es zu zerschlagen. Sein Vater, von dem er viele Werturteile übernommen hatte, sah in der Politik die größte Quelle menschlichen Übels und behauptete mit Stolz, daß von sämtlichen Künsten die Musik am wenigsten durch politische Erwägungen beeinflußt war.

Osten betrachtete den Umschlag aus dem Weißen Haus. Ihm fiel ein, daß der Ausdruck »Umschlag« in der Musik Ansprache und Auslösung bedeutete – die Art des Tonbeginns, sein Anschwellen, seine Dauer, seine Verkleinerung und sein Ende. Er war zu unterscheiden von Nachhall und Echo, die in der neuen Musiktechnologie sehr gebräuchlich waren, in der die Brechung und der Wechsel des natürlichen Tonumschlags durch Synthesizer herbeigeführt werden. Wie gescheit war die Verfasserin? fragte er sich. War der eindrucksvolle Umschlag vom Weißen Haus und der darin enthaltene Brief eine heimliche Kriegserklärung an den Umschlag von Goddards Stimme – ein Versuch, ihn in heftige Bewegung zu versetzen und Echos und Nachhall in ihm auszulösen? War es das, was sie wollte? Und wenn ja, was hatte sie davon?

Als er den Umschlag beiseitelegte, bemerkte er, daß er ein bemerkenswertes Stück Information enthielt: der Poststempel war nicht von Washington, D.C., wie er angenommen hatte, sondern aus New York City, irgendwo von der West Side, der Postleitzahl nach zu urteilen. Wollte sie ihm das mitteilen?

Je mehr er über sie nachdachte, um so mehr ärgerte es ihn, daß er nicht wußte, wer sie war; sonst hätte er sich wenigstens vorstellen können, wie er ihr nachspürte, wie er sie aufspürte, wie er sie in diesem Spiel schlug. Die Vorstellung von dem toten Mädchen kam wieder. Sie konnte den Brief vom Weißen Haus niemals geschrieben noch konnte sie ihn verstanden haben; sie war viel zu einfach gewesen.

Er trocknete sich rasch ab und kleidete sich an. Er sammelte die frankierten Umschläge an Nokturn, steckte den Brief vom Weißen Haus in die Tasche und warf die anderen Briefe und Papiere in den Müllschlucker unten in der Halle. Er verließ das Hotel. Zum vierten Mal an diesem Tag fand er den Portier schlafend vor.

Da er eine Weile an der Ostküste verbringen wollte, beschloß Osten, seinem Vater einen Besuch zu machen. Nachdem er ihn zuvor von seiner ungefähren Ankunftszeit verständigt hatte, nahm Osten einen Mietwagen – aus Spaß, wie er das stets tat, ein Modell, das er noch niemals gefahren hatte. Seit er Goddard geworden war, mietete Osten fast alle Gebrauchsgegenstände, außer seiner Musikausrüstung, die er stets bar bezahlte und an einem bestimmten Ort aufbewahrte. Dinge mieten war ihm praktisch zur Kunst geworden, etwas, das ihm Vergnügen bereitete und das er mit zunehmender Perfektion betrieb.

Um auf keinen Fall persönliche Papiere herumliegen zu lassen, die ihn hätten verraten können, tätigte er sämtliche Geschäfte in billigen Hotelzimmern. Er hatte bei seinen Aufenthalten in New

York für kurze Zeiträume wiederholt zur Untermiete gewohnt, damit sich unter keinen Umständen Besitz ansammelte, der andere Menschen auf seine Spur bringen konnte. In diesem Land, dessen Größe einst darauf beruhte, daß seine Bewohner in der Lage waren, zu kaufen – oft leichtsinnig –, was es produzierte, konnte man heute, in der inflationären Phase, im besten Falle die Dinge, die einst gekauft worden waren, verkaufen oder vermieten.

Osten fuhr vorbei am Goddard Beat, der Discothek an der West Side, die nach ihm benannt war. Er war nur einmal dort zu Gast gewesen, vor wenig mehr als zwei Jahren, und er hatte den Abend in lebhafter Erinnerung. Es war eine Art Neugier gewesen, zu sehen, wie das berühmte Goddard Beat aussah, aber weitaus größer noch war die Wißbegier gewesen, zu wissen, wie er – Goddard – sich dort fühlen würde, allein unter Fremden, von keinem gekannt, doch jedem bekannt. Die Besucher der Disco bestanden aus einem wahren Menschengemisch – Studenten der Columbia Universität, Juilliard-Studenten und viele schwarze Musiker und ihre Gruppen aus dem nahegelegenen Harlem.
Der Raum vibrierte vom Klang der Rhythmen, und Osten trat nur zögernd ein. Zwei Rockbands, die sich stündlich abwechselten, spielten im Goddard Beat überwiegend die größten und neuesten Goddard-Hits. Als Osten durch die überfüllten Räume ging, wandte er sich zu der Band auf der Bühne um, die seine letzte große Single spielte. Dabei wurde er unverhofft von einem vorbeitanzenden Paar angestoßen und verlor das Gleichgewicht. Krachend rammte er einen kleinen Seitentisch. Zwei Gläser und eine Flasche Champagner fielen um, und die Gäste am Tisch, ein kräftig gebauter Schwarzer und ein gertenschlankes schwarzes Mädchen, mußten beim Sprung auf die Beine die Stühle wegziehen, damit sie nicht naß wurden.
»He, du Arschficker, sieh zu, wo du langgehst!« brüllte der Mann. Die Wildlederhosen voller Champagner fuhr er herum und sah Osten herausfordernd an.
»Es war nicht seine Schuld«, sagte das Mädchen, das die Tröpfchen von ihrem Samtoverall bürstete und gelassen die leere Flasche in den Eiskübel neben dem Tisch stellte.
»Ach ja?« sagte der Mann. Er war noch immer wütend und schob Osten beiseite. »Wer war es dann, zum Teufel –«

»Hör auf, Paul«, sagte das Mädchen barsch und trat zwischen die beiden. »Hast du nicht gesehen, daß es keine Absicht war?«
Als die anderen Gäste, die den Vorfall nicht beobachtet hatten, sich in der Hoffnung auf eine Prügelei nach ihnen umdrehten, hielt Osten dem schwarzen Mann die Hand zur Versöhnung hin.
»Es tut mir leid«, sagte er. »Ich würde gern die Flasche ersetzen.«
Der Mann schien im Begriff, mit der Hand weit ausholen zu wollen, da vermittelte das Mädchen aufs neue. Sie schüttelte rasch Ostens Hand und setzte sich dann hin, als sei nichts geschehen.
»Schon gut«, sagte sie, »das kann jedem passieren.« Sie schaute zu ihm auf und lächelte höflich, und er bemerkte, wie ausdrucksvoll ihre Augen waren.
»Jetzt hau ab«, sagte ihr Begleiter zu Osten. »Hast du gehört?«
»Es tut mir wirklich leid«, sagte Osten, doch jetzt schenkte der Mann ihm keine Beachtung. Als der Kellner mit einem trockenen Tischtuch kam, gab ihm Osten diskret einige Zwanzig-Dollar-Scheine. »Bringen Sie den beiden bitte eine Flasche Champagner«, sagte er, und ohne einen weiteren Blick auf das Paar zu werfen, wandte er sich um und ging fort.
Unruhig, böse auf sich selbst und gedemütigt bewegte er sich der Bühne zu und beobachtete die Mitglieder der Band, die eine besondere Einlage für die um sie versammelten Fans gaben. Aber nach wenigen Minuten verlor er Laune und Motivation, die Lust am Goddard Beat. Er wollte gerade die Discothek verlassen, da faßte ihn jemand an die Schulter. Es war das schwarze Mädchen, der Overall klebte an ihrem Körper wie eine zweite Haut.
»Danke für den Champagner«, sagte sie mit einem scheuen Lächeln. Er murmelte etwas wie, er freue sich, daß er geschmeckt habe, und sie sah ihn nach ihrem Begleiter Ausschau halten.
»Paul ist gegangen«, sagte sie. »Er ist nach Hause gegangen, um seine kostbaren Wildlederhosen zu retten.«
»Das tut mir leid«, sagte Osten langsam, während er auf ihre vollen Brüste starrte, die durch den offenen Reißverschluß ihres Overalls zum Teil entblößt waren. Als er den Blick hob, sah er, daß sie sich über seine suchenden Augen amüsierte.
»Es muß Ihnen nicht leid tun«, sagte sie. »Dazu sind sie da. Frauen peilen auch.« Ein breites Lächeln erhellte ihr Gesicht, sie zeigte zwei Reihen tadellos weißer und gleichmäßiger Zähne. »Die Männer denken immer, daß wir nach Sachen schauen, die groß und lang sind, aber das ist es nicht, was uns anmacht.«

Ihr Selbstbewußtsein brachte ihn aus der Fassung. »Wirklich? Was ist es dann?« fragte er und bereute die Worte sogleich aus Angst, er werde sich hier auf etwas einlassen.
»Ein hübscher Po.« Sie musterte ihn von Kopf bis Fuß. »Und ein schöner und schlanker Körper mit langen Beinen.«
»Sprechen Sie nicht von sich selbst?« scherzte er.
»Mag sein«, lachte sie. »Aber auch von Ihnen.« Sie schwieg, maß ihn nochmals mit ihrem abschätzenden Blick. »Was machen Sie, wenn Sie keine Tische umwerfen, mein Junge?« fragte sie scherzhaft im Tonfall eines Aufsehers aus dem Süden.
»Ich reise viel«, sagte er.»Und Sie, mein Fräulein?«
»Tja, ich spiele bloß, mein Süßer«, antwortete sie.
Inzwischen war er davon überzeugt, daß sie eine Professionelle war. Er hatte es noch nie mit einer Professionellen gehabt, und der Gedanke, daß er den Reißverschluß ihres Overalls bis ganz nach unten öffnete und sie auf ihren hohen Absätzen herausstieg und dann in seinen Armen lag, versetzte ihn in große Erregung. Als er die Selbstbeherrschung wieder gefunden hatte, sagte er: »Ich heiße Jimmy.« Dann fragte er mit einem offenen Blick auf ihre Brüste: »Bist du frei?«
»Frei?« Sie lachte. »Natürlich bin ich frei. Die Sklaverei ist abgeschafft, solltest du wissen.«
»Ich meine –« er stammelte, »frei, um wegzugehen. Mit mir.« Er zögerte, platzte dann heraus: »Ich meine für Geld.«
»Wegzugehen – mit dir – für Geld?« wiederholte sie, als löse sie ein Rätsel. »Ah – ich – verstehe«, sagte sie, indem sie die Worte dehnte. Dann warf sie den Kopf zurück und lachte. Sie trat ganz nahe an ihn heran und rieb ihre Hüfte an seiner, strich mit der Hand über seine Gesäßbacken. »Ich heiße Donna«, flüsterte sie. »Sag Donna ganz genau, was dir vorschwebt, Süßer.«
»Deinen Honig zu naschen«, erwiderte er im gleichen Ton. »Für den Rest der Nacht.«
»In welchem Nest?« fragte sie.
»In einem Hotel«, sagte er. »Jedes Hotel ist recht. Ich bin von außerhalb.«
»Ich mag keine Hotels«, antwortete sie. »Und nach Mitternacht mögen Hotels Mädchen wie mich auch nicht.« Sie warf ihm einen langen Blick zu. »Womit verdienst du dein Geld, mein Junge?« fragte sie erneut in besonders melodischem Ton.
»Ich studiere Literatur«, sagte er, »in Kalifornien.« In der Befürch-

tung, sie werde ihn nach dieser Information gehen lassen, setzte er hinzu: »Aber ich habe genügend Geld«, und griff in die Tasche.
Sie hielt seine Hand zurück. »Das weiß ich. Du hast für Paul und mich heute abend bereits Champagner gekauft. Weißt du noch?« Gerührt von seiner Offenherzigkeit sah sie ihn einen Augenblick lang an, ein wehes Lächeln um die Lippen. »Wollen wir nicht bei mir spielen gehen?« fragte sie.
»Wo ist das?« fragte er in der Befürchtung, sie könne Harlem sagen.
»Carnegie Hall«, flüsterte sie ihm zu.
»Carnegie Hall? *Die* Carnegie Hall?« Er dachte, es sei ein Scherz von ihr.
»Richtig gehört.« Ihre Hand spielte jetzt mit seinem Oberschenkel. »Man läßt dich draußen vor der Carnegie Hall arbeiten?« fragte er und blickte sie unsicher an.
»Ich bevorzuge es, drinnen zu arbeiten. Ich benutze dort das Studio eines Künstlers«, erklärte sie. »Hast du nicht gewußt, daß dort Hunderte von ihnen arbeiten?«
»Wer ist der Künstler?« fragte er, in der Angst, sie könne ihm eine Falle stellen.
»Ein Pianist. Vom Juilliard.«
»Und wo ist der Pianist jetzt?« fragte er.
»Bei einer Verabredung mit einem Fremden. Deshalb können wir beide dort spielen. Keine Angst.« Sie überzeugte ihn davon, daß keine Gefahr bestand, und Arm in Arm verließen die beiden das Goddard Beat.
Als sie im Taxi über den Broadway fuhren, versuchte er sie zu küssen, aber sie ließ ihn nicht. »Später«, flüsterte sie. »Laß uns Zeit, mein Junge!« An der Carnegie Hall folgte er ihr zum Nebeneingang. Ein Nachtportier warf ihm einen prüfenden Blick zu, als sie den Aufzug betraten.
Sie öffnete die Tür zum Studio, schaltete das Licht ein und dämpfte es augenblicklich ab. Ein großer Flügel beherrschte den Raum. Das restliche Mobiliar bestand aus einem großen Doppelbett, einem Schreibtisch, der voller Musikpartituren war, einem Bücherregal, einer Stereoanlage und einigen afrikanischen Kunstgegenständen – Stammesmasken, Götzenbildern und Perlenhalsbändern.
»Was für eine Musik spielt dein Freund?« fragte Osten, den es

amüsierte, daß sich seine erste Erfahrung mit einer Hure in einem bescheidenen Carnegie-Hall-Studio eines Musikstudenten am Juilliard abspielen sollte.
»Rate mal.«
»Ist dein Freund – schwarz?«
»Ja«, nickte sie.
»Ist es dann – Jazzmusik?« fragte er.
»Jazz? Wie um alles in der Welt kommst du darauf?« sagte sie, um ihn zu necken. »Nein – mein schwarzer Freund spielt keinen Jazz! Rate nochmal!«
»Ich gebe auf!« antwortete er mit ernstem Gesicht.
»Und du? Kannst du etwas anderes spielen als das?« fragte sie mit einem leichten Klaps auf seine Lenden.
»Ein wenig«, sagte er und setzte sich an den Flügel. Er war offen, und wie durch Zufall fielen seine Hände auf die Tasten. Da er sie nicht mit Rockklängen, die sie vermutlich als einzige kannte, unterhalten wollte, schlug er ein paar Akkorde an, danach spielte er mit gemischten Gefühlen eine kurze Musikpassage, um sie zu beeindrucken.
Sie stand neben ihm, und als er die Passage beendet hatte, legte er den Arm um ihre Schenkel und drückte sie auf seinen Schoß. Er wurde durch ihre Nähe erregt, begann ihre Schulter mit Küssen und Liebkosungen zu bedecken.
»Schuberts Streichquartett in d-Moll. Richtig?« fragte sie. *»Der Tod und das Mädchen.«*
Verblüfft lehnte er sich langsam zurück. »Ich kann es nicht glauben! Woher wußtest du das?« fragte er.
Sie erhob sich und glättete ihren Overall. »Schwarze Magie. Was sonst?« sagte sie und deutete auf die Götzenbilder.
Ihm kam in den Sinn, daß sie die Passage von dem Juilliard-Studenten gehört haben konnte. Er begann, ein anderes Stück zu spielen.
»Debussy. *Präludium zum Nachmittag eines Fauns«*, sagte sie, und er hörte auf. »Du spielst es gut, mein Junge!«
Er stand auf und klappte den Deckel zu, mit einemmal froh, daß er den ganzen Abend hindurch nur mit seiner verstellten Stimme mit ihr gesprochen hatte, denn ihr musikalisches Gehör hätte ihn entlarven können.
»Wo hast du Musik gelernt?« fragte er.
In ihrem gedehnten Tonfall aus dem Süden erwiderte sie: »Was

fragst du? Stimmt was nicht mit 'nem kleinen schwarzen Mädchen, wenn es weiß, wie die weißen Leute spielen?«

»Du hast mir gesagt, du seist –«

»Ich habe dir gesagt, daß der Pianist, der hier wohnt, bei einer Verabredung mit einem Fremden ist«, sagte sie mit fester Stimme. »Nun gut, du bist der Fremde. Und ich spiele hier.« Sie setzte sich an den Flügel und begann zu spielen, hörte dann so schlagartig auf, wie sie begonnen hatte.

»Chopins *Barcarole*«, zitierte er wie ein Musikstudent vor seinem Lehrer. »Eine zarte Nocturne mit zwei Leitmotiven, die das Stück gesprächsartig durchlaufen, wie der Dialog zwischen sich Liebenden. Die Modulation nach Cis-dur erinnert an Küsse, Liebkosungen und Liebesglut. Der sanft pulsende Rhythmus des ununterbrochenen Basso läßt vermuten, daß sie es in einem Boot treiben – in einer Gondel vermutlich.« Er lächelte. »Du hättest wenigstens bis Takt 78 spielen sollen, wo sie es zusammen treiben . . .«

Sie sah ihn mit großen Augen an. »Nun sag du mir, woher du das alles weißt, mein Junge!«

»Nun sag du mir, woher du so gut spielen kannst, meine Kleine!« äffte er sie nach.

»Ich habe es am Juilliard gelernt.«

»Und ich zu Hause.«

Sie ging zu ihm, drückte ihren Busen gegen seine Brust und dirigierte ihn langsam auf das Bett zu. Als er die Bettkante an seinen Beinen spürte, versuchte er, sie mit sich nach hinten fallen zu lassen, doch sie wehrte sich. »Was macht ein Junge, der Schubert, Debussy und Chopin kennt, im Goddard Beat?«

»Nach seiner Barcarole suchen«, sagte er. »Was macht eine klassisch gebildete Pianistin dort?«

»Einen Faun treffen«, sagte sie. »Paul, der Bursche, den du mit mir gesehen hast, ist ein Musikagent, und ich glaube, daß ich ein Präludium für ihn bin, das er eines Nachmittags zu einem Musikverleger führt, um einen Vertrag zu machen.«

»Verschwende deine Faun-Nachmittage nicht weiter«, sagte Osten. »Meinem Vater gehört Etude Classics.«

So wurde Musik zum Sprungbrett für Ostens anfängliche Vernarrtheit in Donna. Er sah in ihr seine Retterin, die erste Person, bei der er ganz er selbst sein konnte – ohne das Gefühl, von der anderen Seite seines Seins abgetrennt zu sein, wo er, als Goddard, allein existierte, verborgen vor den Augen der Welt. Sie war außerdem die erste schwarze Frau, mit der er intim geworden war. Alles an ihr erschien ihm exotisch – angefangen von der Gestalt und Farbe ihres Körpers, über ihren kleinbürgerlichen Süd-Bronx-Dialekt bis hin zu ihrer spontanen Liebe zur Musik.

Bald nach ihrer ersten Begegnung nahm er Donna zu einem offiziellen Empfang im Manhattaner Appartement seines Vaters mit. Es war ein jährliches Ereignis, und in diesem Jahr sollte das dreißigjährige Jubiläum von Etude Classics gefeiert werden. Etwa achtzig Personen waren anwesend, sämtliche Mitarbeiter Etudes, zahlreiche Komponisten und Interpreten, die unter Etudes Namen herausgekommen waren, und entsprechend ausgewählte Musikkritiker. Donnas Erscheinen in einem tief ausgeschnittenen Goldlamé-Kleid mit Seitenschlitz ließ die steife, distinguierte Gesellschaft nach Luft ringen.

Da dieses Ereignis für seinen Vater so viel bedeutete, hatte Osten seit seiner Jugend jedes Jahr daran teilgenommen, und als das einzige Kind des Gründers und Präsidenten der Gesellschaft war er den meisten Anwesenden bekannt. Auf einer dieser Parties hatte er als Teenager Goddard Lieberson und Boris Pregel kennengelernt, die beiden Männer, deren Ansichten über das Leben und die Kunst noch lange nach ihrem Tod starken Einfluß auf ihn ausüben sollten. Die meisten Gäste waren in der Regel jedoch langweilig – doppelzüngig insofern, als sie sich von ihrer besten Seite gaben. Osten fand großen Gefallen daran, mit Donna am Arm durch ihre Reihen zu schreiten – der einzigen schwarzen Frau auf der Party.

Als er Donna mit seinem Vater bekannt machte, amüsierte er sich über die offensichtliche Bestürzung des alten Herrn beim Anblick ihres nackten Busens, der durch das tief ausgeschnittene Kleid bis zu den Brustwarzen entblößt war. Dann machte er eine Runde durch die Räume zu den anderen Gästen und fand großes Vergnügen an ihren wenig erfolgreichen Versuchen, ihren Schock zu verbergen.

Als er Donna durch die Menschenmenge begleitete, sah Osten Patrick Domostroy, einen Mann, dem er mehrere Male auf den Parties seines Vaters begegnet war. Domostroys Musik wie auch seine Konzerte waren einst große Erfolge gewesen, doch vor einigen Jahren hatte der Mann aufgehört zu komponieren und leb-

te heute in der Versenkung, aus der er nur von Zeit zu Zeit auftauchte.
Abgemagert, mit Falten im Gesicht und schütterem Haar, bewegte sich Domostroy, der in mittlerem Alter war, durch den Raum wie ein hungriger Aasgeier. Seine Stimme hatte den Anflug eines fremdländischen Akzents, alles an diesem Mann schien fremd – seine Gestik, sein rascher Blick und seine lockere Redeweise, seine betont sportliche Kleidung, seine überaus lässige Art. Er war in Begleitung einer blauäugigen Blondine, die weit jünger war als er. Als Domostroy Donna erblickte, starrte er sie mit solch unverhohlener Neugier an, daß Osten spontan einen Schritt dazwischen tat, als müsse er sie vor den Augen dieses Mannes schützen.
Was Domostroy betrifft, so hatte er Jimmy Osten bei zwei oder drei Anlässen getroffen – stets in Gegenwart von Gerhard Osten und seinen Gästen und Mitarbeitern –, und obgleich sie niemals mehr als ein paar Worte miteinander gewechselt hatten, fand Domostroy Ostens Bemerkungen über die Gesellschaft seines Vaters und über Musik im allgemeinen ausgesprochen naiv. Er empfand außerdem den erstaunten Blick des jungen Mannes höchst störend und sein Auftreten unentschlossen und ohne künstlerische Wirkung. Der Junge war eine langweilige Schwuchtel. In Gedanken nannte Domostroy ihn »lauwarme Nudel«. Er wäre ihm sicherlich auch heute aus dem Weg gegangen, wäre da nicht die junge Frau gewesen, die in Ostens Begleitung war. Die schwarze Frau war von außergewöhnlicher standbildhafter Schönheit; sie bewegte sich gelassen und mit Grazie, und ihr aristokratisches Flair ließ Domostroy sich fragen, ob er Jimmy Osten nicht falsch eingeschätzt oder ihm zumindest einen falschen Spitznamen gegeben hatte.
Als Osten und Donna in der Nähe vorbeigingen, nutzte Domostroy die Gelegenheit, ihre Bekanntschaft zu machen. Nur widerstrebend stellte Osten die beiden einander vor, und als Donna sich Domostroys Namens entsann und bei dem Komponisten für den Genuß, den seine Musik ihr bereitet hatte, bedankte, wuchs Ostens Bedauern über diese Begegnung.
Domostroy gab sich keine Mühe, den Eindruck, den Donna auf ihn gemacht hatte, zu verbergen. Er ignorierte Osten, sah ihr in die Augen und sagte: »Hätte ich gewußt, daß Sie meine Musik mögen, hätte ich doppelt soviel geschrieben.«

»Das können Sie noch immer«, sagte sie flirtend.
»Ich fühle mich geschmeichelt«, sagte Domostroy, »und ich bin überrascht. Ich habe nicht von Ihnen erwartet, daß Sie meine Musik mögen.«
»Weil ich schwarz bin?« fragte Donna.
»Ja – und ich weiß«, sagte Domostroy. Er sah ihr offen ins Gesicht. »Es ist eine Angelegenheit unterschiedlicher rhythmischer Intensität.«
Osten spürte, wie ihm das Blut ins Gesicht schoß. »Das ist idiotisch«, sagte er. Zu Domostroy gewandt, sagte er mit verhaltener Wut: »Werden auch Sie Donna etwas über den natürlichen negroiden Rhythmus erzählen?« Er schien wütend zu sein.
»Komm, Donna, wir gehen.« Er nahm ihren Arm, aber sie widersetzte sich.
»Warte einen Moment, Jimmy«, sagte sie und befreite ihren Arm aus seiner Gewalt. »Herr Domostroy hat recht. Für mich ist Rhythmus keine durch Taktstriche gezogene Musikausübung, sondern ein Impuls – das natürliche Anschlagen meines eigenen Körpers. Meine Vorfahren waren afrikanische Sklaven, die sich von einem Schiff zum anderen mit den Sprechtrommeln der Atumpan und Aschanti in Verbindung setzten. Und selbst wenn mein Vater ein Jazzpianist war, das erste Musikinstrument, das er mich spielen lehrte, als ich noch ein Kind war, war eine Mbira, ein Daumenklavier mit einfachen Metallplättchen und kürbisartigem Resonanzboden –«
»– im achtzehnten Jahrhundert in Südafrika von den Portugiesen entdeckt«, fiel ihr Domostroy ins Wort, »und von ihnen versehentlich Kaffir benannt.« Er hielt inne. »Kann es sein, daß Sie zufällig die Tochter von Henry Lee Downes sind?« fragte er sie.
»Ja, das bin ich«, erwiderte sie. »Ein spätes Kind. Mein Vater starb, als ich vierzehn war. Haben Sie ihn gekannt?«
»Ich habe Ihren Vater spielen hören«, sagte Domostroy. »Er war ein großer Jazz-Virtuose. Er konnte das Klavier klingen lassen wie eine Glocke oder ein Horn.«
Donna sah ihn vergnügt an. »Es ist nett von Ihnen, das zu sagen, Herr Domostroy, aber was für Sie vermutlich nur schwarze Geschichte ist«, sagte sie, »ist für mich ein lebendiger Rhythmus – Musik wie keine andere.« Sie wandte sich Osten zu und sagte spielerisch: »Wenn Herr Domostroy seiner eigenen Vergangenheit lauscht, hört er gewiß elisabethanische Madrigale. Ich bin si-

cher, daß das erste Musikinstrument, das er als Junge sah, ein Steinway war.«
»Das war in der Tat der Fall«, gab Domostroy zu. »Der Flügel meiner Mutter. Sie war Konzertpianistin.« Ihre Blicke begegneten sich. »Sie sind so wendig, wie Sie schön sind, Fräulein Downes«, sagte er. »Sind Sie Tänzerin?«
»Das reicht, Domostroy!« sagte Osten.
»Ich bin keine Tänzerin, Herr Domostroy«, sagte Donna ruhig. »Wenn ich auch gerne tanze.« Sie deutete auf den Flügel hinter ihnen. »Das ist jetzt mein Kaffir.«
»Dann, um alles in der Welt«, sagte Domostroy, der Osten geflissentlich überging, »spielen Sie!«
»Donna, wir gehen!« sagte Osten. »Er kann dich nicht einfach herumkommandieren«, fügte er, fast fauchend, hinzu.
»Solange mir befohlen wird zu *spielen,* habe ich nichts dagegen«, sagte Donna, in ihren Augen spiegelte sich Domostroys Herausforderung, als sie hinüberging und sich an den Flügel setzte.
Es wurde still, die Gäste bildeten einen Kreis um sie. Gerhard Osten, Arm in Arm mit der blonden Frau, die Domostroy seiner Obhut überlassen hatte, ging zu seinem Sohn. »Das ist kaum die richtige Zeit zum Tanzen«, sagte er ruhig.
Die blonde Frau beugte sich vor, zwickte den älteren Mann in den Arm und sagte: »Aber, Herr Osten, das wäre doch schön!«
»Keine Angst, Vater«, sagte Osten. »Die meisten Gäste hier wüßten nicht einmal, wie man tanzt!«
Sein Vater räusperte sich und lächelte nervös. »Jimmy, ich möchte dir Fräulein Vala Stavrova vorstellen«, sagte er.
Osten und die Frau gaben sich die Hand.
Domostroy, der neben Ostens Vater stand, fügte hinzu: »Fräulein Stavrova kommt ursprünglich aus Rußland – dem Land der Klassiker!«
»Ja. Aber ich tanze wahnsinnig gern Rock 'n' Roll«, sagte Vala Stavrova mit ihrer fistelnden Stimme. »Ist sie Rocksängerin?« fragte sie, mit der Hand auf Donna deutend.
Donna begann zu spielen, und Chopins Scherzo in cis-Moll füllte den Raum.
»Bemerkenswert«, sagte sein Vater, der Donna beim Spielen zuschaute. »Wirklich unglaublich. Wer ist das?«
»Donna Downes, Vater«, sagte Osten leise. »Ich habe sie dir vorgestellt.«

»Natürlich hast du das. Wo kommt sie her?« fragte sein Vater.
»Aus New York«, mischte Domostroy sich ein.
»Wo hat sie gelernt, so zu spielen?« fragte Gerhard Osten.
»Donna ist Studentin am Juilliard«, sagte Osten mit Entschiedenheit, in der Hoffnung, die Unterhaltung zu beenden.
»Ich hätte niemals gedacht, daß sie Chopin spielen würde!« setzte sein Vater das Gespräch fort.
»Warum nicht?« fragte Domostroy, der sich in seine Richtung neigte. »Haben Sie vergessen, Gerhard, daß am Ende des letzten Jahrhunderts Chopin und Liszt die bevorzugten Komponisten der schwarzen Pianisten in New Orleans und Sedalia waren?«
»Das habe ich nicht vergessen«, sagte Gerhard Osten, »weil ich es nicht wußte. Interessant. Was halten Sie von ihr?«
»Ich finde sie sehr schön«, antwortete Domostroy.
»Ich meine ihr Spiel.«
»Soweit angemessen«, sagte Domostroy, »aber sie ist noch nicht beim schwierigen Teil angelangt – beim Wechsel von Akkorden zum Fingerspiel. Als Chopin das Stück schrieb, wußte er, daß die meisten Pianisten dem Wechsel das Tempo opfern würden und hat es daher zur stilistisch durchgestalteten Improvisation freigestellt.
Sie lauschten der Musik. Als Donna zur schwierigen Passage des Scherzo kam, glitt ihre linke Hand brillant über vier Oktaven, hob sich danach grazil. Sie legte für den Bruchteil einer Sekunde eine Pause zwischen diesem Ton und dem darauf folgenden ein, setzte zu einem lawinenartigen Tremolo an, brach es kontrastreich ab und ließ dann die vier Oktaven trillern, indem sie jede Note mit metronomischer Präzision von der nächsten trennte.
»Sie ist eine begnadete Pianistin«, sagte Domostroy. »Man wäre von ihrem Äußeren her niemals darauf gekommen, oder?«

In Ostens Wagen auf dem Weg zurück zur Carnegie Hall nach der Party fragte Donna: »Hat dir mein Spiel gefallen?«
»Ich bin nicht gut in der Beurteilung von Freunden«, sagte er. »Aber es schien allen gefallen zu haben. Mein Vater –«
»Dein Vater hat mir gesagt, wie überrascht er war, daß ich Chopin spielte«, sagte sie. »Hast du es nicht gehört? Im Grunde haben alle von großer Überraschung gesprochen – und gemeint, daß Schwarz und Chopin einfach nicht zusammenpassen. Nur Patrick Domostroy hat mir gesagt, daß ich das Stück professionell ge-

spielt habe – einschließlich dieser freigestellten Passage, die Chopin in der Partitur mit einem X gekennzeichnet hat.«
»Paß besser auf«, sagte Osten, »Domostroy machte den Eindruck, als wolle er dir ein X für ein U vormachen.« Er drückte aufs Gaspedal, und der Wagen beschleunigte rasch. »Mir hat die Art nicht gefallen, in der er mit dir gesprochen hat.«
»Er hat gesagt, daß ich das linke Pedal zur Dämpfung genau in der Weise eingesetzt habe, wie Chopin es vorschrieb.«
»Wie?« fragte Osten, leicht verärgert über ihre Begeisterung.
»Auf meine eigene Weise!« sagte sie und lachte. »Um zur freien Interpretation anzuregen, hat Chopin den Gebrauch des linken Pedals niemals vorgeschrieben. Er sagte, daß die Finger, nicht das Pedal, den Anschlag des Pianisten ausmachen sollten. Chopin war der erste Pianist, der die individuellen und physisch verschiedenen Eigenschaften jedes einzelnen Fingers voneinander unterschied. Domostroy sagte sogar, daß ich es geschafft hätte, Chopins Zal zu erwecken.«
»Was ist Zal?«
»Ein Rätsel des Geistes – Schmerz und Wut, die durch Melancholie aufgelöst werden – ein emotionales Charakteristikum der Polen oder aller Menschen, die über lange Zeiträume unterdrückt werden. Zal durchdringt Chopins gesamtes Werk. Domostroy sagte, daß Zal aufgrund meiner schwarzen Abstammung vermutlich meinem ganzen Klavierspiel Farbe verleihen werde.« Sie zögerte. »Was für ein Mensch ist Domostroy? Du kannst ihn offenbar nicht ausstehen.«
Osten zuckte mit den Achseln. »Ich glaube, er ist ein bißchen verrückt – wie Chopin.«
»Chopin war ein großer Komponist und ein technisch hervorragender Künstler«, ermahnte sie ihn. »Alles, was zählt, ist seine Musik.«
»Sagen wir, Domostroy führt ein Doppelleben«, sagte Osten. »Er wohnt allein in einem dichtgemachten Spielsaal in der Süd-Bronx; nachts spielt er in einem lausigen, von der Mafia beherrschten Flipperloch; und zu nachtschlafender Zeit, wenn alle Leute im Bett liegen, durchstreift er in seiner alten Kiste die Straßen.«
»Warum?« unterbrach sie ihn.
»Warum was?«
»Warum tut er das? Vielleicht hat er seine Gründe.«

»Er ist besessen, das sind seine Gründe«, sagte Osten.
»Das war Berlioz auch. Sonst hätte er seine *Symphonie fantastique* nicht schreiben können. Das waren auch Liszt, Tschaikowsky und Wagner. Das waren auch eine Menge andere talentierte Männer.«
»Domostroy ist eine männliche Sex-Nutte«, sagte Osten verächtlich. »Ich habe einmal eine Kurzbiographie über ihn in einer alten New Yorker Zeitschrift gelesen. Sie nannten ihn den Jekyll und Hyde der Musikszene. Nachts fährt er verkleidet durch die Gegend – du weißt schon, falscher Bart, Spitzbart, großer Hut – und macht halt an den unmöglichsten Orten – Gruppensexparties im Untergrund, Geheimtreffen, spezielle Sexclubs. Einmal sind ihm Kriminalbeamte der New Yorker Polizei in Zivil stundenlang gefolgt. Da er in mehr als fünfzehn dieser komischen Orte eingekehrt war, hielten sie ihn für einen Rauschgiftdealer und untersuchten ihn und seinen Wagen gründlich und fanden nichts als ein paar alte Notenblätter! Sie tobten vor Wut über die verlorene Zeit! Er ist wie eine Art Satyr, ständig unterwegs nach einem Hexensabbat.« Er hielt inne, um ihr Gelegenheit zu einer Äußerung zu geben, aber sie blieb still. »Sogar in seiner Blütezeit war Domostroy hinter dieser feinen Gesellschaft her: den Freaks, den Psychos, den Nutten, sogar mit Partnerwechsel. Er hat sogar Aufnahmen von ihnen gemacht – als Hobby. Mir wird übel bei dem Gedanken, hinter wem er her ist – und wen er kriegt! –, jetzt, wo er ein Niemand ist. Kein anständiger Musikkeller oder Nachtclub will ihn mehr haben.«
Noch immer äußerte Donna sich nicht.
»Du hast Vala gesehen, die russische Null, die er mit auf die Party gebracht hat. Hinter so was ist er her«, sagte er voller Verdruß.
»Dein Vater schien sie allerdings gemocht zu haben«, bemerkte Donna.
»Mein Vater weiß absolut nichts über Frauen«, sagte Osten. »Meine Mutter war seine erste und einzige Liebe. Er hat sie geheiratet, nachdem er sie beim Tanzen abgeklatscht und einen Tango mit ihr getanzt hatte. Und er konnte nicht einmal tanzen! Seit ihrem Tod widmet er sich nur noch der Musik. Für meinen Vater«, sagte er, »ist jede Etude-Aufnahme ein leuchtender Meteor, der das Musikfirmament erhellt und dann auf die Zukunft losschießt. Er sieht sich selbst als den großen Treuhänder der wahren Kunst. Und wer weiß? Vielleicht ist er es.«

Donna schaute aus dem Seitenfenster, sprach mit der Vertraulichkeit, wie man sonst nur mit sich selbst spricht: »Du mußt deinen Vater sehr lieben, Jimmy.«
Ohne die Augen von der Straße zu wenden, sagte Osten: »Ich liebe ihn über alle Maßen. Ich würde alles tun, damit er weiterhin wunschlos glücklich ist.«

Manchmal verstrichen zwischen seinen Besuchen zu Hause lange Zeiträume wie im Fluge. Heute, da er in seinem Mietwagen aus der Stadt zum Familiensitz auf Long Island fuhr, fiel ihm ein, daß seine letzte Heimfahrt zwei Jahre zurücklag und er Donna seit zwei Jahren kannte. Ein in jüngster Zeit fertiggestelltes Stück Autobahn verkürzte seine Fahrt um fast eine Stunde, und er traf weitaus früher in Wainscott ein, als erwartet. Er fuhr die Privatstraße hinauf, die von Birken gesäumt war, deren Stämme unten schwarz waren und nach oben hin feinädrig gemasert wie Marmorsäulen. Er hielt vor dem Haus, einer Villa mit hohen Sprossenfenstern auf der Fassadenseite. Er parkte seinen Mietwagen in der Auffahrt zwischen zwei brandneuen Automobilen; auf den persönlichen Nummernschildern stand: ETUDE für seinen Vater und VALA für seine Stiefmutter, die sie seit fast zwei Jahren war.
Die Eingangstür stand offen, aber Osten zögerte und klingelte schließlich, bevor er das Haus betrat. In der Vorhalle kam ihm Bruno entgegen, der Wiener Hausdiener und Chauffeur seines Vaters, der seit dem Tod von Leonore Osten, Jimmys Mutter, im Dienst der Familie stand.
»Herr Jimmy, wie geht es Ihnen?« fragte Bruno mit tonloser Stimme und rang sich ein Lächeln ab, das seine schiefstehenden Raucherzähne verriet. Brunos seltene Momente menschlicher Wärme waren für Gerhard Osten und seine jugendliche zweite Frau reserviert. »Ihr Herr Vater und Madame befinden sich auf der kleinen Veranda«, beendete er steif seine Rede.
Bevor Osten sprach, hustete er kurz, um seine verstellte Stimme umzustellen. »Danke, Bruno«, sagte er.
Während er durch die Vorhalle schritt, die eine lebensgroße Marmorstatue von Bach beherrschte, nahm er all seinen Mut zusammen, um das beklemmende Gefühl zu bekämpfen, das sich unvermeidlich in Gegenwart seiner Stiefmutter einstellte. Er konnte sich Vala nicht als Verwandte vorstellen, ihre Anwesenheit bereitete ihm Unbehagen.

Die Veranda war überflutet von Sonnenschein und den Klängen von Händels *Israel in Ägypten,* die aus einem Tonbandgerät kamen. Sein Vater und Vala saßen lesend, und als sie ihn erblickten, legten sie beide, wie auf Befehl, ihre Zeitungen zur Seite. Sein Vater strich sich das matt-weiße Haar glatt, stemmte die Hände in den Rücken und erhob sich zur Begrüßung. Vala knöpfte ihren Hausmantel zu.
»Guten Tag, Vater. Wie geht es dir, Vala?« sagte Osten, der vortrat und seinen Vater umarmte. Peinlich berührt trat Gerhard Osten zur Seite, um sich aus der Umarmung zu befreien, und klopfte darauf seinem Sohn verlegen auf die Schulter. Vala hob ihre Hand, als reiche sie sie ihm zum Handkuß, unbeholfen ging Osten zu ihr hin und schüttelte sie.
»Wie ist es dir ergangen, Jimmy?« fragte sein Vater, der sich hinsetzte und ihm einen Platz an seiner Seite anbot. Nachdem er einen mißbilligenden Blick auf die geflickten Jeans seines Sohnes, das blaue Arbeitshemd und die speckige Wildlederjacke geworfen hatte, sagte er zu Vala: »Er sieht aus wie ein Cowboy, nicht wahr?«
Vala lächelte. »Aber, Liebling, Jimmy ist ein Cowboy«, sagte sie mit ihrer weinerlichen Stimme. Obgleich sie im Alter von sechzehn Jahren in die Staaten gekommen und einige Jahre – bevor sie Frau Osten geworden – irgendwo in Colorado verheiratet gewesen und geschieden worden war, hatte Vala nichts von ihrem russischen Akzent verloren. Auch wenn sie plump wie ein Trampel wirkte, war sie doch recht hübsch. Ihre geringfügig erweiterten Pupillen, die von dunklen Augenbrauen und seidigen Wimpern gerahmt wurden, verliehen ihren wäßrig-blauen Augen einen nachdenklichen Ausdruck.
»Tja, Jimmy, erzähl uns, was dich zu uns führt«, fragte sein Vater, während Bruno Kaffee servierte.
»Ich wollte euch beide einfach einmal wiedersehen, das wär's schon«, sagte Osten und nippte an seinem Kaffee. »Donna bedauert, daß sie nicht mitkommen konnte«, sagte er, »irgend etwas ist am Juilliard in der letzten Minute dazwischengekommen, so daß sie in der Stadt bleiben mußte. Sie läßt die besten Grüße an euch beide ausrichten.« Der Kaffee brannte auf seinen Lippen, aber er lächelte und gab sich Mühe, möglichst gelassen zu wirken. »Du siehst großartig aus, Vater. Du auch, Vala.« Es folgte eine peinliche Pause. »Was gibt es bei euch beiden Neues?«

»Es geht alles seinen alten Gang«, sagte Vala und streckte sich in ihrem Stuhl. »Wir spielen ein bißchen Golf –«
»Aus ihr wird noch eine große Golferin«, sagte sein Vater. »Du solltest mitkommen und sie spielen sehen.«
»Liebend gern«, sagte Osten. Er suchte nach Komplimenten. »Vala ist bestimmt die geborene Golferin.«
»Du kommst überhaupt nicht gern mit«, sagte Vala. »Du kannst Golf nicht leiden.« Zu ihrem Mann sagte sie: »Jimmy kann Golf nicht leiden.« Dann zu Osten: »Du hast einmal gesagt, daß Golf das Gegenteil vom Angeln ist: statt darauf zu warten, daß ein Fisch auftaucht, wartet man, daß ein Ball verschwindet.«
»Jimmy kann eine Menge Dinge nicht leiden«, sagte sein Vater mit einer gewissen Schärfe. »Arbeit zum einen, Musik zum andern.«
»Mein Studium ist meine Arbeit, Vater«, sagte Osten. »Und ich mag klassische Musik durchaus leiden.«
»Nein, das tust du nicht«, verkündete sein Vater mit altem Groll. Für Vala erklärte er: »Jimmy ist musikalisch nicht begabt. Goddard Lieberson pflegte sämtliche Musiker zu unterscheiden nach solchen, die klimpern, und solchen, die Klavier spielen. Na ja, schon als Kind konnte Jimmy nicht Klavier spielen, nur klimpern, so war das.« Für seinen Sohn fügte er hinzu: »Du hast selbst gesagt, daß du die Sprache der Musik vorziehst, oder was du da unten in Kalifornien all die Jahre studierst.«
»Literatur, Vater«, sagte Osten höflich. »Denk an die Worte von H. L. Mencken: ›Neben der Musik ist die Prosa die schönste aller schönen Künste.‹ Mein Vater vergißt, daß beide, das Klavier und die Schreibmaschine, Tasten haben«, sagte er zu Vala gewandt mit einem gequälten Lächeln.
»Woran ich denke, sind deine eigenen Worte über Musik, daß sie kalt sei, daß sie überhaupt nichts ausdrücke«, sagte sein Vater.
»Ich habe lediglich Strawinsky zitiert.«
»Ohne ihn verstanden zu haben«, sagte sein Vater. »Strawinsky hat allem Anschein nach Goethe variiert, der Architektur als in der Zeit gefrorene Musik gesehen hat, während Strawinsky die Musik als die Architektur der Zeit gesehen hat.«
»Neulich habe ich im Radio einige ungewöhnliche Etude-Einspielungen gehört – aus der Serie Neue Klassiker«, sagte Osten, mühsam bestrebt, das Thema zu wechseln. »Äußerst beeindrukkend, möchte ich meinen.«

»Was ist das für eine neue Serie?« unterbrach Vala, die Interesse heuchelte.
»Das sind Werke, die für ein bestimmtes Musikinstrument geschrieben wurden und jetzt auf ein anderes übertragen aufgenommen werden«, erklärte sein Vater sich wieder beruhigend.
»Wie streng halten sie sich an die Originale?« fragte Osten.
Sein Vater strahlte. »Sogar die Puristen haben zugegeben, daß zwischen harmonisch und melodisch kein Unterschied besteht. Es ist eine höchst raffinierte musikalische Transformation, und oft kommt die Musik sogar klarer als zuvor heraus, weil sie von der geistigen Einstellung, die dem ursprünglichen Soloinstrument anhaftet, befreit ist.«
»Ist das nicht etwas Ähnliches wie das Übersetzen?« unterbrach ihn Vala.
»Ja, natürlich«, sagte Gerhard Osten voller Begeisterung und fügte für seinen Sohn hinzu: »Vala hat recht.« Er schaute sie an wie ein stolzer Lehrer, der seinen Musterschüler vorzeigt. »Es ist so ähnlich, Vala, wie es wäre, wenn man Puschkin in das heute gesprochene Englisch übersetzen würde. Das Wichtige bei einem solchen Unternehmen wäre sicherzustellen, daß Puschkin dabei nicht verdorben wird. Unser erstes Interesse besteht darin, die großen Werke zu erhalten. Diese neue Serie ist unser erstes Experiment in mehr als dreißig Jahren, aber es ist bis jetzt äußerst vielversprechend. Der Augenblick ist gekommen, um in gewisser Weise große Werke größer zu machen.«
»Dann geht es Etude ausgesprochen gut?« fragte Osten und schlürfte an seinem Kaffee.
»Könnte nicht besser gehen«, sagte sein Vater. »Nokturn Records hat gerade den Vertrag über den weltweiten Vertrieb mit uns erneuert. Nokturn ist gut beraten. Wir stehen auf dem klassischen Musikmarkt ganz oben an der Spitze.«
»Dein Vater hat den Vertrag selbst ausgehandelt«, sagte Vala.
»Das habe ich allerdings«, sagte sein Vater. »In den letzten Wochen sind unsere Verkaufszahlen sprunghaft in die Höhe geschossen, und die Remittendenquote ist die niedrigste in der Branche geblieben.« Er hielt inne. »Deshalb konnte ich mit Nokturn aus einer günstigen Position heraus verhandeln. Und Oscar Blaystone, Nokturns Präsident, hat den Ruf, einer der härtesten Männer im Geschäft zu sein. Aber ich wußte, und er wußte es auch, daß er auf meine Bedingungen eingehen mußte.«

»Dein Vater war nach diesem Vertrag so erregt«, sagte Vala, »daß ich eifersüchtig wurde. Ich wollte von ihm den Beweis, daß er bei mir ebenso in Erregung geraten konnte.« Sie wandte ihnen ihr Gesicht zu, das jetzt einen puppenartigen Ausdruck hatte, und lächelte mechanisch. »Und er hat es mir bewiesen«, sagte sie. »Nicht wahr, Liebling?«
Er sah sie, von inniger Liebe erfüllt, an. »Schon, schon«, sagte er mannhaft. »Du kannst doch auf Etude nicht eifersüchtig sein. Ich habe Etude gegründet, lange bevor du geboren warst.«
»Ich weiß«, sagte sie mit hübschem Schmollen. »Etude liebst du schon so viel länger als mich!«
»Vala, du bist ungerecht«, schalt der alte Mann sie. Er nahm die Pose eines Schauspielers auf der Bühne an und begann, in seinem starken deutschen Akzent mit gefühlsbewegtem Beiklang zu rezitieren: »›So sollst du, muntrer Greis, dich nicht betrüben, zwar sind die Haare weiß, doch wirst du lieben.‹ Das ist Goethe«, verkündete er. »›Er hüpft behend in einer Dame Zimmer, Nach üppigem Gefallen einer Laute . . .‹ Und das ist Shakespeare«, rief er aus, stolz auf sein Gedächtnis, den Blick auf Vala mit so deutlichem Verlangen gerichtet, daß Osten sich abwenden mußte, um seine Verlegenheit und seinen Schmerz zu verbergen. Wie konnte sein Vater – eine der prominentesten Persönlichkeiten in der Musikwelt und der Gründer von Etude Classics – so blind diesen hirnlosen Fleischklumpen anbeten? Einfach deshalb, weil er alt und verdorrt war und sie jung, zart und frisch? War sein Vater wegen Vala ein Liebhaber Goethes geworden, der mit einundsiebzig um die Hand einer Siebzehnjährigen angehalten hat? Santayana sagt, daß die Musik als die abstrakteste aller Künste auch den stummsten Gefühlen Ausdruck verleiht. Er muß dabei mehr die in dieser Kunst engagierten Männer gemeint haben, dachte Osten, als die Kunst selbst.
Er fing den ernsten Blick seines Vaters auf und fragte sich, ob der Ältere seine Gedanken lesen könne.
»Ich kann Valas Gefühle gegenüber der Musik sehr gut verstehen«, sagte Jimmy plötzlich fröhlich. »Ich erlebe dasselbe in einem fort mit Donna. Auch für sie ist Musik das ganze Leben.«
Vala schüttelte den Kopf. »Wenn es wirklich alles für sie ist, dann bist du schuld, Jimmy«, sagte sie. »Hör auf meinen Rat. Ob schwarz oder weiß, jung oder alt, schön oder häßlich – ganz in der Tiefe will jede Frau eines, und nur dies eine.« Sie brach ab, im

Begriff, ihnen zu sagen, was das eine sei, als sein Vater sie unterbrach.

»Donna ist ein bezauberndes Mädchen«, sagte er. »Niemand hätte bei ihr jemals ein solch sicheres Verständnis der Klassiker vermutet. Sie hat auf meiner Party damals so superb gespielt.« Er dachte nach, sprach dann weiter. »Wenn sie auf dem nächsten Internationalen Chopin-Wettbewerb in Warschau den ersten, zweiten oder sogar nur dritten Platz belegte, so würde ich sie mit Sicherheit sofort bei Etude unter Vertrag nehmen«, sagte er.

»Donna kann sich nicht entscheiden, ob sie an dem Wettbewerb teilnehmen soll oder nicht«, sagte Jimmy. »Sie sagt, ihr Interesse gelte der Musik, nicht den Preisen.«

»Sie wird bald feststellen, daß es in der heutigen Welt, in der Musik und in allen anderen Bereichen der Erfolg ist, der, unglücklicherweise, die Werte bestimmt«, sagte sein Vater in düsterem Ton.

»Das weiß sie bereits«, sagte Osten. »Das läßt sie vermutlich auch zurückschrecken, glaube ich.«

»So sexy, wie sie ist, bezweifle ich, daß sie vor irgend etwas zurückschreckt«, sagte Vala. »Sieh sie dir an – großer Busen, Wespentaille, die Hüften eines Schulmädchens, dünne Beine . . . und diese liliengrünen Augen! Ich wette, daß deine Donna in jeder Disco eine afrikanische Königin ist!« Sie hielt inne. »Und als Chopininterpretin ist sie wahrhaftig außergewöhnlich. Für eine Schwarze, natürlich!«

»Na ja, wenn Donna für eine Schwarze außergewöhnlich ist«, sagte Osten, der sich bemühte, Vala nicht merken zu lassen, wie beleidigend er ihre Bemerkungen fand, »so bist du es als Russin, Vala, mit deiner besonderen Vorliebe für Discotheken. Sagt man den Russen nicht nach, daß sie nur Leidenschaft für klassische Musik und Ballett empfinden?«

Vala warf ihm einen wütenden Blick zu. »Russin oder nicht, ich empfinde nur Leidenschaft für eins – für Gerhard!« stieß sie mit verhaltener Koketterie hervor, die ihren Akzent um so stärker betonte.

»Und das genügt mir vollkommen«, sagte sein Vater mit einem breiten Lächeln, bestrebt, die Spannung aufzulösen. »Sag mal, Jimmy«, sagte er und deutete auf Ostens Kehle, »hat dir diese Sache noch weiteren Ärger bereitet?«

»Nein, das ist in Ordnung«, sagte Osten.

»Läßt du dich auch regelmäßig untersuchen?«
»Ja«, sagte Osten. »Der Arzt sagt, es sei in Ordnung.«
»Was hat Jimmy?« fragte Vala.
»Nichts mehr«, sagte sein Vater. »Vor ein paar Jahren, kurz nachdem Jimmy sich an der Universität in Kalifornien eingeschrieben hatte, wurde ihm ein Tumor aus der Kehle entfernt. Seitdem hat sich seine Stimme verändert!«
»Der Tumor saß zwischen Kehlkopf und Rachen«, sagte Osten zu Vala. »Zusammen mit Nase und Mund sind dies die Teile im Hals, die bestimmen, wie unsere Stimme klingt.«
Sein Vater blickte auf die Uhr. »Vala und ich werden heute abend im Club essen. Willst du nicht mitkommen?«
»Danke, aber ich kann nicht«, sagte Osten. »Ich bin mit Donna verabredet.« Er erhob sich. Unter dem wachsamen Auge seines Vaters gab er Vala einen ganz flüchtigen Kuß auf jede Wange, sorgsam darauf bedacht, sie nicht mit seinem Körper zu streifen. Sein Vater nahm seinen Arm mit den Worten: »Ich bringe dich hinaus«, und in der Vorhalle sagte er: »Das Geld aus dem Fonds deiner Mutter – schickt es dir die Bank regelmäßig?«
»Ja«, sagte Osten, »wie gewohnt.«
»Und ist es –« sein Vater zögerte – »genug?«
Sie waren inzwischen draußen angekommen. »Ich komme gut zurecht«, sagte Osten.
Sein Vater öffnete die Wagentür für ihn. »Du mußt nämlich wissen«, sagte er, »daß fast mein gesamtes Einkommen von Valas und meinem Lebensunterhalt verschlungen wird.« Sein Vater zögerte erneut. »Sie hat neulich das Appartement in der Stadt renovieren lassen, und du kannst dir nicht vorstellen, was das gekostet hat, du weißt schon – neue Teppiche, Tapeten, Stereoanlage und so weiter. Und bei Etude sind wir durch diese neuen Gewerkschaftsabgaben und aufgestockten Lizenzgebühren ordentlich geschröpft worden.« Er sprach schnell, als wolle er verhindern, daß man Fragen stellte.
Osten hörte seinem Vater zu, ihm fiel auf, wie ungesund der alte Mann aussah. Seine Haut war gelb, die Adern waren deutlich zu sehen; seine Lippen hatten einen Stich ins Bläuliche; das Weiß seiner Augen war blutunterlaufen. Osten verspürte ein plötzliches Verlangen, seinen Vater in die Arme zu schließen und ihm einen Kuß auf die Stirn zu geben, sich an ihn zu schmiegen, wie er es als Kind zu tun pflegte.

Als habe er es geahnt, tat sein Vater einen Schritt zurück. »Vala ist sehr gut zu mir gewesen«, sagte er. »Sehr lieb. Keine andere Frau hätte Leonore ersetzen können.« Er dämpfte seine Stimme. »Und deshalb sollst du wissen –« er hielt inne, senkte den Blick – »daß ich, wenn ich einmal . . . von euch gehe, beabsichtige, ihr alles zu überlassen. Alles«, wiederholte er und hob den Blick, in der Hoffnung auf sein Einverständnis.
»Ich verstehe«, sagte Osten, der die Bitterkeit hinunterschluckte, die in ihm aufgestiegen war. »Ich verstehe.« Er setzte sich in den Wagen und ließ den Motor an. »Paß auf dich auf, Vater«, sagte er durchs Fenster, als er losfuhr.

Osten war wieder unterwegs, ihm fiel das Telephongespräch ein, das er mit seinem Vater an dem Tag geführt hatte, als sein Vater ihm erzählte, wie glücklich er war, daß Vala seinen Verlobungsring angenommen, und daß sie vorhatten, noch innerhalb eines Monats zu heiraten. Osten hatte mit geheucheltem Enthusiasmus geantwortet. Er sei sicher, sagte er, daß Vala mit ihrer Jugend eine begeisternde Ehefrau abgebe.
»Du wirst erstaunt sein, wenn ich dir erzähle, wie glänzend Vala und ich miteinander auskommen«, sagte sein Vater und senkte die Stimme. »Glaub mir, die Leute, die sagen, daß der Altersunterschied problematisch ist, sollten Vala und mich sehen . . . wenn wir alleine sind.«
»Ich bin sicher, daß Vala zärtlich und verständnisvoll –« sagte Osten.
»Ich spreche nicht von Zärtlichkeit und Verständnis«, unterbrach ihn sein Vater. »Ich spreche von Liebe. Von körperlicher Liebe. Ich habe ihre Liebe zu mir sogar getestet«, fuhr er fort gleich einem Jüngling, der mit seinen Eroberungen prahlt.
»Du hast Valas Liebe getestet?«
»So ist es«, sagte sein Vater. »Und obendrein chemisch!« Er hielt inne, verkündete dann stolz: »Ich bin zufällig auf ein verblüffend einfaches Mittel gestoßen! Stimmungswäsche!«
»Was ist Stimmungswäsche?« fragte Osten geduldig.
»Slips. Damenslips.«
»Was bewirken sie?«
»Sie bewirken nichts – sie testen.« Sein Vater kicherte. »Sie testen die Lust. Genau genommen, die sexuelle Lust. In jedem Slip ist ein kleines Herz vorne eingenäht – du weißt schon wo!« Er ki-

cherte wieder. »Das Herz ist chemisch behandelt: wenn man –« er zögerte, suchte nach Worten – »intim mit seiner Geliebten ist und ihre Stimmung sich ändert, so ändert sich auch die Farbe des Herzens! Eine kleine Skala neben dem Herzen zeigt genau an, wie sehr sie sich nach einem sehnt! Wenn das Herz blau wird, bedeutet das, daß sie wirklich erregt ist; wenn es grün wird, ist sie nur aufgekratzt; braun bedeutet, sie hat bloß geringes Interesse; und bei Schwarz – na ja, läßt sie die ganze Sache kalt, physisch kalt, natürlich. Verstehst du?«

»Ja, Vater«, sagte Osten. Einen Augenblick lang war er gerührt von der Naivität seines Vaters, seinem unerschütterlichen Glauben an alles Amerikanische – selbst wenn es so offenkundig absurd war. Aber dann wurde ihm schummrig, als er sich seinen Vater im Bett mit Vala vorstellte. Er stellte sie sich in der Dunkelheit vor, wie sie sich küßten und umarmten; dann sah er seinen Vater plötzlich das Licht einschalten, die Brille aufsetzen und sich runzlig und schlapp über Valas kurvenreichen Körper beugen, um nach der Farbe des Herzens zu peilen und die Skala abzulesen.

»Na ja«, fuhr sein Vater fort, »inzwischen haben wir mindestens ein Dutzendmal Gebrauch von dieser Stimmungswäsche gemacht, und rate mal, welche Farbe das Herz jedes Mal angenommen hat?«

»Blau«, sagte Osten.

»Richtig! Jedes Mal.« Sein Vater ließ ein kleines hohes Kichern heraus. »Und das ist wissenschaftlich erwiesen«, versicherte er seinem Sohn. »Nichts von diesem Goethe-Geschwätz – wo Geliebte die wahre Liebe in ihren Briefen finden. Solange bei Vala das Herz blau wird, brauche ich mir keine Sorgen zu machen!« Er hatte es triumphierend gesagt. »Du solltest die Stimmungswäsche bei Donna ausprobieren«, flüsterte er. »Es ist doch ganz interessant zu wissen . . .!«

»Ich freue mich schrecklich für dich, Vater«, sagte Osten. »Und für Vala. Ich mag sie bereits sehr«, fügte er rasch hinzu, wohl wissend, daß dies seinem Vater gefallen würde.

»Sie mag dich auch«, erwiderte sein Vater. »Sie sagt, je näher sie dich kennenlernt, desto lieber möchte sie dich als Lensky betrachten, den romantischen Poeten aus *Eugen Onegin*.«

»Richte ihr meinen Dank aus«, sagte Osten, »auch wenn Lensky von Onegin, seinem besten Freund, in einem Duell getötet wird.«

»Lern was, mein Sohn, und besuche uns bald!« sagte sein Vater überschwenglich, dann hatte er eingehängt.

Nach dem Telephongespräch mit seinem Vater an diesem Tag war Osten fassungslos vor Schrecken. Waren nicht Weisheit und Zurückhaltung die Voraussetzung und der Lohn für ein gesundes, langes Leben? Was war mit dem Mann geschehen, fragte er sich, dem einige der besten Musikaufnahmen der Welt zu verdanken waren, dem unzählige Ehrungen von der National Academy of Recording Arts and Sciences und der Record Industry Association erwiesen worden waren und der als *der* untadelige Aristokrat des Musikgeschäfts galt? Seine engsten Freunde waren einst solche Männer wie Goddard Lieberson und Boris Pregel gewesen. In seinem hohen Alter schien sein Vater sich nicht von den Jungen aus Ostens Gymnasialzeit zu unterscheiden, die in einer bestimmten Phase nichts anderes als Sex im Sinn hatten. Wenn er an die Stimmungswäsche dachte, fielen Osten unwillkürlich die endlosen Gespräche dieser Jungen über ein besonderes Kondom ein, das ›Mädchentod‹ genannt und als »eine Invasion der Ekstase, die die Frau unwiderstehlich zwingt, sich gehen zu lassen«, angepriesen wurde. Wie alle Kondome, versprachen die ›Mädchentode‹ dem Mann das Gefühl, gar nichts anzuhaben, und der Frau Gefühle und Gelüste, die sie niemals zuvor verspürt hatte. Doch das Wichtigste war ihr Aussehen, das die Erregung angeblich beispiellos steigerte. ›Mädchentod‹ gab es in einer Reihe verführerischer Farben: Phantomblau, Alpinweiß, Blutrot, Midasgold, Golfgrün und Nubischschwarz – jedes Exemplar garantierte, die Frau rasend vor Lust zu machen. Einst hatten Kurtisanen in antiken Zivilisationen ihre männlichen Liebhaber durch üppig bemalte Schamlippen erregt. Nun sollten glänzend verpackte Penisse diesen Vorgang umkehren.

Die naiven gymnasialen Liebhaber, die hofften, in den ›Mädchentoden‹ eine hilfreiche Stütze bei ihren Eroberungen zu finden, kauften die Kondome in solch riesigen Mengen, daß ihnen die örtliche Apotheke schließlich Rabatt gewährte. Die Begeisterung legte sich jedoch bald. Obgleich der Gedanke an die bunten Kondome die Jungen unendlich in Erregung versetzte, verurteilte ein Hindernis die ›Mädchentode‹ zur fast völligen Unbrauchbarkeit: Die meisten Mädchen, die sich mit den Jungs so weit einließen, bestanden auf totaler Dunkelheit – vermutlich weil sie von

dem Anblick peinlich berührt waren, wenn ihre Freunde mühsam ihre phantastischen ›Lustgeräte‹ auspackten, aufrollten und sich überstülpten.
Osten überlegte, ob das Verhalten seines Vaters die Folge eines emotionalen Verjüngungsprozesses war oder eine Art geistiger und physischer Sklerose. War es denn möglich, fragte er sich, daß Männer mit zunehmendem Alter niemals wirklich zur Reife gelangten, sondern in bestimmten Bereichen nur härter wurden und in anderen sanfter?
Osten wußte, daß sein Vater ein unverbesserlicher Idealist und Romantiker war. Er mußte an die kindliche Begeisterung seines Vaters für manche Ergebnisse verschiedener pseudowissenschaftlicher Experimente denken. Besonders wenn es hieß, daß die Musik die Verdauungs-, Kreislauf-, Stoffwechsel- und Atmungsfunktionen des menschlichen Körpers begünstigte, indem sie die Hirnzentren und das sympathische Nervensystem ansprach. Wann immer sein Vater erfuhr, daß einer seiner Freunde oder Bekannten krank war, ließ er diesem Patienten umgehend eine Kollektion von Etudes klassischen Schallplatten schicken. Er war überzeugt, daß jede Schallplatte bei dem Kranken ein bestimmtes Gefühl auslösen würde, das ihm half, die Krankheit schneller und besser zu bekämpfen, als sämtliche Ärzte und ihre Medikamente es vermochten.

Auf der Fahrt fiel Osten ein, daß sein erster Impuls auf die Ankündigung seines Vaters, Vala zu heiraten, gewesen war, Blaystone anzurufen und ihm den Auftrag zur Kündigung des geheimen Abkommens zwischen Goddard und Etude Classics zu geben, auch wenn dies einen kostspieligen Prozeß aufgrund des Vertragsbruchs zur Folge hätte. Wenn Gerhard Osten mit dem Verlust seines geliebten Geschäftes rechnen müßte, hatte Osten sich überlegt, würde er diese Heirat vielleicht in einem anderen Licht sehen. Da Osten im Grunde wenig Zweifel hatte, wer in Wirklichkeit Jagd auf wen machte, würde Vala dann vermutlich die Verlobung von sich aus lösen; was wollte Vala mit einem Mann, der mittellos war und außer seinem hohen Alter nichts mit in die Ehe brachte?
Aber könnte er es sich jemals verzeihen, wenn sein Vater, konfrontiert mit dem Bankrott, einen Schlaganfall oder eine Herzattacke erleiden und sterben würde? Osten hatte statt dessen be-

schlossen, zu versuchen, seinen Vater zur Vernunft zu bringen, indem er das Bild seiner toten Frau beschwor und die alte Verehrung für sie wieder wachrief. Er hatte ebenfalls beschlossen, zu seinem Vater in schamloser Offenheit über Valas Jugend und sein fortgeschrittenes Alter zu sprechen.
»Nur, weil er dir alt vorkommt, warum sollte er sich selbst alt vorkommen?« hatte Donna widersprochen. »Alt zu sein ist keine Schande! Warum soll er sich eigentlich nicht mit Vala amüsieren? Nimm Liszt und Wagner – beide lebten mit Frauen zusammen, die jung genug waren, um ihre Töchter zu sein!«

Osten fädelte sich in den stadteinwärts fließenden Verkehr ein, er begann, über Donna nachzudenken. Fünf oder sechs Monate nach ihrer ersten Begegnung, als der Reiz des Neuen in ihrem Verhältnis verflogen war, hatte sich ein nagender Zweifel in seine Seele eingenistet. Er spürte ihn von dem Moment an, in dem er morgens die Augen öffnete, bis tief in die Nacht, wenn er sich schlafen legte.
Um seine beiden Existenzen am Leben zu erhalten, mußte er sich seiner Inspiration sicher sein können. Er mußte von dem Drang erfüllt sein, Musik zu schreiben und zu spielen. Dieser Drang mußte so übermächtig sein, daß er alles andere entweder aufsog oder auslöste. Sollte er sich nur für einen Augenblick musikalisch steril fühlen, so glaubte er, wäre er verloren. Donna hatte es nicht vermocht, diesen Schaffensdrang in ihm auszulösen.
Immer seltener packte ihn das Verlangen, sofort von Kalifornien nach New York zu fliegen. Obgleich sein physisches Verlangen nach Donna noch immer stark war, verletzte sie ihn jedes Mal mit ihren verächtlichen Äußerungen über Rockmusik – und über Goddards Musik im besonderen.
Er hatte ihr gesagt, wenn er Musiker wäre, würde er die Möglichkeiten des elektrischen Klaviers erforschen, die moderne Alternative zum Konzertflügel, die – mit der Hilfe von Oszillatoren, Dämpfungsgliedern und Verstärkern – synthetische Töne von großer Vielfalt und genauer Frequenz und Intensität herstellen könnten. Er wies auf die zunehmende Verwendung des elektrischen Klaviers bei berühmten Schallplattenstars und Musikensembles hin. Mindestens ein renommierter Klavierbauer hatte mit der Entwicklung eines elektronischen Konzertflügels begonnen.

Aber in seinen Gesprächen mit Donna mußte er darauf achten, nicht zu gut informiert zu erscheinen. Er rief sich stets ins Gedächtnis, daß er in ihren Augen ein Literaturstudent war, im besten Fall ein potentieller Schriftsteller mit nur geringem Interesse an Musik, zu dem sein Vater ihn gezwungen hatte. Er versuchte Donna ihren rigiden Purismus auszureden, vermied jedoch sämtliche Fachausdrücke. Er verteidigte den Synthesizer als ein kreatives, vielseitiges Gerät, das der Musik Erweiterungsmöglichkeiten bot und nicht nur ein weiteres Spezialinstrument war. Er führte Strawinsky an, der einmal gesagt hatte, daß die nahezu perfekte musikalische Maschine eine Stradivari sei – oder ein elektronischer Synthesizer. Osten pries das Instrument als eine wahre Wohltat für Komponisten und Interpreten, bei der geringsten Berührung einer Taste könnte man vollständige Arrangements hören wie auch endlose Variationen eines einzelnen Themas; sie könnten eine musikalische Phrase komprimieren oder prolongieren, sie verlangsamen oder schneller werden lassen. All dies schien ihm eine unschätzbare Bereicherung der musikalischen Tradition – wie auch ein Mittel, sie zu durchbrechen.

»Trotz aller Register, seines Stimmensimulators, seiner Spezialeffekte und computerisierten Rhythmen und programmierten Sequenzen, bleibt ein Synthesizer nichts anderes als ein hybrides Gebilde aus einer Musicbox und einem Flipperautomaten«, hatte Donna während einer ihrer Auseinandersetzungen verkündet. »Er macht aus dem Komponisten und dem Interpreten eine Art kreativen Automaten, der nur noch mechanische Selektionen vornimmt.«

»Aber ist das Klavier bis zu einem gewissen Grad nicht ebenso ein mechanisches Instrument?« warf Osten ein. »So sehr, daß man es in ein Cembalo verwandeln kann, indem man die Hämmer gegen Teelöffel austauscht? Und sind nicht die Versuche, seinen Resonanzkörper, seine Saiten, seine Hämmer und die Mechanik seiner Tasten zu verbessern, der Beweis für seine Unvollkommenheit?«

»Mit Sicherheit nicht«, erwiderte Donna. »Das Klavier ist der Nachkomme einer ganzen Reihe von Saiteninstrumenten, angefangen beim antiken Psalter – einem harfenähnlichen Saiteninstrument, an dem von dem Spieler mit den Fingern gezupft wurde – bis hin zum Monochord des Pythagoras, dem Klavichord, dem Spinett, dem Cembalo . . .« Sie geriet außer Atem und sah ihn herausfordernd an. »Im Gegensatz zu den ganzen musikalischen Spielereien des Synthesizers, die sich von Woche zu Woche ändern, war diese Klaviatur –« sie schlug einen raumfüllenden Akkord auf dem Piano an – »im fünfzehnten Jahrhundert bereits völlig ausgereift, und kein anderes Instrument hat seitdem derartige Vielfalt und einen derartigen Reichtum an Tönen erreicht.«

»Ich habe irgendwo gelesen«, sagte Osten vorsichtig, »daß Akustikexperten bei einem neueren Experiment Klaviertöne imitiert – oder sollte ich besser sagen dupliziert? – haben, indem sie eine Reihe Audiofrequenz-Oszillatoren auf die genaue Frequenz und Intensität angeschlagener Klaviersaiten einstimmten. Und als eine Gruppe aus Musikern und Laien zwischen den Bandaufnahmen der echten Klaviertöne und den vom Oszillator gemachten synthetischen Tönen unterscheiden sollte, konnte es keiner. Genau genommen«, fuhr er fort, »waren sich die echten und die synthetischen Töne so ähnlich, daß die Musiker aus der Gruppe sie nicht besser hören konnten als die Laien. Beide Gruppen identifizierten nur etwa fünfzig Prozent der Töne richtig!«

»Das beweist gar nichts«, sagte Donna. Sie hob die Stimme. »Der Punkt ist der, daß jeder richtige Künstler weiß, daß es synthetischen Tönen an harmonischer Fülle und Wärme mangelt.« Danach fügte sie hinzu: »Wie dem auch sei, Jimmy, du bist kein Musiker und sprichst von Dingen, in denen du dich nicht auskennst. Glaub mir, es gibt keine schlechten Pianos, nur schlechte Pianisten. Und es ist viel schwieriger, Musik zu machen, als vibrierende Saiten zu synthetisieren!«

Er fühlte sich müde und war verärgert. Schließlich war Donna als Pianistin nur eine Interpretin, im besten Falle eine talentierte Künstlerin, die nichts von den harten Anforderungen des Komponierens wußte – vom Schreiben originaler, lebendiger Musik. Er hingegen war beides, Komponist und Interpret, und der Wert seiner Musik war, in nackten Verkaufszahlen ausgedrückt, höher als der jedes früheren Künstlers der Schallplatte, ob für klassische oder für Rockmusik. Was würde sie sagen, brodelte es in seinem Inneren, wenn er das alles erzählen würde? Da er nichts zu seiner Rechtfertigung vorzubringen hatte, suchte er im Angriff seine Verteidigung.

»An der Musik mag mehr dran sein als bloß ein schwingender

Ton«, sagte er, »aber ist wirklich mehr an einem Klavier dran?« Er versuchte sich zu bremsen, aber er vermochte es nicht. »Schließlich setzt die Taste in dem Moment, da du sie am Klavier anschlägst, einen Hammer in Bewegung, der danach nicht länger mit der Taste verbunden ist, sondern frei schwingt, gleich einem in die Luft geworfenen Softball, der außerhalb der Reichweite des Pianisten fliegt. Richtig? Deshalb ist, eine beliebige Hammerschwingung angenommen, der Ton derselbe, ob die Taste nun ursprünglich vom Finger der großen Konzertpianistin Donna Downes gedrückt wurde, oder von der Pfote eines Affen aus dem Bronxer Zoo!«

Er konnte sehen, daß sie wütend war. Sie schlug den Klavierdeckel zu, fuhr herum und blickte ihm trotzig ins Gesicht. »Das ist der größte Schwachsinn, den ich jemals gehört habe«, sagte sie, »vor allem, weil er von dir kommt. Du spielst selbst ein wenig Klavier, Jimmy. Spürst du denn nicht, daß da mehr dran ist als das Anschlagen einer Taste und das Ingangsetzen kleiner Hämmer? Was ist mit der ganzen Kunst der Tempo- und der Tongestaltung, der Kunst der Finger- und der Pedaltechnik und dem Anschlag und der Phrasierung und der Färbung?« Ohne ihm Zeit für eine Antwort zu lassen, stöhnte sie: »Ach, hör auf. Was bringen schon solche Gespräche?«

Der Frieden zwischen ihnen war erneut gebrochen. In diesen Augenblicken wollte er nur noch allein sein.

Manchmal, wenn er neben Donna lag, fühlte er sich bei ihr fremd, er glaubte, daß sie ihm dies anmerken und sich bei ihm ebenfalls fremd fühlen mußte. In solchen Momenten hatte er das Gefühl, daß sie weniger Liebende waren als ganz normale Menschen, die einfach Gefallen aneinander finden konnten.

Nach stundenlangen Klavierübungen, nach dem Training, das der Stärkung der Armmuskeln und Handgelenke diente, und nach den Spreizübungen für die Finger war Donna oft nervös und reizbar. Ihr sexuelles Verlangen kam plötzlich und in Schüben, unbarmherzig, unersättlich, reißend wie ein Fluß, der ihn ans Ufer spülte. Dann funkelten ihre Augen, ihre Wangen brannten, und sie sagte ihm klar, welche Art von Liebesspiel sie wollte, als leide sie Hunger und als wäre Sex Nahrung für sie. In diesen Augenblicken vermochte er ihre Wünsche nicht zu erfüllen; was sie als ihre Spontaneität und Improvisation ansah, bedeutete für ihn nur Berechnung und Wiederholung. Es bereitete ihm Unbehagen, machte ihn zunehmend passiv. Ihn ergriff Verzweiflung bei dem Gedanken, daß er nicht mehr für sie war als physischer Zeitvertreib, im besten Falle ein Instrument, das sie vorübergehend vom Klavier ablenkte – das heute wie in Zukunft das wichtigste Instrument für ihre Gefühle sein würde.

Nach Klavierübungen in seiner Gegenwart fiel sie mitunter plötzlich über ihn her und versuchte, sich durchbohren zu lassen, ihn zu erregen und zu einer Erektion zu bringen, und wenn die Reaktion nicht sofort einsetzte, drängte sie ihn zwischen ihre Schenkel und zwang ihn, sie mit Mund und Zunge zu liebkosen, bis ihr Körper von einem Orgasmus erschüttert wurde und zur Ruhe kam. Es war, als müßte er dem Verlangen dienen, das ihr Klavierspiel, dem er beiwohnen durfte, in ihr ausgelöst hatte.

Doch gab es wiederholt ebenso zwingende Augenblicke, in denen Donna ihn so heftig und selbstlos liebte, daß er sich für die Quelle und das einzige Ziel ihrer Leidenschaft hielt, Augenblicke, in denen sie ihn anflehte, auf seine Impulse und Launen eingehen zu dürfen. Aber wenn er ihrem ungestümen Drängen, ihren Körper als Instrument seiner eigenen Lust zu gebrauchen, nachgegeben hatte, fühlte er sich ihr häufig nicht näher. Es war, als habe sie irgendwann und irgendwo aufgehört, die Quelle seiner Erregung zu sein.

Eines Abends, er wartete in ihrem Studio auf ihre Rückkehr vom Juilliard, nahm er ein Photoalbum aus einem Bücherregal und blätterte darin. Zwischen den zahlreichen Bildern von Donna mit Familie und Freunden war eines, das ihn außerordentlich störte. Es zeigte sie im Bikini ohne Oberteil; ein junger, gutaussehender Weißer, dessen nasse, ausgebeulte Badehose auf ein ungewöhnlich langes und großes Glied schließen ließ, half ihr aus einem kleinen und offensichtlich privaten Swimming-pool. Der Anblick des Mannes, Donnas volle, nackte Brüste, von der Kamera in der Aufwärtsbewegung ihres Körpers aufgenommen, die Frivolität des Photographen – all dies kam ihm vulgär vor. Es war ein Schnappschuß für ein Pornomagazin, nicht für ein persönliches Album. Neben das leicht verblichene Photo hatte Donna einen kleinen weißen Zettel geklebt, auf den ein Gedicht von W. H. Auden getippt war.

Laß dich nicht noch obendrein
Mit Kerls in Werbefirmen ein
Und sprich auch nicht mit denen
Die bäuchlings auf der Bibel lehnen
Vor allem aber mußt du jene meiden
Die unter zuviel Seife leiden.

Wer war der Mann auf dem Bild und welche Gefühle hatte er für Donna? Was hatte sie für ihn empfunden? Wie lange war es her – und wer hatte das Bild aufgenommen? Osten fühlte sich gedemütigt durch seine eigene Ignoranz. Er war neidisch auf den Platz, den dieser Mann in Donnas Leben einnahm, und er fühlte sich ihm physisch unterlegen. Brennende Scham stieg in ihm auf, Donnas unverhüllte Freude an dieser sexuellen Szene so deutlich zu sehen. War es möglich, daß sie sexuell ebenso zügellos war wie Devon Wilson, Jimi Hendrix' krankhaft veranlagte Freundin? Nach tagelangem Zögern faßte Osten endlich den Mut, Donna nach dem Mann auf dem Photo zu fragen. Donna sagte ihm, daß er ein Schauspieler sei, mit dem sie früher befreundet gewesen war. Er spielte den Gleichgültigen und fragte, ob er den Mann eventuell schon in einem Stück oder einem Film gesehen haben könnte. Sichtlich aufgebracht, sagte Donna, sie bezweifle es: Der Bursche sei nur ein unbedeutender Schauspieler, der kleine Rollen in zweitklassigen Filmen spielte. Als Osten sie schließlich fragte, wer das Bild gemacht habe, fertigte Donna ihn damit ab, es sei von einem ihrer Freunde, einem Juilliard-Studenten, am Swimming-pool von dessen Familie in Tuxedo Park aufgenommen worden. Trotz seiner Fragen war er nicht klüger geworden. Er überlegte sich, was Donna so aufgebracht hatte – sein Interesse an ihrer Vergangenheit oder die Erinnerung an den Mann, der darin eine Rolle gespielt hatte.
Ein Teil von ihm rebellierte auch gegen Donnas ästhetisches Empfinden. Obgleich Donna eine vielseitige Pianistin war, bekannt und vertraut mit den Werken zahlreicher Komponisten, verstand sie sich selbst vornehmlich als Interpretin Chopins, eines Komponisten, der in ihren Augen wagemutig wie Bach und unübertroffen in seinen Harmonien war.
Osten konnte ihre Begeisterung nicht teilen. Für ihn war etwas Ungereimtes an diesem hinreißenden schwarzen Mädchen, die sich für klassische Musik entschieden hatte, um sich in ihr aus-

zudrücken. Hätte sie es vorgezogen, statt Klavier in Filmen oder auf der Bühne zu spielen, wäre sie allein aufgrund ihres vollkommenen Gesichts und ihrer vollendeten Figur über Nacht ein Star geworden. Aber im Profil, über die Tastatur gebeugt, kam sie ihm ein wenig grotesk, fast vulgär vor: Ihr afrikanischer Kopf schien zu klein, ihr Hals zu lang, ihr Busen zu groß, ihr Po zu rund, ihre Beine zu lang. Er wußte, daß es der Mann in ihm war – und besonders der weiße Mann –, der ihn auf sie in dieser Weise reagieren ließ. Er wußte auch, daß er eine solche Schönheit im Varieté oder im Bett gerne sah, aber er war stets überrascht und ein wenig irritiert, wenn sie in Gala hinter einem Konzertflügel saß, und er stellte fest, daß er seine Reaktion nicht beeinflussen konnte.
Außerdem störte ihn die Musik, die sie bevorzugt spielte. Osten mochte Chopin nicht. Er schien ihm ein begabter Amateur, ein musikalischer Polyglot und ein launisches und verwöhntes Wunderkind, das sich niemals zu einem klassischen Komponisten entwickelt hatte. Chopins punktuelle, fragile Musik war einfach nicht universal, konnte niemals die Massen begeistern; sie gehörte in Plüschsalons, in elitäre Konzertsäle, in Musikschulen. Es lag etwas Flüchtiges, geradezu Ragtimeartiges in Chopins Musik, das Osten nicht mochte – aber es war gerade diese besondere Qualität, die Chopin, einen nach Frankreich umgesiedelten Polen, ein Jahrhundert später bei den schwarzen Ragtime-Pianisten in New Orleans so populär werden ließ. Vermutlich hatten sie durch den frankophilen Klüngel der Stadt von ihm gehört.
Um Donna besser verstehen zu können, hatte Osten einige Bücher über Chopin gelesen. Was er über das chaotische Leben des Komponisten erfuhr, brachte ihn nur noch mehr auf. Obgleich die meisten Biographen erklärten, daß Chopins fiebrige Tuberkulose der Grund für seine anhaltende sexuelle Besessenheit war, fand Osten es dennoch unmöglich, Chopins wilde und höchst perverse amouröse Eskapaden zu entschuldigen. Für Osten war Chopins Verhältnis mit der französischen Schriftstellerin George Sand eine besonders verwerfliche Affäre, da der Komponist von Anbeginn hatte wissen müssen, daß die Schriftstellerin nicht einfach bisexuell war, sondern von ihrem Temperament her wie auch von ihren Neigungen eine Lesbierin. Doch immer und immer wieder erlaubte er ihr, ihn als Marionette in ihren sadomasochistischen Spielen mit ihren männlichen und weiblichen Freunden und Liebhabern zu mißbrauchen, unter denen sich einige der

perversesten Geister des Jahrhunderts befanden. Wenn er Donnas leidenschaftlicher, mitunter frenetischer, offenkundig einfühlsamer Wiedergabe von Chopins Balladen, Nokturnen und Scherzi lauschte, stellte Osten in Gedanken unwillkürlich Verbindungen zwischen seiner Musik und dem krankhaften Leben des Komponisten her – oder zwischen Donna und Chopin.
Osten war froh, als er bei H. L. Mencken, dem bissigsten amerikanischen Kritiker, las, daß Chopin »einer der Komponisten ist, die man am besten nach dem Besuch bei einem Alkoholschmuggler hört. Seine Musik«, schrieb Mencken, »ist vorzüglich geeignet für regnerische Winternachmittage, bei prasselndem Feuer, gefüllten Glas und mit einem Mädchen, das ein kleines bißchen dumm ist.«
Aber Donna war alles andere als dumm. Osten fragte sich immer wieder aufs neue, was dieses kluge schwarze Mädchen aus einer amerikanischen Mittelschichtsfamilie so erregend an Chopin fand. Empfand sie, wie ihre Ragtime-Vorgänger in Missouri und Louisiana, in Chopins Musik oder seinem Leben eine verborgene Botschaft, die lebenswichtig für sie war, sich aber bislang dem Verständnis ihres weißen Liebhabers vollständig zu entziehen schien?
Ursprünglich hatte er gehofft, daß Donna die Frau sein würde, die ihn aus seiner selbstauferlegten Sterilität herausreißen und ihn in ihr eigenes Leben und ihre Musik mit einbeziehen würde. Er hatte außerdem gehofft, daß sie ihm auch helfen würde, die Erinnerung an die einzige Frau, die er jemals wirklich geliebt hatte, aus seinem Gedächtnis zu tilgen, die Erinnerung an Leila Salem, die ebenso überraschend in sein Leben getreten war wie die Frau vom Weißen Haus, wenn auch auf ganz andere Weise. Bislang war das Donna nicht gelungen.

Es lag nichts Außergewöhnliches in der Luft an diesem ruhigen Tag vor etwa zweieinhalb Jahren, als er seine kleine Ranch verließ und aus dem Anza Borrego Desert heraus Richtung San Diego fuhr. Er hatte keine andere Absicht, als einen Tag oder zwei in einem guten Hotel zu verbringen und ein paar Buchläden zu besuchen. In San Diego fuhr er eine Weile ziellos umher. Dann überquerte er die Coronado Bridge, schaute hinunter zum Hafen und auf die dunkle Silhouette der Schiffe der Pazifischen Flotte. Bald darauf war er auf der Zufahrt zum Hotel Del Coronado, wo er seit seinem ersten Jahr an der Universität nicht mehr gewesen war.

Er stellte seinen Jeep ab und spazierte um das Hotel. Staunend betrachtete er die schwülstigen Auswüchse der victorianischen Zeit – die verspielten Zuckerbäckerterrassen, die Balkone und die übereinander gestapelten Veranden, die mit Schindeln gedeckten Dächer und Türmchen, die Pracht des Eingangs.

Er passierte vom Garten aus den Innenhof, warf einen neugierigen Blick in den Crown Room, wo ein großes Bankett für arabische Würdenträger stattfand, schritt danach die Hall of History entlang und sah sich dabei die Aufnahmen vom Hotel an, die es in den diversen Umgestaltungen seiner hundertjährigen Geschichte zeigten.

In den Arkaden blieb er vor einem geöffneten Schallplattenladen stehen, um sich die große Auslage mit Goddardtiteln anzuschauen. Während er dort stand, tauchte hinter einem der Regale eine Frau mit einem Stapel Schallplatten im Arm auf. Sie war Anfang Dreißig, groß und schlank und trug ein sich eng an den Körper schmiegendes Kleid. Vom ersten Augenblick an war Osten unfähig, den Blick von ihr zu wenden. Sie war vollkommen: Wellen von dichtem weizenblonden Haar, hohe Stirn, formvollendete Wangenknochen, klassisch geschnittene Nase. Unwillkürlich ging Osten auf sie zu, und da sie annahm, daß er ein Verkäufer war, reichte sie ihm die Schallplatten, die sie im Arm hielt.

»Kann ich das auf meine Hotelrechnung schreiben lassen?« fragte sie mit einem schwachen ausländischen Akzent. »Das ist doch wohl zu machen?«

»Aber natürlich«, sagte er und nahm die Schallplatten entgegen. Er fing ihren Blick auf, hellgraue, klare Augen, und aus Angst, sie zu verlieren, bewegte er sich nicht.

Er schaute auf die Alben – alles amerikanische Rockmusik, etwa zwei Dutzend Platten, darunter dreimal der neueste Goddard-Titel. »Davon haben Sie drei«, sagte er.

»Ich weiß«, sagte sie, ihr Blick immer noch auf ihn gerichtet. »Ist das etwa nicht in Ordnung?« Sie lächelte liebenswürdig.

»Aber es sind genau die gleichen«, sagte er.

»Ich muß sein bester Abnehmer sein«, sagte sie. Sie deutete auf das abstrakte Portrait eines Rocksängers auf der Plattenhülle. »Ich kaufe seine Schallplatten für alle meine Freunde.«

»Ihre Freunde können sich glücklich schätzen«, sagte Osten mit

einem Lächeln. »Aber nur Goddard? Ich meine, es gibt auch noch andere Rockstars.«
Sie überlegte. »Keinen wie ihn. Ich habe ihn zum ersten Mal unter äußerst ungewöhnlichen Bedingungen gehört. Es war während des Krieges im Libanon über den Sender der Sicherheitstruppe der Vereinten Nationen. Und ich war sofort von ihm fasziniert, ohne irgend etwas von ihm zu wissen.«
»Niemand weiß etwas über ihn«, sagte Osten. »Die Leute sagen, daß er verrückt sei – oder verkrüppelt – oder –«
»Aber, sehen Sie, ich habe ihn ganz allein entdeckt. Ich wußte nicht einmal, daß er ein Star war. Seine Musik schien etwas in mir zu lösen – meine Empfindungen in Ordnung zu bringen und der bloßen Ordnung Gefühl zu verleihen«. Sie hatte ihre Augen nicht von ihm gewendet, während sie sprach. »Mich hat es nicht interessiert, was er für ein Mensch war und wie er aussah. Das ist auch jetzt noch so. Ich kann nicht genau erklären, was ich meine.« Sie nahm eines der Alben, die Osten hielt, sah auf das gesichtslose Portrait und sagte: »Er hat etwas Unabhängiges, weil er einem das Gefühl verleiht, selbst unabhängig zu sein. Dies ist das größte Geschenk, das ein Künstler machen kann – und es gelingt nur einem großen Künstler.«
Sie wandte sich ihm zu, und wieder begegnete er ihrem Blick. »Und Sie – welche Musik mögen Sie?« fragte sie.
»Er ist auch mein Lieblingsmusiker«, sagte er nach einem starken Herzschlag. »Und wie Sie, habe ich ihn auch ganz allein entdeckt. Ich habe seine erste Platte im Radio in New York gehört. Inzwischen kenne ich seine ganze Musik.« Sie schauten sich noch immer tief in die Augen, und um sie nicht zu verlieren, beschloß er, mehr zu riskieren. »Ich – spiele selbst ein wenig«, sagte er.
»Wirklich? Was spielen Sie?«
»Alles, was Goddard spielt, kann ich auch spielen!« Er lachte. »Singen Sie auch?« fragte sie.
»Ein wenig«, sagte er. Er wollte ihr erzählen, daß er nach einem operativen Eingriff einen ständigen Kehlkopfschaden zurückbehalten hatte – die Geschichte, die er anderen seit Jahren erzählte –, aber er beschloß, nicht davon zu sagen.
Sie sah sich um. »Sie haben noch andere Kunden. Ich möchte Sie nicht für mich allein in Anspruch nehmen.«
Er lächelte ihr offen ins Gesicht. »Ich arbeite nicht hier. Ich nehme Sie für mich in Anspruch.«

»Oh, das tut mir leid . . .« Sie wollte ihm die Schallplatten aus der Hand nehmen, aber er lachte fröhlich und trat einen Schritt zurück.
»Darf ich sie wenigstens für Sie tragen?«
Sie lächelte. »Das ist nett von Ihnen.« Sie reichte ihm die Hand. »Ich heiße Leila Salem.«
Kurz und selbstverständlich schüttelte er ihr die Hand, in dem Bewußtsein, daß er sie zum ersten Mal berührte. »Ich heiße James Osten«, sagte er. »Sie sprechen mit einem leichten Akzent – von wo kommen Sie?«
»Ich bin im Libanon geboren und habe syrische Eltern«, sagte sie.
»Durch Ihre hellen Augen und Ihren hellen Teint hätte ich Sie niemals für eine Araberin gehalten.«
»Vermutlich nicht.« Sie hielt inne. »Bei meinem Mann würden Sie es sicher sofort sehen. Er sieht aus wie ein Araber.«
Er war verwirrt, fühlte sich betrogen. Er hatte sie bereits an einen anderen Mann verloren. »Ihr Mann?«
»Mein Mann ist der akkreditierte libanesische Botschafter in Mexiko. Wir haben einen Ausflug nach San Diego gemacht«, erklärte sie.
Sie blickten einander schweigend an, und sie sah, wie aus seinem Gesicht erst Betroffenheit, dann Resignation sprach. »Und Sie – sind Sie verheiratet, Herr Osten?« fragte sie.
Er schüttelte verneinend den Kopf.
»Sind Sie professioneller Musiker?« fragte sie höflich, als wollte sie ihn von seinen Gedanken ablenken.
»An mir ist nichts Professionelles«, seufzte er. »Ich bin Student an der University of California in Davis.«
»Und studieren Musik?«
»Literatur. Musik ist nur ein Hobby.«
»Ich habe Kunst studiert, erst im Libanon, danach in Madrid.«
Sie hielt erneut inne. »Ahmed – mein Mann – ist Wirtschaftler.«
Sie sah, wie er die Augen niederschlug. »Worüber denken Sie nach?« fragte sie in nahezu verschwörerischem Ton.
Ohne den Blick zu heben, murmelte er: »Über –« Er zauderte. »Über Sie. Ich würde Sie gerne wiedersehen.«
Sie kam näher, bis ihre Hüfte die Schallplatten berührte, die er hielt.
Sie zögerte, bevor sie sprach. »Morgen fahren mein Mann und

ich mit den Kindern für zwei Wochen nach Rosarito Beach, einen kleinen Ort in der Nähe von Tijuana. Danach kehren wir wieder nach Mexico City zurück.« Sie zögerte. »Während unseres Aufenthalts in Rosarito geht Ahmed in ärztliche Behandlung, in eine Klinik, die sich Verjüngungszentrum nennt.«
»Ich habe davon gehört. Sie haben die Erlaubnis bekommen, in der University of California medizinische Tests mit Gerovital durchzuführen – Injektionen mit Hormonen von tierischen Embryos und Nachgeburten, von denen man annimmt, daß sie einen Verjüngungseffekt haben«, sagte Osten.
Sie nickte und senkte den Blick. »Diese Behandlung mit Gerovital gibt es nur in Mexiko. In den Vereinigten Staaten sind sie noch nicht zugelassen.«
Osten spürte ihr Unbehagen und wechselte das Thema. »Ich bin schon in Rosarito Beach gewesen«, sagte er. »Es ist eine hübsche Gegend. Wo werden Sie dort wohnen?«
»In der ›Scheherazade‹. Einer kleinen Villa mit Blick aufs Meer.«
»Wie alt sind Ihre Kinder?«
»Mein Sohn ist elf, meine Tochter neun.« Ihr Gesicht erhellte sich. »Sie lieben Musik. Sie sollten sie zu Goddard tanzen sehen.«
»Ich werde nächste Woche in Tijuana sein«, sagte Osten einem Impuls folgend, ohne nachzudenken. »Ich möchte meine Musik und meine Stimme testen –« er lachte – »vor Menschen.«
»Sie meinen öffentlich auftreten?« Sie schien überrascht.
»Warum nicht?«
»Aber warum in Mexiko? Warum in Tijuana?«
»Naja, es heißt, daß es täglich über zwanzigtausend Besucher hat!« erwiderte er. »Wenn sich dort so viele Menschen tummeln, muß man nicht Goddard sein, um Gehör zu finden«, lachte er.
Sie lächelte. »Wo werden Sie spielen?«
»Wo immer man mich läßt. Ein kleiner Platz, oder ein Café vielleicht«, sagte er. »Überall, wo ich – oder das Publikum – schnell wieder gehen können!«
»Werden Sie auf spanisch singen?«
»Nur auf englisch. Mein Spanisch ist nicht gut genug«, sagte er.
»Schade«, rief sie. »Ich liebe die *musica ranchera* – die wahren mexikanischen Volkslieder.«

Osten überlegte. »Wahrhaftig? Haben Sie irgendwelche Lieblingslieder? Vielleicht versuche ich mich daran.«
»Im Augenblick sind meine Lieblingslieder *Volver, Volver, Volver* und *El Rey«,* sagte sie ohne Zögern. »Sie finden sie in jedem mexikanischen Schallplattenladen.«
»Ich kaufe sie noch heute abend«, sagte Osten.
Während sie und Osten zum Ausgang gingen, schaute sie auf ihre Uhr. »Ich muß gehen«, sagte sie.
Der Kassierer, ein alter, grauhaariger Mann, tippte mit imposantem Gehabe ihre Einkäufe in die Kasse und ließ sie mit ihrem Namen und ihrer Zimmernummer auf dem Kassenbon unterzeichnen.
Draußen vor dem Laden wurde Leila Salem höflich von zwei Männern mit olivfarbener Haut in Geschäftsanzügen angesprochen. Einer von ihnen sagte etwas auf arabisch zu ihr; sie wandte sich Osten mit einem entschuldigenden Ausdruck zu. »Meine stets präsenten Beschützer«, erklärte sie mit einem Seufzer. »Ein fragwürdiges Abschreckungsmittel gegen Feinde, eine unbestreitbare Plage für Freunde.« Sie hielt inne, berührte sanft Ostens Arm. »Ich hoffe, ihre Anwesenheit macht Ihnen nichts aus, wenn ich Ihnen zuhören komme?«
Er hatte fast Angst, ihr seine Freunde zu zeigen. »Kommt Ihr Mann auch mit?« fragte er.
»Das bezweifle ich«, sagte sie bestimmt. »Ahmed geht es nicht gut. Er braucht Ruhe und muß versuchen, sich zu entspannen. Aber meine Kinder werden bestimmt mitkommen. Vergessen Sie also bitte nicht, in der Scheherazade anzurufen und mir zu sagen, wohin ich kommen soll«, sagte sie. Sie nahm eine Visitenkarte aus ihrer Handtasche und reichte sie Osten.

In Gedanken war ihm alles klar; er hatte bereits eine konkrete Vorstellung davon, was er tun würde, und ohne überhaupt etwas zu tun, konnte er sich das Ergebnis vorstellen, als wäre es eine Melodie. Und doch fühlte er sich veranlaßt, das Risiko einzugehen und diese Vorstellung in Realität umzusetzen. Der Geist, überlegte er, glich einem idealen Musikinstrument – unsichtbar, tragbar, in der Lage, sämtliche Geräusche zu synthetisieren – schade, daß er dazu seinen Zuhörer, den Körper benötigte, um diese Macht in Wirklichkeit umzusetzen.

Nach seiner Begegnung mit Leila Salem fuhr Osten nach Tijuana. In dem größten Schallplattengeschäft kaufte er dort jede verfügbare Version der beiden Volkslieder, die Leila, wie sie ihm gesagt hatte, liebte. Aufnahmen, die in Spanien, Mexiko und anderen Ländern, in denen spanisch gesprochen wurde, produziert worden waren. Dann erkundete er die Stadt und beobachtete ihre endlosen Ströme von Fußgängern – die dunkelhäutigen Einheimischen, die leicht zu erkennenden amerikanischen Touristen und die vielen dunkelhäutigen Bauern, die vom Versprechen nach besserer Arbeit aus den Provinzen in diese moderne, aufstrebende Stadt gelockt wurden. Auf halbem Wege zwischen dem exklusiven Geschäftsviertel der Stadt an der Avenida de la Revolución und der schäbigen Vorstadt in der Nähe der Stierkampfarena fand Osten das, was er suchte: ein mittelgroßes Restaurant mit offener Café-Terrasse für etwa sechzig Personen; es lag in einem kleinen, unauffälligen Hotel, das La Apasionada hieß.
Er ging hinein und unterhielt sich mit dem Geschäftsführer, einem kleinen, dicken Mexikaner in mittleren Jahren, der fließend englisch sprach. In gebrochenem Spanisch – um sich selbst mit der Sprache vertraut zu machen – erzählte Osten dem Mann, daß er für einen amerikanischen Hersteller von Musikinstrumenten arbeite und gerne für zwei Wochen Gebrauch von der Terrasse oder dem Café machen würde, um eine neue Elektronenorgel, die neueste in ihrer Art, vor einem Live-Publikum auszuprobieren. Ihm sei bewußt, sagte Osten, daß sein Spiel und Gesang einen Bruch im Alltag des Apasionada bedeuteten, und er sei daher gerne bereit, für den Gebrauch der Terrasse zu bezahlen, wie auch ein Zimmer im Hotel zu nehmen.
Da er ein gutes Geschäft witterte, sagte der Mexikaner zu Osten, daß er Sängern seine Räumlichkeiten nur in Ausnahmefällen zur Verfügung stelle, denn als ein Mensch, der die Frauen liebe wie er, glaube er an das alte Sprichwort: Wie Stierkämpfer schnappen Sänger die besten Frauen weg. Darauf brach er in wieherndes Gelächter aus und nannte eine Summe, die Osten, trotz ihrer schwindelerregenden Höhe, gemessen an einheimischen Verhältnissen, erträglich fand. Er gab dem Geschäftsführer unverzüglich eine Anzahlung in bar – ein Drittel der Gesamtsumme – und versprach, nach einer Woche wiederzukommen und mit seinen Vorführungen zu beginnen.

Darauf fuhr er zurück nach San Diego, parkte vor dem Geschäft in der Stadt, das die größte Auswahl an Musikinstrumenten hatte, und ging hinein. Ein eurasisch aussehendes Mädchen mit dem Auftreten einer Masseuse begrüßte ihn an der Tür. Nachdem er ihr gesagt hatte, daß er an elektronischer Musik interessiert sei, begleitete sie ihn an einen Verkaufstisch, hinter dem ein junger, brillentragender Verkäufer stand, der mit seinem alten weißen Hemd und seinem formlosen Baumwollanzug ein Wissenschaftler vom nahegelegenen Salk-Institut hätte sein können.

Der Verkäufer stellte sich vor, und Osten nahm Platz. Vor sich auf dem Tisch sah er einige Broschüren liegen, auf denen die neuesten elektronischen Musikorgeln abgebildet waren. Der Verkäufer bemerkte seinen Blick. »Paganini. Es ist das Nonplusultra an elektronischen Orgeln«, sagte er. »Phänomenale Vielseitigkeit an Fertiggeräuschen. Sein eingebautes SKFS – sein synthetisierendes Klang-Fabrik-System – imitiert mit unschlagbarer Authentizität Flöte, Klarinette, Posaune, Trompete, Horn, Saxophon, Harmonika, Tuba, Oboe, Violine, Klavier, Cembalo, Ukulele, Banjo, Bratsche, Gitarre, Harfe, Orgel, Pauke, Marimbaphon, Xylophon, Vibraphon, Cymbalon und Jazzbesen – unter anderem.« Er holte tief Luft und sprach weiter. »Das Paganini umfaßt solche Spezialeffekte wie Geräusche von klappernden Töpfen und Pfannen, getrocknetem Samen in einem Einmachglas, Partygeräusche, einem gezupften Gummiband, Fingerschnicken, Fingerklopfen–« er hielt erneut inne – »klirrendes Silber, knisterndes Zellophan . . .«

»Mir gefallen die Töpfe und Pfannen und die getrockneten Samen im Einmachglas«, sagte Osten.

Der Verkäufer strahlte. »Die cleveren Japaner haben bei diesem Ding nichts ausgelassen.«, sagte er und reichte Osten einige Broschüren zur Information. »Das Paganini enthält in seinem automatischen Rhythmusteil –« er sah zur Sicherheit in einer der Broschüren nach – »sechsunddreißig authentische Autorhythmen: Marsch, Swing, Rock, Tango, Rumba, Bossa nova, Walzer, Ballade, Bolero, Beguine, Mambo, Samba, wie auch einige weniger bekannte lateinamerikanische –«

»Lateinamerikanische Rhythmen?« unterbrach ihn Osten.

»Ja. Eine feine Sache, denkt man an unsere Nachbarschaft zu Mexiko und die südliche Hemisphäre. Wissen Sie, was wirklich er-

staunlich ist?« sagte er. »Mit den abertausend musikalischen Kombinationsmöglichkeiten des Paganini erfinden Sie praktisch jedes Mal ein neues Instrument, wenn Sie darauf spielen!«
»Ich würde lieber ein neues Ich erfinden«, sagte Osten.
»Das können sie auch fast mit dem Paganini«, sagte der Verkäufer, der einen Blick in die Broschüre warf. »Und das Paganini ist so kompakt gebaut, daß Sie Ihr ›neues Ich‹ fast überall aufbauen können.«
Er nahm Osten eine Broschüre aus der Hand, schrieb einen Preis darauf und schon sie ihm zu wie eine Karte im Casino. »Sogar der Preis ist kompakt«, sagte er lächelnd. »Darum verkaufen wir viele davon an Nachtclubs und herumreisende Rockmusiker, wie auch an Komponisten und Liedermacher. Wußten Sie, daß man diese Elektronenorgeln sogar in der Lounge von großen Verkehrsflugzeugen installiert hat?« Seine Stimme überschlug sich fast.
Osten warf einen Blick auf den Betrag, den der Verkäufer notiert hatte.
Der Verkäufer wurde unruhig. »Welche Art Musik spielen Sie?« fragte er.
»Alle möglichen Arten«, sagte Osten. »Ich improvisiere viel.»
»Dann ist das Paganini bei weitem der sicherste Tip für Sie«, sagte der Verkäufer. »Durch einen besonderen Kanaleingang können Sie es mit allen möglichen Geräuschen füttern – alles, was Sie auf Band oder live aufgenommen haben oder von anderen elektronischen Geräten überspielen – vom Radio, vom Fernsehapparat, von Ihrem Plattenspieler, sogar Ihre eigene gesungene Stimme . . .«
»Es müßte schon die Stimme einer anderen Person sein, die singt, nicht meine«, sagte Osten lachend.
»Seien Sie nicht so hart mit sich selbst!« schalt ihn der Verkäufer. »Sie klingen vielleicht ein bißchen heiser, aber was soll's? Heutzutage verwenden eine Menge Sänger und Musiker modifizierte Mundmikrophone. Mit dem Paganini können Sie jedes beliebige Außengeräusch modifizieren – einschließlich Ihrer eigenen Stimme. Warum kommen Sie nicht einfach mit und probieren das Paganini selbst einmal aus?« Mit einladenden Lächeln stand er auf und unter den gleichgültigen Blicken der anderen Verkäufer führte er Osten durch ein Labyrinth von Verkaufstischen zum Musikraum.

Das Paganini sicher hinten im Jeep verstaut, fuhr Osten über einen Engpaß zwischen dem Cuyamaca- und Volcan-Gebirge nach Hause. Er hielt zum Auftanken in Julian an. Einst war es das Goldgräberzentrum der Gegend, heute rühmten sich seine zweihundert Einwohner ihrer Äpfel- und Birnengärten und ihrer dichten Eichen- und Pinienwälder.
Es war kurz vor Sonnenuntergang, als er das Tor zu seiner Ranch passierte, die er Neu-Atlantis genannt hatte, nach einem Buch, das ihn sehr tief beeindruckt hatte. Darin beschrieb im Jahre 1624 der Philosoph Francis Bacon die Musik der Zukunft als eine, die geschaffen würde in

> akustischen Werkstätten, wo wir alle Töne und ihre Erzeugungsarten untersuchen und erforschen ... Wir besitzen Musikinstrumente, die euch noch nicht bekannt sind – einige davon bringen eine zarte Musik hervor, schöner als die eure. Auch Glocken und Schellen von angenehmstem Klange haben wir ... Wir haben auch viele wunderbare und kunstvolle Schallreflektoren, die ihr Echo nennt, und die die Stimme nicht nur vielfältig zurückwerfen, sondern sie sowohl verstärken, wie auch andererseits schwächen können, ferner einige, die den artikulierten Laut anders, als er ursprünglich ist, wiedergeben.

Viertausend Fuß hoch in den Laguna Mountains gelegen, umfaßte Neu-Atlantis dreihundert Morgen Land und gab den Blick auf das untere Tal frei. Neben dem zweigeschossigen Haus, das Osten bewohnte, gab es noch ein kleines Pförtnerhaus, in dem seine Hilfskräfte wohnten. Es waren drei Schoschonen – Brüder in mittleren Jahren, die seit dem Kauf der Ranch für ihn arbeiteten.
Die Indianer eilten herbei, um ihm beim Ausladen des Paganini behilflich zu sein. Obgleich sie seit Jahren den größten Teil des Tages vor dem Fernsehapparat verbrachten, sprachen sie kaum Englisch, und im Umgang mit ihnen mußte Osten sich oft auf Gesten und wortlose Geräusche verlassen.
Die Männer halfen ihm, das Gerät zum großen Haus zu tragen, das, mit Ausnahme des Schlafzimmers, des Badezimmers und der Küche, als schalldichtes Aufnahmestudio ausgebaut war. Dort, im Parterre, reihte sich das Paganini in eine eindrucksvolle Sammlung von Musikinstrumenten und Aufnahmegeräten ein –

elektrische Orgeln, Verstärker, Synthesizer, Gitarren, Trommeln und Effektinstrumente, die alle vom Gershwin dominiert wurden, dem Nonplusultra-Aufnahmegerät mit sechsundzwanzig Kanälen und sechzehn Spuren, das Osten jeden Spielraum für digital-computerisierte Aufnahmen und Playback-Techniken bot. Während die Indianer sein Abendessen bereiteten, ging Osten in sein Studio, um sich Leila Salems mexikanische Lieblingslieder anzuhören.

Als er sie hörte, wußte er sofort, wie er sie spielen, singen und aufnehmen würde. Er wußte es vom ersten Augenblick an, weil dies die Art und Weise war, wie sein Geist arbeitete, aber auch, weil er sich bereits selbst – mit Leila – in Tijuana sah.

Hier, in seinem eigenen Tonstudio, der heiligen Stätte für seine schöpferischen Kräfte, fühlte er sich sicher und geborgen. Er hatte jeden Zollbreit davon selbst entworfen, jedes Instrument selbst ausgesucht. Es gab keinen einzigen Gegenstand, den er nicht ebenso gut kannte wie seinen eigenen Körper; keine einzige Tastatur, keine Taste, kein Schalter, Kabel, Hebel, Stöpsel, Oszillator, Potentiometer, Generator oder Verstärker waren ihm fremd. Es war sein eigenes geheimes Reich, in dem er nicht mehr beiden Quellen seiner Einbildungskraft – von denen die eine aus der Vergangenheit, die andere aus der Zukunft gespeist wurde. Hier, ganz für sich allein, konnte er eine Vivisektion an seinem Talent vornehmen, den gesamten schöpferischen Prozeß in Gang setzen und kontrollieren, vom allerersten Ausgangspunkt – seiner eigenen Stimme und seines Liedes – bis zu seinen Arrangements für die elektronischen und nichtelektronischen Instrumente, die er zur Erzeugung des Goddard-Sounds verwendete.

In Zeiten, in denen er unsicher war, welche Richtung seine Musik einschlagen sollte, dachte er eingehend über die ungeheuren Möglichkeiten nach, die sich für die moderne Musik im Bereich elektronischen Experimentierens öffneten. Er untersuchte die Musik solcher Komponisten, die ihre Köpfe an neurologische Verstärker anschließen ließen, um die Hirnsignale auf die verwandten Schwingungen verschiedener Musikinstrumente zu übertragen. Obwohl er von der technischen Virtuosität dieser Arbeiten begeistert war, mangelte es ihnen für sein Empfinden an Inspiration. Er war gleichermaßen vertraut mit Laser- und Klangkörperexperimenten wie auch mit sämtlichen zeitgenössischen

Versuchen. Multimedia-Musik zu schaffen, aber auch gleichermaßen enttäuscht davon. Als Komponist und ausführender Musiker wußte er, daß er sich einzig auf seine eigenen Vorstellungen und Gefühle verlassen konnte und er in seinem Inneren nach den Klängen und Worten suchen mußte, die ihnen Ausdruck verliehen, für sich selbst wie für alle anderen Menschen, denen seine Musik als Ausdruck ihrer Gefühle dienen konnte.
Auch versuchte er, dem Schweigen zu lauschen. Er schätzte die Worte, die John Cage gesagt hatte: »Die Musik, die ich aller anderen, sogar meiner eigenen vorziehe, ist die, die wir hören, wenn wir einfach ganz still sind.«
Oft fuhr er in der Morgendämmerung, wenn die Schoschonen in dem kleinen Haus noch schliefen, zu einem Trockenbett des Anza Borrego Desert. Er stellte den Jeep ab und ging hinaus in die endlose Leere aus Stein und Gestrüpp, die sich vor ihm öffnete gleich einem Kerker aus Hitze und Sand. In der Ferne enthüllte der sich hebende Nebel die stolzen Gipfel der zerklüfteten Berge, einen rötlichen Streifen gegen das Blau des Himmels und darunter, gleich ausgebleichten, ihres Fleisches beraubter Knochen, die kleinen Hügel der Borrego Badlands.
Hier, wo kein Geräusch die Stille durchbrach, blieb er stehen und stellte sich vor, daß eines Tages der Brunnen seiner Musik so trocken und lautlos werden könnte wie diese Wüste. Er wußte, bis dahin mußte er in seinem Inneren nach Spuren jener Quelle suchen, die bis jetzt seiner Aufmerksamkeit entgangen waren.

Osten liebte seine Anonymität, weil sie ihm seine Freiheit garantierte, und er liebte seine Freiheit, weil sie ihn anonym sein ließ. Obwohl er eigentlich in New York verwurzelt war, wirklich zu Hause fühlte er sich nur in der Abgeschiedenheit von Neu-Atlantis – ein körperloser, in einem geheimnisvollen Raum schwebender Geist, ein von Melodien besessener Mystiker, von der wirklichen Welt so entfernt wie auch die Musik. Er konnte seine Musik und seine Texte nach eigenem Belieben schreiben und sie aufnehmen. Er genoß jedes Mal die Freude, wenn er ein Originaltonband fertiggestellt hatte, und er konnte es dann in seinem Studio ein letztes Mal abspielen, bevor er es an Blaystone schickte. Diese Digitalbänder garantierten eine perfekte Klangwiedergabe, ohne jegliche Verzerrung. Allein, in der Mitte seines Studios bequem in einen Sessel zurückgelehnt, lauschte er glücklich dem reinen Klang seiner Stimme, seiner Worte und seiner Instrumente, die aus den quadrophonischen Lautsprechern auf ihn einströmten. Wie ein Kunsthandwerker in seiner Werkstatt, beurteilte er, was er geschaffen hatte, den Blick gelegentlich auf die altehrwürdige Maxime gerichtet, die er sich als Motto an die weiße, schalldichte Wand gehängt hatte: *Ognun' ha i suoi* – Jeder hat sein Geheimnis.

Sobald Nokturn von seinem Originalband eine Schallplatte hergestellt und auf den Markt gebracht hatte, kehrte seine Musik wie ein Bumerang in sein gewöhnliches Leben zurück, wo er sie als Jimmy Osten hörte, wie alle anderen Menschen auch. Dann stellte er aufs neue fest, daß einzig seine Anonymität ihn vor dem Zugriff der Öffentlichkeit schützte und einzig sie ihm die treibende Kraft bewahrte, die seiner Musik zum Leben verhalf. Und so klammerte er sich an diese Freiheit, um von neuem zu beginnen und neue Werke zu schaffen.

Diese Situation hatte noch einen anderen Vorteil. Wenn er es aus irgendeinem Grund vorzöge, nichts mehr aufzunehmen, würde ihn niemand fragen, warum; kein Reporter würde vor seiner Tür stehen oder ihm auf Schritt und Tritt folgen, um den Grund für seine blockierte Kreativität zu finden; und keine Erklärungen, ob falsche oder richtige, würden von Mitgliedern seiner Familie erwartet werden, von vergangenen und gegenwärtigen Geliebten, von Freunden und Mitarbeitern, von seinem Agenten, von seinem Manager oder von Verantwortlichen einer Schallplattenfirma. Um Erfolg zu haben, mußten Rockstars – unabhängig von ihrem Talent – durch die Medien sichtbar für die Welt gemacht werden, ähnlich wie die Künstler in der Renaissance auf die Unterstützung reicher und fürstlicher Gönner angewiesen waren. Doch Osten wußte, daß er sich seinen Erfolg allein verdankte – und dies trotz seiner selbstauferlegten Unsichtbarkeit.

Das allerbeste daran war, daß durch die Verkäufe der Schallplatten, die er in aller Abgeschiedenheit produzierte, die Zukunft von Etude Classics gesichert wurde. Dank seiner Hilfe konnte sein Vater sein glückliches Leben in der Überzeugung weiterführen, seiner Wahlheimat ein unsterbliches Erbe an klassischer Musik hinterlassen zu haben – dem höchsten Ausdruck menschlichen Geistes. Er durfte niemals erfahren, daß sein Vermächtnis durch den Erfolg seines Sohnes in der Rockmusik finanziert wurde, eine Musikrichtung, auf die Gerhard Osten voll Verachtung herabblickte. Jimmy Ostens Bindung an sein Publikum endete daher dort, wo sie begonnen hatte – im Neu-Atlantis. War seine Musik einmal veröffentlicht, so wurde sie öffentlicher Besitz, und die Menschen konnten ihren eigenen Bedürfnissen und Mitteln gemäß darauf reagieren. Er selbst war dabei keine Ausnahme; er selbst wurde an diesem Punkt auch einer der anonymen Zuhörer, und sein eigenes kritisches Urteil über seine Musik – ob er sie im Auto, im Musikladen, in einer Disco oder zu Hause hörte, ob allein oder mit anderen – war nicht besser, nicht schlechter, nicht scharfsinniger oder mehr wert als ein Urteil irgendeines anderen Zuhörers.

Durch die Ablehnung seines öffentlichen Ichs erlangte sein privates Ich um so größere Bedeutung. Von Goddard befreit, konnte Osten sich auf neue Erfahrungen einlassen, seinen Gefühlen freien Lauf lassen, ohne Vorbehalte kritisch sein und aus den unbegrenzten Möglichkeiten des Lebens die wahren Richtungen seiner Gefühle herausmeißeln.

Wenn er aus gelegentlichen Einsamkeitsgefühlen einmal an der Weisheit seiner Entscheidung, anonym zu bleiben, gezweifelt hatte, so verschwanden diese Zweifel, als John Lennon ermordet wurde. Osten war zu diesem Zeitpunkt in New York gewesen, und er hatte unter den vielen tausend entsetzten Trauernden draußen vor Lennons Appartementhaus gestanden.

Er erkannte, daß Lennon, indem er zu selbstverständlich und häufig in die Mitte seiner Fans getreten war – um für sie zu singen, Hände zu schütteln oder Autogramme zu geben –, unwissentlich die Trennung zwischen sich und gewöhnlichen Menschen aufgehoben hatte, die das Wesen seines Charismas ausmachte.

Da es ein leichtes war, in die Nähe des berühmten Mannes zu gelangen, hatte der Attentäter – früher ein Fan von Lennons Musik – diese Gelegenheit benutzt, ihn zu töten, als hätte er sich durch seine Tat der besonderen Größe bemächtigen können, die Lennon in seinem Verhalten gegenüber der Menge und in seinem Bemühen, greifbar zu sein, geopfert hatte.

Inmitten der klagenden Menschenmenge war er froh gewesen, James Osten und nicht Goddard zu sein.

Neu-Atlantis verdankte seine Existenz Ereignissen in Ostens Leben, die zu einem Zeitpunkt auftraten, da er wußte, was er wer-

den wollte, sich aber nicht entscheiden konnte, wie er es bewerkstelligen sollte. Der Hauptgrund für seine Unschlüssigkeit war sein Vater gewesen.
Gerhard Osten war aus Deutschland in die Vereinigten Staaten gekommen, um der Verfolgung durch die Nazis zu entgehen. Durch seine humanistische Bildung hatte er sich auf die frühen Griechen spezialisiert, beginnend mit Pythagoras, insbesondere dessen Untersuchungen über das Verhältnis von Mathematik und Musik. Aber er legte keinen Wert darauf, sein Leben der wissenschaftlichen Forschung zu widmen oder klassische Philologie an einer amerikanischen Universität zu lehren, und er hütete sich davor, zu versuchen, ein kreativer Künstler zu sein. Er glaubte, daß ein Individuum, das genügend originell war, Kunst zu schaffen, sich dem Risiko aussetzte, als ein Anhänger totalitärer Grundsätze betrachtet zu werden, denn der besondere Akt, anderen Menschen ein bestimmtes Weltbild aufzubürden, forderte ihre Zustimmung oder Ablehnung; es teilte die Menschen in Freunde und Feinde, verführte sie dazu, Kunst nicht nach dem ihr eigenen Gehalt, sondern als Bild des Künstlers zu betrachten. Wie der Kriegsheld das Produkt des Krieges war, so war der Künstler das Produkt seiner Kunst und konnte mit Alexander Pope sagen:

> Ja, ich bin stolz; mit Stolz muß ich sehn
> Wenn Furcht vor Gott, vor mir kommt zu stehn.

Auf diese Weise wurden Kunst und Leben in den Augen des Publikums notwendig vermischt, und für jeden Erfolg, den der Künstler haben mochte, mußte er mit seinem Glück, oder mit dem Glück derer, die ihm lieb waren, bezahlen.
Gerhard Ostens wahre Liebe gehörte der klassischen Musik, die für ihn – wie sie es für die alten Griechen gewesen war – ebenso rein und losgelöst von der alltäglichen Realität war wie die Mathematik. Mehr und mehr begann er zu spüren, daß er, wie viele andere auch, allein durch klassische Musik die Erinnerung an all die abscheulichen Ereignisse in seiner Jugend und die schreckliche Vernichtung seiner Familie im Holocaust hinter sich lassen konnte. Mit der finanziellen Hilfe zweier Freunde, die ihn ermutigten, Goddard Lieberson und Boris Pregel, die beide Musiker aus Berufung und Unternehmer von Beruf waren, hatte er Etude

Classics gegründet. Von diesem Zeitpunkt an war die Musik Gerhard Ostens Heimat geworden. Und gleich den Bürgern in Aristophanes' *Die Vögel,* hatte er die Möglichkeit, anonym und zufrieden zu sein mit diesem »Stückchen Erde, wo man frei von Händeln ist, wo man sich zur Ruh' setzen kann lebenslang und sich Federn wachsen lassen kann«.
Aber unter der Glasplatte seines Schreibtisches im Büro bewahrte Gerhard Ostens einen Brief auf, den ein Jude in einem Konzentrationslager, kurz vor seinem Tod in der Gaskammer, geschrieben hatte:

> Wir sind hier in der Gesellschaft des Todes. Man tätowiert die Neuankömmlinge. Jeder bekommt eine Nummer. Von diesem Augenblick an hat man sein ›Ich‹ verloren, ist eine Nummer geworden. Man ist nicht mehr derjenige, der man vorher war, man ist eine wertlose, dahinschleichende Nummer ... Wir sind auf dem Weg zu unseren neuen Gräbern ... eiserne Disziplin herrscht hier im Lager des Todes. Unser Verstand ist stumpf geworden, die Gedanken sind gezählt: es ist nicht möglich, diese neue Sprache einzufangen.

Für Gerhard Osten bot nur die klassische Musik dem Menschen der modernen Zeit ein Mittel, den Teil seines Selbst wiederherzustellen, der durch diese neue Sprache des Hasses und der Verzweiflung unmenschlich geworden war.
Obwohl Gerhard Osten selten von den Ereignissen während des Zweiten Weltkrieges sprach, wußte Jimmy, daß sein Leben unter dem Naziregime eines der ständigen Furcht, der Flucht und des Hungers gewesen war. Täglich gezwungen nach neuen Verstekken zu suchen, seine jüdische Herkunft zu verleugnen, bei Fremden zu wohnen, mußte er von einem nicht endenwollenden Gefühl des Schreckens erfüllt gewesen sein. Er hatte während dieser Zeit ausführliche Notizen in eine Reihe kleiner Notizbücher gemacht, über sein Leben und seine Musik, aber da er mit den schrecklichen Geschichten aus seinem früheren Leben seinen Sohn nicht beunruhigen wollte, hatte Gerhard Osten diese Notizbücher stets gut unter Verschluß gehalten. Nur ein einziges Mal hatte Jimmy einen Blick darauf werfen können; damals war ihm bewußt geworden, daß sein Vater durch das Führen dieser Notizbücher die schrecklichen Ereignisse aus einen Gedanken verban-

nen konnte, die ihn täglich umgaben. Was Jimmy in diesen Heften las, sollte für immer seine Beziehung zu seinem Vater bestimmen. Mit zunehmendem Alter hatte er sich als Beschützer seines Vaters gefühlt.

Leonore Osten, Jimmys Mutter, war gestorben, als Jimmy fünfzehn war, und er hatte sie als eine fragile und elegante Frau in Erinnerung. Eine vielversprechende Pianistin in jungen Jahren, hatte sie alle Hoffnung auf eine Karriere aufgegeben, als sie Gerhard Osten heiratete, der sie davon überzeugte, daß die übermenschlichen Anstrengungen, die eine künstlerische Laufbahn von ihr fordern würde, die Möglichkeiten eines gemeinsamen Familienlebens zerstören würden. Während der letzten Jahre ihres Lebens war sie als Invalide an ihr Schlafzimmer gebunden, Jimmy sah sie nur zweimal im Jahr, wenn er aus dem Internat, das er in New England besuchte, zu den Ferien nach Hause kam.

So hatte Jimmy von seinen Jünglingsjahren an nur seinen Vater, und er verehrte alles an ihm – seine Zurückhaltung, seine sanft-einfühlende Art zu sprechen, sein gebildetes Wesen, sein fortwährendes Streben nach einer unverletzlichen Privatsphäre – auf jede nur mögliche Weise eiferte der Junge dem älteren Mann nach.

Auf jede mögliche Weise außer der einen: Gerhard Osten verabscheute Rockmusik. Sie verkörperte für ihn den Sieg der Besessenheit über die Vernunft, des Gefühls über die Logik, des Chaos über komponierte Ordnung. Weil der Rock'n' Roll die Massen skrupellos betrog, war er in seinen Augen bereits von seiner Anlage her totalitär.

Jimmy hatte Rockmusik zum erstenmal als Junge im Internat gehört – zu Hause konnte er sie nicht hören, denn sein Vater hätte es ihm dort niemals erlaubt – und war seitdem von dem sehnlichen Wunsch erfüllt, solche Musik selbst zu schaffen, durch sie mit fester, kräftiger und gewaltiger Stimme zu anderen zu sprechen, mit einer Stimme, die zu besitzen oder zu entfalten sich Gerhard Ostens Sohn, dem Abgeschiedenheit und Umsicht ererbte Prinzipien waren, kaum erträumen durfte.

Aufgrund seines wachsenden Verlangens nach dieser Art Musik und der Furcht, seinen Vater durch die Liebe zu dieser Musik zu verletzen, entschied er sich für ein Studium in Kalifornien, weit weg von zu Hause, aber in der Nähe von San Francisco, wo die Rockkultur sich entfaltet hatte und noch immer blühte.

Er immatrikulierte sich an der University of California in Davis, an der Karlheinz Stockhausen, ein Komponist und Meister elektronischer Musik, einst Dozent gewesen war. Osten war besonders beeindruckt von Stockhausens *Kontra-Punkte I*, einem Werk für zehn Instrumente in einem Zeitmaß, in welchem er sechs verschiedene Klangfarben, Bläser und Streicher, zu der einzigen Klangfarbe des Klaviers verschmolz. Osten war ebenfalls fasziniert von Stockhausens Experimenten mit synthetischen Klangkompositionen und Zufallsmusik – Musik, die in ihrer Komposition und Ausführung zu einem großen Teil vom Zufall abhängig war. In solcher Musik, die auf die unzertrennliche Partnerschaft von Komponist und Instrumentalist abzielte, wählte der Komponist die Tonarten und Tempi durch Würfeln oder einen Computer, und der Ausführende konnte über die Art entscheiden, in der die Hauptpartien zu spielen waren.

Doch Jimmys alles verzehrende Liebe galt der Rockmusik. Er sammelte jede Rockschallplatte und jedes Tonband, das er auftreiben konnte, und als er keinen Platz mehr hatte, überspielte er alles auf Kassetten. Aber der Raum in seinem Studentenzimmer reichte trotzdem nicht aus für die Kassetten und die Anlage, die er zum Abspielen benötigte. Als seine Leidenschaft – und seine Sammlung – wuchs, bekam er mehr und mehr Angst, daß sein Vater ihn mit einem Besuch überraschen und von seiner Besessenheit erfahren könnte; mit Geld, das er aus dem Fonds seiner Mutter erhielt, mietete er deshalb bei einer älteren Witwe, die in der Nähe des Campus wohnte, eine Mansarde und brachte dort Tonbänder und Stereoanlage unter.

In seinen ersten beiden Studienjahren fuhr er zu Rockkonzerten und Festivals in ganz Kalifornien, zur gleichen Zeit verschlang er sämtliche Literatur, die sich mit der Geschichte des Rock beschäftigte. Er wurde zu einem wandelnden Lexikon auf diesem Gebiet. Er kannte jeden Song jeder Rockgruppe, von Jefferson Airplane bis zu den Rolling Stones, von Elvis Presley und Otis Redding bis zu David Bowie, und er konnte jedes einzelne musikalische Happening der letzten zwanzig Jahre in Berkeley oder Haight Ashbury oder Los Angeles beschreiben, bis hin zu den psychedelischen Lichtorgeln und den stroboskopischen Light Shows. Er hatte die Filme der Beatles gesehen und den Film über das Monterey Pop-Festival, wo die vielen tausend Menschen sich erhoben und zur Musik von Janis Joplin und Jimi Hendrix tanzten; und jedesmal, wenn er es von neuem betrachtete, drängte sich ihm mit zunehmender Klarheit ein Gedanke auf, den sein Vater nicht akzeptieren konnte: daß Rock sehr viel mehr war als ein Teil der Schallplattenindustrie; er war von Natur aus demokratisch, ein notwendiger Teil der breiten, offenen Kultur einer freien Gesellschaft, eine Lebensanschauung – etwas, das klassische Musik niemals gewesen war oder zu werden trachtete.

Nach zwei Jahrzehnten war der Rock, die neue Musik, mündig geworden. Mehr und mehr hatte es das Rockpublikum gelernt, den Rock als eine ernstzunehmende Form musikalischen Ausdrucks zu verstehen, der man zuhören, wie auch dazu tanzen konnte. Und die neuen Sänger und Bands hatten darauf entsprechend geantwortet, indem sie eine Musik schufen, die jenseits von Gejohle und volkstümlerischem Getingel lag –Musik, die in ihrer Art ebenso gut war wie die klassische Musik, die sein Vater so liebte, Musik, die feinsinnig war, vielschichtig und intellektuell fordernd.

Aufgrund seiner guten Kenntnisse auf dem Gebiet der elektronischen Musik studierte Osten mit besonderer Sorgfalt Rockelektronik, vornehmlich die Gitarren-Improvisationen von Jimi Hendrix. Er stellte fest, daß manche Gruppen, wie Velvet Underground, ursprünglich elektronische Techniken eingesetzt hatten, um die psychische Wirkung von Drogenerfahrung – wie in dem Song *Heroin* – zu vermitteln oder den neuen, schweren und satten Sound des Hard-Rock zu produzieren – wie in *Sister Ray.* In ihrem Lied *What's Become ot the Baby?* in dem Album *Aoxomoxoa* hatten die Grateful Dead den Klang von Tasten- und Schlaginstrumenten modifiziert, indem sie natürlich und künstlich erzeugte Töne mit elektronischen Mitteln mischten und harmonisierten. Sie modulierten elektronisch die menschliche Stimme und bauten aus dem Klang eines Solosängers ein ganzes Stimmenensemble, indem sie die Stimme des Sängers aufnahmen und danach diese in bestimmten Intervallen über sich selbst einspielten. Als Osten sich die Werke anderer Rockmusiker anhörte, die elektronische Effekte bevorzugten – wie Frank Zappa und die Mothers of Invention, Pink Floyd, Brian Eno von Roxy Music, Rick Wakeman von Yes und Keith Emerson von Emerson, Lake and Palmer –, kam er dahinter, wie genial sie die elektronische Technologie beim Multitracking einsetzten; hier wurden mehrere getrennt aufgenommene und technisch hervorragende Soli-

sten zusammengemischt und häufig mit Motiven aus der klassischen Musik untermalt. Er studierte ferner solche Künstler wie Tangerine Dream – die deutsche Gruppe, die bei ihren Tasteninstrumenten Synthesizer und andere elektronische Instrumente einsetzte, um eine in einzigartiger Weise wohlklingende, innovative Avantgarde-Musik zu schaffen.
Stetig und systematisch lehrte Osten sich selbst, die von den Rockstars bevorzugten Instrumente zu spielen – akustische Gitarre, Harmonika, elektronische Orgel. Er dachte sich, wenn er diese Instrumente gut beherrschte, mit Synthesizern, die ihre eigenen Töne erzeugen und andere Stimmen und Instrumente modifizieren, umgehen konnte, wenn er die Techniken erlernte, diese Fäden aus mehreren Klangquellen zu einem Aufnahmemuster zu verbinden und dadurch eine neue musikalische Montage zu kreieren, konnte er durchaus eine musikalische Ein-Mann-Fabrik werden.
Nachdem er im Laufe der Zeit einige Dutzend Musikführer durchgearbeitet hatte, die sich mit selbständiger Schallplattenproduktion beschäftigten, schien es ihm nur logisch, die gemietete Mansarde in ein echtes Studio umzuwandeln. Stundenlang sang und spielte er dort und machte Aufzeichnungen in der Hoffnung, daß er eines Tages sogar seine eigenen Schallplattenmatrizen herstellen und seine eigene – Jimmy Ostens eigene – Musiktradition kreieren könnte. Die alte Witwe störte ihn nie, noch störte er sie. Sie litt an Muskelatrophie und verbrachte den größten Teil ihres Lebens vor dem lautgestellten Fernsehapparat im Wohnzimmer.
Ihm war schon immer vage bewußt gewesen, daß er eine angenehm klingende Singstimme hatte, aber als seine angeborene Zurückhaltung ihm erlaubte, dies sogar vor sich selbst zuzugeben, hatte er durch sein Lesen und Zuhören bereits gelernt, daß ein professioneller Sänger, um Erfolg zu haben, mehr brauchte als eine schöne Stimme. Er mußte eine nachhaltige Wirkung bei Zuhörern erzielen. Nur ein gut ausgebildeter Sänger konnte kontrollierte Klänge mit ausgeprägt individueller Note produzieren.
Er begann eifrig die akustischen Eigenschaften des menschlichen Stimmapparats zu studieren und probierte sämtliche Anleitungen zur Ausbildung einer Singstimme aus. Ihm wurde dabei klar, daß die meisten Popsänger weder ihre Vokale verdunkeln noch ihre Kehle genügend öffnen konnten und daher vollständig von

elektronischer Verstärkung abhängig waren. Um den Umfang seiner eigenen Stimme zu erweitern, übte er sich geduldig darin, so zu klingen, als würde er gähnen und gleichzeitig sprechen; und um seine Töne zu verdunkeln und ihnen einen leicht opernhaften Klang zu geben, machte er Übungen zur Weitung der Rachenhöhle und zur Senkung seines Kehlkopfes. Er betrieb dies viele Monate lang und meisterte schließlich das gesamte verfügbare Wissen, das für seine spezielle Situation wichtig sein könnte. Er machte sich gründlich mit der Erzeugung seiner Vokale vertraut, mit seinen musikalischen Instinkten und mit den unendlichen Variationsmöglichkeiten der Klangherstellung, die durch die elektronische Technologie ermöglicht wurden. Als er das Studium abschloß, hatte er keinen Zweifel mehr an seinem Talent; er war sogar bereit, sein Leben darauf aufzubauen.

Eine Sache ängstigte ihn maßlos und sollte ihn auch später noch beunruhigen, und das war die dunkle, gewalttätige Seite des Rock. Er sah *Gimme Shelter* – den Film vom berühmten Rolling Stones-Konzert in Altamont, Kalifornien – bei jeder Reprise, und er sah mit Schrecken, wie die Hell's Angels, die vom Veranstalter als Schutz für dieses Ereignis angeheuert worden waren, es statt dessen in eine Darbietung der Brutalität und des Terrors verwandelten, die einen jungen Schwarzen das Leben kostete und etliche Teilnehmer verletzte. Ihm war die Tatsache verhaßt, daß zwei seiner Idole, Janis Joplin und Jimi Hendrix, auf dem Gipfel ihrer Kreativität und Popularität, an Drogenmißbrauch gestorben waren. Osten hatte gelesen, daß nach Hendrix' Tod seine sämtlichen Notizbücher und Briefe und privaten Tonbänder, zusammen mit anderen persönlichen Dingen, gestohlen worden waren und kurz nach dem Diebstahl die intimsten Dinge über ihn in die Öffentlichkeit gelangt waren. Devon Wilson, Hendrix' Freundin, für die er viele seiner besten Songs geschrieben hatte, war heroinsüchtig und bekannt für ihre notorische Schwäche gegenüber beiden Geschlechtern; sie starb später durch einen nie geklärten Sturz aus einem Fenster der oberen Stockwerke des Chelsea Hotels in New York. Michael Jeffery, Hendrix' engster Mitarbeiter, kam bei einer mysteriösen Explosion in einem Verkehrsflugzeug ums Leben. Viele andere aus Hendrix' unmittelbarer Umgebung waren ebenfalls gestorben oder umgebracht worden oder wahnsinnig geworden. Aber es hatte noch andere Tragödien gegeben. Mama Cass von den Mamas and Papas; Brian Jones, ein Mitbegründer der Rolling Stones; Jim Morrison, der Lead-Sänger der Doors; Keith Moon von den Who – alle waren jung gestorben, und in allen Fällen waren die Umstände ihres Todes mysteriös und furchterregend. War Rock eine politische Kraft, von Natur aus subversiv? Hatte Platon recht, als er im *Staat* schrieb: »Eine Umwälzung in der Musik gefährdet das ganze Gerüst der wichtigsten Konventionen einer Gesellschaft«?

So elektrisierend die Rockkultur war, sie war geschwächt von den Auswüchsen menschlicher Verletzungen, und in Altamont hatte sie sogar die Würde ihres kollektiven Ethos verloren, die sie in Woodstock gewonnen hatte. In Altamont hatte diese Kultur außerdem den Wahnsinn offenbart, den sie auslösen konnte. Harte Drogen, Götzendienst und Raserei, beklemmender Mangel an Privatheit waren zu ständigen Gefahren in der Welt des Rock geworden – Gefahren, aus denen es für Osten kaum ein Entrinnen zu geben schien bei seinen Überlegungen, mit Rockmusik Karriere zu machen. Tagtäglich schlugen ihm aus den Zeitungen massenhaft lächerliche Schlagzeilen entgegen, übertriebene und bösartige Behauptungen, boshafte Anspielungen auf Rockstars, ihr Leben und ihr Liebesleben, ihre Familien, ihre Agenten, Manager und Bankkonten. Jede einzelne Schlagzeile könnte einen Menschen zerstören. War ein Rockmusiker einmal durch seinen Ruhm und seinen Lebenswandel zur öffentlichen Person geworden, so hatte die Presse nach der in der Verfassung verbrieften Pressefreiheit das Recht, über diese Person zu berichten, ohne dabei an die Wahrheit der genannten Fakten gebunden zu sein. Auf diese Weise waren sogar falsche, diffamierende und faktisch unrichtige Reportagen verfassungsmäßig geschützt, solange der Reporter behauptete, daß er seinen Artikel in gutem Glauben und nach bestem Wissen und Gewissen verfaßt hatte.

Aber wie konnte ein diffamierter Rockstar der Öffentlichkeit jemals beweisen, daß der Reporter, der ihn diffamiert hatte, seinen Artikel nicht nach bestem Wissen und Gewissen verfaßt hatte?

Eines Tages, als er sich für ein Literaturseminar durch James Joyce' unergründlichen *Ulysses* kämpfte, stieß Osten auf ein kleines Lied, an das sich die Figur Stephen Dedalus erinnert:

> Ich bin der Mann
> der sich
> unsichtbar machen kann.

Wenn er nur, dachte Osten, einen Weg finden könnte, Rockmusik zu schreiben und zu singen und zu veröffentlichen und gleichzeitig unsichtbar zu bleiben – unerkannt – für sein Publikum! Das wäre die sicherste Lösung.
Da er wußte, was es für seinen Vater bedeuten würde, wenn er ihm sagte, daß er über eine Karriere als Rockmusiker nachdenke, drängte Osten diesen Gedanken in den Hintergrund und wurde dabei im Laufe der Zeit zunehmend frustrierter. Seine innere Unruhe wurde durch die Gewißheit verstärkt, daß Etude Classics allmählich auf den Konkurs zusteuerte. Nachdem der Rock die großen Saloonsänger aus den Aufnahmestudios vertrieben hatte, waren seine Auswirkungen auch nicht ohne verhängnisvolle Folgen für das Geschäft mit klassischer Musik geblieben – ein weiterer Grund für Osten, mit seinem Vater darüber nicht zu sprechen. Schließlich beschloß er mit dem Mut der Verzweiflung, Rat bei den engsten Freunden seines Vaters zu suchen – Goddard Lieberson und Boris Pregel.
Beide waren höchst außergewöhnliche Männer. Als Jimmy Osten ihnen zum erstenmal begegnete, war Lieberson bereits Präsident der Columbia Records und Pregel Präsident der New York Academy of Sciences. Außerdem waren die beiden Männer im Aufsichtsrat und Treuhänderausschuß von wenigstens einem Dutzend großer Gesellschaften, Stiftungen und Institute vertreten. Zusammen genommen übten sie einen enormen Einfluß aus. Es gab buchstäblich nichts über Musik, über das Musikgeschäft oder einen zeitgenössischen Komponisten, einen Interpreten oder ein Talent, das Lieberson – in einer Person Komponist, Autor, technischer Wegbereiter und Geschäftsmann – nicht wußte; und alles, was er wußte, wußte er mit dem intimen Wissen derer, die selbst mit besonderem Talent gesegnet waren. Ein wenig älter als Lieberson, war Pregel ein begabter Komponist, Pianist, Erfinder und Geschäftsmann, der beträchtliche Aktienanteile an Uranminen in Afrika, Europa und Nordamerika besaß.
Beide Männer hatten eine Reihe Eigenschaften gemeinsam: die Liebe zur klassischen Musik, ein angeborenes Talent zum Komponieren und Interpretieren, großen geschäftlichen Scharfblick und ein seltenes Verhandlungsgeschick. Beide Männer waren gutaussehend, von besonderem persönlichen Charme, allgemein umgänglich, doch von genügendem Nachdruck, wenn es sein mußte. Beide waren der Inbegriff finanziellen Erfolgs. Beide hat-

ten New York zu ihrem Wohnsitz gemacht, doch um dem frenetischen Rhythmus der Stadt zu entrinnen, unterhielten sie ungestörte Zufluchtsorte, in die sie sich zurückziehen konnten, um neue Kraft zu schöpfen – Lieberson in den Bergen von New Mexico, Pregel an einem See in der Schweiz. Beide Männer betrachteten Gerhard Osten als einen hochgeschätzten Freund, und Jimmy Osten stand unter ihrem besonderen Schutz.

Obgleich Lieberson und Pregel gesprächig, umgänglich und selbstsicher waren, gleichermaßen zu Hause in privaten Gesprächen wie auf einem Podium vor tausend Menschen, schien ihr Freund Gerhard Osten im Gegensatz dazu in der Öffentlichkeit hilflos. Fast jeder konnte diesen scheuen Menschen einschüchtern – von seiner eigenen Sekretärin bis hin zum Postboten, der ihn pflichtgemäß nach einer Unterschrift bei einem Einschreibebrief fragte. Lieberson und Pregel hatten ihre Kompositionstätigkeit und andere private Interessen durchweg dem geopfert, was sie für wichtige Belange von öffentlichem Interesse hielten, Gerhard Osten, der selbst niemals musikalisches Talent gezeigt hatte, war im besten Falle ein freundlicher Förderer einiger talentierter Komponisten geblieben, der ein leichtes Unbehagen in seiner Position als Kopf der bescheidenen Firma Etude Classics empfand. Im Verlaufe der Freundschaft dieser drei Männer wuchsen und blühten die von Lieberson und Pregel geführten Unternehmen, aber im Laufe der Zeit wurde deutlich, daß Etude Classics dem Untergang entgegengeführt wurde. Lieberson und Pregel besaßen beide Aktienanteile bei Etude, und um die Gesellschaft zu retten und ihrem Freund persönliche Bürgschaften zu ersparen, boten sie ihm langfristige Darlehen an, die er jedoch aus Stolz mit der Erklärung ablehnte, daß die Firma am Ende ihr eigener Richter sein würde.

Etwa zu dieser Zeit wandte sich Jimmy Osten an Goddard Lieberson, um ihn um Rat zu bitten.

Er traf ihn in der Präsidentensuite bei CBS, wo Lieberson für beide den Lunch servieren ließ. Während sie schweigend aßen, spielte Osten ihm seine Bänder vor. Lieberson, der sich auf dem Höhepunkt seiner langen, glänzenden Karriere befand, erkannte ein ungewöhnliches Talent. Er wußte sofort, daß Jimmy die Fähigkeit besaß, das Ungreifbare in künstlerische wie auch kommerzielle Realität umzusetzen, und sprach deshalb ernsthaft und liebevoll mit ihm über die Konsequenzen eines plötzlichen Erfolges – wie

dieser sein eigenes, wie auch das Leben seines Vaters verändern würde. Während Jimmy Osten zuhörte, reifte in ihm die Idee des Neu-Atlantis.
Jimmy Osten besuchte danach Boris Pregel in seinem Büro des RCA-Gebäudes. Er sah sich an einem langen Wandregal die kleine Auswahl fluoreszierender Objekte an, von denen er wußte, daß sie das Ergebnis von Pregels langjährigen Forschungen auf dem Gebiet der Radioaktivität waren. In der entspannten Privatheit des halbdunklen Raumes saß Pregel mit geschlossenen Augen und lauschte zuerst Ostens Worten, danach seiner Musik.
Es begann zu dunkeln. Das Gesicht des alten Mannes wurde nur noch schwach von dem Licht erhellt, das von den Objekten auf den Regalen ausging. Ein Komponist und Wissenschaftler im Atomzeitalter, schien Boris Pregel jetzt ein Alchimist aus früheren Jahrhunderten zu sein, dabei, Erfahrung in Rat zu verwandeln. »Erfolg entfremdet«, sagte er schließlich in aller Ruhe und fügte hinzu: »Und großer Erfolg ächtet. Bereite dich darauf vor.«
In dem langen Schweigen, das folgte, wurde Goddard geboren.

Das Apasionada war kein besonders beliebtes Hotel, und trotz der schwülen Abende des Spätfrühlings waren Restaurant und Caféterrasse nur halb besetzt. Die Kellner schenkten der Paganini-Orgel, die auf einem niedrigen Podest in einer Ecke der Terrasse stand, nur geringe oder keine Beachtung, und Osten konnte von seinem Zimmer im zweiten Stock des Hotels die Terrasse einsehen und beurteilen, wann sie ihm bevölkert genug erschien, um hinunterzugehen und mit seiner Vorstellung zu beginnen.
In der Ankündigung des Hotels als »Paganini Electronico« ausgewiesen, bestand seine Show aus etwa einem Dutzend Stücken, die er alle auf der Orgel spielte, um angeblich die Vielseitigkeit des Instruments zu demonstrieren. Er begann mit den üblichen amerikanischen Stücken, vornehmlich Rock, Country und Pop, die seinem Publikum alle aus Radio und Fernsehen bekannt waren. Er hatte sie im Neu-Atlantis ausgiebig geübt und verschiedene Versionen davon in das Computergedächtnis des Paganini programmiert. Dies erlaubte ihm, auf einen Knopfdruck hin voll eingespielte Arrangements abzurufen oder Begleitmusik für seine eigene Stimme zu spielen; er konnte sogar über seine eingespielten Improvisationen erneut improvisieren und beides

gleichzeitig wiederum aufnehmen. Darüber hinaus konnte er seinen eigenen eingespielten Gesangspart, andere Instrumente und Publikumsreaktionen nach Belieben für den Fall ergänzen oder kürzen, falls er aus diesen Klängen andere Kombinationsmöglichkeiten herzustellen wünschte, die ihm tausendfach zur Verfügung standen. Er fand das Paganini ausgesprochen beruhigend für diese ersten öffentlichen Auftritte, denn er war sich seiner Live-Singstimme noch immer nicht sicher; wenn er sich unsicher fühlte, konnte er das Mikrophon abstellen und seine eigene Stimme synchronisieren, ohne daß das Publikum es merkte.

Sobald sich zwanzig oder dreißig Menschen auf der Terrasse befanden, begann Osten, seine Vorbereitungen zu treffen. Obgleich er völlig davon überzeugt war, daß niemand jemals seine Stimme als die Goddards identifizieren würde, überfiel ihn stets ein Angstschauer bei dieser Vorstellung. So klein und unbedeutend sein Publikum war, es stellte jedesmal eine furchteinflößende Herausforderung dar, wenn er hinunterging, um mit seiner Show zu beginnen: Von Angesicht zu Angesicht urteilte es über seine Vorstellung, und er war noch niemals beurteilt worden.

Während der ersten Tage im Apasionada fand er es schwierig, sich vom Publikum nicht verunsichern zu lassen. Wenn Gäste während seiner Darbietung gestikulierten oder laut sprachen, wenn Kellner Drinks servierten oder mit Kleingeld klimperten, oder wenn Personen aufstanden und das Lokal verließen, ohne ihn zu beachten, so war er abgelenkt. In solchen Augenblicken erlosch sein ohnedies nur schwaches Selbstbewußtsein, und er schaltete das Paganini auf zuvor aufgenommene Musik um und steuerte lediglich geringfügige Improvisationseinlagen zu seiner Musikfabrik bei.

Doch mit jeder Vorstellung spürte er eine größere Freiheit in sich selbst – und weniger Furcht –, und er hatte das Gefühl, daß die Aufmerksamkeit des Publikums wuchs und sich zunehmend auf ihn konzentrierte und es seine Reaktionen ebenfalls freier zum Ausdruck brachte.

Er war täglich versucht, Leila in ihrer Villa anzurufen, aber er wartete ab, in der Hoffnung, sie in dem Augenblick zu erwischen, da sie sich genügend eingelebt hatte, ein wenig gelangweilt vom Meer, dem Strand und den Kindern war. Zudem kannte er sich selbst gut genug, um zu wissen, daß er mehr Praxis benötigte, mehr Selbstkontrolle und mehr Gewißheit, etwas an-

bieten zu können, bevor er auch nur den Gedanken an ihre Gegenwart im Publikum ertragen konnte.
Jeden Abend schlenderte er nach seiner Show durch die übervölkerten Straßen von Tijuana, bog dann ab und ging allein in den Schmutz und Gestank eines der schäbigen Vorstadtbereiche, wo Kinder um Geld bettelten und junge, geschlechtsreife Mädchen ihn einladend anschauten, bis er seinen Blick senkte; Männer, Frauen und Kinder glichen Körnchen in einem menschlichen Vulkan aus Hunger und Selbstverleugnung am Rande des Ausbruchs. Wenn er unter ihnen weilte, war er nicht mehr ein reicher Tourist, sondern eher ein einsamer Wanderer, der vorübergehend aus seiner Vergangenheit verbannt war. Dann dachte er an Neu-Atlantis, seine private Insel der Kreativität und Inspiration, die ihm vor dem meisten menschlichen Elend Schutz bot. Und es erfüllte ihn mit Trauer, daß drei Jahrhunderte nach Francis Bacon und seinem idyllischen Haus der Klänge die Welt für viele noch immer ein Schweinestall war und daß alle Musik der Welt, vergangene, gegenwärtige und zukünftige, nicht einmal für eine einzige Stunde dem schwächsten Kind dieser einen schäbigen Vorstadt in Tijuana Schutz bieten konnte.
Er überlegte sich, ob Musik – zumindest Rockmusik – ihre Gefühle nähren konnte, diesen Menschen ein besseres und stärkeres und größeres Gefühl geben konnte. Was, wenn alles am Rock nur Maske war, der kollektive Schrei der verwöhnten Kinder aus reichen Industrienationen: »a bridge over troubled water« für Paul Simon, »a safe kind of high« für Jimi Hendrix?
Und was, wenn die gesamte Rockkultur nichts als Augenwischerei war, die von den Schallplattengesellschaften und den Rockstars selbst begangen wurde – »eine kommunistische Band, gemanagt von einem kapitalistischen Boss«, wie Ray Thomas sie genannt hatte?
»Ich habe amerikanische Ideale – ich liebe das Geld«, hatte Alice Cooper gesagt. »Ich habe einen tiefen Trieb in mir, den sie nicht können nehmen mir – Habgier«, hatte Frank Zappa beigesteuert. Und Charlie Pride hatte zusammengefaßt: »Ich glaube, Musik ist wie das Kaufen und Verkaufen von Kolonialwaren. Oder Versicherungen, oder sonst was.« War Rock mehr als Geldverdienen – und eine Menge Lärm machen, eine durch Drogen beeinflußte Massenhysterie?
Eines Tages wachte Osten in der Morgendämmerung auf. Er

nahm sein Frühstück wie gewöhnlich allein auf der Hotelterrasse ein. Dann fuhr er durch die sich allmählich mit Verkehr füllenden Straßen, gelangte auf die Autobahn und raste die reizlose Küste von Baja entlang, bis er an die Ausfahrt nach Rosarito Beach kam.

Die kleine Stadt lag noch immer im Schlaf, als er ankam.

Das Rosarito Beach Hotel war das größte der Stadt. Als Osten vor seinen Pforten anhielt, blies der Nachtwächter die winzigen Tröpfchen, die der Morgentau hinterlassen hatte, vom glänzenden Schirm seiner Mütze. Er gähnte, als Osten ihn nach dem Weg zur Villa Scheherazade fragte, und er gähnte noch einige Male, als er ihm Auskunft gab.

Auf der Fahrt zur Villa konnte Osten ihre Marmorterrasse ausmachen und auf der Klippe darüber den üppig wuchernden Garten und die Silhouette eines Dieners, der den großen Swimmingpool reinigte. Als er näherkam, sah er, daß drei *federales* die Villa bewachten, ihre Wagen und Motorräder waren diskret im Gebüsch geparkt. Sie sahen ihn auch, und als er das Tor passierte, ohne die Geschwindigkeit zu verringern weiterfuhr, zerrten zwei ihrer Hunde an den Leinen und bellten. Während zwei *federales* ihn durch Ferngläser beobachteten, sprach der dritte in ein Walkie-talkie.

Osten hielt am anderen Ende der Straße an, stieg aus und blickte hinab auf die Villa. Eine Brise war aufgekommen, er konnte die libanesische Fahne vom höchsten Türmchen der Villa flattern sehen. Zwei Männer mit einem Tablett in der Hand gingen über eine der Terrassen, und in einem Eckzimmer öffnete jemand ein Fenster.

Er hielt vergeblich Ausschau. Irgendwo zwischen den stuckverzierten Wänden dieses Gebäudes war Leila, lag noch im Schlaf oder wachte auf oder nahm ein Bad. Er stellte sie sich nackt vor, Natur im Zustand ihrer höchsten Vollendung.

Er betrachtete auch seine unglückliche Situation. Selbst wenn Leila unnahbar schien, sie hatte sich dessen ungeachtet seiner Musik hingegeben. Er konnte nicht leugnen, daß seine Musik bereits das besaß, was er jetzt selbst besitzen wollte.

Er kehrte nach Tijuana zurück und beschloß, sich zwei weitere Tage zu gönnen, um seine Darbietung zu verfeinern. Dann wollte er Leila anrufen und sie einladen, zu kommen und ihn anzuhören.

Er hatte Bedenken, sie anzurufen, aus Furcht, daß sie ihr Versprechen bereute, aber als er sich schließlich überwand, klang ihre Stimme angenehm berührt und enthusiastisch, geradezu übermütig, und sie sagte, sie werde versuchen, noch am selben Abend zu kommen. Sie werde allein sein, sagte sie, aber sie werde an einem der folgenden Abende mit ihren Kindern und ihrem Mann kommen.

Er gab ihr in ruhigem Ton den Namen des Hotels und eine Wegbeschreibung, und erst, nachdem sie eingehängt hatte, wurde ihm bewußt, daß er sie in wenigen Stunden wiedersehen würde. Sogleich stiegen Selbstzweifel in ihm auf. Was, wenn sie seine Darbietung albern und unoriginell fand – oder schlichtweg schlecht? Und was, wenn einige Mexikaner im Publikum sich über seine Version der beiden mexikanischen Lieder lustig machten? Selbst wenn Leila sich zu ihm hingezogen fühlte, der Reiz mochte durch eine mittelmäßige oder lächerliche – oder gar ausgelachte – Darbietung verlorengehen. Ein weiteres Problem quälte ihn: Wenn er zu sehr wie Goddard klang, mochte sie ihn entweder erkennen oder für einen billigen Imitator halten; wenn er nicht so gut wie Goddard klang, konnte sie nicht von ihm ergriffen sein.

Er mußte sich sammeln, bevor er mit seiner Darbietung begann, denn Leilas wahrscheinliche Anwesenheit im Publikum hatte eine neue Woge des Zweifels in ihm ausgelöst: Warum, fragte er sich, verspürte er das Verlangen, eine Frau mit seiner Musik zu verführen, obwohl er bis heute strikt an dem Prinzip festgehalten hatte, den Einfluß seiner Leistung als Goddard von seinem Leben fernzuhalten?

Betrachtete er Leilas gesellschaftliche Lage, konnte er nicht auf ein dauerhaftes Verhältnis mit ihr hoffen. Worin bestand dann die Natur seines Verlangens? Was wollte er von ihr? Ein schnelles, sexuelles Erlebnis, das die Frau, die ihn wie keine andere in seinem Leben zuvor anzog, auf das Niveau eines flüchtigen Abenteuers herabwürdigen? Eine langfristige sexuelle Liaison, getarnt als Freundschaft? Aber warum sollte sie – schön, jung, verheiratet mit einem Mann des öffentlichen Lebens – eine Freundschaft mit einem gewöhnlichen amerikanischen Studenten eingehen wollen? Wie würde sie dies ihrem Mann, ihrer Familie, ihren Freunden erklären? Falls sie nicht – er zögerte bei der Idee –, falls sie nicht bereits den Verdacht hatte, daß er Goddard sein könnte. Und wenn dies so war und sie ihn damit konfrontierte, war er bereit, diese andere Identität zuzugeben? Bis heute hatte er stets seinen unmittelbaren Reaktionen vertraut – und seine Reaktionen hatten ihn meistens in Staunen versetzt. Heute mußte er sich zum ersten Mal die persönliche Wahrheit abverlangen: War er um der Liebe einer Frau willen, die die Frau eines anderen Mannes war, bereit, die Trennung zwischen seinem Leben und seiner Kunst aufzugeben, die selbst bereits zu einem Kunstwerk geworden war, so einzigartig und erregend in ihrer Anlage und Ausführung wie seine Musik?

Die Terrasse war fast bis auf den letzten Platz besetzt, und den Applaus des Publikums im Ohr, stieg er auf das Podest zum Paganini, unsicher und ohne zu wissen, wo er nach Leila suchen sollte. Erst als er Platz nahm und begann, die Schalter für das Mikrophon und die Verstärker anzustellen, sah er sie, allein an einem Tisch in der Nähe des Ausgangs. Ihre Leibwächter mußten draußen geblieben sein. Osten fing ihren Blick auf, und eine Welle heißen Bluts schoß ihm ins Gesicht. Er lächelte, und sie erwiderte sein Lächeln und winkte ihm zu wie ein Schulmädchen. Er fühlte sich verkrampft, sein Mund war trocken, doch er begann, sich auf die Tastatur zu konzentrieren, das Tempo zu prüfen und die Lautstärke zu regulieren, während seine Finger von einer Note zur anderen glitten, bis er die volle Aufmerksamkeit des Publikums besaß.
Etwas gelassener verkündete Osten durchs Mikrophon – zunächst in Spanisch, danach in Englisch –, was er singen werde, die beiden mexikanischen Lieder erwähnte er absichtlich nicht. Während er sprach, sah er Leila, die sich vorbeugte, um ihn besser verstehen zu können, sie hatte ein Lächeln und einen Ausdruck höchster Konzentration im Gesicht.
Während das Publikum erneut applaudierte, brachte er den Stimmenregulator am Mikrophonkopf an, der verhindern sollte, daß er zu sehr wie Goddard klang. Dann begann er zu singen. Zur Begleitung seiner Stimme machte er vom ganzen Spektrum der Möglichkeiten, die das Paganini bot, Gebrauch, gleichzeitig löste er sich behutsam vom Goddard-Repertoire.
Die Mexikaner, an einheimische Amateursänger und mittelmäßige Combos gewöhnt und nicht auf eine kräftige Stimme und den vollen Klang einer modernen elektronischen Orgel in talentier-

ten Händen vorbereitet, waren an diesem Abend hellauf begeistert von seinen ungewohnten Interpretationen einer Reihe populärer Lieder. Sie klatschten, kreischten, pfiffen und trommelten auf die Tische; sie standen auf, setzten sich und standen wieder auf, fielen sich in die Arme und kopften sich auf die Schultern und ließen ihn hochleben, als wäre er ein Rockidol. Ihre Begeisterung brachte bald sogar eine Gruppe sich laut unterhaltender amerikanischer Touristen zum Schweigen, die geglaubt hatten, daß in einem Schuppen wie dem Apasionada kein guter Sänger auftreten konnte, sich jedoch nun zumindest für den Rest der Vorstellung ruhig verhielten.

Während das Publikum applaudierte, aktivierte Osten den Bandspeicher am Paganini und stellte ihn zur Wiedergabe der beiden mexikanischen Lieder ein, denn er befürchtete, daß er in Leilas Gegenwart zu nervös werden könnte, sie selbst zu singen. Das Publikum hatte aufgehört zu klatschen, sein Mund war nicht mehr trocken. Jetzt raste sein Puls, und er begann das erste Lied zu spielen und zu singen, bereit, jeden Augenblick das Mikrophon abzustellen und auf Band und Synchronisation umzuschalten.

Als die zärtliche Musik und die traurigen Verse von *Volver, Volver, Volver* den Raum füllten, hörten die Kellner auf zu servieren und ein großer Teil des Publikums saß wie gebannt, einige Männer und Frauen summten leise die vertraute Melodie mit. Osten blickte zu Leila, und der Blick, den sie zurücksandte, spiegelte ein Gefühl wider, so traurig und so zart wie das der Musik. Sie beflügelte ihn, und bald war die Last von seinen Schultern genommen, und die Spannung, die ihm den Atem raubte, löste sich. Er sang mühelos, seine Stimme verbreitete ein Spektrum süßer Klänge und Gefühle und trug sie bis in die entferntesten Ekken der Terrasse. Das Publikum war verzaubert; in Leilas Augen glitzerten Tränen. Als er zum Refrain kam, bemerkten die Mexikaner, die diese Verse so gut wie das Alphabet kannten, daß er seine eigenen Worte ins Spanische übertragen hatte, und eine neue Woge stürmischen Beifalls brach im Raum los.

Für Sekunden legte er eine Pause ein, ohne die Augen von Leilas Gesicht zu nehmen, dann setzte er mit *El Rey* ein, das dem Publikum ebenso vertraut war wie das erste Lied. Erneut summten sie den Refrain mit, lauschten seinen veränderten Versen und brachen zum Schluß in tosenden Beifall aus.

Während das Publikum ihm zujubelte und einige junge Leute aufs Podest kamen, um einen Blick auf die Orgel zu werfen, stellte er sie ab und stand auf. Heiß und verschwitzt bahnte er sich einen Weg durch die begeisterte Menge.
Sie sah bezaubernd mädchenhaft aus in ihrem mexikanischen Bauernkleid aus weißer Spitze, errötet und erregt; fast überglücklich streckte sie ihm die Hand entgegen, ihr ganzer Körper neigte sich ihm dabei zu. »Wenn ich Sie spielen und singen höre«, sagte sie, »fühle ich mich so entspannt!«
Er hielt ihre Hand fest umspannt, sein Körper schirmte sie gegen die Menge ab, die sie bestürmte und ihn zu seiner Vorstellung beglückwünschen wollte. Er führte sie vom Tisch in einen Teil des Cafés, der wegen Reparaturen geschlossen und durch einen Vorhang abgetrennt war. Er schob einen Stuhl neben eine staubige Werkbank, und sie nahm Platz, während er ihr gegenüber stand.
Sie blickten einander an. Er spürte ihre Gegenwart in seinem Inneren so stark, als kenne er sie schon gut, als seien sie schon seit langer Zeit zusammen.
»Ich freue mich, daß Sie gekommen sind«, sagte er endlich. »Ich mich auch«, sagte sie mit einer Stimme, aus der tiefes Gefühl sprach.
Er hielt seine Gefühle im Zaum, trat einen Schritt näher zu ihr. Sie spürte seine Verlegenheit, ahnte seine Absicht, aber sie bewegte sich nicht. Erneut trat er näher, wieder stimmte sie seiner Bewegung mit den Augen zu.
»Die Leibwächter?« Seine Stimme war rauh.
Mit einer Bewegung des Kopfes bedeutete sie, daß sie draußen in der Vorhalle waren. Sanft nahm er ihre Hände. Sie fühlten sich kalt an. Sie erhob sich, und er sah, daß ihre Lippen bebten. Er legte die Hände um ihre Schultern und zog sie näher an sich heran, bis sie nur noch ein geringer Spalt trennte.
»Ich liebe – ich liebe Ihre Stimme«, flüsterte sie, die Augen auf seinen Lippen.
»Ich liebe Sie«, sagte Osten. Er barg sein Gesicht in ihrem Haar. Er spürte, wie ihr Körper sich spannte, und aus Angst, sie könne sich von ihm lösen, murmelte er einige Worte, um sie dort zu halten, wo sie war. »Sagen Sie mir – was Sie denken.«
»Was genau?« fragte sie, die Hände schwerelos in seinem Nakken, ohne den Mut, ihn zu umarmen.

»Alles.« Die Nähe seines Gesichts ließ einen Schauer durch ihren Körper rieseln.
»Meine Lieblingslieder«, begann sie. »Danke, daß Sie sie für mich gesungen haben, Sie haben mich zu Tränen gerührt.«
Seine Hände wanderten ihren Rücken hinunter und ruhten auf ihren Hüften.
»Sie waren so – inspirierend«, sagte sie und fuhr ihm mit den Fingern durchs Haar. »In der besten musikalischen Tradition.« Sie seufzte, während er ihr Ohrläppchen küßte und sie enger an sich preßte. Sie rieb ihre Wange an seiner, legte die Hände an seinen Rücken und preßte sich an seine Brust.
»Wessen Tradition?« flüsterte er, während er seine Schenkel gegen ihre schmiegte. Er schob sein Knie zwischen ihre Beine, sein Oberschenkel drückte gegen ihren Schoß. Sie stöhnte und bog sich von ihm weg. Zart zog er sie wieder heran.
»Die Tradition der Besten«, flüsterte sie. »Sie sind ein Meistersänger. So gut wie alle namhaften Stars.« Sie ließ ihren Worten Küsse folgen und schmiegte sich an seinen Oberschenkel. Sie küßte seine Stirn, seine Wangen, aber sie vermied seinen Mund. Dann seufzte sie und drückte sich mit dem ganzen Gewicht ihres Schoßes gegen seinen Schenkel, sie drehte sich seitwärts, hin- und hergerissen zwischen dem Verlangen, ihm noch näher zu sein, und der Angst, sich gehenzulassen.
»Man hat mir oft gesagt, ich imitiere ihn zu sehr«, flüsterte er.
»Na und? Sie sind überzeugender als er. Der Tradition voraus«, sagte sie. In diesem Augenblick nahm sie seinen Kopf in ihre Hände und zog ihn leidenschaftlich zu sich heran. Die Augen geschlossen, den Körper vom Orgasmus geschüttelt, die Lippen kalt, die Zunge suchend, küßte sie ihn auf den Mund. Er reagierte atemlos, zunächst bis zum Zerreißen gespannt, dann gelöst. Seine Emotionen brachen hervor wie eine versiegte Quelle, plötzlich, frisch und heftig.

Bevor er Leila kennenlernte, hatte er eine Reihe Affären mit älteren Frauen gehabt. Da sie mit ihrem eigenen Leben beschäftigt waren und sich nicht um seine Angelegenheiten kümmerten, zog er sie jungen und ungebundenen Frauen vor, die frei waren, ihm überall hin zu folgen. Die meisten dieser älteren Frauen waren Hausfrauen, die in Vororten wohnten – in New York, im mittleren Westen, in Kalifornien –, einige gut verheiratet, einige von ihrem Ehemann getrennt, andere geschieden und auf der Suche nach dem nächsten passenden Partner. Was ihn an diesen Beziehungen stets störte, war die Tatsache, daß diese Frauen ihn beständig als den sauberen Jungen sahen – den Inbegriff des Soapopera-Jünglings aus dem Fernsehen mit einem Schuß *beachboy*, oder möglicherweise als angehenden Astronauten, wie er ihren Vorstellungen entsprach. Für solche, die in den Theorien der Frauenbewegung bewandert waren, bedeutete die Affäre mit einem jüngeren Mann nur eins der neuerdings verfügbaren Rechte – wie die Beschäftigung mit Kommunalpolitik oder möglicherweise sogar die von großen Opfern begleitete Kandidatur für eine politische Funktion. Einige von ihnen folgten auch nur dem Rat einer berühmten Autorin, die empfohlen hatte: Wenn Sie im Zweifel sind, nehmen Sie sich einen Liebhaber oder streichen Sie ihr Heim neu an.

Mit jungen, unverheirateten Mädchen kam er in ähnliche Schwierigkeiten. Auch wenn sie größere Möglichkeiten für eine dauerhafte Beziehung boten, sahen die meisten in ihm ausschließlich den potentiellen Ehemann. Sie schienen alle demselben Schema zu folgen: Sie waren eine sanfte Falle für den Mann ihrer Träume. Es begann mit der Einmischung in sein Leben – die sie als notwendige Bedingung für gegenseitige Offenheit und Nähe verstanden. Sie wollten sichergehen, daß er noch ungebunden war, daß er nebenher keine Freundin hatte; daß er in nicht allzu ferner Zeit beabsichtigte, mit einer Frau ein Heim zu gründen, statt, sagen wir, sich einer Gruppe anzuschließen, die sich mit Partnertausch vergnügt; daß seine finanziellen Verhältnisse – oder die seiner Familie – gut waren; daß er leicht an ein häusliches Leben zu gewöhnen war und bald ein Vater aus ihm gemacht werden konnte, daß sein Charakter flexibel genug war, um alles mit seiner Ehefrau zu teilen; und daß er niemals zuvor verliebt – wirklich und wahrhaftig verliebt – gewesen war.

Die Szenerie einer solchen Beziehung wurde am Ende der ersten Woche komplizierter. Nachdem er das Mädchen zum Abendessen ausgeführt hatte, erhielt er prompt eine kitschige und gedruckte Dankeskarte mit einem »Ich möchte dich gern wiedersehen«-Gruß darauf, einen Anruf mit dem Wink »Wie soll es weitergehen?« oder eine Einladung zum Abendessen in ihrer Wohnung. Der letztgenannten folgte fast immer eine Liebesnacht, Frühstück im Bett und der Vorschlag, sich bald ein Wochenende freizumachen, um gute Freunde von ihr auf dem Land zu besuchen oder mit anderen Freunden von ihr an den Strand zu fahren.

Was den Sex betraf, vollzog sich das Funktionieren dieser sanften Falle in sich steigernden Entwicklungsstufen; exotische Drinks, begleitet von einer betont unkontrollierten Sprache, Diskussionen über geheime Sexphantasien, langes gemeinsames Duschen und Baden, einem der üblichen Stripteases, Angebote, gemeinsam in Pornomagazinen zu blättern, um einige der dort abgebildeten akrobatischen Positionen und die Genüsse oraler Stimulation auszuprobieren.

Er empfand schon seit langem Abscheu gegen die Einförmigkeit fester sozialer Muster und die Künstlichkeit sexueller Verhaltensweisen. Ohne Ausnahme hatten diese jungen, unverheirateten Frauen die Tasten seines Lebens viel zu schwach angeschlagen, um jemals einen Akkord erzeugen zu können.

Da es ihm innerhalb der engen Grenzen, die sein geheimes Leben ihm als Liebhaber setzte, nicht gelungen war, sich über längere Zeit wohlzufühlen, freute sich Osten mehr und mehr über die unbegrenzten Möglichkeiten, die sich ihm im Reich der Musik boten. Er kam zu dem Schluß, daß von allen Künsten die Musik dem Lebensrhythmus der Menschen am tiefsten entsprach – bis zu dem Punkt, da sie voneinander untrennbar wurden; Rhythmus und Melodie schienen den Menschen zu stützen und zusammenzuhalten wie seine Knochen und seine Haut. So wie die Religion hatte Musik die Macht eines Rituals. Sie verwandelte die Empfindungen, läuterte Gefühle und ordnete Gedanken.

Bevor Osten Leila kannte, war Musik seine einzige Passion gewesen.

Was ihn an Leila in Staunen versetzte, war ihr natürliches Wesen, frei von allen Zwängen. Es war keine Spur von Hinterlist oder Koketterie oder Verstellung in ihr; für Osten war das das Verführerischste an ihr: das offene Eingeständnis des Verlangens, das sie nach ihm hatte.

Im Gegensatz zu seinen amerikanischen Eroberungen paßte Leilas aufrichtige Leidenschaft für ihn nicht zu ihrer sexuellen Zurückhaltung, die auf Unerfahrenheit schließen ließ. Wenn sie auch nie die Freiheit hatten, auf sein Zimmer zu gehen und die Tür hinter sich zu schließen, so gab es doch hinter dem abgeschirmten Teil des Apasionada-Cafés Gelegenheiten, wo sie sich in einem Klubsessel liegend oder an ein Fenstersims gelehnt, verborgen hinter den Vorhängen, hätten lieben können. Aber sie taten es nicht, einfach, weil Leila nicht zu wissen schien, wie. Er fand diesen Zug an ihr so liebenswert, daß er es riskierte, sie aus der Fassung zu bringen, indem er sie darauf ansprach. Errötend erklärte sie ihm, daß in der arabischen Tradition, in der sie erzogen worden sei, die Strafen für einen unerlaubten Sex so hart seien, daß es normal für Männer und Frauen sei, sexuell unerfahren in die Ehe zu gehen. Da sie in jungen Jahren geheiratet habe, sagte sie, sei sie Ahmed stets eine treue Frau geblieben.

Auch wenn ihre Eltern Christen seien, erläuterte sie Osten, als Araberin und Ehefrau eines Arabers sei sie bis zum Tod an *ird* gebunden, an die besondere weibliche Ehre, die von dem streng befolgten Kodex islamischen Sexualverhaltens abhing. Im Gegensatz zu *sharaf*, dem männlichen Ehrenkodex, der flexibler sei, weil er sämtliche Verhaltensweisen umschließe, sei *ird* so absolut wie die Jungfräulichkeit, und der einige Zweck im Leben einer Frau sei der, die eheliche Treue bis zu ihrem Tode zu bewahren. Wenn eine Frau als Folge von unerlaubtem Sex mit einem Mann, der nicht ihr Ehemann sei, ihr *ird* verloren habe, könne sie es niemals wiedererlangen. In den konservativen Kreisen, zu denen die Familie ihres Mannes gehöre, verlange der Verlust dieser Ehre Bestrafung. Da nach den Gesetzen des Islam der *sharaf* aller Männer in einer Familie abhängig von dem Gehorsam ihrer Frauen gegenüber *ird* sei, treffe der Verlust dieser Ehre bei einer einzigen Frau eine ganze Reihe Familien: die der Frau selbst, wie auch die der Familien ihrer Brüder und ihres Ehemannes. Bei einem solchen Verlust sei das einzige Mittel, um die Familienehre aller Betroffenen wiederherzustellen, die Bestrafung der schuldigen Frau.

So wurden für Osten Leilas Leibwächter fast zu einem Symbol ihres Verhältnisses. Jedesmal, wenn sie zu seiner Vorstellung kam, waren sie dabei, mit unbeteiligten Gesichtern standen sie im Hintergrund des Restaurants oder hinter der Tür zur Bar, oder sie folgten Leila und Osten geduldig, wenn sie in den kleinen Garten des Hotels gingen. Wegen der Leibwächter konnte sie nie mit ihm auf sein Zimmer gehen oder mit ihm in seinem Auto fahren. Sie mußte sich stets den Anschein geben – den beiden und den anderen im Hotel gegenüber –, daß sie sich mit dem jungen

Amerikaner, der auf dem Paganini spielte, nur deshalb unterhielt, weil sie von seinen Kompositionen beeindruckt war und lebhaftes Interesse an elektronischer Instrumentierung hatte, die weit entfernt von arabischer Tradition war. Nach drei oder vier Besuchen zeichneten sich die Möglichkeiten ihrer erotischen Begegnungen mit schmerzvoller Klarheit ab. Ihre Intimitäten waren beschränkt auf den heimlichen Austausch von Blicken und verstohlenen Küssen hinter einer Wand oder einem Vorhang, nervöses Händehalten unter dem Tisch, kurzes Streifen eines Schenkels oder einer Schulter, wobei die leiseste Berührung sie beide erschauern ließ.

Um jeden möglichen Verdacht auf seiten ihres Mannes zu entkräften, lud Leila ihn und die Kinder nachdrücklich ein, den jungen Amerikaner spielen zu hören. Ihre Ankunft am Apasionada – die Familie, Gouvernanten und Wachen in drei Limousinen, begleitet von *federales* in Wagen und auf Motorrädern – verursachten beträchtliche Aufregung beim Hotelpersonal.

Osten verfolgte den Tumult von seinem Zimmer aus, und da er wußte, daß die Ankunft der Araber einige Photographen der Lokalpresse anlocken würde, setzte er eine dunkle Brille und einen Cowboyhut auf, bevor er hinunter ins Café ging, das – zum ersten Mal seit dem Beginn seiner Vorstellungen – bis auf den letzten Platz gefüllt war.

Die Salems warteten darauf, ihn zu begrüßen. Um zwanzig Jahre älter als seine Frau, etwas kleiner von Statur, glich Botschafter Ahmed Salem einem Beduinen aus einem Gemälde. Mit seinem schwarzen Schnauzbart, seiner olivfarbenen Haut und seiner langen, scharf gebogenen Nase, stellte er den denkbar größten Kontrast zu Leila dar. Sobald sie die beiden miteinander bekannt gemacht hatte, wurde Ahmed der herzliche, in Oxford erzogene Gentleman, dem es gelang, Osten in einem erstaunlichen Maß die Verlegenheit zu nehmen. Die Kinder, die beide das schwarze Haar und die olivfarbene Haut des Vaters besaßen, schüttelten Osten höflich die Hand und bewiesen in ihrem Benehmen die beste britische Erziehung. Leilas Haltung war bewundernswert; nichts in ihrem Verhalten ließ auf die geringste Verunsicherung oder Verlegenheit schließen. Da noch fünfzehn Minuten Zeit bis zu seinem Auftritt waren, lud Osten die Salems zu einem Drink in die Hotelbar ein, und der Besitzer, der von diesen Gästen über alle Maßen beeindruckt war, schloß die Bar für alle anderen Per-

sonen. Osten bestellte Drinks für sich und die Salems und Alkoholfreies für die Kinder. Sie nahmen alle Platz, die Kinder beobachteten schweigend ihre Eltern und Osten.
Die Konversation wandte sich der Musik zu. Ahmed, der durch Leila einiges von Ostens Vergangenheit kannte, erkundigte sich höflich nach Etude Classics und sprach danach kurz über die rasche Verwestlichung des arabischen Musikgeschmacks, die ihm Sorge bereite, vornehmlich unter den *muthaqqafin* oder den gebildeten Schichten. Leila lächelte und erklärte, daß westliche Musik einem geschulten arabischen Ohr unausgegoren erscheinen müsse, denn den wenigstens zehn Tonarten der arabischen Musik stünden nur zwei Tongeschlechter in der westlichen gegenüber – Moll und Dur –, und ein kultivierter arabischer Traditionalist könne die westlichen Harmonien sehr wohl als Dissonanzen wahrnehmen. Osten, der – wegen Leila – eine beträchtliche Anzahl arabischer Schallplatten gekauft und gehört hatte, schlug als eine mögliche Erklärung dafür vor, daß arabische Musik im wesentlichen monophon sei, die Melodie werde von einer einzigen Stimme oder von zwei Stimmen, die eine Oktave auseinander lagen, getragen, während die westliche Musik fast gänzlich polyphon sei und aus akkordischen Sequenzen und harmonisierenden Melodien bestehe.
Während sie sich unterhielten, bemerkte Osten die Zuneigung und die Achtung, die Leila und Ahmed füreinander hegten. Mehrere Male sagte Ahmed voller Stolz, daß er keine Entscheidungen, diplomatischer oder anderer Natur treffe, ohne Leila zuvor zu Rate gezogen zu haben, und sie betonte, daß Ahmed stets die größte Quelle ihrer Weisheit gewesen sei. Ahmed sagte, daß Leila außerordentlich beeindruckt von Ostens Spiel sei, vornehmlich begeistert von seinen Tontechniken und Improvisationen. Ob er wisse, fragte Ahmed, daß ein Araber einen Sänger nach der Virtuosität seiner Improvisationen beurteile? Das sei wahr, sagte Leila, und außer Goddard, dessen Improvisationen sich zeitweise dem arabischen Ideal näherten, scheine Osten als einziger westlicher Musiker, den sie gehört habe, eine musikalische Sensibilität zu besitzen, die seinen besten Gegenstücken in der arabischen Welt vergleichbar war.
Während Osten ihr zuhörte und sie mit ihrem Mann und ihren Kindern beobachtete, wurde er von einem Gefühl der Schuld ergriffen. Was wäre, wenn die wenigen Augenblicke der Leiden-

schaft mit ihr Leilas *ird* unwiederbringlich zerstört hätten? Die Musik, die er spielen, die Worte, die er singen würde, konnten seine Liebe zu ihr offenbaren. Wenn sie ihm lauschte, würde sie vielleicht ihre Gefühle zeigen und unbeabsichtigt ihre Liebe zu ihm verraten?

Es war Zeit, mit der Vorstellung zu beginnen. Während das Publikum applaudierte und er sich ans Paganini setzte, ruhten seine Augen auf Ahmed, der sich zu Leila beugte und ihr etwas ins Ohr flüsterte. Osten wurde unruhig. Ahnte Ahmed, daß seine Frau in einen anderen Mann verliebt war? Glaubte er, daß sie bereits gegen das *ird* verstoßen hatte und er folglich seines *sharaf* beraubt war, was für jeden Araber nur den größten Verlust bedeuten konnte, den Verlust seiner Selbstachtung?
Ahmed wandte sich von Leila ab, sah Ostens Blick und winkte. Er hatte ein Lächeln auf dem Gesicht. War es das Lächeln eines Mannes, der ahnte, daß er seine Ehre verlor oder sie bereits verloren hatte und der nach den alten Vergeltungsregeln der Beduinen auf Rache sann?
Osten begann zu spielen und dann zu singen. Während der Applaus der Gäste im Raum nach jeder Nummer zunehmend stürmischer wurde, sah er, daß Leilas Kinder sich allmählich zwangloser benahmen und sich zu seinem Beat bewegten. Ahmed lächelte weiterhin vielversprechend, aber Leila, die wußte, daß sie und ihr Mann und die Kinder unter dem ständigen Blick der Leibwächter, der *federales* und der Gäste an den Nachbartischen standen, blieb unbewegt; nur ihre Augen verfolgten Osten bei jeder Bewegung.
Als er das erste der beiden mexikanischen Lieder sang, konnte er sehen, wie ihre halboffenen Lippen zaghaft die Worte formten, die er für sie geschrieben hatte. Ahmed, der intensiv zuhörte, blickte starr geradeaus. Wenn er die Lieder nun ebenso gut wie Leila kannte und bemerkte, daß Osten die Verse geändert hatte? Wenn er trotz seiner geringen Spanischkenntnisse von Ostens Versen auf Anhieb verstand?
Wie zuvor setzte auch dieses Mal donnernder Beifall ein, und, um das Publikum zu beruhigen, begann Osten die einleitenden Verse des zweiten mexikanischen Liedes anzustimmen. Als eine Überraschung für Leila hatte er in sein Arrangement ein zartes Motiv eingeflochten, das von einer der arabischen Schallplatten

stammte, die er sich angehört hatte. Er spielte es zunächst so, daß es wie ein einzelnes Instrument klang, wiederholte es mehrere Male, ohne es zu variieren, wie in der arabischen Musik üblich; danach sang er es mehrere Male und griff es erneut mit der einzelnen Instrumentalstimme auf. Er konnte ihr ansehen, daß die arabische Melodie sie unvorbereitet getroffen hatte, die vertrauten traurigen Worte wurden noch trauriger für sie. Während sie lauschte, sah er Tränen aufsteigen in ihren Augen, die in seine blickten. Er konnte ebenfalls sehen, daß sie Ahmeds Augen nicht bemerkte, die auf ihrem Gesicht ruhten. Als er seinen Blick rasch von Leila auf Ahmed richtete, sah Osten einen Ausdruck auf dem Gesicht des anderen Mannes, der ihn mit Furcht erfüllte.

Nach der Vorstellung ging Osten hinaus, um sich mit den Salems zu unterhalten. Er bedankte sich für den Besuch, Leila bedankte sich für die Einladung und senkte die Augen. Die Kinder schüttelten ihm die Hand. Ahmeds herzliches Lächeln lag wieder auf seinem Gesicht, als er Osten im Namen der Familie seinen Dank aussprach und sagte, daß Osten sie hoffentlich bald in Mexico City besuchen werde. Als Osten den Vorschlag machte, doch möglicherweise in Tijuana oder Rosarito Beach nochmals zusammenzukommen, sagte Ahmed, der noch immer freundlich und gütig lächelte, eine solche Begegnung sei unglücklicherweise nicht möglich, da er und seine Familie am nächsten Tag in die Hauptstadt abreisten.

Als sie hörte, was ihr Mann gesagt hatte, richtete Leila ihre Augen auf sein Gesicht; sie versuchte ihre Gefühle zu verbergen, sie sagte nichts. Ostens Herz jagte; nur einen Tag zuvor hatte sie ihm versichert, daß sie und ihre Familie noch eine weitere Woche in der Scheherazade bleiben würden.

Kindliche Wut und jugendliche Eifersucht stiegen in ihm auf. In einem einzigen Augenblick hatte Ahmed ihn in die Position des Zuschauers gedrängt, der machtlos war angesichts seines eigenen privaten Dramas; ein Zuschauer, der Leila, der Frau, die er liebte, nicht folgen und nah sein durfte. Wenn er jemals in der Öffentlichkeit auftreten würde, dachte Osten, und sei es als Goddard – irgendwo in der Welt –, ob im touristisch überfüllten, von Armut beherrschten Tijuana, in Mexico City oder gar im kriegsgeschüttelten Libanon, er würde Menschenmassen zusammentrommeln, wie Ahmed Salem sie niemals gesehen hatte. Dann hätte Goddard, und nicht Ahmed die Polizeieskorten und das

Gefolge von Dienern und die Scharen schöner Frauen – und Leila wäre unter ihnen!
Ostens Mund war trocken, aber er lächelte. Mit einer Stimme, die so fest wie sein Handschlag war, bedankte er sich bei Ahmed für die Einladung und sagte, daß ihn seine Studien wenigstens für eine Weile in Kalifornien zurückhalten würden. Er gab dem kleinen Mädchen einen flüchtigen Kuß auf die Wange und dem Jungen einen leichten Klaps auf den Arm, und als läge sein ganzes Leben in den Fingern seiner rechten Hand, streckte er sie Leila entgegen. Mit bebenden Lippen dankte sie ihm für seine Musik und seine Gesellschaft. Die Leibwächter öffneten die Türen der Limousine, die Salems stiegen ein und winkten, während die *federales* zu ihren Wagen und Motorrädern eilten und sie starteten. Unter dem heulenden Geräusch der Sirenen und den bewundernden Blicken der Menge fuhren die Limousinen und Motorräder einzeln an. Nach wenigen Augenblicken hatte sich die Zuschauermenge aufgelöst, Osten stand allein vor dem Eingang des Apasionada. Er fühlte sich leer, aller Gefühle beraubt. Er glaubte, er würde Leila Salem niemals wiedersehen.

In den zwei Jahren seit ihrer Trennung hatte er keinen Versuch unternommen, mit Leila Kontakt aufzunehmen, aus Furcht, er könne ihr Leben ruinieren. Und obwohl sie seine Adresse wußte – über die Anschrift seines Vaters bei Etude Classics, New York –, hatte er kein Wort von ihr gehört. Nicht lange nach seiner Begegnung mit ihr hatte er Donna kennengelernt, die ihn für eine Weile von seinen Gedanken an Leila abgelenkt hatte. Jetzt, allein in einem gemieteten New Yorker Appartement, überlegte er sich, wo Leila sein mochte und ob sie Goddards neuestes Album gehört hatte – das mit den mexikanischen Liedern. War sie neugierig geworden und hatte sie versucht, in Erfahrung zu bringen, wie diese Lieder Goddards Aufmerksamkeit erregt hatten und warum er sie aufgenommen hatte? Kannte sie als eine in Mexiko lebende Ausländerin das amerikanische Schallplattengeschäft gut genug, um zu wissen, daß der Verlag, der Goddards Schallplatten herausbrachte, ebenfalls Etude Classics vertrieb? Würde sie in diesem Falle annehmen, daß er dank der Verbindungen seines Vaters in der Lage gewesen war, ihre beiden Lieblingslieder direkt an Goddard – ihren Liebling – weiterzureichen, der sie daraufhin in sein neues Album aufgenommen hatte?

Der quälende Gedanke, daß er niemals wieder einen Menschen wie sie kennenlernen könnte, veranlaßte ihn, bei Nokturn anzurufen. Er rief Blaystone von einer öffentlichen Telephonzelle aus an und sagte ihm, er solle die Sekretärinnen, die Goddards Fanpost lasen, anweisen, auf einen Brief vom Weißen Haus zu achten.

Noch bevor Osten seinen Satz beendet hatte, sagte Blaystone, daß bereits zwei solcher Briefe eingetroffen seien, und er bat um Anweisungen zur Übergabe. Heftig erregt, doch bemüht, sich ruhig zu verhalten, wies Osten ihn an, die gesamte Post unverzüglich mit einem Firmenwagen zur Stadtbibliothek in der 42. Straße zu schicken, vor der ein Bote warten würde. Er erinnerte Blaystone daran, die üblichen Sicherheitsvorkehrungen für die geheime Übergabe zu treffen. Dann rief er Donna an, um ihr zu sagen, daß er sie etwas später abholen würde, stieg in seinen Mietwagen und fuhr zur Bibliothek.

»Sie haben eine weise Entscheidung getroffen, als Sie den Pianisten in sich aufgaben«, hatte die Frau vom Weißen Haus in ihrem ersten Brief geschrieben. »Statt lediglich vom Klavier auf andere Instrumente zu transponieren, wie die alten Meister von der Violine und der menschlichen Stimme transponierten, komponieren Sie mit dem ganzen Orchester vor Augen. Ähnlich wie Chopin die Techniken des Klavierspiels revolutionierte, haben Sie die Verwendungsmöglichkeiten des Synthesizers revolutioniert. Haben Sie es getan, damit Sie ohne fremde Hilfe komponieren, ausführen und aufnehmen konnten?«

Sie hatte recht. Er hatte das Klavier aufgegeben, das Instrument, das seine Mutter ihn spielen gelehrt hatte, als er erkannte, daß es ihn einschränkte. Sie hatte ebenso recht, was seinen Gebrauch des Synthesizers betraf. Auch wenn jedermann wußte, daß viele große Rockstars in den Vereinigten Staaten und in England ihre Musik mit privaten Anlagen aufnahmen – manche hatten vollständige Tonstudios zu Hause –, hatte kein Musikkritiker jemals angenommen, daß Goddard allein komponierte, ausführte und aufnahm. Die meisten Kritiker, die Goddards Musik besprachen, schienen sich darin einig, daß er mit wenigen, sehr sorgfältig ausgewählten Musikern gearbeitet haben mußte, die ihr Einkommen zu sehr schätzten, um dessen Quelle zu verraten. Ein Kritiker behauptete, aus einer ungenannten, wenn auch zuverlässigen Quelle erfahren zu haben, daß Goddard während der Aufnahme

seiner Lieder im Aufnahmestudio hinter einem Spionspiegel saß, so daß er das Verhalten der Band beobachten konnte, ohne selbst von ihr gesehen zu werden.
Indem er sich selbst für den Boten ausgab, lief Osten hinüber zu Nokturns Firmenwagen und nahm die Briefe entgegen. Dann ging er zurück zu seinem eigenen Wagen, fuhr ein paar Straßen weiter und hielt am Bordstein an. Er öffnete den neuen Brief vom Weißen Haus und begann, ihn schnell durchzulesen.
»Ich habe mir Ihr letztes Album wieder und wieder angehört«, schrieb sie, »und die in spanischer Sprache gesungenen Lieder scheinen mir durch wirkliche Ereignisse inspiriert zu sein. Ist es möglich, daß Sie die Lieder zunächst in der Öffentlichkeit, für eine besondere Person im Publikum gesungen haben – eine Person, die Sie liebten, oder eine Person, die Sie noch immer lieben? Eine verheiratete Frau vielleicht? Sie können nahezu überall gesungen haben, ohne erkannt zu werden, obwohl ich Tijuana für den wahrscheinlichsten Ort halte – oder war es San Diego, irgendwo in der Nähe des Hotels Del Coronado? Hat einer dieser Orte eine Rolle in Ihrem Leben gespielt? Und ist die in einen Refrain verwobene Arabeske ein Traum aus einer arabischen Nacht, die Sie mit Ihrer Liebsten verbracht haben?«
Schweißgebadet hörte er auf zu lesen. Sein Herz begann wild zu schlagen bei dem Gedanken: Wenn Leila die Frau war, die diese Briefe geschrieben hatte? Würde sie, wenn sie Jimmy Osten für Goddard hielt, ihrem Freund die Maske vom Gesicht reißen? Müßte sie nicht befürchten, daß eine Mitteilung von ihr in falsche Hände geraten könnte, und deshalb vorgeben, ihn nicht zu kennen? Was würde geschehen, wenn Leila mit einem anderen Menschen über Jimmy Ostens Musik gesprochen hatte – einem Menschen, dem sie vertraute –, und wenn diese Person jetzt ahnte, wer Goddard war, und entschlossen war, seine Phantasie bis zu dem Punkt zu reizen, an dem er sich selbst verraten würde?
Aber auch wenn Leila jemals den Verdacht hegte, daß er Goddard war – und nichts in ihrem Verhalten wies darauf hin –, würde sie diesen Verdacht einem anderen Menschen mitteilen, ohne ihm zuvor geschrieben oder mit ihm gesprochen zu haben? Wie aber konnte eine andere Person – eine fremde, die allein seine Musik kannte – so nahe an die Wahrheit herankommen? Er begann wieder zu lesen, erschrocken, doch verrückt darauf, mehr zu erfahren:

»Ich bin zu der Überzeugung gelangt, daß Goddard Lieberson und Boris Pregel bedeutenden Einfluß auf Ihr Leben hatten – solch bedeutenden Einfluß, daß Sie den Namen des einen angenommen und aus einer Art Ehrfurcht heraus gelegentlich musikalischen Bezug zu den Komposition beider genommen haben. Da beide Männer nicht mehr am Leben sind, hat es vermutlich wenig Sinn, darüber nachzudenken, ob sie Kenntnis von Ihrem geheimen Leben hatten oder Ihnen bei der Planung Ihrer Unsichtbarkeit hilfreich zur Seite gestanden haben. Ich habe mich eingehend mit dem Werk und den Taten dieser beiden Männer beschäftigt, und ich bin voller Zuversicht, im Rahmen meiner Studien mehr – noch viel mehr – über das Leben dieser Männer zu erfahren und dadurch mehr über Sie – für den Fall, daß Sie und ich uns einmal über den Weg laufen sollten.«
Das konnte Leila nicht sein, dachte Osten. Er fühlte sich ertappt. Er las hastig den zweiten Brief. In ihm wurde seine Musik bis in kleine Details analysiert; zwei ganze Seiten waren den mexikanischen Liedern und seinen geänderten Versen gewidmet, eine dritte Seite führte Phrasen in seiner Musik an, die durch die Musik von Lieberson und Pregel inspiriert waren. Die Analyse war nahezu fehlerfrei. Sie mußte von einer Person mit profunden Musikkenntnissen verfaßt worden sein, mit umfassender Bildung in moderner Musik und – was weitaus bedeutsamer war – von ungeheurer Intuition.
Er war fasziniert von der Frau aus dem Weißen Haus und hatte zugleich Angst vor ihr. Wenn er ihr jemals begegnen sollte, fragte er sich, wie konnte er sich vor solchen Empfindungen schützen und verhindern, von ihr demaskiert zu werden?
Wenn er genau wüßte, wer sie war, würde er sie augenblicklich anrufen und sich als Goddards Manager oder Mitarbeiter ausgeben. Er würde sie beim Wort nehmen und sie mit tausend falschen Fakten füttern. Sie würde ihm wahrscheinlich nicht glauben, denn er wußte aus den Klatschspalten der Presse, wie viele Menschen herumliefen, die behaupteten, Goddard zu sein, sein musikalischer Mitarbeiter, oder sein Freund, oder seine Geliebte, oder sein Manager, oder sogar sein Koksdealer.

Drei Wochen später, er hatte die Hoffnung aufgegeben, daß sie ihm erneut schreiben würde, rief Osten Blaystone in einer anderen Angelegenheit an. »Der Präsident fragt schon wieder nach Ih-

nen«, verkündete Blaystone im Scherz. »Wir haben wieder einen Brief aus dem Weißen Haus.«
Osten gab Anweisung, ihm den Brief durch den bereits mehrfach getesteten persönlichen Blaystone-Zustellservice zukommen zu lassen, und als er den Brief in Händen hielt, raste er zu seinem Appartement, um ihn zu lesen. Als er die eng getippten Bögen auseinanderfaltete, fielen mehrere farbige Polaroidphotos heraus. Mit zitternden Händen hob er eine Photographie nach der anderen auf, als wären sie lebendig. Die Frau auf den Bildern lag nackt auf einem großen Bett, und die Posen ließen keinen Zweifel an dem, was sie tat, als die Kamera sie einfing. Auf einem Teil der Photos konnte er eine Polaroidkamera mit Selbstauslöser erkennen, die von einem Spiegel reflektiert wurde. Auf der Suche nach einem deutlichen Photo ihres Gesichts, sah er gierig die Bilder ein zweites Mal durch, nur um festzustellen, daß keine einzige Photographie das Gesicht der Frau enthüllte.
Bevor er den Brief las, sah er die Photographien zum dritten Mal genau an. Sie schien Mitte Zwanzig zu sein – erheblich jünger, als er sie nach ihren Briefen eingeschätzt hatte –, und ihr Körper war so vollkommen, daß er ein eigenes Anrecht zu haben schien, nackt zu sein. Er schien zu zucken und zu erröten; er war fest, aber nicht hart, glänzend vor Schweiß, doch kühl kraft seiner makellosen Formen, in seiner Reinheit wie in seiner Verdorbenheit gleich verführerisch.
Er fühlte sich durch sie erregt. Sein Verlangen schien nicht von ihm auszugehen, nicht von seinem Hirn, sondern – gleich dem Klang eines Instruments, dessen Timbre er nicht klar erkannte – von den Bildern. Er schwor sich, daß er sie suchen und finden würde und sie zwingen, sich ihm so bereitwillig, so offen, so schweißnaß hinzugeben, wie sie ihren Körper ihren eigenen Händen vor der Kamera hingegeben hatte.
Begierig, ihren Namen und ihren Wohnsitz zu erfahren, schaute er auf die letzte Seite des Briefes und stellte zu seinem Entsetzen fest, daß er, wie die früheren, nicht unterschrieben war. Ernüchtert und verärgert, begann er ihn von neuem zu lesen.

Osten wußte noch immer nichts von der Frau aus dem Weißen Haus, und doch fühlte er sich von ihr verlassen, mehr noch, als er sich einst von Leila Salem verlassen gefühlt hatte. Die Ironie bestand darin, daß diese beiden die einzigen Frauen in seinem Leben waren, die ihn verstanden und akzeptiert hatten, wie er war – obgleich Leila nur Jimmy Osten und die Frau aus dem Weißen Haus nur Goddard kannte –, und doch konnte er beiden nicht nahe sein.

Er hatte häufig versucht, Donna näher an sich heranzubringen und sie in sein Leben und Denken einzubeziehen – fast so, als wolle er sie geistig darauf vorbereiten, Goddard in ihm zu begegnen. Aber für Donna war Rock, mit Ausnahme einiger talentierter Nachtclubsänger, elektronisches Geplärre, das Produkt einer Studioausrüstung und kommerziellem Drum und Dran. Vermutlich weil sie und Osten sich im Goddard Beat kennengelernt hatten, dem Lokal, das für solche Musik am meisten »in« war, führte sie stets Goddard – den Mann und seine Musik – als das treffende Beispiel ausbeuterischer Rock- und Ersatzmusik an. Alles an Goddard sei bewußt unklar gehalten, behauptete sie, von seiner Stimme bis zu seiner unangenehmen Aufrichtigkeit, von seinen improvisierten Texten bis hin zu seiner primitiven rhythmischen Intensität.

Für Donna war Goddard vor allem ein Hasardeur, ein musikalischer Würfelspieler, der die Inhalte seiner Musik in nihilistischer Spontaneität suche und sich für seine Effekte auf freie makkaronische Improvisation verlasse – nicht um seiner Musik, sondern um des Publikums willen, dessen Stimmung so wechselhaft war wie das Glück beim Würfeln. Er versuche ferner, sich auf die billige Tour beim Publikum beliebt zu machen, indem er Kapital daraus schlage, daß er musikalisch ganz im Vordergrund stehe und persönlich unsichtbar bleibe; seine plumpe Unsichtbarkeit hinterlasse bei ihr keineswegs tieferen oder nachhaltigeren Eindruck als die übertriebenen Starallüren der anderen Rockstars. Beide Extreme, sagte sie zusammenfassend, seien nichts als reine Manipulationsmittel, mit denen die großen Schallplattengesellschaften den Musikmarkt unterminierten, um die Massen der ungebildeten Weißen und die unterprivilegierten Schwarzen zu betrügen, damit sie Disco- und Rock- und Punkmusik als die einzige Ausdrucksmöglichkeit für ihre Gefühle und als Gegenmittel gegen ihre geistige Verarmung akzeptieren könnten.

Wie unterschiedlich, dachte er, waren Donnas Vorstellungen, verglichen mit den Vorstellungen der Frau aus dem Weißen Haus, die in ihrem letzten Brief geschrieben hatte: »Indem Sie ständig improvisieren und neue rhythmische und melodische

Qualitäten entwickelt haben, sind Sie zu einem Nachfahr der größten Virtuosen geworden – Bach, Liszt, Beethoven –, die wußten, daß die Improvisation in der Musik gleichbedeutend mit der Suche nach einer Wahrheit ist. Über Jahrhunderte hinweg trennte die Musik ihrem Wesen nach physisch wie auch symbolisch den Komponisten vom Ausführenden wie auch den Ausführenden von dem Zuhörer. Sie werden als der erste Künstler in die Geschichte eingehen, der bei seinem Publikum wahre Leidenschaft und wahre Spontaneität auszulösen vermochte, indem Sie den Komponisten und Ausführenden miteinander verschmelzen, um sich danach von beiden zu trennen und den Zuhörer, durch eine reine musikalische Erfahrung hypnotisiert, verlassen.«

Nach Donnas Worten hatte Rock- und Discomusik keine Musik von besonderer und anhaltender Qualität hervorbringen können. Sie hatte volkstümliche Musik lediglich auf den einfachsten und somit kleinsten gemeinsamen Nenner gebracht – stampfende Rhythmen, sexuelle Gebärden und idiotische »kiss, kiss, don't miss«-Verse. Sie pflichtete emphatisch Ralph Ellison bei, für den kommerzielle Rock'n' Roll-Musik »eine Verrohung zeitgenössischer Negro-Spirituals . . .« war, »die obszöne Ausbeutung eines Kulturguts«. Ihrer Meinung nach wurde jede bessere Musik – besonders im Jazz – in dem Maße unterdrückt, wie das Geschäft mit der Rockmusik größer wurde, solange gierige Schallplattenfirmen klassische Musik und einen großen Teil der anspruchsvolleren Popmusik aus ihren Katalogen strichen und die eingesparten Gelder in Werbeetats steckten, um das Wachstum der Rock- und Discoindustrie zu sichern.

»Welche Aussichten hat denn eine schwarze Instrumentalistin, jemals eine Schallplatte aufzunehmen?« hatte sie ihn ärgerlich gefragt. »Nimm doch nur die CBS-Serie mit der Auswahl schwarzer Komponisten vom achtzehnten Jahrhundert bis in die Gegenwart. Nachdem zehn oder zwölf Platten erschienen waren, wurde diese Serie eingestellt. Und das war's dann! Hat denn Etude Classics jemals einen schwarzen Komponisten aufgenommen? Oder sogar einen schwarzen Instrumentalisten? Ist das jemals passiert, Jimmy?«

Indem sie darauf anspielte, daß Etude Classics inzwischen durch Nokturn Records vertrieben wurde, die in ihren Augen ein Massenhersteller von musikalischem Schrott waren, gab Donna ihm ebenfalls zu verstehen, daß Osten und seine Familie zur gesellschaftlichen Oberschicht gehörten, zu den oberen Zehntausend der amerikanischen Bevölkerung, denen die Hälfte des Aktienkapitals gehörte, ein Drittel der Wertpapiere, sämtliche Kommunalobligationen und über neunzig Prozent des gesamten amerikanischen Staatsvermögens. Diese Leute kontrollierten in ihren Augen sämtliches öffentliche Eigentum und alle Ressourcen des Landes – während sie und ihre Familie aus den ausgebeuteten Schichten stammten, aus der untersten Gruppe der Bevölkerung, die gemeinsam kaum fünf Prozent vom Privateigentum des Landes besaß.

Da sie Ostens extravaganten Lebensstil, seine häufigen Flüge zwischen Kalifornien und New York und seinen Umgang mit Geld kannte, den sie für völlig unangemessen erachtete, hielt sie ihn für ein verwöhntes Kind, das in jeder Hinsicht von seinem reichen Vater unterstützt wurde, sie mißbilligte in aller Offenheit beides, seine Abhängigkeit und die Quellen, aus denen der Reichtum seines Vaters floß. Wenn sie und Osten auch viele Dinge gemeinsam hätten, gab sie ihm zu verstehen, wären sie durch eine solch große Kluft voneinander getrennt, daß nichts – nicht einmal Musik – sie überbrücken könnte.

Sie erwähnte häufig *Mein Leben in Ketten,* die Memoiren des Ex-Sklaven Frederick Douglass, der sagte, daß Sklaven Spirituals, die Vorläufer des Blues, nur deshalb liebten, weil sie die Angst widerspiegelten, die Verzweiflung und den Schmerz, die diese entwurzelten Menschen ständig verspürten. Was Spirituals früher für die Sklaven gewesen seien, sagte Donna, sei Rock für schwarze Musiker und schwarzes Pubikum geworden; während er ihnen half, sich aus ihrer protestantischen Knechtung zu lösen, unterstrich er gleichzeitig ihre Ängste, indem er zu versöhnen schien, was nicht zu versöhnen war, wie sie, die Nachfahren der Sklaven, wußten: die Ordnung der Weißen mit dem Chaos der Schwarzen, den Reichtum der Weißen mit der Armut der Schwarzen. Obgleich die Texte der Rockmusik häufig an Spirituals erinnerten und den Eindruck von Liebe erweckten, waren sie in ihrer Erotik steril, ausbeuterisch und in ihrem geistigen Vermögen so dürftig und lieblos wie die Existenz der Schwarzen innerhalb der Kultur der Weißen.

Wenn er Donna zuhörte, hatte Osten den Eindruck, daß seine innersten Gefühle verletzt wurden. Ihre Worte zwangen ihn – sogar während sie sich liebten –, seinen Traum zu unterdrücken, seinen heimlichen Traum, sich eines Tages ihr ganz mitzuteilen. Selbst in den Augenblicken schrankenloser Hingabe arbeitete ein einziger Gedanke in Osten – gleich einer einzelnen musikalischen Phrase: wenn Donna jemals die Wahrheit über Goddard erfuhr, mußte sie ihn vollständig ablehnen, und kein noch so schöner Liebesakt, ob sanft oder heftig, ob spontan oder berechnet, könnte sie zu der Leidenschaft zurückführen, die sie jetzt für ihn empfand.
So lange hatten ihre Gefühle für ihn nicht die Gültigkeit einer Wahrheit, da sie die Wahrheit über sein Leben nicht kannte – und niemals vermuten konnte.

Wenn sie in ihrem Studio in der Carnegie Hall waren, spielte Donna regelmäßig Domostroys Schallplatten, oft auch dann, wenn sie und Osten sich liebten. Sie versetzten sie in Stimmung, sagte sie, und sie tat Ostens Abneigung gegen den Komponisten als einen typischen Fall männlicher Eifersucht ab.
Da er sich ungern über Domostroy als Person unterhalten wollte, stellte er dafür dessen Musik in den Mittelpunkt, stets darauf bedacht, nicht zu gut informiert zu klingen. Er wolle nicht leugnen, sagte er, daß Domostroys Musik nicht leicht zu kategorisieren und einiges daran sogar höchst originell sein mochte, aber es liege etwas Unheimliches in seinen Kompositionen. Dann erzählte er Donna Geschichten über Domostroy, die in den Kreisen der Musikverlage kursierten.
Zum Scherz hatte einmal ein unbekannter Musiker aus Los Angeles *Octaves,* Domostroys bekanntestes Werk, plagiiert, das kurz nach seinem Erscheinen mit dem National Music Award ausgezeichnet wurde, der höchsten musikalischen Auszeichnung des Landes. Um Domostroy zu kompromittieren, hatte es der Plagiator unter einem fiktiven Namen und einem anderen Titel sämtlichen größeren Musikverlagen in den Vereinigten Staaten angeboten – einschließlich Etude Classics, die zehn Jahre zuvor *Octaves* erstmalig publiziert hatten. Wie der Plagiator erwartet hatte, lehnten sämtliche Verlage – einschließlich Etude – das Werk ab, nannten es frostig, episodisch, niemals ein wirklich musikalisch zufriedenstellendes Ganzes. Zur Demütigung – und

Wut – Gerhard Ostens und zur Belustigung aller in den Musiketagen, hatten Etudes hauseigene Lektoren das Werk nicht nur als *Octaves* erkannt, sondern lehnten es ohne Zögern als zur Veröffentlichung ungeeignet ab. Gleichzeitig wiesen sie in ihrem Brief den Plagiator darauf hin, daß gewisse Elemente in seinem Werk an die Musik von Patrick Domostroy erinnerten! Habe dieser Scherz, fragte Osten Donna, nicht deutlich bewiesen, daß *Octaves* genau das sei, was Wagner einmal »seelenlose Federmusik« genannt habe – ein von Anbeginn mittelmäßiges, wenn nicht minderwertiges Werk, das mehr aus einem glücklichen Zufall und aufgrund von Domostroys unseligen sozialen Kontakten als nach seinem Verdienst veröffentlicht und ausgezeichnet worden sei? Und was sei mit den Anschuldigungen der Presse, daß Domostroy unter dem Vorwand, Lektoren für verschiedene Entwürfe seiner musikalischen Manuskripte und Fahnenabzüge zu brauchen, insgeheim Dutzende junger Musiker angestellt habe, die zum Teil nicht nur seine sexuelle Eskorte gestellt, sondern für ihn gelegentlich auch die ›schrillen Obertöne‹ in seine Musik geschrieben hätten?
Donna widersprach ihm heftig. Für sie, sagte sie, beweise der Scherz, daß *Octaves* sogar zehn Jahre nach dem Erscheinen noch immer seiner Zeit voraus sei, und sie erinnerte Osten an eine Vermutung der Zeitschrift *Time*, der zufolge Domostroy, um eben diese Tatsache zu beweisen, den Scherz selbst inszeniert habe. Inzwischen wisse jeder Depp in der Musikbranche, daß die Beschuldigungen über seine angeblichen musikalischen Helfer von den sensationshungrigen New Yorker Boulevardblättern an den Haaren herbeigezogen gewesen sei, weil diese Leute Menschen wie Domostroy haßten, die, für jeden sichtbar engagiert, erfolgreich und mit deutlicher Stimme, auf der anderen Seite des politischen Zaunes standen. Für sie spreche dieser Rachefeldzug außerdem Bände über die Zustände in der Musikbranche, in der ein hochgradig sensibler Komponist, nur weil er moralisch ein Exzentriker sei, von einem Haufen Musikmacher, die eifersüchtig auf seine Erfolge seien, öffentlich gelyncht werden könne.

Donnas Voreingenommenheit für Domostroy schmerzte Osten immer wieder. Seit sie dem Komponisten auf Gerhard Ostens Party begegnet war, hatte Donna keinen Hehl aus ihrem Interesse an dem thematischen Einfallsreichtum und den technischen

Neuerungen Domostroys gemacht, und jetzt gab Osten sich selbst die Schuld, die Begegnung mit dem Komponisten zugelassen zu haben. Es schien, als habe Domostroy durch seine schmeichelhaften Äußerungen zu ihrer Darbietung sich einen festen Platz in Donnas Seele verschafft, und es quälte Osten, als sie ihm sagte, daß sie von der Offenheit und Intelligenz des Komponisten beeindruckt gewesen sei und ihn gerne auf einen Drink einladen und sich mit ihm unterhalten würde. Sie fand so großen Gefallen an Domostroys Musik, daß sie den undurchsichtigen Charakter dieses Mannes übersah und unbewußt die Rolle minderte, die Jimmy Osten in ihrem Leben spielte. Osten war für sie ein Mensch ohne kreatives Talent, dessen musikalischen Geschmack sie nicht teilte und dessen Musik – auch wenn sie nicht wußte, daß es seine war – sie verachtete; dennoch teilte sie ihren Körper mit ihm, vielleicht nur aus Mangel an anderen Bindungen.

Nach jedem emotionalen Rückschlag, nach jeder Entfremdung, wandte sich Osten den Briefen aus dem Weißen Haus zu. Er las sie wieder und wieder, und jedesmal war er mehr verunsichert und verwirrt als zuvor.
Er befand sich in einer dieser dunklen und nachdenklichen Stimmungen an dem Tag, als er den fünften und letzten Brief erhielt.
»Sicherlich habe ich Sie mittlerweile davon überzeugen können, daß ich Ihre doppelte Existenz nicht nur respektiere, sondern auch als wesentliche Bedingung für Ihre Kreativität betrachte. Sie tun recht daran, sich von all denen abzuschirmen, die danach trachten könnten, die Bedingungen Ihres Lebens wie auch den Charakter Ihrer Kunst zu verändern, falls sie wüßten, wer Sie sind. Das trifft vermutlich fast auf jeden zu.
Ich habe neulich einige Zeit mit dem Studium von Chopins Briefen verbracht und daraus entnommen, daß er sein Werk als die Erfindung einer anderen Seele sah, unantastbar für Einflüsse aus der wirklichen Welt. Er schrieb folgendes an einen seiner intimsten Freunde: ›Es ist nicht meine Schuld, wenn ich einem Pilz gleiche, der eßbar scheint, aber denjenigen, der ihn pflückt und kostet, vergiftet, weil er ihn für etwas anderes hält. Ich weiß, daß ich niemals von Nutzen gewesen bin für andere – und am allerwenigsten für mich selbst.‹
An anderer Stelle, in einem anderen Brief, vergleicht er sich

selbst mit einem ›alten Mönch, der das Feuer in seiner Seele erstickt und ausgelöscht hat‹. Und kurz vor seinem Tod schrieb er: ›Wir sind die Geschöpfe eines berühmten Meisters, in seiner Weise eine Art Stradivarius, der uns keinen Beistand mehr leistet. Mit unseren unbeholfenen Händen können wir keine neuen Klänge entfachen, und wir ersticken in uns selbst all diese Dinge, die niemand je auslöschen wird – und all das aus Mangel an Beistand.‹

Sollten Sie sich selbst so verstehen? Lassen Sie mich Ihnen versichern, daß ich Goddard um seiner Maske willen liebe – mit anderen Worten Ihre Seele –, und wenn uns einmal zufällig begegnen sollten, so weiß ich, daß ich diese Seele, auch ohne einen Ton von ihr gehört zu haben, unfehlbar erkennen werde, und ich werde Sie dafür lieben, auch wenn es sich herausstellt, daß Sie ein giftiger Pilz sind oder ein alter Mönch oder ein gebrochener Mann, der niemanden hat, der ihm Beistand leistet.

Ich weiß, Sie müssen bleiben, wer Sie sind, und ich respektiere das an Ihnen. Ich hoffe, Sie sind dennoch versucht zu erfahren, wer ich bin. Ich studiere Dramaturgie und Musik, und obgleich ich Sie sehr gern kennenlernen würde, um Sie von der Aufrichtigkeit meiner Gefühle für Sie zu überzeugen, habe ich um Ihrer Musik willen – um Goddards willen – beschlossen, es mit diesem meinem letzten Brief bewenden zu lassen. Ich wünsche Ihnen alles Gute. Lebwohl, Goddard. Lebwohl, meine große Liebe.«

Sie gehörte also nicht zum Personal des Weißen Hauses, sondern war – konnte er dem Poststempel trauen – eine New Yorker Studentin der Dramaturgie und Musik, die vermutlich durch Capitol-Hill-Verbindungen an Briefpapier vom Weißen Haus gelangt war. Aber warum, fragte sich Osten, sandte sie ihm fünf fesselnde, intime Briefe und diese lüsternen Photographien, wenn sie sich ihm niemals entdecken wollte?

Er prüfte die Photographien wieder und wieder auf Hinweise hin, die ihn zu ihr führen konnten. Seine Augen folgten den exquisiten und fast zu vollkommenen Linien ihres Körpers, sie suchten vergeblich nach dem kleinsten Anhaltspunkt für ihre Identität. Schließlich spürte er, daß irgend etwas an einer der Photographien in ihm das seltsame Gefühl wachrief, sie bereits gesehen zu haben – lange bevor er die Photos von ihr erhalten hatte. Indem er sich ganz in das Bild versenkte und seinen Assoziationen freien Lauf ließ, entdeckte er endlich, daß sein Gefühl eines Déjà-vu von der Komposition des Bildes herrührte. Irgendwo hatte er in den vergangenen Jahren ein Bild von einer Frau gesehen – einer Frau, an die er sich nicht erinnern konnte –, die aus demselben ungewöhnlichen Winkel aufgenommen worden war, aber ihm fiel nicht ein, wo er es gesehen hatte. Er wußte, es war kein Bild von Donna, oder von den Frauen, mit denen er in Kalifornien etwas gehabt hatte, oder von dem kecken mexikanischen Zimmermädchen aus dem Hotel Apasionada, die ihn beim Frühstück zu verführen suchte, indem sie ihm Nacktphotos von sich zeigte. Es war natürlich möglich, daß die Frau aus dem Weißen Haus die Kamera selbst eingestellt und sich selbst so zurechtgelegt hatte, daß die Komposition des Bildes so beabsichtigt war, aber das war unwahrscheinlich. Osten kannte sich in der Photographie und im Photographieren gut genug aus, um zu wissen, daß die Kamera für ein solches Photo nahe am Boden sein mußte, daß selbst ein erfahrenes Modell nicht ohne einen Blick durch den Sucher sagen konnte, welcher Teil ihres Körpers vom Objektiv eingefangen wurde. War die Polaroidkamera auf dem Stativ, die im Spiegel reflektiert wurde, ein raffiniertes Täuschungsmanöver? Hatte ein geschickter Photograph diese Stellungen so arrangiert und mit einem Blick für die schönen Waden und Schenkel und Hinterbacken des Mädchens ein höchstes Maß an Aufmerksamkeit erweckt und war dann aus dem Schußfeld verschwunden? War es dieser Photograph – und nicht Goddard –, für den das Mädchen so intim posiert hatte?

Obgleich Osten die andere Photographie, die er im Kopf hatte, oder die Person darauf, nicht mit Sicherheit bestimmen konnte, hatte er das Gefühl, daß es jemand war, den er kannte.

Je mehr er davon überzeugt war, daß er ein ähnliches Bild bereits gesehen hatte, desto weniger half ihm sein Gedächtnis. Er wollte soeben das Suchen in seinen Gedanken aufgeben, da setzte die Erinnerung ein, blitzartig hatte er die Photographie vor Augen, die der in seiner Hand glich. Es war ein Bild von Vala Stavrova!

Darüber hinaus war es das Lieblingsbild seines Vaters von ihr. Bei einem seiner seltenen Besuche in ihrem Appartement hatte er es auf dem Nachttisch seines Vaters gesehen, an einem Platz, den früher ein Portrait von Jimmys Mutter, Leonore, innehatte.

Die Photographie, aufgenommen, bevor sie seinen Vater kannte, portraitierte Vala in einem langärmeligen schwarzen Trikot, verzweifelt bemüht, wie ein schlummernder Filmstar oder eine sowjetische Ballerina auszusehen, während sie wollüstig auf einer altmodischen Chaiselongue ruhte. Um Aufmerksamkeit zu erregen und die Konturen ihrer Waden und Schenkel anzupreisen, hatte der Photograph das Bild aus einem ungewöhnlich steilen Winkel aufgenommen und die Komposition und den Ausschnitt manipuliert, um den Effekt noch mehr zu verstärken.

Der Winkel, die Komposition und der Ausschnitt von Valas Bild waren mit dem Bild der Frau vor ihm identisch. War es möglich, überlegte Osten, daß beide Photographien von demselben Mann aufgenommen worden waren? Es war ein langer Weg; aber Osten hatte nichts zu verlieren, wenn er ihn verfolgte. Er würde Vala nach dem Namen des Photographen fragen, ihn daraufhin finden und irgendwie die Identität der gesichtslosen Nackten feststellen.

Damit Vala keinen Verdacht schöpfte, beschloß Osten, keine große Affäre daraus zu machen, indem er sie eigens wegen des Bildes anrief, sondern zu warten, bis sich ein geeigneter Augenblick von selbst ergab. In der Zwischenzeit hatte er eine andere heiße Spur. Wenn seine Briefschreiberin aus dem Weißen Haus Studentin der Dramaturgie und Musik war, wie sie sagte, so konnten ihre verschiedenen musikalischen Verweise, ihre Kenntnisse von der Musik von Lieberson und Pregel und vor allem ihre Äußerungen über das Leben Chopins ohne allzu große Schwierigkeiten auf Seminare über die Geschichte der Musik zurückgeführt werden, die sie in letzter Zeit besucht hatte. Da ihre sämtlichen Briefe an Goddard in New York aufgegeben worden waren, schien es logisch, zunächst am Juilliard zu recherchieren und mit seinen Nachforschungen bei Donna anzufangen, die nicht nur dort Studentin war, sondern von Zeit zu Zeit auch an anderen New Yorker Hochschulen Musikseminare besuchte, die sie interessierten.

Osten bat Donna beiläufig, herauszufinden, ob die Musik von Goddard Lieberson und Boris Pregel am Juilliard gelehrt wurde. Beide Männer, erklärte er ihr, seien gute Freunde seiner Familie gewesen, und er würde seinem Vater gern erzählen können, daß ihre Musik noch nicht in Vergessenheit geraten sei. Nachdem Donna die neuesten Vorlesungsverzeichnisse durchgeschaut und einige telephonische Erkundigungen eingezogen hatte, berichtete sie Osten, daß ihren Informationen nach Lieberson und Pregel

auf keinem größeren Lehrplan New Yorks angekündigt seien, wenn auch ihre Musik in speziellen Seminaren am Rande behandelt werden mochte. Er fragte sie daraufhin geradeheraus, ob ihr nicht ein Kurs bekannt sei, der sich über das übliche Programm hinaus mit dem Leben und den Briefen Chopins beschäftigte. Sein Vater, erklärte er, liebte es, sich über Einzelheiten aus Chopins Leben zu unterhalten, und Osten fühle sich immer wie ein Ignorant, wenn dieses Thema angesprochen werde; es gebe einen besonderen Brief, von dem sein Vater mehrere Male gesprochen habe, Chopin vergleiche sich darin mit einem Pilz. Ob Donna wisse, wo er Näheres darüber erfahren könne?
Belustigt erzählte ihm Donna, daß einer ihrer Geschichtsprofessoren zufällig vor wenigen Wochen genau diesen Brief in einem Klavierliteraturseminar besprochen habe.
Kaum in der Lage, seine Erregung zu verbergen, fragte er sie, ob er sie gelegentlich zu Kursen begleiten dürfe, um Wissen zu büffeln und seinen Vater zu beeindrucken. Angenehm überrascht von seinem unerwarteten Interesse an ihrer Welt, der er bis dahin keine Beachtung geschenkt hatte, bot ihm Donna freiwillig an, ihn zum nächsten Klavierliteraturseminar mitzunehmen.

In der Hoffnung, Vala den Namen und Wohnsitz des Mannes zu entlocken, der das provokative Bild von ihr aufgenommen hatte, ging Osten am folgenden Tag in das Manhattaner Appartement seines Vaters unter dem Vorwand, in Gerhard Ostens Bibliothek etwas für eine Seminararbeit, an der er schrieb, nachschlagen zu müssen. Er wählte eine Zeit, von der er wußte, daß sein Vater in seinem Büro bei Etude Classics sein würde.
Das Hausmädchen ging, um ihn anzumelden, kam kurz danach zurück und führte ihn zum Fitnessraum, der Geräte zum Schlankwerden und zur Festigung der Muskulatur wie auch zwei Dampfbäder enthielt. Der Raum war ein Geburtstagsgeschenk an Vala von Ostens Vater. In einem seidenen Morgenkleid, durch das Osten die Konturen ihres Busens und den dunklen Fleck ihres Schoßes sehen konnte, trat Vala langsam die Pedale eines Fitnessfahrrads, während eine Reihe Instrumente vor ihr ihre Geschwindigkeit überwachten, ihren Blutdruck, ihren Puls, die Entfernung, die sie getreten, und die Kalorien, die sie verbrannt hatte.
Peinlich berührt durch ihre Blöße und noch immer betroffen

durch die Erinnerung an die Stimmungswäsche, sagte Osten ihr, er werde in der Bibliothek warten. Er wollte gehen. Amüsiert über seine Befangenheit und ein wenig geschmeichelt, bestand sie darauf, daß er ihr Gesellschaft leistete, bis sie die erforderliche Kilometerzahl zurückgelegt hatte. Verärgert über sich selbst, weil er ihre physische Wirkung beunruhigend fand, nahm er auf der Bank Platz und gab sich Mühe, möglichst zwanglos freundlich zu sein.

Vala hatte abgenommen. Er sah, wie schlank und wohlgestaltet ihre Bauchpartie, wie glatt ihre leicht gebräunte Haut war. Sie hatte ihr Haar wachsen lassen, und es fiel in üppigen Wogen über ihre Schultern auf ihre Brüste. Auch ohne einen Hauch Make-up betonten ihre dunklen Augenbrauen und Wimpern das Blau ihrer Augen und das zarte Rot ihrer Lippen.

Nachdem sie sich nach seinem Studium erkundigt hatte, kam sie rasch zu ihren eigenen Fortschritten als Eiskunstläuferin. Sie sei ein Naturtalent, sagte sie. Jedesmal, wenn sie auf der Kunsteisbahn im Rockefeller Center laufe, versammelten sich Menschenmassen, Leute machten Photos von ihr, und sie habe von Produzenten, die sie dort gesehen hätten, zahlreiche Filmangebote erhalten. Aber, fügte sie mit einem sehnsüchtigen Seufzer hinzu, all diese Aufmerksamkeiten brachten Gerhard nur auf und machten ihn eifersüchtig und argwöhnisch. Während sie aus ihrem Morgenkleid schlüpfte und in das Dampfbad stieg, bat sie Osten, nicht weiterzuerzählen, was sie ihm soeben gesagt hatte. Er versprach es, und wenige Minuten später wandte er höflich das Gesicht ab, als sie wieder herauskam und – absichtlich, das wußte er wohl – nackt einige Schritte zum Schrank ging, um ein frisches Morgenkleid zu holen. Sie bat ihn zu warten, während sie duschte, und als sie die Tür zum Badezimmer schloß, ging er ins Zimmer seines Vaters, setzte sich auf die Bettkante und nahm vom Nachttisch die Photographie, die ihn hierher geführt hatte.

Beim ersten Blick darauf wußte er, daß er recht gehabt hatte: die Ähnlichkeit zwischen Valas Pose und der Pose der Nackten vom Weißen Haus war unverkennbar.

»Was hältst du davon?« fragte Vala. Er fuhr herum und sah sie in einem durchscheinenden Negligé stehen.

»Ich finde – es ist schön«, antwortete er mit einem Blick auf die Photographie in seiner Hand.

»Ich meine nicht das Bild, du Dummkopf; ich meine dies«, sagte

sie, indem sie auf das Negligé deutete. »Dein Vater hat es mir in unseren Flitterwochen in Paris gekauft.«
»Es ist entzückend, Vala« versicherte er ihr. »Du siehst darin aus – wie Olga aus *Eugen Onegin.*«
»Olga! Das ist nicht nett von dir, Jimmy!« Vala blickte ihn vorwurfsvoll an und begann Puschkins Beschreibung von Olga zu rezitieren:

»Ein leblos rundes Gesicht
Einer hübschen van Dyk-Madonna
Wie das von diesem trostlosen Mond
An diesem trostlosen Himmel.«

Osten fühlte, daß ihm das Blut in den Kopf schoß. »So habe ich das nicht gemeint, Vala«, sagte er. »Ich meinte – nur die Madonna, sonst nichts! Aber sag mir«, fragte er, »wer hat dieses Bild gemacht? Es ist einfach großartig!«
»Du willst es eigentlich gar nicht wissen«, sagte sie. »Du bist verlegen wie ein Schuljunge.« Indem sie so tat, als ob sie die Erinnerung an das Bild auffrischen wollte, setzte sie sich neben ihn, und während sie sich über seine Schulter lehnte, um auf die Photographie zu schauen, drückte sie ihre Brüste an seinen Rücken und ließ ihr Haar gegen seine Wange fallen.
Er fragte sie erneut in seinem beiläufigen Ton, wer der Photograph sei, und Vala fragte ihn, in sein Ohr flüsternd, warum er es unbedingt wissen wolle. Sogar Gerhard Osten, sagte sie, der von Natur aus eifersüchtig sei, habe sie nie danach gefragt. Ob Jimmy, stichelte sie, womöglich eifersüchtig auf ihren Photographen sei?
Da er befürchtete, daß er die Wahrheit nicht aus ihr herausbekommen würde, wenn er die Angelegenheit weiterhin verfolgte, fragte er nicht weiter, sondern lächelte freundlich und stellte das Bild wieder an seinen Platz auf dem Nachttisch zurück. Da sie merkte, daß er aufstehen und gehen wollte, reckte sich Vala, auf ihn gestützt, hinüber zum Nachttisch, um das Photo zurückzuholen, und während sie es mit einem Lächeln erneut betrachtete, sagte sie, daß sie so ausgesehen habe, als sie aus der Sowjetunion in Amerika angekommen sei. Obwohl ihre Frisur den New Yorkern provinziell vorgekommen sein mochte, sagte sie verteidigend, so habe sie doch der beste Friseur Leningrads kurz vor ihrer Abreise speziell für sie entworfen.

Osten blieb ruhig und blickte weiterhin verständnisvoll auf das Bild, bis Vala endlich verriet, daß der Mann, der dieses Photo aufgenommen habe, ihr Liebhaber gewesen ist. Ihr Verhältnis habe lange, bevor sie Gerhard kennengelernt habe, aufgehört, versicherte sie ihm, aber sie seien immer noch gute Freunde. Sie rückte näher, drängte sich an seinen Rücken und an seinen Schenkel, und er wußte, wenn er jetzt ihre Gunst verspielte, würde er den Namen dieses Mannes niemals von ihr erfahren. Während er auf ein Wort von ihr wartete, den Duft ihres Parfüms aufnahm und ihre Erregung spürte, begann ihre Nähe ihn ebenfalls zu erregen. Er wandte sich ihr zu, legte eine Hand auf ihre Schulter und zog sie sanft zu sich heran, bis ihr Kopf auf seiner Schulter ruhte und ihr Haar sein Gesicht kitzelte. Eine leichte Röte erschien auf Valas Wangen und breitete sich über ihren Nacken aus; ihr Atem wurde schneller. Sie hielt noch immer das Bild zwischen ihnen, aber sie hielt ihre Gefühle lange genug zurück, um es auf den Nachttisch zu stellen, bevor sie mit ihren Händen Ostens Gesicht umschloß und es nahe an ihres heranbrachte. Dann öffneten sich ihre Lippen, und sie schaute ihm in die Augen, und er sah, wie schön und unschuldig ihre Augen waren. Wenn er sie jemals gehaßt hatte, dachte er, jetzt jedenfalls nicht.

Er wollte sich soeben in den Augenblick versenken, da dachte Osten an seinen Vater, dessen Lippen, blau vom Alter, sie nur wenige Stunden zuvor geküßt hatten. und dessen Hände, übersät mit braunen Flecken, sie gehalten hatten, wie Osten sie jetzt hielt. Eine ehrfurchtsvolle Scheu durchfuhr ihn, und sanft löste er sich von ihr und stand auf. Ohne ein Wort stand sie ebenfalls auf und hüllte sich enger in ihr Negligé.

Im Zweifel darüber, was ihn veranlaßt hatte, sie loszulassen, folgte sie ihm in die Bibliothek und sah ihm zu, wie er in einigen Büchern blätterte, die er eins nach dem andern zurück in die Regale stellte. Um ihn zurückzuhalten, fragte Vala ihn, ob er noch immer wissen wolle, wer das Bild von ihr aufgenommen habe, und bevor er antworten konnte, sprach sie weiter, wie sie es oft tat, und sagte, daß das Bild von Patrick Domostroy aufgenommen worden sei – ihrem alten Freund –, der sie mit Gerhard Osten an dem gleichen Abend bekanntgemacht habe, an dem sie auch Jimmy und Donna kennengelernt habe.

Osten war wie vor den Kopf geschlagen. Hatte Domostroy mit den Briefen aus dem Weißen Haus zu tun? Hatte er die nackte Frau photographiert?
Als Osten die Photographien aus dem Weißen Haus mit einem Vergrößerungsglas und einem Nachweissatz für Fingerabdrücke überprüfte, stellte er zu seiner Verwunderung fest, daß die einzigen Fingerabdrücke auf den Photos von ihm selbst stammten. War es Zufall, daß keine Fingerabdrücke darauf waren? fragte er sich, oder wollte die Verfasserin der Briefe ihre Identität so streng geheimhalten, daß sie sämtliche Fingerabdrücke auf den Photos abgewischt hatte?
Als nächstes brachte er die Polaroidbilder in ein Photolabor und ließ sogleich jedes einzelne auf das Format einer geöffneten Zeitung vergrößern. Die Vergrößerungen zeigten noch deutlicher die bestechende Schönheit der natürlichen Proportionen des Mädchens, und je länger er sie anschaute, um so mehr war er hingerissen von der anziehenden Reinheit ihrer Hingabe. Ihr langes, volles Haar, das ihr Gesicht auf allen Photos verhüllte, schien außerdem auf vielen Bildern kunstvoll über die Schultern arrangiert zu sein, so daß es die Konturen ihrer Schultern verbarg. Der Gedanke, daß sie für immer gesichtslos und anonym bleiben könnte, machte ihn rasend und er begann wie besessen, methodisch ihren Nacken zu untersuchen, ihre Brüste, die Form ihres Schoßes, die Umrisse ihrer Schenkel, in der Hoffnung, ein Muttermal, einen Makel zu entdecken, irgend etwas, das er eines Tages an einem Körper aus Fleisch und Blut antreffen könnte.
Er bemerkte die ungewöhnlich großen Aureolen ihrer Brüste. Er hatte solche Aureolen nur einmal zuvor gesehen, bei einer ehemaligen Geliebten, einer Hausfrau, die zu diesem Zeitpunkt im sechsten Monat schwanger war. Aber es gab nichts an den Formen der Nackten aus dem Weißen Haus, das auf eine Schwangerschaft schließen ließ.
Bei einem überraschenden Besuch bei seinem Vater gelang es Osten, sich eine Minute allein im Schlafzimmer aufzuhalten, wo er rasch eine Aufnahme von Valas Photographie machte. Am nächsten Tag ließ er sie entwickeln und vergrößern und verglich sie mit der Vergrößerung, der sie ähnelte. Obgleich Vala bekleidet und die Frau aus dem Weißen Haus nackt war, und obgleich die beiden Frauen vor einem völlig verschiedenen Hintergrund photographiert worden waren, als er die Bilder nebeneinander

legte, war die Ähnlichkeit im Neigungswinkel und in der Pose unverkennbar. So ungewöhnlich es auch war, daß zwei Photographen sich getrieben fühlten, ihre Modelle aus genau dem gleichen bizarren, fast abwegigen Winkel einzufangen, es war, glaubte er, immerhin möglich.
Während er sich mit diesen Dingen beschäftigte, hatten sich für Osten andere Probleme ergeben. Donna hatte ihm gesagt, daß sie sich entschlossen habe, Kontakt mit Patrick Domostroy aufzunehmen. Sie wollte ihn bitten, ihrem Spiel zuzuhören und ihre Technik zu analysieren. Dies, sagte sie, werde ihr bei der Entscheidung helfen, ob sie an dem Wettbewerb in Warschau teilnehmen solle oder nicht. Der Internationale Chopin-Wettbewerb für Klavier finde nur alle vier Jahre statt, sagte sie, wenn sie also nicht in diesem Jahr teilnehme, werde sich vielleicht keine neue Chance für sie mehr bieten.
Osten war davon überzeugt, daß Domostroy jede Gelegenheit wahrnehmen würde, sich auf ein Spiel mit Donna einzulassen, denn auf der Party bei seinem Vater, auf der sie sich begegnet waren, hatte Domostroy alle Anzeichen eines Interesses an ihr gezeigt. Osten kam ebenfalls der Gedanke, daß Donna Domostroy unbeabsichtigt Informationen vermitteln könnte, die Goddards Identität aufdecken könnten. Doch er mußte sich eingestehen, daß er keinen vernünftigen Grund angeben konnte, ihr von dem Kontakt zu Domostroy abzuraten. Und wenn sie mehr erraten hatte, als sie jemals geäußert hatte, was konnte Donna Domostroy schon sagen, das ihn verraten konnte? Soweit Osten wußte, sprach er niemals im Schlaf.
In der Zwischenzeit ging er zur Leitmotiv Inc., dem am besten sortierten New Yorker Geschäft für Überwachungs-, Sicherheits-, Rettungs- und Detektivausrüstungen, das wohlsituierte Privatdetektive bediente wie auch wohlhabende Amerikaner, Lateinamerikaner und Araber, die um ihre Sicherheit besorgt waren. Er kaufte einen auf Stimmen ansprechenden Kleinst-Kassettenrecorder, der zwölf Stunden lang nonstop aufnahm, und ein Parabolmikrophon, das Stimmen bis zu einer Entfernung von fünfhundert Metern auffing, verstärkte und aufzeichnete.

In der Hoffnung, die Frau aus dem Weißen Haus zu finden, bevor sie ihn fand, wurde Osten zum regelmäßigen Besucher am Juilliard. Er studiert sorgfältig sämtliche Frauen in dem Klavier-

literaturseminar, in dem Chopins Briefe diskutiert worden waren.
Indem er die Photographien aus dem Weißen Haus als Maßstab nahm, sortierte er zusehends alle aus, deren Figur von der auf den Bildern abwich, und schließlich konnte er die Zahl auf sechs Kandidatinnen einschränken. Von diesem Punkt an waren die Photographien keine große Hilfe mehr. Sie sagten ihm, daß die Verfasserin der Briefe eine Weiße war, darüber hinaus aber nichts. Alles andere an ihr – Größe, Gewicht, Statur, besondere Merkmale – war durch ihre Pose verschwommen, durch das Spiel mit Licht und Schatten auf ihrem Körper und durch den Neigungswinkel der Kamera, der die Länge ihrer Gliedmaßen entweder kürzer oder länger erscheinen ließ. Trotzdem schienen bei näherer Betrachtung der sechs möglichen Kandidatinnen mindestens drei in ihrer physischen Beschaffenheit der Frau auf den Photographien äußerst ähnlich zu sein. Um mit Sicherheit darunter die Frau herausfinden zu können, die er suchte, müßte er sie näher erforschen – nicht bloß ihren Körper, der einem Dutzend anderer gleichen konnte, sondern auch ihren geistigen Rahmen, ihr musikalisches Wissen, ihren Geschmack, ihre Gedanken und Assoziationen. Aber auch dann wäre das Verfahren nicht leicht, denn er war im besten Falle auf vage Vermutungen angewiesen. Was, wenn die Ähnlichkeit zwischen den beiden Bildern Zufall war, wenn sich herausstellte, daß die Frau, die er ausfragte, keine Verbindungen zum Weißen Haus oder zu einer dort tätigen Person hatte?
Dann führte er sich das größte Problem vor Augen: Wenn eine dieser Frauen vom Juilliard die Person war, die ihm geschrieben hatte, würde er durch allzu gezielte Fragen nach Dingen, die sie in ihren Briefen geschrieben hatte, in eine Falle laufen, die sie oder jemand im Hintergrund für ihn gestellt hatte? Würde er sich als Goddard verraten, bevor er selbst mit Sicherheit wußte, daß sie seine Briefschreiberin aus dem Weißen Haus war? War er darauf vorbereitet, dieses Risiko einzugehen – ausgerechnet am Juilliard, einer wahren Gerüchteküche für Klatsch aus der Musikbranche? Und wenn er eine der Frauen einlud, um sich mit ihr zu unterhalten, wie konnte er vor Donna das plötzliche Interesse an ihren Kommilitoninnen rechtfertigen – für den Fall, daß sie es herausfand? Wollte er das Risiko eingehen, Donna zu verlieren, um die Frau aus dem Weißen Haus zu finden?

Daß Patrick Domostroy das Bild der Frau aufgenommen haben konnte, brachte zusätzliche Komplikationen mit sich. Auch wenn Domostroy die Bilder aufgenommen hatte, mußte er dennoch nicht notwendig wissen, welchen Gebrauch die Frau von ihnen gemacht hatte. Und wenn er ihn fragte, warum sollte er Osten ihre Identität preisgeben?Wenn andererseits Domostroy die Bilder aufgenommen hatte und den Verwendungszweck kannte, so war entweder die Frau ein Werkzeug in seiner Hand, oder er ein Werkzeug in ihrer, und jeglicher Versuch Ostens, ihn auszufragen, würde automatisch Verdacht erregen. Wenn er zu Domostroy ging und ihn Dinge zu fragen begann, die nur Goddard aus den Briefen wissen konnte, würde er sich dann nicht selbst als Goddard deklarieren? War er bereit, dieses Risiko bei Patrick Domostroy einzugehen, einem Menschen, den er für moralisch bankrott hielt? War er bereit, möglichen Erpressungen Tür und Tor zu öffnen?

Bei seinen Besuchen der Klavierliteraturseminare am Juilliard fand Osten eine seiner drei Kandidatinnen besonders interessant. Sie hieß Andrea Gwynplaine. Sie besuchte die gleichen Seminare wie Donna, es bedurfte folglich nur einer leisen Andeutung, um Donna zu veranlassen, sie ihm eines Tages in der Cafeteria vorzustellen, seinem Lieblingsplatz, an dem er das Äußere der Kandidatinnen studierte, die die Nackte vom Weißen Haus sein könnten.
Andrea schien Osten auf den ersten Blick ein wenig größer und vielleicht etwas schlanker zu sein als die Nackte aus dem Weißen Haus; andererseits wußte er, daß der extreme Winkel der Kamera ihre Figur verzerrt hatte. Osten glaubte an Andreas Körper die leicht kantige Schenkellinie der Nackten zu erkennen, obgleich ihr natürlich gewelltes Haar nicht mit dem Haar der Nackten übereinstimmte. Je mehr er glaubte, die Frau, die er suchte, identifiziert zu haben, um so mehr erregte ihn die Vorstellung, Andreas Gedanken zu erforschen, denn wie sie die Briefe an Goddard geschrieben hatte, waren ihre Gedanken erregender für ihn als ihr Körper.
Wie verschieden Andrea und Donna waren, dachte er. Donna hatte strenge Formen und war von lasziver Sinnlichkeit. Andrea war feminin und stilvoll gereift. Als wolle sie das Licht abweisen, schien Donnas dunkle Haut aus ihrem Inneren zu strahlen und

bei ihr zu bleiben, aber Andreas Haut strahlte wie das Licht, das auf sie fiel. Donnas Verhalten war entschieden, auf Anerkennung bedacht; Andrea war einfach lebhaft. Donna verlangte Aufmerksamkeit; Andrea zog sie auf sich. Und schließlich erfüllte die entfernte Möglichkeit, daß Andrea die Frau aus dem Weißen Haus sein könnte, Osten mit Verlangen nach ihr. Er begehrte Donna nicht mehr.

In seiner Phantasie war die Verfasserin der Briefe zu der Frau geworden, nach der er sich schon immer gesehnt hatte, die Frau, die er fast in Leila gefunden – und verloren hatte. War es möglich, daß er sie in Andrea vor sich hatte?

Er mußte sich immer wieder in Erinnerung rufen, vorsichtig vorzugehen. Wenn Andrea seine gesichtslose Nackte war, so durfte er ihr unter keinen Umständen den leisesten Wink geben, denn wenn sie die an Goddard gerichteten Briefe geschrieben hatte, so hoffte sie vermutlich jeden Augenblick darauf, von Goddard angesprochen zu werden, und jedes plötzliche Interesse an ihr würde sie aufhorchen lassen.

Doch er wollte sie kennenlernen. Er fühlte sich nicht nur von ihr angezogen, weil sie die außergewöhnlichen Briefe geschrieben haben konnte, sondern auch weil Andrea selbst faszinierend war. Es gab einen einzigen hartnäckigen Gedanken, der ihn vor ihr zurückschrecken ließ: der Gedanke an Patrick Domostroy.

Wenn Domostroy die Photographien der Nackten aus dem Weißen Haus aufgenommen hatte und wenn Andrea diese Nackte war, so mußte Osten der Möglichkeit ins Auge sehen, daß der Mann, den er zutiefst verachtete, ein Freund dieser schönen Frau war, vielleicht sogar ihr Geliebter. Jedenfalls schien er sie intim genug gekannt zu haben, um diese recht kompromittierenden Photographien, die sie in ihrer Lust zeigten, gemacht zu haben. Osten wünschte sich selbst eine intime Beziehung mit Andrea so sehr, daß er beschloß, sich einen Weg zu ihren Gefühlen zu bahnen. Er mußte gewisse Risiken eingehen, wollte sich aber vergewissern, ob sie wirklich die gesichtslose Verfasserin der Briefe war, und ob Domostroy der Mann war, der sie photographiert hatte.

III

Jetzt, da die Briefe abgeschickt waren, hing alles andere von Goddard ab. Andrea verließ sich auf Domostroys natürlichen Instinkt für Musiker und seine Versicherungen, daß die Briefe genügend Anhaltspunkte enthielten, um Goddard zu ihr zu führen. Sie hoffte, Goddard werde keine Zeit verlieren, und um Platz für ihn zu machen, verließ Domostroy, wie vereinbart, das Appartement und zog wieder zurück in sein altes Zimmer im Old Glory.

Dort wurde er begrüßt vom muffigen Geruch alten Leders und dicken Staubschichten, und er verbrachte seinen ganzen ersten Tag zu Hause damit, sein Quartier zu säubern, sämtliche Sicherungen und Alarmanlagen zu überprüfen und die vielen Dutzend elektronischen Rattenfallen neu einzustellen, die mit Tönen im Hochfrequenzbereich diese unliebsamen Nagetiere auf sichere Distanz hielten. An seinem zweiten Tag zu Hause nahm er die Staubdecke vom Flügel im Spielsaal und spielte sich mit improvisierten Arrangements von Goddards spanischen Liedern schlaftrunken. Er hatte erwartet, daß er sich leer und einsam fühlen würde ohne den Komfort in Andreas Wohnung, aber zu seiner Überraschung fühlte er sich mit den Tagen in einer geradezu übermütigen Stimmung, als habe er, auf sich gestellt, plötzlich wieder die Freiheit, eine neue Reise anzutreten, welcher Art sie auch sein würde.

Unterdessen wartete Andrea auf Goddard oder eine Person, die in seinem Auftrag kam. Sie prüfte genau das Verhalten aller um sie herum und rief Domostroy zu allen Tages- und Nachtzeiten an, bat ihn, sich mit ihr in Hotelhallen, Kaffeestuben oder Museen zu treffen, um ihm mit ihre Entdeckungen und Vermutungen zu besprechen, stets unter den allergrößten Anstrengungen und Vorkehrungen, daß ihr niemand folgte.

Domostroy wußte nicht, ob sie dies tat, weil sie sich ohne einen Liebhaber langweilte, oder weil sie ihre Macht über ihn nicht verlieren wollte. Auch wenn er zufrieden war, wieder allein zu leben, guter Musik zu lauschen, viel lesen zu können, viermal in der Woche im Kreutzer zu spielen und nach Jobs Ausschau zu halten, hatte er versprochen, ihr zu jeder Zeit behilflich zu sein, wann immer sie ihn brauchte. Als Gegenleistung, sagte sie, werde sie hin und wieder eine Nacht mit ihm verbringen.

Nicht lange, nachdem er ausgezogen war, hatten sie sich kurz in den Ausstellungsräumen des Metropolitan Museums getroffen. Während sie zwischen den Glasvitrinen hin- und hergingen, die voller Musikinstrumente waren, verspürte Domostroy wieder ein Verlangen nach ihr. In ihrer weiten Bluse, ihren engen Jeans und ihren hochhackigen Sandalen, war sie der Urtyp einer aufreizenden Studentin.

Hin- und hergerissen zwischen diesem Verlangen und der Verachtung für seine eigene sexuelle Abhängigkeit, war ihm klar, daß er noch immer abhängig von ihr war.

»Wie steht's im Old Glory?« fragte Andrea.

»Gut, aber ich vermisse dich«, sagte er gelassen.

Sie überging seine Worte und blieb vor einer Sammlung antiker Lyren stehen.

»Schau mal, da ist etwas für dich«, sagte sie, indem sie auf eines der sonderbar geformten Instrumente deutete und die Kurzinformation dazu vorlas. »›Das Kissar, eine afrikanische Lyra. In Zentralafrika wurden die Resonanzkörper für Lyren aus Kürbissen und Kokosnüssen gefertigt oder, wie bei diesem Exemplar, aus menschlichen Schädeln, mitunter wurde für die Jocharme das Gehörn von Gazellen verwendet.‹« Domostroy schreckte beim Anblick des skelettierten Gesichts des Kissar zurück. Der obere Teil des Schädels war abgesägt und darüber war Haut gespannt worden; um den oberen Rand waren zur Verzierung Locken aus Menschenhaar genäht, und um den Klangkörper zu schließen, war der Boden des Schädels straff mit dünner getrockneter Haut bespannt.

Andrea folgte der Richtung seines Blicks. »Der Haarfarbe nach war der Besitzer des Schädels ein Weißer. Pech für ihn«, bemerkte sie trocken. »Übrigens, da wir gerade von weißen Männern und afrikanischen Gazellen reden, ich habe herausgefunden, daß du noch eine Verehrerin am Juilliard hast – Donna Downes, eine schwarze Pianistin. Du hast sie mir gegenüber niemals erwähnt.«

»Ich bin ihr nur einmal – und das sehr kurz – auf einer Etude-Party begegnet«, sagte Domstroy. Er erinnerte sich sehr gut an Donna, und er hatte es immer bereut, daß seine Erinnerung an sie seit ihrer Begegnung verblaßt war. Hätte er sich nur, seinem ursprünglichen Instinkt folgend, damals um sie bemüht. »Woher weißt du, daß ich eine Verehrerin in ihr habe?« fragte er.

»Donna setzte sich gestern in der Cafeteria neben mich, und –

welche Überraschung! –, sie hatte eine Schallplatte von dir in ihrer kleinen schwarzen Hand!«
»Ihre Hand mag klein und schwarz sein«, sagte Domostroy, »aber sie ist ganz sicher groß am Klavier.«
»Nicht so groß wie ihre Titten«, sagte Andrea. »Wie dem auch sei, ich habe unsere Gazelle gefragt, was sie von dir hält.«
»Ich hoffe, du hast ihr nicht gesagt, daß wir uns kennen«, schnitt er ihr das Wort ab. »Denk an unseren Plan. Bis wir von Goddard hören, darf niemand, aber wirklich niemand wissen –«
»Natürlich habe ich ihr nichts gesagt«, sagte Andrea. »Aber es war doch nichts dabei, über deine Musik zu reden. Eine Menge Juilliard-Studenten sind vertraut mit deinen Kompositionen.«
»Und was hatte Miss Downes zu meiner Musik zu sagen?« fragte er.
»Sie kam nicht mehr dazu, etwas zu sagen, weil Jimmy Osten, ihr Freund, kam, um sie abzuholen, und da schwieg sie.«
»Ach ja«, sagte Domostroy, »der kleine Jimmy Osten!«
»Kennst du ihn?« fragte Andrea.
»Nur flüchtig. Aber sein Vater ist seit Jahren mein Verleger, und bei meinen Besuchen dort ist mir Jimmy gelegentlich über den Weg gelaufen. Er war als Kind so introvertiert und still, daß sich niemand um ihn gekümmert hat. Inzwischen ist er erwachsen, und noch immer kümmert sich kein Schwein um ihn.«
»Ein Schwein schon«, sagte Andrea. »Donna.«
»Was erwartest du! Sie will Konzertpianistin werden und sucht vermutlich einen Musikverleger. Vergiß nicht, Jimmys Vater, der ein herzensguter alter Bock ist, gehört Etude Classics. Aber sein Sohn kommt mir wie ein kalter Fisch vor – ohne Gefühle.«
Seine Worte ärgerten Andrea. »Woher willst du wissen, daß er keine Gefühle hat? Hat Donna dir das auf der Party erzählt?«
»Das brauchte sie nicht«, sagte Domostroy. »An dem Abend, als ich Donna kennenlernte, hatten Jimmy und ich eine kleine Auseinandersetzung über Musik, und obwohl er wütend auf mich war – oder auf sie, weil sie meiner Meinung war –, hat er es nicht geschafft, es zu sagen. Dieser kleine klägliche Gockel!« lachte er. »Oder ist er ein Kuckuck?«
»Du bist gemein«, sagte sie. »Du machst dich über ihn lustig, nur weil er einen Stimmfehler hat!«
»Wer interessiert sich schon für seine Stimme! Ich spreche von ihm.

O Kuckuck! soll ich dich Vogel rufen,
Oder dahinirrende Stimme?
Nicht Vogel, sondern ein unsichtbar Ding,
Eine Stimme, ein wahres Geheimnis!«

rezidierte er Wordsworth.

»Deine Sprüche sind begeisternd. Im übrigen ist Jimmy wohl kaum ein unsichtbares Ding! Er sieht verdammt gut aus«, sagte sie. »Gewinnendes Lächeln. Sanfte Augen, Seidiges blondes Haar. Und er scheint mir sentimental zu sein.« Sie hielt inne, sagte dann hinterlistig: »Aber laß mich dir eine kleine Geschichte über deine negroide Verehrerin Donna erzählen.

Vor ein paar Jahren hing dauernd ein Bursche namens Marcello im Juilliard herum. Marcello war weiß, gebaut wie eine Sportskanone – groß und schlank, höflich, stets hatte er ein Lächeln auf den Lippen –, und er zeigte kein Interesse an einer näheren Bekanntschaft. Trotzdem hing er nach wie vor mit seinem sehr großen und unter seinen engen Jeans leidenden Ding herum, als würde er Wache schieben und nach einer bestimmten Person Ausschau halten, und wir konnten nicht ausmachen, wer das war.

Manche Mädchen – einschließlich mir – schwärmten für sein Aussehen und seine Art. Wir haben uns in unseren Phantasien ausgemalt, daß Marcello unschuldig war und noch immer hoffte, daß ihm die große Liebe über den Weg laufen und ihn sanft ins Bett führen würde. Aber er blieb auf Distanz. Nachdem wir ihn alle aufgegeben hatten, fand er seine wahre Liebe doch noch – Donna Downes! Ein harter Schlag in unsere weißen Gesichter. Donna hatte ein Begabtenstipendium und hatte sich so ziemlich jeden Klavierpreis erspielt, inklusive des Elisabeth-Weinreich-Levinkopf-Klavierpreises. Bald gingen Donna und Marcello fest miteinander, und zu guter Letzt legte sich unsere Eifersucht in dem Maße, in dem wir mit unseren eigenen Studien, Liebhabern und dem ewigen Pendelverkehr beschäftigt waren.

Dann geschah etwas Unerwartetes. Einer meiner Freunde sagte, er sei fest davon überzeugt, daß Marcello der unter dem Namen Dick Longo bekannte Pornostar sei, der bereits in vielen hundert ›sündhaft geilen‹ Pornostreifen, besonderen Videofilmen und anderen Vorführungen für Herrenparties mitgespielt habe, die in den Peep-Shows in der Innenstadt gezeigt würden.

Tags darauf nahm mein Freund mich mit zu einem dieser Video-Sex-Läden am Times Square, wo wir uns in der Peep-Kabine ungestört sämtliche hervorstechenden Merkmale Dick Longos in *Spielende Organe,* einer seiner gewagteren Sexkapaden genau ansahen. Es gab keinen Zweifel: Longo war Marcello. Ich kaufte prompt diese Filmkassette und lud am nächsten Tag sämtliche Mädchen, die ihn so verehrt hatten, zu mir ein, um ihnen meine neue Errungenschaft vorzuführen. Du kannst dir ihre Erregung vorstellen, als sie seine recht begabten Körperteile in vollem Glanz vor sich sahen.« Andrea schwieg.

»Was war mit Donna Downes?« fragte Domostroy. »Wußte sie da schon, wer er war?«

Andrea hob die Hand zu einer wegwerfenden Geste. »Ich weiß nur, daß Donna zu meiner Filmvorführung kam, und während wir uns auf der Leinwand den nackten Dick Longo und seine ausschweifenden Possenspiele – und seine sehr sichtbaren Sachen – ansahen, hatten wir natürlich auch ein Auge auf Donna, die ebenfalls zuschaute. Naja, das muß man dieser schwarzen Perle lassen, nicht ein einziger Zug in ihrem Gesicht verriet, daß sie überrascht war von dem, was sie sah, und niemand von uns wagte sie zu fragen, ob sie schon vor diesem Tag gewußt hatte, daß sie vom populärsten Pornobock des Landes gebumst wurde. Jedenfalls ist unsere schwarze Orchidee danach noch mehrere Monate lang mit Marcello gegangen. Offensichtlich, um uns eins auszuwischen.« Sie lachte schadenfroh.

»Oder, weil sie verliebt in ihn war«, sagte Domostroy.

»In den verliebt? In einen Pornobock?« Andrea lachte. »Das war sie wohl kaum, nicht, wenn sie sich für Typen vom sentimentalen Schlag eines Jimmy Osten interessiert. Die beiden könnten unterschiedlicher nicht sein!«

»Sei da nicht so sicher«, sagte Domostroy. »Pornographie und Sentimentalität gehen Hand in Hand. Beide lügen über Sex. Aber erzähl mir mehr über Jimmy und Donna.«

»Da gibt es nicht viel zu erzählen«, sagte Andrea. »Für ein zweifarbiges Gespann scheinen sie gut miteinander auszukommen. Wir fragen uns aber alle, ob sich die Bantukönigin nicht nach dem Dick vergangener Tage sehnt.« Sie lächelte spöttisch.

»Jetzt bist du gemein«, sagte Domostroy, der ihren Ton nachäffte, »du machst dich über ihn lustig, nur weil er nicht die Maße eines Mister Longo hat.«

»Vielleicht hat er sie ja«, lachte Andrea. »Vielleicht hat Jimmy überall Frauen sitzen. Ich weiß, daß er viel unterwegs ist. Anscheinend hält er es nicht allzu lange in der Nähe seiner jungen bolschewistischen Stiefmutter aus, und ich glaube, daß diese Abneigung auf Gegenseitigkeit beruht. Er ist gerade erst wieder in die Stadt gekommen.«
»Glaubst du, daß Donna mit Jimmy glücklich ist?« fragte Domostroy.
»Kann ich dir nicht sagen. Im Augenblick ist das schwarze Schwesterchen eher nervös, weil sie nicht weiß, ob sie an dem Chopin-Wettbewerb in Warschau teilnehmen soll. Allem Anschein nach kämpft sie mit der Versuchung. Und wir wissen ja alle, was der Sieg in Moskau einem anderen Juilliard-Absolventen gebracht hat – Van Cliburn!«
Die Vorstellung, Donna Downes in einem langen Abendkleid sich tief vor dem steifen europäischen Publikum verbeugen zu sehen, erregte Domostroys Phantasie. Wie gern wäre er in Warschau – der Stadt, in der er studiert hatte – an ihrer Seite, der Meister mit seiner Schülerin, der Liebhaber mit seiner Geliebten, der ihr auf dem Weg zur Konzerthalle besänftigend zuspricht und ihrem Spiel vor dem Auftritt in einem Übungsraum ein letztes Mal kritisch zuhört und sich vergewissert, daß ihr Flügel auf der Bühne am richtigen Platz steht, der ihrem Vortrag atemlos lauscht und sie nach ihrem triumphalen Auftritt in seine Arme schließt.
»Du magst sie, nicht wahr?« fragte Andrea.
»Donna Downes?« platzte er heraus.
»Ja, Donna Downes.« In Andreas Stimme lag keine Bosheit.
»Ich mag ihre Erscheinung. Zeig mir einen Mann, der das nicht tun würde!« sagte er. Er tat, als habe er Donna bereits aus seinen Gedanken gestrichen.
Andrea blickte ihm frech ins Gesicht. »Glaubst du, daß Donna eine gelehrige Schülerin in einem deiner Sexclubs wäre?« fragte sie.
»Nach dem, was ich von ihr weiß, ist Donna alles andere als gelehrig«, erwiderte er. »Frag Jimmy.«
»Ich frage dich«, sagte sie; als er nicht antwortete, fuhr sie fort. »Was wäre, wenn der gottlose Lüstling sich dir unterwerfen würde?« Sie sprach in punktierten Rhythmen. »Immerhin ist sie schon ein Sklave – der Musik der Weißen. Bist du nicht als ehe-

maliger Meister in dieser Musik schon ihr potentieller Meister?« Sie blickte ihn vielsagend an. »Stell dir vor, was für ein Aufsehen deine schwarze Sklavin in Polen erregen würde, wenn sie die Grande Polonaise beim Chopin-Wettbewerb spielt!« Sie ließ ihre Worte auf ihn einwirken. »Warum rufst du sie nicht einfach an, Master?« miaute sie wie ein rolliges Kätzchen.
»Liebend gern«, sagte Domostroy in bewußt scherzhaftem Ton, »aber wenn ich es tue, kann ich dann damit rechnen, daß du mir Jimmy vom Leib hältst?«
»Das dürfte nicht allzu schwierig sein«, sagte sie schadenfroh. »So, wie er mich in der Cafeteria angeschaut hat, sollte es mich nicht wundern, wenn er mich demnächst fragt, ob ich mit ihm ausgehen will.«
»Wenn du wirklich mit ihm ausgehst«, sagte Domostroy, »achte auf das, was du sagst! Denk daran, wer er ist und daß Nokturn nicht nur Goddard publiziert, sondern auch den Vertrieb für Etude hat, die seinem Vater gehören. Die Musikbranche gleicht einer großen Familie; alle diese Leute sind gesellschaftlich miteinander verbunden, und einige könnten sogar Goddard kennen.«
»Du hast mir immer noch nicht gesagt, ob du vorhast, Donna anzurufen«, sagte Andrea.
»Spielt das wirklich eine Rolle?«
Sie winkte mit der Hand. »Es könnte so sein. Was würdest du sagen, wenn ich selbst ein Auge auf sie geworfen hätte?«
»Ich hätte nicht gedacht, daß du Geschmack an Frauen findest«, sagte er.
»Sexuell kann ich an allem und jedem Geschmack finden«, sagte sie drohend. »Aber sie kommt mir besser nicht in die Quere.«
»In die Quere?« Domostroy ärgerte sich. »Wenn Jimmy dich mag, ist Donna wohl kaum ein Hindernis. Und wenn nicht . . .«
»Wer spricht von Jimmy? Schau, ich weiß, daß du sie magst, und ich will nicht, daß diese schwarze Fotze mit dir zusammen ist, ist das klar?« sagte sie. »Bis ich weiß, wer Goddard ist, dürfen du und ich den Kontakt nicht verlieren, nicht wahr, Partner?« Ein leichtes spöttisches Lächeln umspielte ihre Lippen. »Auch wenn du wieder im Old Glory wohnst, will ich sicher wissen, daß du mir zur Verfügung stehst.«
»Für ein einmaliges Gastspiel?« fragte er.
»Was bildest du dir ein?«
»Ich bilde mir ein«, sagte er, indem er so tat, als sei aus dem Spaß

noch nicht Ernst geworden. »daß ich an Donnas Stelle nicht auf dich reinfallen würde.«
Andrea spürte seine Stimmung. »Aber du bist nicht Donna«, sagte sie. »Es ist schlimm genug für sie, daß sie schwarz und arm ist und zudem eine Frau. Sie ist sich außerdem ihrer künstlerischen Fähigkeiten nicht sicher. Und daher ist unsere dunkle Dame ein sexueller Wechselbalg – und was für einer. Sie würde alles tun, um geliebt zu werden. Um das Gefühl zu haben, gebraucht zu werden. Um gleichberechtigt zu sein – und sei es nur in den Augen ihres Liebhabers«. Sie wollte ihn reizen. »Als Frau weiß ich mehr über dieses Biest, als du je wissen wirst. Wollen wir wetten, daß ich diese schwarze Perle im Nu im Bett habe?«
»Als Mann hingegen weiß ich mehr über Goddard als du«, sagte er, indem er seinen Ärger unterdrückte, »und selbst wenn er ein verschleierter arabischer Scheich ist, bezweifle ich, daß er auf sie hereinfällt.«

Andreas Worte über Donna hatten in Domostroy die Erinnerung an eine Frau geweckt, die ihm vor einigen Jahren begegnet war und die er noch nicht vergessen hatte. Er hatte sich damals auf dem Höhepunkt seiner Popularität als Komponist und Interpret befunden; wahrscheinlich weil sein Name und sein Äußeres ständig in den Medien erschienen, hatte ihm eine Filmgesellschaft das Angebot unterbreitet, die Rolle eines russischen Komponisten in einem epischen Hollywoodfilm zu spielen. Domostroy war überzeugt, daß eine solche Erfahrung seine Phantasie nur anregen und seiner Kunst nur dienlich sein konnte, und hatte angenommen. Die Außenaufnahmen für den Film wurden zum Teil in Spanien gedreht. Zu der Zeit, da Domostroy und die anderen Darsteller in Sevilla eintrafen, sollte dort ein Musikfestival im Hotel Alfonso XIII. stattfinden, einem großartigen Relikt der großen spanischen Architektur der Vergangenheit. An dem Festival sollten zahlreiche berühmte Künstler und Komponisten teilnehmen, und Domostroy mußte zu seinem Bedauern feststellen, daß er durch die geplanten Drehzeiten – von acht Uhr morgens bis spät in den Nachmittag oder Abend hinein – einige wichtige Gruppen- und Solovorstellungen versäumen würde.
Eines Tages, als er sich im Kostümwagen unter den wachsamen Augen seines Friseurs, seines Doubles, seines Maskenbildners und seines Kostümmeisters für die nächste Szene zurechtmachte,

sah Domostroy draußen eine junge Frau stehen. Er erkannte in ihr ein Mitglied des Requisiten- und Kostümteams und sah, daß sie in ein Programmheft vom Festival vertieft war.
Er hatte sie schon einige Male zuvor gesehen – sie war hübsch, hatte blütenweiße Haut und zarte Gesichtszüge –, und ihm war ihre Scheu aufgefallen, ihre Furcht, seinem Blick zu begegnen. Diese Schüchternheit hatte ihn zurückschrecken lassen, und die Frau, die seine Reserviertheit als Ablehnung empfunden haben mochte, hatte ihn gemieden. Aber ihm hatte ihr Äußeres gefallen, und er war besonders von ihrer Garderobe fasziniert. Sie trug jeden Tag ein anderes Kleid, und durch jedes neue Kleid wirkte ihre Erscheinung so sehr verändert, daß sie auch ihre Persönlichkeit geändert zu haben schien.
Als er sie später allein beim Essen in der Cafeteria sitzen sah, nahm er ihr gegenüber Platz und fragte sie, welche Veranstaltungen sie auf dem Festival zu besuchen beabsichtige. Erfreut über sein Interesse, beantwortete die Frau seine Frage und erzählte ihm obendrein, daß sie an dem Festival nicht nur die Musik, sondern vor allem die Anwesenheit so vieler Komponisten faszíniere. Ihr, als einem schüchternen Menschen, scheine das Komponieren eine Tätigkeit zu sein, die man zurückgezogen vom täglichen Leben ausübe; sie habe sich immer gefragt, ob Komponisten nicht auch schüchterne Menschen seien. Beneideten sie die Interpreten, Arrangeure und andere aggressive Wichtigtuer, die häufig größeren Beifall ernteten und mehr Geld mit dem Werk verdienten als die Komponisten selbst? Sie habe gerade neulich einen Artikel gelesen, in dem ein französischer Psychologe behauptete, daß Musiker, die völlig von Musik absorbiert und in sie vertieft seien, auch Geist und Seele inniger miteinander verschmelzen könnten als andere Menschen – sie seien wirklich eins mit ihren sexuellen Partnern. Sie sagte, sie habe schon immer wissen wollen, durch welche besonderen Anlässe oder welche geistige Verfassung ein Komponist zum Schreiben von Musik inspiriert würde. Trotz ihrer Neugier oder ihres lebhaften Interesse an diesen künstlerischen Schaffensprozessen, sagte sie, sei sie noch keinem Komponisten begegnet, noch habe sie einen persönlich kennengelernt. Sie hoffe, daß sich auf dem Musikfestival in Sevilla, das so viele Komponisten besuchten, eine Gelegenheit bieten werde, wenigstens einen kennenzulernen.
»Einen haben Sie schon kennengelernt«, sagte er, um ihr ihre Be-

fangenheit zu nehmen. »Mich. Falls Sie nicht glauben, daß ich eine große Zukunft als Schauspieler vor mir habe!« fügte er scherzhaft hinzu. Sie schaute ihn an. »Natürlich weiß ich, daß Sie ein Komponist sind, Herr Domostroy. Und ich kenne Ihre Musik. Aber ich bin Ihnen eben unter derart gewöhnlichen Umständen begegnet.«

»Gewöhnlich?«

»Naja, schon. Unsere Begegnung hat nichts Außergewöhnliches.«

Ihre Offenheit verblüffte ihn. »Sie meinen, daß unsere Begegnung hier nichts Außergewöhnliches für Sie hat, weil wir uns schon vorher begegnet sind? Weil Sie mich bei den Dreharbeiten zu diesem Film gesehen haben?«

»Nein, nein, keineswegs«, widersprach sie mit hochrotem Kopf. »Aber Sie wissen doch schon, wer ich bin, was ich tue, und sogar«, sie zögerte, »sogar wie ich aussehe – unter derart gewöhnlichen Umständen.«

»Sie sind nach wie vor außergewöhnlich«, sagte er. »Ich weiß nichts von Ihnen. Aber Sie gefallen mir von Ihrer Erscheinung her. Sagen Sie, sehen Sie wirklich unter anderen Umständen anders aus?«

Sie zögerte, bevor sie antwortete. »Ja«, sagte sie verlegen. »Ich liebe Kleider. Ich wechsle sie gern – verändere mich gern etwas.«

Auf gut Glück fragte er sie, ob ihre Vorliebe für Kleider und Kostüme der Grund gewesen sei, einen Job in der Kostümabteilung einer Filmgesellschaft anzunehmen. Da schreckte sie zusammen und wurde rot bis über die Ohren. Er fragte rasch nach, ob sie denn noch nicht verschiedene historische Kostüme anprobiert habe. Sie blickte sich um, als habe sie panische Angst, daß jemand seine Worte mitangehört hatte. Heftig atmend und noch immer errötet erhob sie sich, als wolle sie gehen, aber er hielt sie zurück, indem er sanft seine Hand auf ihre Schulter legte. Er sagte ihr, daß er sie mochte und keineswegs habe kränken oder verunsichern wollen. Er wisse nicht, ob es der Komponist in ihm sei, aber seit er sie zum erstenmal gesehen, habe er sie sich immer in Verkleidungen vorgestellt, in verschiedenen Kostümen. Nachdem ihre Erregung sich gelegt hatte, fragte sie ihn, welche Kostüme ihm vorschwebten, und er sagte, daß dies von seiner Phantasie abhängig sei – manchmal sehe er sie als Violinistin, dann als Krankenschwester, als Go-Go-Girl oder als Debütantin.

Er sagte, wenn sie Lust habe, werde er sie einigen Komponisten auf dem Festival vorstellen; zu jeder Vorstellung könne sie unterschiedliche Perücken, Kleider und Make-ups tragen. Dies werde auch unterschiedliche Frauen aus ihr machen, mit einem neuen Geheimnis und einer frischen Aura für jeden Komponisten, dem sie begegnete.

Jede dieser Metamorphosen, sagte er, wäre auch ein Akt des Komponierens, des Komponierens einer neuen *persona,* ähnlich dem Komponieren von Musik. Er wäre eine Art in die Tat umgesetzte Komische Oper, und er würde sie in ihrer Suche nach ihrer Identität und in ihrem Selbstvertrauen stärken. Selbst wenn sie keinen festen Platz in der Phantasie eines dieser kreativen Männer einnehmen würde, würde sie doch ihre unmittelbare Wirkung auf diese Männer verspüren. Gleichzeitig werde sie damit Domostroys eigene Erfahrungen erweitern. Er gab offen zu, daß er den Plan zwar gerade erst entworfen habe, die Aussicht ihn zu verwirklichen, ihn aber erregte. Und er hoffe, sie werde sich daran beteiligen. Er gestand ihr, daß er bereits eine Idee habe, wie er den Plan in Musik umsetzen werde: er werde sein Stück *Octaves* nennen, und es werde eine Serie von Metamorphosen einer einzigen Melodie sein, die Schritt für Schritt durch immer wiederkehrende Pausen, Solostimmen und Schweigen unterbrochen und aufgelöst werden sollte.

Sie schien keineswegs verlegen, sondern sichtlich geschmeichelt zu sein von seinem Plan und bekannte ein wenig zaghaft, daß sie zu Hause des öfteren Perücken und Kostüme trage, jedoch nicht den Mut habe, das auch bei Verabredungen außer Hause zu tun. Da sie von Natur aus schüchtern sei, sagte sie, könne sie sich auf diese Weise vorstellen, fast eine Schauspielerin zu sein und jeden Tag oder sogar jede Nacht neue und aufregende Rollen zu spielen. Sie wisse, daß einige Männer aus dem Requisiten- und Kostümteam – Friseure und Maskenbildner – sich gelegentlich Kleider und Perücken borgten und manchmal sogar als Frauen verkleidet ausgingen. Sie hätten ihr von diesen Eskapaden erzählt, und mehr als einmal habe sie sie um ihre Courage beneidet.

Am ersten Abend des Festivals lud Domostroy die junge Frau in ein Café ein, in dem die einheimischen Musiker verkehrten. Viele der gastierenden Künstler befanden sich ebenfalls dort, etliche erkannten Domostroy und winkten ihm zu oder kamen herüber,

um mit ihm zu plaudern. Einige sprachen begeistert über seine Kompositionen, die sie gespielt hatten, und Domostroy sah, daß seine Begleitung von diesen Komplimenten beeindruckt war.
Am nächsten Tag sagte sie Domostroy, sie würde sich gern auf seine Idee einlassen, falls er noch Lust dazu habe, sie anderen in Verkleidungen vorzustellen. Sie habe drei Ausstattungen ausgewählt und sogar die notwendigen Accessoires dazu zusammengesucht – Perücken, Mäntel, Schuhe, Handtaschen.
Domostroy sagte ihr, er sei begeistert, und noch am selben Abend sah er die Liste der Teilnehmer im Festivalprogramm durch und suchte drei Komponisten aus, denen er bei verschiedenen Veranstaltungen in der Vergangenheit begegnet war. Er rief sie sogleich an und traf Verabredungen mit ihnen zu jeweils verschiedenen Zeiten.
Der erste war ein Amerikaner, im wesentlichen als Komponist für ernste Musik bekannt, aber auch als Vertreter der leichten Muse. Er war in den Fünfzigern und hatte den größten Teil seines Lebens in Minneapolis verbracht, wo seine Frau vor kurzem gestorben war. Sie trafen sich in der Hotelbar, und der Mann schien sich zu freuen, Domostroy wiederzusehen. Während sie Drinks bestellten und die ersten Worte miteinander wechselten, sah Domostroy das Mädchen die Bar betreten.
Wenn er nicht gewußt hätte, was sie tragen würde, so hätte er sie nicht erkannt. Die blondgelockte Perücke stand ihr ausgezeichnet; ein hervorragend ausgeführtes Make-up veränderte unmerklich ihre Lippen und Augen; das schwarze Seidenkleid betonte diskret ihre mädchenhafte Taille, und ein wattierter Büstenhalter ließ ihren kleinen, festen Busen erheblich voller erscheinen. Lange Handschuhe, eine Krokotasche und hochhackige Schuhe vervollständigten das meisterhafte Bild. Sie spielte ihre Rolle gut. Sie blickte sich um, als sei sie auf der Suche nach jemandem, tat leicht enttäuscht, wandte sich um, um zu gehen, und täuschte Überraschung vor, als sie die beiden Männer bemerkte. Sie näherte sich ihrem Tisch und sprach Domostroy mit erstaunlicher Haltung und großer Selbstsicherheit an, indem sie ihn daran erinnerte, daß sie schon einmal bei einem Benefizkonzert in London das Vergnügen gehabt habe, ihm zu begegnen. Über ihre mühelose Handhabung des Täuschungsmanövers verblüfft, murmelte Domostroy ein paar Worte der Entschuldigung, daß er sie nicht sofort erkannt hatte. Dann stellte er sie dem

Amerikaner unter ihrem angenommenen Namen vor und lud sie zu einem gemeinsamen Drink ein. Höflich nahm sie die Einladung an und erwies sich in der Konversation ebenso vollendet wie in ihrer Verkleidung. Sie sprach ausführlich und sachkundig – dank des Lesematerials, das Domostroy ihr gegeben hatte – über Musik, das Thema, das sie ihren Worten nach mehr als alles andere faszinierte.

Domostroy nutzte den richtigen Augenblick, um sich zu entschuldigen und zu gehen. Als er sie am nächsten Tag fragte, ob es ihr gelungen sei, einen nachhaltigen Eindruck bei dem Komponisten zu hinterlassen, erwiderte sie zurückhaltend, daß der Komponist sie gerne wiedersehen würde.

Mit noch größerem Interesse widmete sich Domostroy den anderen Begegnungen. Der nächste war ein sowjetischer Komponist und Dirigent, der sich allein auf einer Tournee durch Westeuropa befand, seine Frau und seine drei Kinder waren in Kiew geblieben. Zu dieser Begegnung kam die junge Frau als geschwätziger Rotschopf verkleidet, als College-Studentin, die ihre Ferien in Spanien verbrachte. Wieder sprach sie verständig von ihrem Hauptinteresse – der Geschichte der musikalischen Formen –, und innerhalb einer Stunde hatte sie den Russen erobert. Domostroy berief sich bald auf eine dringende Verpflichtung und ließ sie allein.

Der letzte Kandidat, den Domostroy für sie ausgewählt hatte, war ein kürzlich geschiedener Deutscher in mittleren Jahren. Er war ein berühmter Komponist für Kammermusik und der Verfasser einer langatmigen Studie über die Natur und die Entwicklung der gesamten Familie der Streichinstrumente. Für ihn war sie zu einer Musikkritikerin aus dem Mittleren Westen geworden, die über das Festival schrieb – eine adrette, üppige, vollbusige Brünette, die Seidenblusen und Tweedkostüme trug –, und der Deutsche erwies sich als die bei weitem einfachste Eroberung.

Bald liefen ihr alle drei Komponisten nach, und Domostroy war überrascht, wie geschickt sie alle drei Beziehungen – und Verkleidungen – durchhielt. Viele andere Komponisten hatten Domostroy Komplimente über die Schönheit der drei Frauen gemacht, die sie in seiner Begleitung gesehen hatten; einer war sogar an den Drehort gekommen, um sie auf eigene Faust zu suchen, und war maßlos enttäuscht, nicht eine einzige zu finden. In dieser Zeit kam sie abends auf dem Weg zu einem ihrer romantischen Rendezvous in Domostroys Zimmer vorbei und ließ ihn ihre Garderobe und ihr Make-up begutachten oder sie auf den entsprechenden Dialog vorbereiten. Über ihre amourösen Fortschritte mit den drei Männern äußerte sie sich nur zurückhaltend. Sie erwähnte nur, daß alle drei lebhaftes Interesse an ihr zu zeigen schienen und daß sie zufrieden mit dem Erfolg ihrer Verkleidungen sei. Während sie ihre Abenteuer bestand, fragte Domostroy sich, wie aufrichtig die Frau mit jedem einzelnen Mann war. Hatte sie einem von ihrem Verkleidungsspiel erzählt? Hatte sie zum Beispiel zugegeben, daß sie eine Perücke trug?

Sie hatte seine Neugierde bemerkt. Wie um ihn zu quälen, begann sie anzudeuten, daß sie mit allen drei Kandidaten ins Bett gegangen war. In diesen Augenblicken war sogar ihr Verhalten Maskerade, und er fühlte sich dadurch eingeschüchtert. Sie hatte sich vollkommen unter Kontrolle, und ohne eine Spur ihres furchtsamen Wesens sah sie ihm fest in die Augen und verfolgte jede seiner Bewegungen, als wolle sie irgendeine Verstellung in seiner Stimme, seinem Blick und seinem Verhalten entdecken.

Ihrem forschenden Blick konnte er nicht standhalten. Er gestand ihr, daß er sehr gerne mehr über sie und ihre Erfolge bei den drei Männern erfahren würde. Als sie ihm antwortete, schien sie nicht mehr geheimnisvoll. Mit unbewegter, fast gefühlloser Stimme schilderte sie bis ins kleinste Detail hinein, wie sie sich von jedem Mann hatte lieben lassen, ohne sich von einem der Männer völlig entkleiden zu lassen. Sie erzählte Domostroy, daß sie in diesen gleichzeitigen Liebesaffären bei jedem der Männer das Gefühl habe, eine völlig andere Frau zu sein, daß aber die drei Männer ihr als ein und derselbe Mann erschienen. Bei dem Amerikaner, sagte sie, sei sie erfinderisch und fordernd, und sie setze sich gewöhnlich rittlings auf ihn, um ihn zum Orgasmus zu bringen; bei dem Russen sei sie fügsam und unterwürfig, fast in Trance, und sie lasse ihn sich erregen, indem er sich an ihr reibe; bei dem Deutschen sei sie frisch und unschuldig, und sie reizte ihn so lange, bis er sie anflehe, ihr die Kleider vom Leibe reißen zu dürfen. Sie gehe oft von einem Liebhaber zum nächsten, innerhalb desselben Hotels, am selben Nachmittag oder Abend. Da Sex wie Musik unmittelbar und sinnlich sei, sagte sie, habe sie manchmal das Gefühl, daß sie der Komponist sei und die anderen bloß Interpreten ihrer sexuellen Musik.

Als das Festival vorüber war, verließen die meisten Teilnehmer,

einschließlich des Amerikaners und des Russen, unverzüglich Sevilla. Der Deutsche hingegen blieb ein wenig länger, und Domostroy fragte sich, ob der Mann diese Entscheidung allein getroffen habe oder auf Bitten der immer noch namenlosen Frau.
Nach einer Woche reiste auch der Deutsche ab, und Domostroy hoffte, daß nun die Frau ihre letzte Verkleidung ablegen würde. Aber sie tat es nicht. Eines Abends kam sie in sein Zimmer und war so gut verkleidet, daß er sogar auf der Straße an ihr vorbeigegangen wäre, ohne sie zu erkennen – obgleich er sie mit Sicherheit gern kennengelernt hätte.
»Und für wen tragen Sie dieses Kostüm?« fragte er.
Sie trat dicht an ihn heran. »Es ist für Sie«, sagte sie. »Wollen Sie nicht Ihre *Octaves* komponieren?«
Jahre später traf er diese Frau wieder. Und damals wurden ihre beiden Namen zusammen in der Regenbogenpresse genannt, in einem Artikel, der ein Wochenende beschrieb, das er mit ihr in einem privaten Club verbracht hatte.
»Warum rufst du sie nicht einfach an?« Andreas Worte wollten Domostroy den ganzen Tag nicht aus dem Kopf gehen. Als er an diesem Abend nach Hause kam, schrieb er eine Nachricht für Donna Downes, an die Adresse des Juilliard, in der er sie um eine Verabredung bat. Aber nachdem mehrere Tage verstrichen waren und sie nicht geantwortet hatte, nahm er an, daß sie kein Interesse hatte, und so überließ er sich wieder seinem gewohnten Lebensrhythmus – aber er dachte oft an sie.
Donna war jung, schön und begabt. Er wußte jetzt, daß sie sich aufgrund seiner Kunst zu ihm hingezogen fühlte; er erinnerte sich nur allzu gut an das, was Andrea gesagt hatte – daß Donna eines seiner Alben in der Hand gehabt hatte. Wenn Donna seine Musik anregend fand, so hatte er bereits bei der Künstlerin in ihr Gehör gefunden. Aber er begehrte sie, und er wollte als Mann bei Donna als Frau Gehör finden.

Manchmal nahm Domostroy Gelegenheitsarbeiten an, um sein Einkommen aufzubessern und um die Eintönigkeit seines zurückgezogenen Lebens zu durchbrechen. Es gab ihm neue Kraft, wenn er in die Welt hinauskam. Er pflegte seine Kurzbiographien aus *Who's Who in America* und *Who's Who in the World* zu photokopieren und verschickte sie mit dem kurzen Vermerk, daß er für besondere Engagements zur Verfügung stand. Diese Mitteilun-

gen gingen ausschließlich an Nachtclub- und Hotelmanager, an Geschäftsführer von Tanzlokalen und Schmalspuragenten, die wenig über seine Mißerfolge der letzten zehn Jahre wußten und vermutlich kaum Anstoß daran nahmen.
Durch einen kubanischen Kellner im Kreutzer war Domostroy in Kontakt mit Mitgliedern der Free Cuba Fighters gekommen, einer lose organisierten Gruppe kubanischer Patrioten, die in Amerika lebten. Ihr gehörten sowohl wohlhabende Geschäftsleute wie bejahrte Veteranen der Invasion in der Schweinebucht an. Da sie größtenteils hart arbeitende Geschäftsleute von schneller Auffassungsgabe und unfehlbarem Geschäftssinn waren, nannten diese Kubaner sich selbst stolz die ›Juden Lateinamerikas‹, eine Behauptung, die sie durch ihre energische Arbeitsauffassung bewiesen. Obwohl sie Domostroy schon oft gebeten hatten, bei Hochzeiten und kleinen Gesellschaften zu spielen, war er doch überrascht, als er einen Anruf erhielt und ihm ein ungewöhnlich hoher Geldbetrag angeboten wurde, wenn er auf ihrer offiziellen Jahresfeier spielen würde. Sie sollte im Harmony stattfinden, einem der neuesten und elegantesten Hotels Manhattans.
Am vereinbarten Abend kam Domostroy in seinem Smoking am Hotel an und ließ seinen Wagen, eine Rarität zwischen den in Doppelreihen geparkten, von Chauffeuren gesteuerten Limousinen, unter der Obhut eines der uniformierten Wächter. Er ging durch die große Vorhalle aus Marmor und fühlte sich ein wenig eingeschüchtert durch die exklusiv gekleideten Männer und auffällig mit Juwelen geschmückten Frauen, die sich dort aufhielten. Nachdem er sich beim Manager gemeldet hatte, wurde er umgehend von einem Sicherheitsposten zu einer Suite in den obersten Hoteletagen eskortiert. An der Tür mußte er sich ausweisen, und nachdem zwei kräftig gebaute Kubaner im Smoking ihn gründlich nach Waffen durchsucht hatten, durfte er weiter in die großartige Suite gehen, in der die Free Cuba Fighters sich zu ihrem geselligen Abend versammelten. Ein pompöser Salon ging in den nächsten über, und da die Türen alle geöffnet waren, konnte er ungehindert von Raum zu Raum wandern, wenn auch unter den wachsamen Augen der Sicherheitsposten, die in regelmäßigen Abständen anzutreffen waren.
In der Mitte des größten Raumes sah Domostroy eine Einfriedung aus weißem Fiberglas. Ihr Durchmesser betrug etwa sechs Meter, ihre Seiten waren knapp einen Meter hoch, und der Boden

bestand aus einer porösen Gummimatte. In der Nähe stand eine tragbare Waage in einer Holzkiste, und in den Ecken des Raumes stapelten sich zahlreiche leere Transportkartons. Ganz hinten im Raum stand eine Paganiniorgel, die, wie Domostroy annahm, für ihn vorgesehen war. Er hatte erst einmal auf einem derartigen Instrument gespielt, auf der Musikmesse des letzten Jahres, als ihn die Vielseitigkeit und Klangtreue der Orgel verblüfft hatten.
Immer mehr Free Cuba Fighters trafen ein, die Herren im Smoking, die Damen in extravaganten Abendgarderoben. Viele Männer trugen überbreite Handkoffer aus Korbgeflecht oder poliertem Holz, die mit Kombinationsschlössern versehen waren. Domostroy beobachtete, wie die Männer in aller Ruhe die Koffer öffneten, die sie mitgebracht hatten und den Inhalt in eine der größeren Transportkisten steckten, die in den Ecken des Raumes gestapelt waren. Der Inhalt war immer derselbe: Kampfhähne, die einzigen ernsthaften Kämpfer des Abends. Ihr Federkleid war ein Regenbogen aus Rot, Orange, Schwarz, Gelb und Beige mit schillernden Krausen, die um ihre Hälse wogten, ihre Beine und Schnäbel waren zusammengebunden, um zu verhindern, daß sie sich verletzten.
Helfer kümmerten sich um die Vögel, befestigten behutsam Sporen und Erkennungsmarken an den Beinen eines jeden Hahns. Ein Mann neben Domostroy fühlte sich veranlaßt, ihm zu erklären, daß diese Sporen aus unterschiedlichem Material seien. Dies sei abhängig von der Art des Kampfes, für den der Vogel gezüchtet und abgerichtet worden sei. Einige Sporen seien aus den Beinen toter Hähne gefertigt, auf Rasierblattschärfe geschliffen und gehärtet und so geformt, daß sie in den und aus dem Körper des Gegners gleiten konnten. Andere seien aus Eisen; davon sähen die »Hacker« ähnlich aus wie Bajonette, während die »Schlitzer« keine Widerhaken hätten und scharf wie eine Sichel seien.
Auf einem Tisch in der Nähe des Kampfplatzes legten Helfer fein säuberlich die entsprechenden Utensilien für die Hahnenkämpfe aus: Wattetupfer zum Reinigen und Behandeln der Wunden, gewachste Nylonfäden, Bandagen für die Beine, Schutzkappen aus Leder, Verbandmull, zusätzliche Gummimatten, Schwämme, Abfalltüten aus Plastik für die toten Hähne, wie auch ein ansehnliches Lager aus Traubenzucker, um verwundeten Vögeln eine Kraftspritze zu verpassen, und Antibiotika, um sie vor Infektionen zu schützen.

Kellner in weißen Jacketts boten auf Tabletts überall Drinks an. Domostroy nahm sich einen Cuba Libre, und während er die Betriebsamkeit im Raum verfolgte, erinnerte er sich daran, gehört zu haben, daß die Wettenden, die ihre Gebote riefen, die Schreie der Besitzer der Hähne und die anfeuernden Rufe der Zuschauer, die Hahnenkämpfe zu einem äußerst geräuschvollen Sport machten. Jetzt wurde ihm auch klar, warum man ihn für diesen Abend engagiert hatte: Mit Hilfe des Paganini – das wie eine ganze Band klingen konnte – sollte er den Lärm der Hahnenkämpfe übertönen und die Gäste auf den darüber- und darunterliegenden Hoteletagen glauben lassen, daß patriotische Kubaner zur Musik einer einheimischen Combo tanzten und sangen und johlten.
Sobald die Vögel für den Kampf gerüstet waren, debattierten die Besitzer über die Vor- und Nachteile beim Gebrauch von »Hakkern« und »Schlitzern«. Zwei Männer neben Domostroy unterhielten sich über den außergewöhnlichen Instinkt von Kampfhähnen, andere Hähne immer, überall und ohne einen ersichtlichen Grund anzugreifen. Es sei ein fest verwurzelter, wacher Instinkt und so mächtig, daß ihn kein noch so wilder oder zivilisierter Mensch verstehen könne. Einer der Männer schilderte einen Vorfall, der sich auf der Hahnenzuchtfarm seines Vetters in Florida ereignet habe. Bei einem schlimmen Hagelsturm habe ein kräftiger Wind die meisten Ställe und Gehege umgeblasen und die Vögel befreit. Nach dem Sturm seien die meisten tot gewesen. Aus ihren Gefängnissen befreit, hätten sie sich auf der Stelle gegenseitig zu Tode gekämpft.
Domostroy ging weiter. Er hörte, wie die Frauen im Raum über Juwelen und Mode plauderten, über Gymnastik und verjüngende Kosmetika, und die Männer sich eingehend über kämpfende Hähne unterhielten.
Die meisten Männer auf der Party waren in mittleren Jahren, einige bereits grau oder kahlköpfig, meist von durchschnittlicher Größe und ein wenig kräftig um die Hüften, mit scharf geschnittenen, männlichen Zügen und einem energischen und theatralischen Gehabe. Die Frauen, kleiner als die Männer, deren plumpe, runde Figuren durch ihre engen Kleider betont wurden, waren lebhaft und feminin, mit kunstvollen Frisuren, starkem Make-up und grell rotbemalten Lippen. Die Erregung der Männer über die bevorstehenden Hahnenkämpfe ging auf die meisten Frauen

über, vor allem, als die ersten Wetten abgeschlossen wurden. Einige jüngere Frauen betrachteten das Paganini in der Erwartung des Zeitpunkts, an dem die Kämpfe vorüber wären und die Männer ihre Aufmerksamkeit den Frauen, der Musik und dem Tanz zuwenden würden.
Der Mann, der als Schiedsrichter fungieren sollte, trat vor und rief die ersten beiden Kampfhahnbesitzer auf. Die beiden Männer, Schürzen über dem Smoking und die Kampfhähne in der Hand, stiegen in den Kampfplatz und bereiteten sich mit den flatternden Hähnen auf den Kampf vor. Erregtes Raunen füllte den Raum, und in diesem Augenblick gab der Schiedsrichter Domostroy das Zeichen, daß es Zeit für die Musik war.
Als Domostroy den ersten Akkord anschlug, reichten die Besitzer ihre Hähne dem Schiedsrichter, der die Sporen an ihren Beinen untersuchte, sie wog und für wettbewerbsfähig und den Bestimmungen gemäß gleichwertig erklärte. Von seinem Platz hinter der Orgel aus sah Domostroy die Hähne zappeln, um aufeinander einzuhacken, während die Gäste sich schreiend und rufend und letzte Wetten anmeldend um den Kampfplatz versammelten. Die Besitzer setzten ihre Hähne in geringem Abstand voneinander auf den porösen Mattenboden und rannten aus der Arena. Im Nu gingen die Vögel mit steif aufgerichteten Schwänzen und drohend aufgeplusterten Federn aufeinander los, umkreisten sich mit angriffslustigen Augen. Dann stießen sie zusammen. Wie wild hieben sie mit den Schnäbeln und Sporen aufeinander ein, schlugen rasend mit den Flügeln und flatterten für einen Augenblick in der Luft mit ausgestreckten Krallen wie angreifende Adler. Auf dem Boden prallten sie wieder aufeinander und rammten ihre Sporen ineinander, bis Blut durch ihre Federn am Hals und am Körper zu sickern begann. Sie hackten weiterhin aufeinander ein, landeten Hiebe, verhakten sich mit den Sporen, wälzten sich am Boden, flatterten auf, fielen zurück auf die Matte, Halb blind von Blut und zerrupften Federn, kippten sie um, stießen mit zerfleischten und heraushängenden Muskeln erneut zusammen, bis ein Vogel zusammenbrach und in seiner eigenen Blutlache schwach zuckend liegenblieb, sein Gegner im Siegesrausch über ihn herfiel und mit einem gezielten Schnabelhieb dem bezwungenen Feind den Todesstoß versetzte. Nach dem Kampf holten die Gäste ihre Wettgewinne ab, und der stolze Besitzer des Siegesvogels hielt ihn triumphierend in die Höhe

und trug ihn behutsam fort, um seine Verletzungen zu untersuchen, während die Helfer den toten Vogel achtlos in einen Abfallbeutel steckten. Kurz darauf stellten die Besitzer zwei neue Vögel vor, die bereits schon für den nächsten Kampf fertig gemacht wurden.

Um den anhaltenden Lärm der Erregung um den Kampfplatz zu übertönen, wurde Domostroy gebeten, lauter zu spielen. Er stellte das Paganini auf volle Lautstärke und begann zu improvisieren. Bald dröhnte aus den sechs Stereolautsprechern der Orgel ein Klang, der von einer Rockcombo nicht mehr zu unterscheiden war, und mit Hilfe der Wahlschaltung und der Autorhythmen – Latin Rock, Patchanga, Merengue, Bossa Nova – spielte Domostroy für die Kubaner sämtliche romantischen Lieder, die er kannte, versehen mit einem lateinamerikanischen Touch und in einer Vielzahl von Instrumentalstimmen, einschließlich der Flöte und der Celesta. Obgleich der Lärm um den Kampfplatz nicht nachließ und die Kampfrunden, das Wetten und das Aufräumen weitergingen, begann sich eine Gruppe kubanischer Frauen um Domostroy zu sammeln und miteinander zu tanzen, wobei sie dem Spieler für seine besten Nummern applaudierten.

Er war mitten in einem langsamen Tanz, als ihm ein Paar kräftiger Hände von hinten die Augen zuhielt. Der Duft eines zarten Parfüms umgab ihn, und die Stimme einer Frau flüsterte ihm drohend ins Ohr: »Rate, wer ich bin!« Er drückte mit dem Fuß auf das Pedal, das seinen gewählten Rhythmus automatisch weiterspielen ließ, und sagte »Kann ich nicht!«, aber im Augenblick, da er es gesagt hatte, wußte er, daß etwas Vertrautes an der Stimme war, obgleich er das dazugehörige Bild der Frau nicht heraufbeschwören konnte.

»Versuch es doch«, sagte sie, und das genügte.

Wie ein Blitz durchzuckte es ihn. »Donna Downes?« fragte er.

»Erraten!« sagte sie fröhlich lachend und nahm ihre Hände weg. Sie bat ihn weiterzuspielen, und als er sich ihr zuwandte, sah er sie in vollem Glanz – ihr Haar war auf dem Kopf zusammengesteckt und mit frischen Blumen befestigt, ihr Hals und ihre Schultern waren nackt – sie trug ein langes violettes Kleid, das ihren Körper bis zur Mitte ihrer Schenkel hinunter eng umhüllte und von da an lose über Knie und Knöchel fiel. Bevor er einen Gedanken fassen und ihr etwas sagen konnte, kam ein neuer

Kampf in der Arena zum Höhepunkt, und brüllende Erregung füllte den Raum. Automatisch erhöhte Domostroy die Lautstärke seines Spiels und beschleunigte das Tempo, zu seiner Verwunderung nahm Donna neben ihm Platz und begann mitzuspielen. Unter ihren vierhändigen Improvisationen sprengte die Musik den Raum.
Kurz darauf wurde eine Pause angekündigt, und alle wurden zum Buffet im Raum nebenan geladen. Auf dem Kampfplatz tauschten Männer die Gummimatten aus und schnürten die Plastiksäcke zu, in denen sich die blutigen Überreste der toten Hähne befanden. Da Domostroy immer noch nicht wußte, was er Donna sagen sollte, und verlegen durch ihre Gegenwart war, bot er ihr an, sie in den Raum zu begleiten, in dem das Buffet angerichtet war.
In dem anderen Raum winkte ihnen ein grauhaariger Kubaner zu. Donna flüsterte ihm zu, daß er ihr Begleiter für den Abend sei, und völlig als unbefangen stellte sie Domostroy ihm und ihren anderen Freunden als jemanden vor, dessen Musik sie schon seit Jahren kenne. Ihre letzte Äußerung über die Musik mußte im Lärm der Party untergegangen sein, denn ihre Freunde schienen alle anzunehmen, daß sie und Domostroy sich schon seit Jahren kannten.
Der Kubaner war ein im Ruhestand lebender Witwer, der in der Nähe von Donnas Eltern wohnte. Durch sie hatte er Donna kennengelernt, kurz nachdem er nach Amerika gekommen war, aber, so fügte er rasch hinzu, der Gedanke, mit ihr auszugehen, sei ihm erst vor kurzem gekommen. Hahnenkämpfe seien seine große Leidenschaft, gestand er, und dies sei auch der Grund, warum er in der Süd-Bronx lebe, einer Gegend, in der Hahnenkämpfe so populär geworden seien, daß die Lokalpolitiker, um den Wünschen der spanischen Wähler Rechnung zu tragen, des öfteren – ohne Erfolg – versucht hatten, eine entsprechende Gesetzesvorlage beim Staat New York einzubringen, die diesen Sport legalisieren solle.
Ihre Unterhaltung wurde von der Ankündigung unterbrochen, daß die zweite Runde der Kämpfe beginnen sollte, und Domostroy entschuldigte sich und kehrte an seinen Platz am Paganini zurück. Viel später, als Donna und ihre Freunde gingen, kam sie zu ihm, um sich zu verabschieden. Sie erzählte ihm, daß sie seine Nachricht erhalten habe und beabsichtige, ihn bald anzurufen;

sie überlege, ob sie an dem bevorstehenden Chopin-Wettbewerb in Polen teilnehmen solle, sagte sie, und wolle sich mit ihm gern darüber und über Warschau unterhalten, wo er, wie sie sich erinnere gelesen zu haben, als junger Mann an der Akademie Musik studiert habe. Auch wenn sie mit Wärme und Gefühl sprach, hatte Domostroy den Eindruck, daß sie einfach höflich sein wollte und vermutlich nicht anrufen würde. Warum sollte sie seine Gefühle auch erwidern?

Ein paar Abende danach saß er nach der Arbeit an der Bar im Kreutzer und nahm seinen Schlaftrunk, als Donna auftauchte. Mit Jeans und Pullover, die ihre Figur betonten, und dem offen über die Schulter fallenden Haar, sah sie mädchenhaft und unbefangen aus.
Sie setzten sich an einen Ecktisch in dem leeren Speisesaal und Domostroy schwieg, da ihn ihre Gegenwart verlegen machte. Als sie ihm sagte, daß sie nach ihrer ersten Begegnung auf der Etude-Party of versucht gewesen sei, ihn anzurufen, wurde er mutiger und selbstsicher genug, um ihr zu sagen, daß auch er oft an sie gedacht habe. Er sagte, er sei überrascht gewesen, ihr bei den Hahnenkämpfen zu begegnen, und fragte sie, ob sie regelmäßig derart bizarre Veranstaltungen besuche. Sie antwortete, daß in dem Leben, in das sie hineingeboren worden sei, ihr sehr wenig bizarr oder extrem vorkomme. Die Wut des Hahnes, töten zu wollen, sei sein ganzes Leben, sagte sie, und daher sei die Hahnenkampfarena nur sein natürlicher Todesort. Was ihr wirklich bizarr vorkomme, sagte sie, seien die vielen Schwarzen in den unzähligen Ghettos Amerikas, deren brennendes Verlangen, *leben* zu wollen, niemals erfüllt würde, jedenfalls nicht in den Arenen der Süd-Bronx oder Harlems.
Als er schwieg, begann sie von ihrem Leben zu erzählen, als wolle sie es ihm erklären. Sie erzählte ihm, daß sie gegenwärtig – mit Unterbrechungen – mit Jimmy Osten lebte. Dann fragte sie Domostroy, warum er die Nachricht an sie geschrieben habe und was er von ihr wünsche. Er antwortete, daß er sich mit ihr über seine Musik unterhalten wolle, denn er habe den Eindruck, daß sie ihr nicht ganz fremd sei; und daß er durch sie an einen Punkt gelangen könne, an dem ihm seine eigene Musik nicht mehr fremd sei – oder er sich.
»Wolltest du darüber mit mit reden?« fragte sie, und er ahnte, daß

sie erwartete, nach ihrem musikalischen Können, ihren Studien oder ihren Zukunftsplänen als Pianistin gefragt zu werden, aber aus irgendeinem obskuren Grund, der keineswegs feindselige Absichten enthielt, blieb er bei der Wahrheit.

»Erzähl mir von deinem Leben mit diesem Schauspieler.«

Sie fuhr bei seinen Worten entsetzt zurück und suchte in seinem Gesicht nach Spuren von Feindseligkeit, als sie aber keine fand, wirkte sie elend, von Ekel ergriffen.

»Wer hat dir von ihm erzählt?« fragte sie finster, doch dann besann sie sich. »Entschuldige – das ist unwichtig, nicht wahr? Aber warum fragst du?«

»Ich möchte dich kennenlernen, Donna«, sagte er ruhig, »und da sich vielleicht keine andere Gelegenheit bieten wird, finde ich es wichtig, dich nach jemandem zu fragen, der dir etwas bedeutet hat.«

Sie suchte in seinem Gesicht zu lesen, ob sie ihm vertrauen konnte. Dann nahm sie all ihren Mut zusammen und begann mit ruhiger Stimme zu sprechen. Ihre Augen ruhten auf den seinen, um seine Reaktionen einzuschätzen, während sie sich ihrer Vergangenheit überließ.

»Bitte denk daran, Patrick, daß ich für das, was ich dir erzählen werde, selbst keine Erklärung habe«, sagte sie. Sie legte ihre Hand auf seine und glättete mit den Fingerkuppen unbewußt seine Haut, während sie sprach.

»Als ich neulich in der Juilliard-Bibliothek ein paar Zeitschriften durchblätterte, stieß ich auf einen wissenschaftlichen Artikel über weibliche Sexualität. Darin stand, daß die Blutmenge und der Pulsschlag in der Vagina zunähmen, sobald eine Frau sexuell erregt werde – sei es durch körperlichen Kontakt oder durch ihre Einbildung. Nun haben aber die Wissenschaftler entdeckt, daß während eines Orgasmus der Pulsschlag in der Vagina zwar zunimmt, die Blutmenge jedoch abnimmt, und obwohl man durch die subtilsten Forschungsmethoden zu diesen Ergebnissen gelangt war, kann die Medizin bis heute keine Erklärung dafür geben.«

Sie streichelte seine Hand und sah ihm in die Augen, als erwarte sie eine Antwort von ihm. Aber er sagte nichts. Er betrachtete ihre Hand auf seiner, und der Gedanke, daß sie bald wieder nach Hause gehen würde, erfüllte ihn mit Angst.

»Wenn so ein einfacher physischer Vorgang der Wissenschaft bis heute ein Rätsel geblieben ist«, sagte sie, »dann werde ich vermutlich nie erfahren, was mich ausgerechnet Marcello lieben ließ.«

Domostroy fühlte, daß sich die unbegreifliche Welt ihrer Vergangenheit wie eine Barriere zwischen sie schob. Ihre grünen Augen schauten ihn ausdruckslos an, und als er ihrem Blick begegnete, fragte er sich, ob diese Barriere vor dem Ansturm seiner Gefühle für sie jemals fallen würde.

Sie sei zum ersten Mal mit zwölf Jahren verliebt gewesen, sagte sie. Sie und der Junge hatten sich nachts heimlich von zu Hause fortgestohlen und in einem ausgebrannten Gebäude getroffen, das in der Nähe der Wohnung ihrer Familie in Harlem lag. Der Junge war sechzehn gewesen und ein Weißer, und er hatte ständig Angst gehabt, vermutlich, weil alles um ihn herum schwarz gewesen war – die Nacht, die Gegend, das ausgebrannte Gebäude, das Mädchen, das er an sich drückte. Sie hatten sich wiederholt getroffen und geküßt und geknutscht und befummelt, bis eines Nachts, kaum daß er sie mit dem Finger defloriert hatte, die Eltern ihren Jungen durch die Polizei hatten suchen lassen. Sie und der Junge waren schmusend in den Ruinen gefunden worden, und ihr Freund war nun nicht mehr allein gewesen, denn die Polizisten waren ebenfalls Weiße gewesen. Sie hatten Donna wie einen streunenden Hund in einen Streifenwagen getrieben, mit auf die Wache genommen und der Absicht der Prostitution beschuldigt. Sie war über Nacht in eine Zelle zu zwei anderen Frauen eingesperrt worden – zwei schwarzen Prostituierten, die sie so liebevoll behandelt hatten, als sei sie ihre Tochter gewesen – und war dann in die Obhut ihres Vaters entlassen worden, der ihr der Versprechen abgenommen hatte, diesen weißen Jungen niemals wiederzusehen.

Dieser Vorfall hatte sie gelehrt, daß sie, obwohl sie unschuldig im Sinne der Anklage gewesen war, trotzdem ins Gefängnis kommen konnte. Als ihre Familie aus Harlem in ein wohlhabenderes Viertel der Süd-Bronx zog, war sie geistig so weit entwickelt, zu begreifen, daß Sexualität nicht bloß aus rein klitoralem Reiz bestand. Sie hatte ihre jugendliche Scham, ihre Verachtung und ihre Ängste überwunden und nahm es inzwischen anderen Jungen sehr übel, wenn sie versuchten, sie manuell zu befriedigen. Denn sie hielt sich in ihrem Liebesleben für früh entwickelt. Diese Erkenntnis hatte sie nicht weiter gestört. Ihr hatte die Vorstellung gefallen, sich von Sex so davontragen zu lassen wie ihre Schulfreunde von Koks und Hasch, und sogar damals, in ihren Teenagerjahren, hatte sie beschlossen, immer selber die Initiative zu übernehmen. Sie würde ihre Liebe nur solchen Männern antragen, die das Erlebnis wert schienen.

Diesem Entschluß war sie in den folgenden Jahren ihres Lebens mehr oder weniger treu geblieben. Jahre später war ihr eines Tages ein gutaussehender Mann am Juilliard aufgefallen. Er schien auf jemanden zu warten, und noch bevor sie sein Gesicht gesehen hatte, war ihr Blick unwillkürlich auf das gefallen, was seine engen Jeans erkennen ließen. Seine extreme Männlichkeit unterhalb der Gürtellinie hatte sie eigentlich weniger interessiert; es war eher sein knabenhaftes Gesicht gewesen, das sie angezogen hatte, und der scheue und unschuldige Ausdruck in seinem Blick.

Sobald er sie gesehen hatte, begann er sie anzustarren, und sie fand seine Absichten so eindeutig und sein Glotzen so komisch, daß sie lachen mußte. Darauf sprach er sie an und fragte, warum sie über ihn lache. Er schien verletzt. Sie entschuldigte sich sofort. Ihre Affäre begann mit Gelächter und Entschuldigungen.

Marcello erzählte ihr, daß er schon früh in seiner Kindheit seine Eltern verloren hatte und bei einer Reihe von Verwandten großgezogen worden war. Er hatte die verschiedensten Teilzeit-Jobs gemacht und arbeitete erst seit kurzem bei einer Video-Filmgesellschaft. Obwohl Marcello keine weiterführende Schule besucht hatte, war er gut informiert und sehr belesen, und obwohl er offensichtlich kein Instrument spielte, schien er instinktiv auf gute Musik anzusprechen. Er hörte geduldig zu, wenn Donna stundenlang am Klavier übte, gab sich Mühe, mehr über Musik zu erfahren. Doch von all seinen Eigenschaften schätzte Donna am meisten Marcellos Begabung als Liebhaber.

So wie sie gelegentlich überrascht war, ein Klavier zu finden, dessen Konstruktion und Klang genau zu ihr paßten, auf eine schöne Stelle, einen verborgenen Sinn im Werk eines Komponisten zu stoßen oder einen Raum zu entdecken, dessen besondere Resonanz ihr musikalisches Klangverständnis ändern konnte, so war sie überrascht gewesen, in Marcello einem Mann begegnet zu sein, der – zum ersten Mal in ihrem Leben – ein Gefühl in ihr ausgelöst hatte, das rein sexueller Natur gewesen war.

»Ehe ich Marcello traf, waren sich die Männer, die ich kennenlernte, recht ähnlich«, sagte sie und sah Domostroy nachdenklich an. »Gewöhnlich kam mein Freund – ganz gleich, ob schwarz oder weiß – gar nicht auf die Idee, daß mehr an mir sein könnte, als man mir ansah. Aber wenn er es einmal mitbekam und mir beweisen wollte, daß er nicht auf eine schnelle Bettgeschichte aus war, ging er mit mir ständig aus – in Clubs, Discos, Restaurants – überallhin, nur nicht nach Hause. Wenn ich ihn mochte, landeten wir dann meistens in seiner Wohnung – oder in meiner.« Sie versuchte ein Lächeln, aber es löste sich wieder auf, und ihr Blick schien verstört.

»Wenn wir endlich allein waren, frei von den Zwängen unserer Kleider und frei von den Rollen, die sie uns auferlegten, machte mein jeweiliger Partner sich gewöhnlich mit diesem ergebenen, leicht reumütigen Blick zwischen meinen Beinen zu schaffen – wie ein Schoßhündchen, das darauf erpicht ist, zu gefallen. Verstehst du, da er meinte, mir Lust machen zu müssen, mußte das für ihn eine Art Macht, die er über mich auszuüben glaubte, bedeuten, wenn er mich zur Sklavin meines eigenen Uterus machte. Und dann, wenn ich ihm zu verstehen gegeben hatte, daß es mir recht war, begann er weiterzumachen, als sei ich ein unersättliches, rassistisch doppelzüngiges Ungeheuer. Nie aber fragte er mich, was ich für ihn tun konnte, nie versuchte er, mir eine besondere Überraschung zu bieten, die mich davon überzeugt hätte, daß er mich nicht nur zu seinem eigenen Vergnügen benutzte. Und jedes Mal, wenn ich diesen ängstlichen Blick sah, war mir, als beobachtete ich, durch die Dunkelheit von ihm getrennt, ein Schauspiel, das von einem Fremden aufgeführt wurde.«

Sie hielt inne, und als sie weitersprach, klang ihre Stimme leblos und mechanisch. »Immer hatte ich das Gefühl, daß irgend etwas in mir war, in dem, was ich gesagt oder getan hatte – ein unsichtbares Drehbuch, das ich für sie als Handlungsanweisung geschrieben hatte, und das sie alle, Mann für Mann, so passiv, so folgsam agieren ließ. Und obwohl ich sie allmählich alle satt hatte und Ekel vor mir selbst empfand, wollte ich – oder konnte ich – nichts dagegen tun. Du weißt, Patrick, daß es beim Sex oft leichter ist, die eigenen Gefühle zu verleugnen, als dem nachzugeben, was man wirklich will.

In dieser Stimmung war ich jedenfalls, als ich Marcello begegnete . . .«

Marcello habe sie sehr gut verstanden, fuhr sie fort. In den ersten

Wochen hatte er sie stets von neuem überrascht. Ob sie allein oder in der Öffentlichkeit waren, stets hatte er ihr seinen eigenen Willen zu verstehen gegeben: Er roch an ihrem Haar, wärmte mit seinem Atem ihren Nacken, streifte ihren Busen oder Schenkel oder Po und rieb seine Hand oder sein Knie an ihrem Schoß. Immer wieder ließ er ihren Körper wissen, daß er ein Versteck war, in dem unzählige verborgene Lüste schlummerten, bis sie sich schließlich immer stärker danach sehnte, von ihm in sexuelle Spannung, in einen Akt des Wahns, versetzt zu werden und sich ganz ihren Gefühlen zu überlassen. In solchen Augenblicken wollte sie ihm nur noch folgen, ganz gleich, wohin er sie führen würde.

Oft nahm er sie in einen Club in der Innenstadt mit, der Dead Heat hieß und im Keller eines alten Lagerhauses in Soho lag. Es bestand aus einem großen Raum mit einem Steinfußboden und rohen schwarzen Wänden; in der Mitte waren eine runde Bar, einige Sitzgruppen und eine kleine Tanzfläche, die von kleinen roten Lampen beleuchtet wurde, die in winzigen Eisenkäfigen hingen und wandernde Kreise an Decke und Wände warfen, sobald sie in Bewegung gerieten. Am hinteren Ende des Raumes, von Neuankömmlingen gewöhnlich nicht bemerkt, führten zwei Gänge zum wichtigsten Bereich des Dead Heat, Jam Session genannt, der aus einem Dutzend katakombenartigen Räumen, Kammern, Nischen und Verschlägen bestand, die zum Teil von türlosen Badezimmern unterbrochen wurden, Fußböden und Wände waren aus rohem, schwarzen Stein und wurden von kleinen, nackten, roten oder blauen Glühbirnen beleuchtet. Ausgestattet waren die Räume mit ein paar hölzernen Schemeln, erhöhten Holzbetten und alten Blechbadewannen; die größeren Räume der Jam Session konnten fünfzehn bis zwanzig Personen fassen, die Kammern zehn und die Nischen und Verschläge höchstens fünf oder sechs.

Dieser finstere und unwirtliche Ort, der nach Mitternacht – und nur an Wochenenden – geöffnet hatte, zog Männer und Frauen an, die in diesen strengen, primitiven Räumen ihre strengen, primitiven Rituale vollzogen; es war ein Treffpunkt für Menschen, die sich in Leder oder Gummi kleideten; für Frauen, die starkes Make-up und hohe Stilettabsätze trugen und bleichgesichtige Liebhaber in Sweatshirts und kurzen Hosen mitbrachten; für Männer in ärmellosen Oberteilen und kurzen Hosen, die gern ih-

re muskulösen Körper und die blasse Schönheit ihrer spärlich, sofern überhaupt bekleideten männlichen oder weiblichen Liebhaber bewundern ließen; sie waren auf der Suche nach Partnern, die ebenso ungezügelt und oberflächlich waren wie die Liebe, nach der sie verlangten, und die in den einzigen Anreiz zum Geschlechtsverkehr unter fremden, ständig wechselnden Partnern fanden. Im Dead Heat mischten sich die Schönen mit den Häßlichen, die Alten mit den Jungen, die Nackten mit den Bekleideten.
Donna saß mit Marcello gewöhnlich an der Bar oder an einem Seitentisch, oder sie streiften schweigsam durch die Gänge und beobachteten die anderen Gäste. Immer wenn Marcello ein Paar bemerkte – einen Mann und eine Frau, oder zwei Frauen oder zwei Männer –, das sich absonderte und von dem großen Raum in Richtung Jam Session ging, folgte er mit Donna und anderen. Das Paar begab sich meistens in einen der leeren Räume, die am Gang lagen, und begann sich zu streicheln. Sofort drängten und zwängten sich die anderen Männer und Frauen mit hinein dicht um das Paar, bis der Raum gefüllt war. Sie beobachteten das Paar schweigend mit gierigem Raubvogelblick, so daß es für die Liebenden unmöglich war, zu entkommen, selbst wenn sie es gewollt hätten.
Als Marcello Donna zum ersten Mal ins Dead Heat mitgenommen hatte, war sie überrascht gewesen, wie viele von den Menschen dort – vor allem Männer – ihn kannten. Sie kamen zu ihm und schüttelten ihm die Hand oder winkten ihm quer durch den Raum zu, oder sie deuteten auf Marcello und flüsterten einander oder ihren weiblichen Begleitern etwas zu, als ob er eine Berühmtheit sei. Als sie ihn fragte, warum er so bekannt sei, erzählte ihr Marcello, daß er schon lange Stammgast im Dead Heat sei und die Leute dort einfach nett zueinander seien.
Eines Nachts, nachdem sie ein oder zwei Drinks an der Bar getrunken hatten, stand Marcello langsam auf, nahm sie an der Hand und führte sie durch einen der dunklen Gänge. Während sie ihm gehorsam folgte, spürte sie die Gegenwart von Menschen in ihrem Rücken, eine feierlich flüsternde Menge, einen wandernden Wald aus schweigenden männlichen und weiblichen Stimmen, eine erregte und begierige Prozession, die sie in die entferntesten Reiche phantasievoller Erfahrung begleiten zu wollen schien.

Marcello drängte Donna sanft in einen großen Raum am Ende des einen Ganges. Er hob sie an den Hüften hoch, wie er ein kleines Faß hochheben mochte, und setzte sie auf einen Tisch, der an der hinteren Wand stand. Sie schloß die Augen. Er streifte ihr das Kleid über ihre Brüste und ihren Nacken und zog ihren Slip herunter, und nachdem der Slip über die Füße geglitten war, spreizte Marcello ihre Beine. Er rieb seinen Schoß an ihrem, massierte ihre Brüste, und mit geschlossenen Augen vereinigten sie sich zu einem langen Kuß. Sie spürte die Anwesenheit der Menge im Raum, die zuerst ungewiß und dumpf, fast unbeweglich zu sein schien, dann allmählich näherkam und ihren Kreis um den Tisch verdichtete. Als sie ihre Augen öffnete, sah sie die starren Blicke, die aus dem Dunkel kamen. Ohne Warnung drang Marcello in sie ein, und während sie ihre Hände in seinem Nacken faltete, schrie sie vor Schmerz und Lust. Auch von der Menge kam ein Geräusch, ein einziger langer Seufzer. Während Marcello rasch und hartnäckig in sie hinein- und aus ihr herausfuhr, sie wie eine frische Wunde öffnete, kamen sämtliche Gesichter in der Menge, wie Wächter, die ihre Reihen schließen, näher, bis sie sich gegen die beiden preßten. Im Banne der Gefühle, die Marcello in ihr aufwühlte, spürte Donna kaum die vielen Hände auf ihr, die zu keinem bestimmten Körper zu gehören schienen, oder doch in Momenten zu dem großen Körperklumpen ringsum, Hände, die beständig ihre Füße befühlten, ihre Fesseln und Schenkel und Brüste streichelten, über ihre Schultern streiften, ihr Haar, ihren Nacken und ihre Wangen liebkosten. Ihr Körper war eins mit dem Körper des Mannes, der in sie drang, sie spürte, wie sie davongetragen wurde, wie sie sich einer inneren, unermeßlich angenehmen Unruhe überließ, gleich einer Masse, die durch ihre eigene Hitze glühte. Und sie hatte das Gefühl, daß dieser Schwarm aus leblosen Figuren mit den Händen auf ihrem Körper sie verließ, nur aus der Ferne starrten sie die Zuschauer an aus dem Käfig, den sie nicht verlassen konnten.

Donna sah Domostroy an und versuchte abzuschätzen, was er von ihr hielt.

»Später, als alles zu Ende war«, fuhr sie fort, »und Marcello und ich wieder an der Bar saßen, war ich immer noch erregt«, sagte sie. »Mein ganzer Körper war von Lust durchdrungen, und ich glitt von einem Orgasmus in den nächsten. Wie ein Herzschlag dem nächsten, so folgte ein Orgasmus dem anderen - solange

Marcello mich berührte, und solange ich es wollte.« Sie zögerte. »Und die Menschen um mich herum störten mich nicht. Ich hatte das Gefühl, daß auf all diesen Männern und Frauen, die allein im Dead Heat vor- und zurückwanderten, eine gewisse Traurigkeit lastete, auch auf den Paaren, die sich an den Händen hielten, sich aber nicht wirklich berühren konnten, und auf diesen Frauen, die sich wie Männer kleideten, und den Männern, die lieber als Frau auf die Welt gekommen wären. Manchmal war mir zum Lachen zumute. Diese armseligen Kriecher, dachte ich, diese geistigen Niemands, diese sexuellen Betrüger. Doch als ich sie mir genauer ansah, hätte ich über jeden einzelnen von ihnen weinen können, so einsam, so verzweifelt sahen sie alle aus, so dazu verdammt, die Liebe nur betrachten zu können, die sie selbst nicht erfahren konnten – oder Angst hatten zu erfahren.

Es muß sie Mut gekostet haben, in diese furchtbare Grube, in dieses Sexloch zu kommen, dachte ich, und sich und anderen durch ihr Kommen einzugestehen, daß das Zuschauen bei Marcello und mir und ähnlichen Paaren der einzige Weg für sie war, an der Liebe teilzuhaben, der einzige Weg, ihre Musik zu hören – auch wenn sie sie nicht selbst spielen konnten.«

Als Marcello sie das nächste Mal mit ins Dead Heat nahm, führte er sie wieder in die Jam Session, und wieder folgten ihnen die leisen Schritte von Fremden in vager Entfernung. Diesmal drehte er sich um und ging rückwärts in eines der größten Gewölbe, das rechteckig, stickig und völlig leer war, drehte Donna ebenfalls um und zog sie hinter sich her. Den Rücken gegen die hintere Wand gedrückt, zog er die Widerstandslose an sich, bis ihr Rükken fest an seine Brust und seinen Schoß gepreßt war. Im Angesicht der menschlichen Masse, die sich unbarmherzig aus dem Gang auf sie zu bewegte, spürte sie hinter sich Marcello, dessen Hände sie unter ihrem Kleid überaus zärtlich streichelten, während die Menge sie aus dem bleichen Halbdunkel ruhig und verzückt anstarrte. Endlich versenkte er sich von hinten in sie, und sie überließ sich dem Gefühl, ihn in sich zu spüren, aufgespießt zu sein, und lehnte sich vor und zurück und auf ihn. Ihre Bluse war aufgeknöpft, ihr Wickelrock klaffte hinten auseinander und fiel vorne steif wie eine Schürze oder ein Schild an ihr herab. Als sie seine Bewegung mitmachte, stöhnte die Menge auf. Sie war mit ihm verschmolzen, schwang mit ihm vor und zurück, langsamer in manchen Momenten, dann krampfhaft an ihn geklammert, während die Menge weiter in die schwarze Gewölbehöhle drängte, bis sie jeden Zoll zu füllen drohte. Gleich einem hundertköpfigen Monster atmeten und schwitzten und tappten die Männer und Frauen in der Dunkelheit und tasteten nach Donnas Brüsten und ihren Schenkeln, nach ihrem Bauch und ihrem Gesicht. Sie konnte sich ihrer nicht mehr erwehren, und Marcellos Hände mußten sie retten; geschickt stieß er die Eindringlinge einen nach dem anderen hinaus und schlug die Tür hinter ihnen zu, die Tür, die er noch vor einigen Minuten so bereitwillig offengelassen hatte. Donna schaute Domostroy flüchtig an und sprach hastig weiter, so, als wolle sie ihm keine Zeit lassen, Fragen zu stellen. In den folgenden Wochen, sagte sie, habe sie Marcello oft gefragt, warum er immer wieder ins Dead Heat gewollt habe, um sie vor den Augen Fremder zu lieben.

»Marcello erzählte mir, er sei anders als die meisten Männer, die private Abgeschiedenheit für ihre sexuellen Intimitäten brauchten. Er sagte, er könne sexuell nur richtig in Stimmung kommen, wenn er mich in der Gegenwart Fremder liebte. Die eigentliche sexuelle Spannung entstehe für ihn erst dann, wenn die sexuelle Distanz zwischen den Partnern überbrückt sei, und zwar nicht zu Hause, wo nichts – und niemand – sie ablenken könne, sondern an Orten, wie das Dead Heat einer sei, wo ihre Intimität und vor allem der Akt selbst ständigen Bewährungsproben ausgesetzt sei, wie auf der Bühne, wie vor Gericht, fast wie bei einer Belagerung.

Für ihn glich das Dead Heat einer Kirche, einem Obdach für Verzückung und Rituale, unter dem der einzelne Mensch mit der Gemeinschaft verschmolz. Liebe zu machen, sagte er, sei für ihn wie auf einem hohen Seil ohne Netz zu balancieren. Schon die Aussicht, dorthin zu gehen, errege ihn. Immer schon im voraus stelle er sich vor, wie der Sex an einem bestimmten Abend sein würde: Ob da viele ›Eunuchen‹ wären – einzelne, fügsame Männer, die auf sein Kommando hin vor mir niederknieten und mir die Füße küßten – oder ›Kannibalen‹ – diese besonders despotischen Sex-Freaks der Jam Session, die unter seiner Gegenwart zwar im Zaum gehalten würden, die aber auch stets darauf lauerten, mich wegzuschleppen und noch bevor Marcello mich finden könnte, einer nach dem anderen über mich herzufallen, wie sie es oft mit anderen Männern und Frauen getan hatten, die dem Labyrinth aus Gruften im Dead Heat ausgeliefert waren.

Ich bin deshalb so lange mit Marcello zusammengeblieben, weil ich begonnen hatte, mehr Leben in meinem Körper zu spüren als jemals zuvor und ihn nicht mehr länger als meinen Liebhaber zu betrachten, sondern wie eines der Gesichter, das mich aus der Dunkelheit anstarrte.
Aber Marcello schwor mir unablässig, daß er mich liebte«, fuhr Donna fort, »und wenn ich ihn ebenfalls liebte, brauchte ich keinen Anstoß an dem zu nehmen, was wir im Dead Heat getan hatten. Selbst wenn er mich vor all den Fremden dort liebte, sagte er, so könnten die Leute uns doch nur zuschauen. Denn schließlich sei sein Körper zwischen meinem und ihrem, und ihre Berührungen seien doch ähnlich wie der Sand, der mich berührte, wenn ich am Strand läge. Diese Leute, sagte er, seien menschlicher Sand. Er sagte mir, ich sei sexuell die einzige Frau in seinem Leben; er fühle sich mit mir freier und erfüllter, als er jemals mit einer anderen Frau gewesen sei.«
Donna gab zu, daß sie nicht besonders viel darüber wußte, was er tagsüber machte. Während sie am Juilliard war oder zu Hause übte, war er ständig für diese Video-Firma unterwegs gewesen, und die wenigen Male, die sie versucht hatte, ihn zu erreichen, hatte sich unter der Nummer, die er ihr gegeben hatte, niemand gemeldet. Schließlich vereinbarten sie, daß er zu ihr ziehen sollte, und als es dann geschah, war sie erstaunt, wie wenig Sachen er mitbrachte – einen Anzug, ein paar Hemden, zwei Sporthosen, zwei Paar Schuhe und eine Tasche mit seinen Toilettenartikeln. Sie hatte sich gefragt, ob das seine ganze Habe war. Dann fiel ihr auf, daß er keine Kreditkarten besaß, keinen Führerschein, nicht einmal ein Buch mit Adressen. Nie erhielt er einen Anruf, nie bekam er Post. Als sie ihn einmal darauf ansprach, sagte er, daß er unabhängig und erfolgreich genug sei, um sich nicht mit solch profanen Dingen wie Terminkalender und monatlichen Rechnungen abgeben zu müssen. Er bestehe immer darauf, in bar bezahlt zu werden, sagte er, und er bezahle selbst auch alles in bar.
Er war ein unermüdlicher Liebhaber, und Donna fand seine Liebe so standhaft, seine Orgasmen so häufig und sein Sperma so ungewöhnlich reichlich, daß sie nie an seiner Treue zweifelte. Zudem entdeckte sie an ihm nie die geringsten Spuren eines fremden Parfüms, Lippenstifts oder Puders.
Eines Tages, sagte Donna, hatte Andrea Gwynplaine, eine Kom-

militonin am Juilliard, sie und einige andere Studentinnen in das Appartement ihres Freundes, Chick Mercurio, eingeladen, um *Spielende Organe* anzuschauen, einen Pornostreifen, der eine Parodie auf ein Broadway-Musical sein sollte. Als der Film begann, erschien Marcello – im Vorspann als Dick Longo angekündigt – auf der Leinwand. Er stand nackt vor einem Spiegel in einer Theatergarderobe und onanierte mit der einen Hand, während die andere eine grotesk fette, platinblonde Frau befriedigte.

Der Schock traf Donna so unerwartet, so heftig, daß sie sich einen Augenblick lang weigerte, zu glauben, was ihre Augen sahen. Aber sie schaute weiter zu, wie sich Dick Longo über eine Reihe heruntergekommener Starlets hermachte und dabei seine – offensichtlich sprichwörtliche – Fähigkeit demonstrierte, bei jeder neuen Szene dieser idiotischen Handlung zu einem neuen Orgasmus zu kommen. Während Andrea, ihr Freund und die anderen Studentinnen in dem abgedunkelten Raum die heißeren Szenen des Films mit Jubel kommentierten und derbe Witze über die intimen Körperteile seiner Darsteller machten, wurde Donna allmählich klar, daß sie und nicht Dick Longo die Hauptdarstellerin bei dieser Filmvorführung war.

Als wieder Licht gemacht worden war, gab keiner im Raum Donna auf irgendeine Weise zu erkennen, daß man in Dick Longo ihren Freund Marcello erkannt hatte. Um die allgemeine Belustigung noch weiter zu treiben, begann Andrea Photokopien eines Interviews mit Dick Longo zu verteilen, das aus einem Pornomagazin stammte und geradezu verschwenderisch mit Standphotos aus seinem Film illustriert war, in dem der Star erklärte, daß er in den letzten drei oder vier Jahren jährlich in mehreren hundert Pornostreifen mitgewirkt hatte, und sich rühmte, daß kein einziger Drehtag vergangen war, an dem er nicht – vor der Kamera, und einfach auf einen Wink hin – mindestens ein paar Orgasmen gehabt hatte. Sie hatte die verstohlenen Blicke der anderen Studentinnen auf sich gespürt, sagte Donna, und sich so nackt vor ihnen gefühlt, als wären sie die Fremden aus dem Dead Heat gewesen, die sie gerade mit Erfolg vergewaltigt hätten.

Donna schwieg und sah Domostroy an. Sie wartete auf eine Reaktion von ihm, doch er saß bewegungslos da, erschüttert und wehrlos. Er überlegte sich, ob Andrea ihm die Wahrheit erzählt hatte, als sie ihm gesagt hatte, daß Donna weiterhin mit Marcello zusammenlebte, nachdem sie entdeckt hatte, daß er Dick Longo war. Und wenn das wahr ist, überlegte sich Domostroy, welches höllische Verlangen in ihr konnte sie veranlassen, sich selbst so zu bestrafen? Was spielten Donnas eigene Organe?

Donna schien seine Gedanken zu erraten und fuhr in ihrer Geschichte fort. Sie sagte, daß sie nach der Filmvorführung nach Hause gegangen war und auf Marcello gewartet hatte. Sie hatte genau gewußt, was sie tun würde, wenn er durch die Tür kam, sauber und frisch rasiert und verliebt wie immer. Sie würde nach dem längsten Küchenmesser greifen, das sie besaß, und gleich einem Drogenabhängigen in einem Rausch aus verletztem Stolz und Schamgefühl, aus Schmach und aus Wut auf sich selbst, für ihn nichts anderes als eine willfährige Möse gewesen zu sein, würde sie so lange auf ihn einstechen und metzeln und hacken, wie sein Körper sich regte und zuckte und wand, bis sein Blut seine Lungen und seinen Schlund füllen würde und das letzte Gurgeln seines Lebens erstickte.

Aber dann, als er endlich nach Hause kam, frisch gebadet, nach Rasierwasser duftend, mit frisch geschnittenem Haar, und sie küssen wollte, genau wie sie es sich vorgestellt hatte, konnte sie nichts anders tun, als ihn geradeheraus zu fragen, warum er ihr in all der Zeit denn niemals gesagt hatte, daß er jeden Tag, wenn er sie verließ, wegging, um all diese weißen und schwarzen und gelben Mösen zu bumsen, von vorn und von hinten, eine nach der anderen, eine neben der anderen, eine über der anderen, alles auf einen Wink hin vor der Kamera, um dann bar für jede Erektion und für jeden Orgasmus zu kassieren – und alles während einer Zeit, in der sie angenommen hatte, daß er sie liebte?

Seine einzige Antwort war, daß er nur sie wirklich liebte, das hätte er ihr von Anfang an gesagt. Er sagte, daß all diese Mösen zu bumsen sein Job war– daß bei ihnen sein Schwanz nichts anderes war als die Hand eines Masseurs; daß er nur mit Donna ganz sich selbst gewesen war und die sexuelle Distanz hatte überbrücken können. Ehe er sie kennengelernt hatte, klaffte ein Abgrund zwischen ihm und der toten Hitze seines Lebens.

Sie schrie ihn nicht an, noch warf sie ihn hinaus, noch löste sie das Verhältnis, sondern blieb noch einige Monate mit ihm zusammen.

Plötzlich jedoch war ihr klargeworden, daß eigentlich sie es war, die ihn in den vergangenen Monaten hemmungslos benutzt hatte. Jetzt aber, nach allem, was sie durch ihn gelernt hatte, war sie ein Ganzes geworden. Marcello, sagte sie, war nur ein Zuschauer in dieser Entwicklung gewesen, nur eine der wollüstigen Pfoten, die aus den dunklen Tiefen des Dead Heat nach ihr tasteten.

Domostroy war schon immer der Meinung gewesen, daß ein guter Komponist für sich schreiben mußte, nicht für andere. Da er sich auf dem Höhepunkt seiner Karriere nicht nach den Kritiken gerichtet und nicht so weitergeschrieben hatte, wie es ihren Erwartungen entsprach, hatten sie ihn bei jedem neuen Werk, das er herausbrachte, wild angegriffen. Das hatte das Publikum – das schon immer wankelmütig gewesen war, besonders aber im Zeitalter von Disco und Fernsehen – veranlaßt, ihn ganz fallenzulassen. Nach einer böswilligen und landesweiten Diffamierungskampagne, die von einem besonders mißgünstig gestimmten Musikerklüngel gegen ihn und seine Arbeit gestartet worden war, hatte er, ohne kreative Impulse aus dem eigenen Lager, von den Kritikern oder von der Öffentlichkeit, es schließlich ganz aufgegeben zu schreiben, besorgt, sein künstlerischer Ruf werde nie wieder ins rechte Licht gebracht werden können.

Er wußte, daß er Donna wollte, denn sie hatte in dieser einen Stunde, in der sie aus ihrem Leben erzählte, Domostroy Wahrheiten über sich selbst entdecken lassen, die er nie für möglich gehalten hatte. Während er ihr zuhörte, hatte er erkannt, daß sein Denken von nun an ohne Ziel und sein Leben ohne Gestalt sein würde, wenn sie ihm nicht weiterhin neue Nahrung geben könnte. Er hatte das Gefühl, daß er sie durch geschicktes, planvolles Vorgehen umgarnen könnte, aber das kam ihm feige vor, ein wenig wie das Schreiben von Musik nach dem Geschmack der Kritiker, oder wie der selbstgefällige Beweis, daß er noch immer in der Lage war, Mißfallen bei ihnen zu erregen. Die andere Möglichkeit war, sie offen zu umwerben, ohne psychologische Schliche oder intellektuelle Filter, sondern aus den allerersten Impulsen heraus, aus den Regungen seiner Seele, so, wie er früher Musik geschrieben hatte. Wenn sie ihn ablehnte und er sie verlor, so, wie er einst bei seinen Kritikern auf Ablehnung gestoßen war und seine Zuhörer verloren hatte, hätte er sie oder sich wenigstens nicht belogen. Sein Vater pflegte zu sagen: »Wenn es regnet, fault zwar das Holz, aber die Wurzeln der Bäume treiben weiter.« Domostroy wollte in seiner Verbindung mit Donna gesunde Wurzeln wachsen lassen.

Schließlich überließ er es ihr. Er bedankte sich für das Vertrauen, das sie ihm entgegengebracht hatte, und sagte ihr in nüchternem Ton, daß er sich gern mit ihr über den Chopin-Wettbewerb in Warschau unterhalten würde, vielleicht könnten ihr seine langjährigen Erfahrungen bei den Vorbereitungen nützlich sein. Sie fragte ihn, ob dort, wo er wohnte, ein Klavier vorhanden sei, und er sagte ihr, daß dort sogar ein Konzertflügel stehe, von dem sie jederzeit Gebrauch machen könne, allein, oder mit ihm als Zuhörer. Sie vereinbarten, daß sie in einer Woche ins Old Glory kommen solle, an einem von Domostroys freien Tagen.
Am verabredeten Tag war er rastlos. Er ging ein halbes Dutzend Mal durchs Old Glory, staubte den Flügel ab, sah nach Getränken und Eis im Kühlschrank, rückte Tische und Stühle zurecht. Für den Fall, daß sie die Nacht bei ihm verbringen sollte, wechselte er Bettücher und Kopfkissenbezüge auf seinem Bett und legte frische Handtücher ins Badezimmer.
Einige Stunden vor der verabredeten Zeit hatte Domostroy zusätzliche Sicherheitsvorkehrungen für sie getroffen. Er war zum nahegelegenen Baseballplatz seines Viertels gefahren und hatte den Anführer der Bande aufgesucht, die diesen Bezirk unter ihrer Kontrolle hatten und als die Born Free, die Freigeborenen, bekannt war. Da er ganz allein im Old Glory lebte, kaufte Domostroy regelmäßig ihren Schutz, denn obwohl er wußte, daß der Besitzer des Old Glory von Miami aus monatliche Zahlungen an seine alten Freunde bei der Polizei in der Süd-Bronx schickte, damit sie ein Auge auf den unverkauften Ballsaal hatten, so wußte er doch auch aus eigener Erfahrung, daß die Born-Free-Bande – die von den Bürgern Born to Burn, die Freibrenner, genannt wurden – die eigentlichen Herrscher der Gegend nach Einbruch der Dunkelheit waren. Dieses Mal war Domostroy mit seinen monatlichen Zahlungen ein paar Tage zu früh dran, doch er wollte kein Risiko eingehen.
Ein solches Arrangement war keineswegs todsicher. Domostroy hatte des öfteren, wenn er spät am Abend nach Hause gekommen war, halb verborgene Gestalten bemerkt, die ihn aus Mauernischen oder aus den kümmerlichen Büschen heraus beobachteten. Er wußte sehr wohl, daß er eine leichte Beute war, und er war sich nie sicher, ob diese Typen Mitglieder der Born-Free-Bande waren oder Eindringlinge, die ihren Vorteil aus der Abwesenheit der Gang ziehen wollten.

Er hörte einen Wagen durch das Tor fahren, aber heute hatte er wenig Zweifel daran, wer die Zugbrücke seiner Festung stürmte. Donna kam auf die Minute genau, und während er am Fenster stand und verfolgte, wie ihr kleiner weißer Sportwagen eine lange Staubwolke hinter sich herzog, als er quer über den leeren Parkplatz raste, fiel ihm ein, daß die Süd-Bronx eigentlich ihre Heimat war und sie den Weg durch das Labyrinth aus Parkplätzen, Avenues und Straßen vermutlich besser kannte als er.

Sie war ganz gelöst, als er sie begrüßte. Während er ihre kühle, feste Hand schüttelte, beugte sie sich nach vorne und gab ihm einen sehr flüchtigen Kuß auf die Wange. Als er ihre Lippen auf seinem Gesicht spürte und den leichten Druck ihres Busens gegen seine Brust, durchfuhr ihn ein Schauer des Entzückens, der nicht länger währte als der Kuß, aber lange genug, um ihm seine mühsam errichtete Fassung zu rauben. Um seine Erregung und Begeisterung zu verbergen, gab er ihr durch einen Wink zu verstehen, ihm zur Bar zu folgen. Auf dem Weg erzählte er ihr, daß dort früher jeden Abend über zweihundert Gäste gesessen hatten, und als er ihr den riesigen Spielsaal zeigte, vermied er sorgfältig den engen Gang, der, von Lagerräumen flankiert, zu seinem bescheidenen Wohnquartier führte.

Aber sie war mit den Noten in der Hand gekommen, um ihm vorzuspielen, und es war der Flügel auf der Bühne im Spielsaal, der sie beide bald ganz in Anspruch nahm. Domostroy öffnete den Klavierdeckel und fragte sie, ob sie, in Anbetracht des schlechten Zustandes der meisten Klaviere, wisse, wie sämtliche Stimmlagen eines Klaviers auf Klangfarbe und Klangreinheit zu überprüfen und zu stimmen seien. Donna gab zu, daß sie sich stets auf die Hilfe eines Klavierstimmers habe verlassen müssen.

Domostroy wies sie darauf hin, daß ein Konzertflügel kein ungemachtes Bett sei, das ein jedes Zimmermädchen in Ordnung bringen könne. Sofern sie fest entschlossen sei, nach Warschau zu gehen, sei sie gut beraten, wenn sie einen Flügel auf seine Konstanz der Tonschritte und auf seine Klangfülle über die gesamte Klaviatur hin präparieren könne, insbesondere den ihr für den Wettbewerb zugedachten. Dies werde durch das Pianopedal und einen Stimmschlüssel erreicht, sagte er, und sie solle für den Notfall wissen, wie man es selbst oder mit Hilfe eines Klavierstimmers mache.

Wie Musikkritiker, so seien auch oft Klavierstimmer eigensinnig, sagte ihr Domostroy. Sie könnten darauf bestehen, daß sie ihnen nicht erzählen sollte, wie ein Klavier zu stimmen wäre, denn schließlich würden sie auch ihr nicht erzählen, wie sie auf einem Klavier zu spielen hätte, und daher müßte man ihnen gegenüber häufig sehr deutlich werden. Wenn einmal die Tonhöhe, die Klangfülle und die Klangfarbe des Flügels nach ihrem Geschmack gestimmt worden seien, sagte er ihr, so müsse sie, vom Instrument weit entfernt, nochmals hinhören. Viele Pianisten sähen in der Position der Klavierbank den einzigen vernünftigen Ort, um den Klang eines Klaviers zu beurteilen, aber Domostroy sei überzeugt, daß sie irrten. Unabhängig von den Orten und Plätzen ihrer zukünftigen Auftritte – ob es in den besten Konzertsälen der Welt oder in akustisch schlechteren Räumen wäre –, sie müsse stets ihren Klavierstimmer bitten, ihr etwas vorzuspielen. Sie selbst müsse sich dabei gut achtzehn Meter entfernt aufhalten, oder in der vierzehnten Reihe eines Konzertsaales Platz nehmen, denn nur von dort aus könne sie einschätzen, wie ihr Flügel für die Zuhörer klinge; und sollte er nicht gut klingen, müsse sie ihn so lange stimmen lassen, bis der Klang zufriedenstellend sei.

Eine solche Klangprobe sei unumgänglich, sagte Domostroy, denn die akustischen Eigenschaften eines Konzertsaals – die Größe und Form der Bühne, der Neigungswinkel der Wände und der Decke, sowie die absorbierende oder reflektierende Wirkung ihrer Oberfläche – beeinflußten maßgeblich den Widerhall der Klangmischung.

Bei den Vorbereitungen auf ihren Besuch hatte Domostroy absichtlich beim Stimmen einige Stimmlagen ausgelassen, und jetzt freute er sich, wie geschickt Donna erkannte, wo nachzustimmen war, um dann nach seinen Anweisungen die geringfügigen Korrekturen vorzunehmen, die notwendig waren. Sie stand nahe bei ihm und beugte sich vor, um in den Flügel zu sehen und zu beobachten, wie er den Stimmschlüssel hielt und die Stellung jedes einzelnen Hammers und den Zustand des Filzes überprüfte, der ihn überzog. Die Nähe und der Anblick ihres Körpers erregten ihn. Sein Mund fühlte sich trocken an, als habe sein Verlangen ihm den Speichel genommen, und um sich abzulenken, begann er mit übertriebener Genauigkeit, ihr das Stimmen zu demonstrieren.

Er wolle noch etwas anmerken, bevor sie zu spielen beginne. Als

er sie bei Gerhard Osten zum ersten Mal spielen hörte, sagte er, sei ihm aufgefallen, daß ihr Einsatz der Pedale, obgleich getreu nach dem Notentext, stellenweise unsicher schien. Seine eigene Ansicht über die Rolle der Pedale in Chopins Musik könnte ihr vielleicht nützlich sein.
Sie hörte zu, und er führte den Gedanken näher aus. Er erinnerte sie daran, daß Chopin selbst den Gebrauch des Pianopedals in seinen Partituren niemals angemerkt habe, weil er besser als die meisten Komponisten erkannt habe, wie wichtig alle Pedale für die Färbung der Klänge in Kompositionen für Klavier seien. Wenn die Pedale feinfühlig und kreativ eingesetzt würden, erlaubten sie es dem Pianisten, reiche und vielfältige orchestrale Effekte zu erzeugen. Domostroy gab aber zu bedenken, daß Pianisten, die die Pedale mißbräuchlich oder zu oft einsetzten, um die Schwächen ihres Fingersatzes und Anschlags zu überdecken, die Aufmerksamkeit nur um so mehr auf ihre Mängel lenkten, denn die geringste Unausgewogenheit in der Technik würde durch den unangemessenen Gebrauch der Pedale eher verstärkt und fortgesetzt, jedoch nicht verdeckt.
Dann bat er sie, einige Stücke zu spielen, die Chopins äußerst kreativen Pedaleinsatz veranschaulichten, und mit der Ballade in f-Moll zu beginnen.
Nachdem er mit geschlossenen Augen einige Augenblicke zugehört hatte, unterbrach er sie und bat sie, die Takte 169 bis 174, die einen besonders feinfühligen Pedaleinsatz verlangten, mehrere Male zu wiederholen. Chopin begann jeden der ersten drei Takte mit einem kurzen und scharfen Pedal, dem ein rasches Spiel im Baß folgte, dem sich wiederum eine Tonfolge im Legato mit der rechten Hand anschloß. Domostroy riet Donna, bei den sanften Tönen mit der rechten Hand überhaupt kein Pedal zu benutzen, und als sie zugab, daß sie bei dem Versuch, das Legato ohne Pedal zu spielen, immer verwirrt war, erklärte er ihr, daß es an der mangelnden Kontrolle über ihren Fingersatz lag. Statt die Passage lediglich mehr oder weniger abzuspielen, schlug er vor, sie solle das Pedal, wie in Takt 169 angezeigt, freigeben und dann bei dem dritten Sechzehntel im dritten Takt das Pedal fast unmerklich für den Bruchteil einer synkopierten Sekunde treten; das würde ihr erlauben, die Töne in der rechten Hand sanft wirken zu lassen, während insgesamt ein trockener Klangeffekt beibehalten würde.

Dann ließ er sie eine ganze Reihe von Abschnitten spielen: den Anfang der Nocturne in F-Dur, um zu sehen, ob ihr Pedaleinsatz die Melodien in der rechten Hand dämpfte; die Nocturne in E-Dur, die Chopins einzigartige Kontraste zwischen Klängen mit und ohne Pedaleinsatz demonstrierte; das Präludium in a-Moll, das, abgesehen von einer kleinen Passage kurz vor dem Ende, gänzlich ohne Pedal gespielt wurde, und das Präludium in b-Moll, in dem Chopin anfänglich normalen Pedaleinsatz bei jedem zweiten Taktschlag in den Takten 2 und 3 – mit der linken Hand gespielt – angegben hatte, dann aber die Zeichen ausgestrichen und in seiner handschriftlichen Ausgabe nur einen einzigen, fast schockierend langen und verwaschenen Pedaleinsatz während der drei Eröffnungstakte vorgeschrieben hatte.
Sie beendete ihr Spiel und sah ihn von ihrem Platz aus wie eine schüchterne Schülerin an, die eine Kritik ihres Lehrers erwartete.
Bedacht, sie nicht vor den Kopf zu stoßen, sagte er ihr, daß er in ihrem Spiel zwei sich widerstreitende Kräfte empfunden habe: das Verlangen, von Chopins geschriebenen Noten und dynamischen Akzentsetzungen frei zu sein, so daß sie improvisieren könne – ein Impuls, den sie vermutlich von ihrem Jazz spielenden Vater geerbt habe –, und das Bedürfnis, notengetreu vom Blatt zu spielen und sich streng an jede Anweisung in der Dichte Chopinscher Notentexte zu halten, was sicherlich auf ihre klassische Ausbildung am Juilliard zurückzuführen sei. Durch ausreichendes Üben und bei ihrem offensichtlichen Talent, fuhr Domostroy fort, sehe er keinen Grund, warum sie es nicht lernen könnte, diese Züge zu vereinen und Chopins höchst schwierige Passagen zu meistern. Und dies nicht nur mit bestechender Präzision, sondern auch mit all dem Einfallsreichtum und der Energie eines geborenen Jazzers. Um dies in den Griff zu bekommen, sagte er, habe er den Eindruck, daß sie sich noch mehr darauf verlegen müsse, größere Geschmeidigkeit und Kraft in ihrem Rükken, ihren Schultern und Armen wie auch in ihren Handgelenken und Fingern zu entwickeln. Er bot ihr ebenfalls an, ihr spezielle Übungen zu zeigen, durch die sie ihre Gelenkigkeit und Griffweite verbessern könne, und er sagte ihr offen, daß sie mehr üben müsse, nicht nur Chopinstücke einstudieren, sondern mit Etüden und Tonleitern ihre Technik insgesamt vervollkommnen. Er empfahl ihr bestimmte Übungsstücke von Cramer und Cle-

menti, zwei Männern, die Chopin in seiner Technik und seinem Verständnis vom Klavier beeinflußt hatten, ebenso Werke von Czerny und Hummel, sowie Leopold Godowskys Bearbeitungen von den Etüden Chopins, insbesondere seine zweiundzwanzig Studien für die linke Hand, die eine cis-Moll-Bearbeitung der sogenannten »Revolutionsetüde« enthielten.

Donna hörte ihm aufmerksam zu, und wenn sie durch seinen Rat, in dem auch stillschweigende Kritik steckte, überrascht oder verletzt sein sollte, so verstand sie es, sich nichts anmerken zu lassen. Statt dessen fragte sie ihn nach seiner Meinung, wie gut ihre Aussichten wären, den Chopin-Wettbewerb in Warschau zu gewinnen. Er antwortete mit der gleichen Offenheit, daß ihre Chancen seiner Einschätzung nach gering seien, sofern sie nicht ihre Technik verbesserte und ihre Kräfte trainierte, aber er fügte hinzu, daß er ihr dies zutraute und sie dies in einigen Wochen erreichen könnte, sofern sie nur hart arbeiten würde.

Sie stand nun auf, und er führte sie nach draußen. Es war warm und sonnig, sie schlenderten gemütlich um das Old Glory, überquerten den Parkplatz, bis sie an den hohen Drahtzaun gelangten. Jenseits des Zaunes, soweit das Auge sehen konnte, erstreckte sich ein totes Ghetto aus ausgebrannten Mietshäusern, schwarzen Ruinen, mit zerbrochenen Fenstern und mit Brettern vernagelten Türen, mit verrotteten, alten Feuerleitern und Hinterhöfen, in denen sich Steine und verkohlter Müll türmten. Sie gingen einen Pfad innerhalb der Umzäunung entlang und schreckten eine Ratte ihm hohen Gras auf, die hinüber zu den Ruinen flüchtete.

Domostroy blickte Donna hin und wieder an. Bisher hatte er sie immer nur im künstlichen Licht gesehen, aber hier, in dem hellen Sonnenschein, hatte ihre Haut Glanz. Unter den sanften Linien ihrer Augenbrauen leuchteten die langen, ovalen Wölbungen ihrer Augenlider wie von innen heraus, und ihre Augen, von dichten Wimpern beschattet, schimmerten wie grünes Laub. Er blickte auf die makellos gewachsenen Grübchen unter ihren Backenknochen und verfolgte das feine Spiel des Lichts auf ihren Lippen, die so voll und so zart schienen, daß sie zu bersten drohten. Ihre Schönheit überwältigte ihn, erdrückte ihn fast; sie war königlich und doch natürlich; sie schien von innen heraus zu strahlen.

Jemand pfiff schrill von dem Dach eines leerstehenden Gebäu-

des, und als Domostroy in diese Richtung blickte, sah er drei Mitglieder der Born-Free-Bande, die ihm zuwinkten. Er winkte zurück.
»Ich bin nicht weit von hier in die Schule gegangen«, sagte Donna, als sie wieder zurückgingen. Sie deutete auf die Ruinen. »Diese schwarzen Löcher waren schon immer da. Ich bin oft in ihnen umhergegangen, allein oder mit anderen Kindern. Wir spielten Versteck, rauften, jagten Katzen und Ratten und wurden oft selbst von dem Pack gejagt, das uns an die Röcke wollte. Oft bin ich früher auch in diese muffigen Gräben gekrochen und habe dort stundenlang auf meinen Schwarm gewartet.«
Sie gingen schweigend weiter, nur das Zwitschern der Spatzen, die auf dem Boden und in den Büschen nach Futter suchten, war zu hören.
»Eines Tages hörte ich meinen Vater einen alten Blues singen«, sagte sie und sang:

»Komm mit –
Hab das neue Versteck entdeckt!
Ahnst nicht, wie froh ich bin
Hab das neue Versteck entdeckt!

Und ich habe mir gesagt, daß ich niemals in diese Löcher zurückkehren würde. Also habe ich beschlossen, mir selbst ›das neue Versteck‹ zu suchen, und ich wußte, daß es die Musik sein würde. Von da an war mein Leben in Ketten vorüber.«
Sie überlegte noch eine Minute und lächelte dann. »Weißt du, immer wenn ich versuche, mich mir selbst als eine ernsthafte Musikerin vorzustellen, dann fällt mir ein Gedicht von Paul Laurence Dunbar ein, mit dem ein Tuch bedruckt war, das meine Mutter in unserer Küche hatte:

Geh und laß den Lärm, Miss Lucy,
Leg die alten Noten weg;
Sag, was soll das ganze Üben?
Bis du gut wirst, bist du grau,
Kannst doch eh nicht Noten zaubern
Wie's Geläute und Gebimmel
Aus der Küch'n bis in die Wälder
Wenn Malindy singt. . .

Nachdem sie die letzte Zeile gesprochen hatte, sah er, daß ein Konflikt in ihr schwelte. Er wußte, sie war ihm für den Tag dankbar, und sie fühlte sich vermutlich verpflichtet, ein wenig länger bei ihm zu bleiben, wenn nicht sogar mit ihm zu schlafen. Aber er schlief nicht mit ihr. Obgleich er sie begehrte und obgleich er sich von ihr verlassen fühlte, da sie gleich gehen würde, versuchte er nicht, sie davon abzuhalten. Er wollte nicht allein deshalb ihr Liebhaber werden, weil sie eine gewisse Dankbarkeit für ihn empfunden haben mochte, und – darüber hinaus – wollte er sie nicht mit Jimmy Osten teilen, mit dem Mann in ihrem Leben. Entschlossen – und zu ihrer Überraschung, wie er glaubte – begleitete er sie zu ihrem Wagen und öffnete für sie die Tür.
Als sie in den Sitz glitt, legte sie ihre Hand auf seinen Arm. »Wann sehen wir uns wieder, Patrick?« fragte sie. Sie schien selbst nicht ganz sicher.
»Wann immer du willst«, sagte er kurz. »Komm nur.«
»Aber ich will nicht stören. Du hast deine eigene Arbeit.«
»Nein, habe ich nicht«, sagte er. »Komm, wann du willst.«
»Ich könnte dich beim Wort nehmen«, sagte sie und ließ den Motor an. »Wäre dreimal pro Woche zuviel?«
Der Gedanke reizte ihn, aber er ließ sich nichts anmerken. »Für sämtliche Freuden der Welt, denen wir entsagen, werden wir zur Rechenschaft gezogen«, zitierte er Aggada und kicherte, um für beide die Situation ein wenig zu entspannen. »Das wäre ganz gut für den Anfang«, sagte er. »Wann fangen wir an?«
»Wie wär's mit morgen?« sagte sie, und er hörte an ihrem Eifer, daß sie ihn wissen lassen wollte, wie sehr sie sich über seine Hilfe freute.
»Grüße Jimmy von mir«, sagte er.
»Mach ich«, sagte sie. »Obwohl ich glaube, daß er sich auch so gut an dich erinnert!« Sie fuhr davon, ihr Haar wehte im Wind.
Mit verwirrten Gefühlen ging er zurück zum Spielsaal. Als er sich nach ihr umschaute, war sie weg. Der Parkplatz war leer. Sogar die Born Frees waren nicht mehr auf ihrem Posten.

Donna verheimlichte Osten ihren Besuch bei Domostroy nicht. Sie erzählte ihm sogar von ihrem Vorhaben, mit dem Komponisten zu arbeiten, so daß sie möglichst viel Rat und Hilfe bei ihren Vorbereitungen für den Wettbewerb in Warschau hätte. Osten konnte nichts gegen ihr Recht auf musikalische Hilfe oder ihren

Wunsch danach einwenden, aber die Tatsache störte ihn, daß es Domostroy war, den sie beabsichtigte aufzusuchen. Er kannte Domostroys Ruf, und inzwischen verdächtigte er Domostroy mehr und mehr, der Mann zu sein, der die Frau aus dem Weißen Haus photographiert hatte, und ihr bei ihren Briefen an Goddard irgendwie behilflich gewesen sein konnte. Schließlich beschloß Osten, über Domostroys Interesse an Donna beunruhigt, die Motive des Komponisten zu erforschen, und mietete an einem Abend, von dem er wußte, daß Donna bei Domostroy war, einen Wagen und fuhr zum Old Glory.

Wenn er früher durch die Süd-Bronx gefahren war, so hatte er sich immer auf dem Weg zu einem anderen Ort befunden, aber heute, auf der Suche nach einer bestimmten Adresse dort, wurde ihm zum ersten Mal bewußt, wie sehr die Süd-Bronx den Slums von Tijuana glich. Nur mit dem Unterschied, daß zumindest in Tijuana die Slumbewohner mit der, wenn auch unberechtigten Hoffnung lebten, daß ihre Stadt, weil sie so nahe an den wohlhabenden Vereinigten Staaten lag, eines Tages zu einer Metropole heranwachsen würde, so daß ihr Leben ebenso neu und geradlinig verlaufen würde wie die neuen Gebäude und Highways, die überall um sie herum aus dem Boden gestampft wurden. Hier in der Süd-Bronx gab es keine neuen Gebäude oder Highways und keine solche Hoffnung.

Er fand das Old Glory und fuhr einmal darum herum, fuhr dann langsamer, als er Donnas Wagen sah, der in der Nähe des Einganges zum Tanzsaal geparkt war, direkt neben einem alten Cabriolet, das vermutlich Domostroy gehörte. Er wußte, sie würde den ganzen Abend dort verbringen; so beschloß er, den rechten Augenblick abzupassen und zu warten, bis die Dämmerung der Dunkelheit gewichen war. Er fuhr durch trostlose Gegenden, sein Radio schmetterte den neuesten Rock-Blues. Er schlug die Zeit tot, bis der Mond mit seinem Licht die schwarzen Wände des Ballsaals silbern erscheinen ließ.

Er stellte seinen Wagen draußen vor dem Drahtzaun ab und ging durch das hohe Gras, das am Zaun wuchs, sein Parabolmikrophon in der einen Hand, eine eingeschaltete Taschenlampe in der anderen. Er montierte das Mikrophon auf das Stativ und richtete den Kopf auf das Licht aus, das durch die Fenster des großen Spielsaales fiel. Er tippte kurz an das Mikrophon und betätigte die Zusatztaste für den Geräuschfilter, der sämtliche störende

Nebengeräusche schluckte. Dann schloß er das Mikrophon an einen kleinen Kassettenrecorder an, und als er durch den Kopfhörer die ersten Geräusche aus dem Old Glory einfing – entweder spielten Donna oder Domostroy Chopin auf dem Flügel –, ging er in die Hocke und lehnte sich mit einer Schulter an den Zaun.
Bis auf die aufgenommene Klaviermusik war alles totenstill um ihn herum. Hinter ihm erstreckten sich die Reihen ausgebrannter Häuser in der Stille. Vor ihm glänzte unheimlich die riesige, graue Fläche des Parkplatzes, und das Old Glory mit seinen Bögen, Säulen, gemeißelten Flächen, Balkons und schrägen Dächern erhob sich wie ein gespenstisches Schloß.
Er setzte sich auf den Boden und legte sein Ohr erwartungsvoll an das Gerät. Plötzlich traf ihn etwas Hartes am Hinterkopf und während er vornüber in das feuchte Gras fiel und seine Gedanken zu schwinden begannen, vernahm er noch feindselige Stimmen. Er hatte kaum wahrgenommen, daß er von hinten angegriffen worden war, da versank er im Dunkel.
Er kam wieder zu sich, unschlüssig, wo er war oder wie lange er ohne Bewußtsein gewesen war, und sein Kopf fühlte sich an, als wäre er in einen Schraubstock eingespannt. Er saß in einem alten Kunstledersessel neben einem Flügel, und als er aufblickte, sah er Donna sich über ihn beugen, und im ersten Augenblick glaubte er in ihrem Studio in der Carnegie Hall zu sein. Er wandte seinen Kopf zur Seite und sah Patrick Domostroy, der das Parabolmikrophon und das Tonbandgerät in den Händen hielt, und neben ihm drei junge, dunkelhäutige Spanier mit gelben Kappen, auf die BORN FREE geschrieben stand.
»Ist alles wieder in Ordnung, Jimmy?« fragte Donna, die ihm leicht auf die Schulter klopfte.
Er faßte sich an den Kopf und fühlte eine Beule. Dann sah er seine Hand an, um zu sehen, ob sie mit Blut beschmiert war. Sie war es nicht. »Mir geht es gut«, sagte er. Er verstellte instinktiv seine Stimme.
»Ich dachte immer, du seist ein Student der Literaturwissenschaft – und nicht ein Spion«, sagte Domostroy und ging auf ihn zu. Die Born Frees grinsten spöttisch.
Osten schaute auf den Boden. Er kam sich vor wie ein Kind, das beim Stehlen von Süßigkeiten in einem Laden erwischt worden war, und der Gedanke, sich gegenüber Donna und Domostroy lächerlich gemacht zu haben, erfüllte ihn mit Scham.

»Mir ist völlig egal, was du gedacht hast«, sagte Osten schroff. »Und glaub nicht, daß ich nicht weiß, was hier vor sich geht!«
»Was soll das heißen?« fragte Donna und wich von ihm zurück.
»Was es heißen soll«, sagte Osten, der eine Möglichkeit sah, den hinters Licht geführten Liebhaber zu spielen. »Daß du mich belogen und betrogen hast! Stimmt das etwa nicht?«
Donnas Gesicht lief rot an. »Du weißt ja gar nicht, was du da sagst!« stammelte sie. »Wie kannst du nur so gemein zu mir sein – und zu dir selber! Ich bin zum Klavierspielen hier. Weißt du denn nicht, was das für mich bedeutet? Du hast kein Recht dazu – kein Recht –« Sie wandte sich ab, um ihre Tränen zu verbergen.
»Das ist ja eine richtige Stadtguerilla-Ausrüstung, die du da zum Schnüffeln hast«, sagte einer der Born Frees und ging mit wiegenden Schultern einige Schritte auf Osten zu.
»Gib's doch der CIA wieder zurück«, spottete ein anderer.
»Mensch, hier kannst du nichts damit anfangen. Hier ist nicht El Salvador. Noch nicht!« setzte der dritte nach.
»Immer mit der Ruhe«, sagte Domostroy, um die Bande zu beruhigen. »Er arbeitet nicht für die CIA. Er spioniert nur ihr nach.« Er deutete auf Donna. »Sie ist seine Freundin.«
Die Born Frees kicherten, und Donna sah Domostroy vorwurfsvoll an. »Patrick – bitte.«
»Er hat recht, Donna«, unterbrach Osten, der Angst hatte, Domostroy könnte ihm nicht glauben. »Er hat recht«, wiederholte er langsam und stand auf. Er reckte die Schultern, zuckte zusammen und sah ihr in die Augen. »Ich wollte herausbekommen, was sich zwischen dir und deinem Musiklehrer abspielt.« Er schaute zu Domostroy, und die drei Born Frees grinsten hämisch.
»Mensch, du hast vielleicht Nerven«, sagte einer von ihnen. »Du bist ohne Visum hier eingedrungen. Hast du das vielleicht nicht gewußt?« Er zwinkerte seinen Kumpanen zu. »Das hier ist das Land der *Freibrenner,* Mensch. Das hier ist Ausland. Das hier hat sich schon vor vielen Jahren von diesem sauberen Land abgetrennt. Und man kann ganz schön was abkriegen, wenn man hier so herumschnüffelt. Erwischen wir dich das nächste Mal, mein Kleiner, dann geht's dir an den Kragen!«
»Das nächste Mal weiß ich, was ich mit euch tun muß!« entgegnete Osten.

Inzwischen hatte Donna sich wieder gefangen. Sie war nicht mehr traurig, nur noch verärgert. Sie brachte ihre Stimme unter Kontrolle und sagte: »Es wird kein nächstes Mal geben, Jimmy. Ich glaube, es ist besser, du gehst jetzt.« Ihre Stimme bebte vor Erregung, als sie hinzufügte: »Ich möchte dich nicht wiedersehen.«
»Warte, Donna«, sagte Domostroy, »sei nicht so streng mit ihm.« Er legte das Mikrophon und das Tonbandgerät auf den Sessel, in dem Osten vorher gesessen hatte. »Er hat nur versucht, dich zu beschützen. Er hat sich bestimmt Sorgen über deine Anwesenheit gemacht ... hier draußen ... allein ....« Seine Stimme versagte.
»Das heißt, nicht, daß er mir überall hin folgen und nachspionieren kann«, sagte Donna mit einem Blick auf Osten und wandte sich dann rasch von ihm ab und blickte Domostroy und die anderen an. »Er hatte kein Recht dazu – überhaupt kein Recht –, das zu tun. Kein Mensch hat es.« Sie schien die Fassung zu verlieren und ihre Stimme klang, als würde sie wieder zu weinen beginnen, aber sie gab sich einen Ruck, schob einen Stuhl beiseite, der ihr im Weg stand, ging an den Flügel und nahm Platz. »Laß uns arbeiten, Patrick«, sagte sie ruhig und schlug einen Akkord an.
Osten hob seine Habseligkeiten auf. »Es tut mir leid, Donna«, sagte er. Er hielt inne. »Vielleicht wirst du meine Gefühle eines Tages verstehen.«
Einer der Born Frees kicherte. Ein anderer ahmte Ostens krächzende Stimme nach und sagte: »Vielleicht reißen wir dir eines Tages deinen feinen Arsch erst richtig auf, Mensch.«
Eine Woge der Wut und Erniedrigung überkam Osten, und zu Domostroy gewandt sagte er: »Sag deiner Fremdenlegion, daß sie sich selbst in den Arsch ficken sollen.« Noch immer verärgert wandte er sich an Donna: »Was dich angeht, Donna – du verdienst einen besseren Liebhaber als eine billige Nachtclubfigur!«
»Warum gehst du nicht einfach«, erwiderte Donna, ihm den Rükken zugewandt.
Er fuhr herum und ging auf die Tür zu, aber einer der Born Frees stellte sich ihm in den Weg und ließ ein Stilett aufklappen.
»Laß ihn gehen«, sagte Domostroy, der seine Wut kaum im Zaum halten konnte. »Er soll seine Spielsachen nehmen und anderen nachstellen.«

Nachdem Osten gegangen war, gab er allen drei jungen Männern die Hand. »Danke, daß ihr eure Augen offengehalten habt«, sagte er. »Ihr habt gute Arbeit geleistet.«
»Hat Spaß gemacht«, sagte der größte von ihnen und rückte die Kappe auf seinem Kopf zurecht. Sie gingen lachend und schwatzend aus dem Ballsaal, an der Tür drehte sich der Große um und warf Donna einen langen Blick zu.

Draußen an der frischen Luft spürte Osten deutlich seinen Schmerz. Er strahlte durch seinen Schädel und die ganze Partie hinunter bis zu seiner Schulter und schränkte die Bewegungsfreiheit seines Armes ein. An seinem Wagen stellte er fest, daß jemand sein Jackett und seine Brieftasche gestohlen hatte, die außer tausend Dollar noch den Studentenausweis und den kalifornischen Führerschein enthielt.
Er warf das Mikrophon und das Tonbandgerät auf den Rücksitz, stieg ein und fuhr zurück Richtung Manhattan. Er fuhr langsam, weil er befürchtete, daß er bei so viel Pech und mit solch stechenden Kopfschmerzen unterwegs einen Unfall verursachen könnte.
Als er seine Gedanken zu erforschen suchte, entdeckte er, daß es nicht der Verlust Donnas war, der ihn am meisten beschäftigte, sondern sein Versagen, das auszuführen, was er sich vorgenommen hatte. Er hatte keinen Zweifel daran, daß Donna auch meinte, was sie gesagt hatte, und ihn nicht wiedersehen wollte, obgleich er bezweifelte, daß sie Domostroys Geliebte war. Enttäuscht darüber, daß er keinen Einfluß auf sie hatte, verspürte er auf einmal eine gewisse Erleichterung, von ihr frei zu sein, denn die Zweifel an seinem Verhältnis mit Donna, die inzwischen in ihm aufgestiegen waren, hatten an der Liebe genagt, die er früher für sie empfunden. Und obgleich er im Augenblick mit seinen Bemühungen beschäftigt war, herauszufinden, ob Domostroy mit den Photographien der Nackten aus dem Weißen Haus überhaupt etwas zu tun hatte, bot sich ihm jetzt wenigstens die Gelegenheit, Andrea nachzuspüren, dem möglichen Objekt dieser Photographien und dem möglichen Absender der Briefe, mit dem er sich bislang nur in seinen Phantasien hatte beschäftigen können. Selbst wenn sie sich nicht als die Frau aus dem Weißen Haus herausstellen sollte, so war sie es mit Sicherheit wert, daß er sich um sie bemühte.

In seinem Appartement, in dem er zur Untermiete wohnte, schüttete er zwei Aspirin mit einer Flasche Bier in sich hinein und versorgte seinen Kopf mit einer Kompresse aus Eiswürfeln, die er in ein Handtuch gewickelt hatte. Danach heftete er die vergrößerten Photographien von der Nackten an die Wände, von der er hoffte, daß es Andrea war, und studierte sie eine gute Stunde lang. Schläfrig und träge geworden, nahm er sich für den nächsten Morgen vor, als erstes sie anzurufen. Dann schlief er ein. Als er aufwachte, war die Beule an seinem Kopf größer geworden, aber der Schmerz hatte nachgelassen. Bevor er Andrea anrief, kamen ihm Zweifel, ob er ihr erzählen sollte, was mit ihm in der letzten Nacht geschehen war, und schließlich entschloß er sich dazu, es ihr lieber selbst zu erzählen, da durchaus die Möglichkeit bestand, daß sie es von Donna erfahren könnte.
Andrea schien überrascht, von ihm zu hören. Er versuchte zu verheimlichen, wie sehr er sich danach sehnte, mit ihr zusammen zu sein, und fragte sie eher beiläufig, ob sie gemeinsam zu Abend essen sollten. Mit gespielter Unschuld fragte sie ihn, ob er vorhätte, Donna mitzunehmen. Er antwortete, daß er an ein Essen nur für sie zwei gedacht hätte, denn Donna und er hätten sich getrennt – und das nicht gerade unter den angenehmsten Umständen. Als er seine Begegnung mit Donna und Domostroy schilderte und sich selbst als einen unschuldigen Tropf unter Schurken beschrieb, spornte ihn Andreas anerkennendes Kichern an, die Geschichte auszuschmücken, und er begann in ihr Lachen einzustimmen.
Bevor sie auflegten, verabredeten sie sich für den Abend.

»›Auch leg dich nicht zu einer Saitenspielerin, damit du nicht gefangen wirst durch ihre Töne‹. Das ist aus dem Buch Jesus Sirach, dem Buch der Weisheit.« Andrea telephonierte mit Domostroy. »Ich war gestern abend mit Jimmy Osten zum Abendessen aus«, fuhr sie fort. »Warum hast du deine angeheuerten Schurken Jimmy vor der zuckerbraunen Downes zusammenschlagen lassen? War es, weil du sie jetzt bumst und vor ihr angeben wolltest?«
»›Frauen sind in der Tat die Musik des Lebens.‹ Das ist Richard Wagner!« konterte er. »Im übrigen nehme ich dir deine rassistischen Bemerkungen über Donna übel.«
»Ach, das tust du wirklich?« erwiderte sie. »Dann laß dir von mir jetzt sagen, wer hier der Rassist ist. Was glaubst du, warum du

Donna Downes magst? Wegen ihres großen Talents und ihres Juilliard-Studiums? Du Ochse! Du bist deiner goldbraunen Versuchung nachgestiegen, du scheinheiliger weißer Hahn, nicht weil ihre Musik deinen weißen Pimmel hart machte, nicht weil diese Odaliske deine Seelenschwester war, sondern weil sie ein schwarzes Go-Go-Girl war, und für sich, wie für jeden weißen Sexisten, bedeutet schwarze Haut Sklaverei und bedeutet schwarze Möse Hurerei. Du redest dir ein, daß du Donna willst, wegen ihrer Musik und ihres Talents und ähnlicher Scheiße, aber in Wirklichkeit willst du die Möse einer schokoladebraunen und flittchenhaften Sklavin bumsen. Wie jeder andere weiße Herr, der einer schwarzen Ghettohexe nachstellt, baust du dich nur an ihrem Talent auf, wie sie dich unterhält! Tief unten weißt du es! Und tief unten weiß es auch deine schwarze Carmen!«

»Studierst du Dramaturgie oder Rührstücke?« fragte er.

»Ich habe auch dich studiert, weißt du noch?«

»Dann solltest du wissen, daß ich Donna Downes durch den kleinen Jimmy Osten kennengelernt habe – ihren anderen ›weißen Herrn‹, wie du so treffend ausgedrückt hast. Oder war Jimmy tatsächlich in sie verliebt?«

»Ich bezweifle, ob er jemals in sie verliebt gewesen war«, sagte Andrea. »Er hat mir erzählt, daß er schon seit drei Monaten ein Auge auf mich geworfen hat – noch bevor Donna ihn mir vorgestellt hatte.«

»Du hast ihm nicht zufällig sein Überwachungsspielzeug gekauft und ihn auf uns angesetzt, oder?«

»Das war nicht nötig. Er hatte es wahrscheinlich satt, daß sie hinter seinem Rücken herumbumste, während er weit weg an der Uni war.« Sie hielt inne. »Übrigens als Liebhaber hat Jimmy dir gegenüber einen Vorteil.« Sie brach einfach ab, als wolle sie ihn reizen.

»Er ist jung«, sagte er auf gut Glück.

»Das Alter spielt keine Rolle«, sagte sie. »Aber seine Verwundbarkeit spielte eine. Indem er sie nicht versteckt, appelliert er an den mütterlichen Instinkt – der fruchtbarste Boden für sexuelles Geben und Nehmen in einer Frau.«

»Gefühlsbetonte, mütterliche Obhut – von dem Schlag bin ich nicht«, sagte Domostroy hart.

»Wie du willst«, sagte Andrea. »Jedenfalls hat er dich genau da geschlagen.«

»Ich stehe weder mit Jimmy Osten noch mit einem anderen Menschen in Konkurrenz«, sagte er, um daß Thema zu wechseln. »Mit deinen Muttergefühlen mag es dir Spaß machen, den Jungen aufzuziehen, aber ich bin davon überzeugt, daß es unserem Plan schadet. Was, wenn Goddard auftauchen sollte und den kleinen Jimmy säugend an der mütterlichen Brust findet?«

»Nenn ihn nicht klein! Oder willst du, daß ich Donna frage, ob du den Vergleich mit Dick Longo aushältst.«

»Wenn du das tust, werde ich –«

»Was wirst du?« forderte sie ihn heraus.

»Ich werde Jimmy anrufen und ihm von dir und mir erzählen.«

»Er wird dir nicht glauben«, sagte sie.

»Wird er meinen Photographien glauben, die ich von dir gemacht habe?« fragte er. »Ich habe Abzüge von allen.«

»Na und? Auf keinem ist mein Gesicht!«

»Auf einigen schon. Du warst nämlich zu sehr mit den Spielereien an dir beschäftigt, um wissen zu können, welche Bilder ich von dir machte!«

»Wenn du das tust, Patrick, werde ich –«

»Was wirst du?« Jetzt forderte er sie heraus. Plötzlich wurde er versöhnlich, als er merkte, daß das Gespräch zu nichts führte. »Laß uns mit dem Blödsinn aufhören, Andrea. Ich schwöre dir, ich habe mit Donna nicht geschlafen. Ich hatte auch nichts mit der Bande zu tun, die Jimmy bei seinem kindischen Unterfangen überfallen hat. Ich hoffe, er weiß das.«

»Er war sehr neugierig, was dich betrifft«, sagte Andrea. »Jedenfalls«, sagte sie, in einem jetzt ruhigeren Ton, »hast du recht damit, wenn du sagst, daß er nicht in meinem Appartement bleiben kann. Goddard wird es nicht gut finden, falls er jemals auftaucht. Und dann ist Jimmy ja auch an die Weite Kaliforniens gewöhnt.«

»Kalifornien? Warum Kalifornien?« fragte Domostroy.

»Er studiert Literaturwissenschaft und Schriftstellerei an der University of California in Davis. Er schreibt an seiner Doktorarbeit. Ob Junge oder nicht, Jimmy ist ein Intellektueller, mußt du wissen. Wenn sich also deine feine Donna von ihm getrennt hat und er allein ist, kann ich genauso gut für eine Weile mit ihm rumhängen – und mich an ihn hängen.«

»Mach das nur«, sagte er und versuchte dabei, lässig zu klingen. »Sei aber gut zu dem Jungen. Immerhin, was gut für die Ostens

ist, ist gut für Etude, und was gut für Etude ist, ist gut für mich. Ich bin noch immer in ihren gefräßigen Händen. Vergiß das nicht.« Er lachte. »Sei also auf der Hut. Und laß mich wissen, wenn irgend etwas Ungewöhnliches passiert.«
»Was zum Beispiel?« fragte Andrea.
»Wenn Goddard zum Beispiel auftaucht. Er ist bestimmt ein dikkerer Fisch als Jimmy.« Er kicherte. »Ich habe viel Zeit damit verbracht, Goddard mit meinen brillanten Briefen und deinen schmutzigen Bildern zu ködern. Mir graust bei dem Gedanken, daß all meine Bemühungen umsonst gewesen sein könnten, wenn er auftauchen und dich im Bett mit –« er seufzte in gespieltem Kummer – »dem kleinen Jimmy Osten finden würde!«
»Vergiß nicht«, sagte Andrea, »daß ich dich für alle deine Bemühungen bezahlt habe. Ich kann sie also verschwenden, wenn ich will.« Leicht verärgert legte sie auf.

»Hast du jemals Andrea Gwynplaine kennengelernt?« fragte Donna Domostroy nach einer ihrer gemeinsamen Übungsstunden im Old Glory.
Einen Augenblick lang war Domostroy versucht, die Wahrheit einzugestehen. Warum sollte er Donna belügen, die einzige Frau, die er so leicht lieben könnte? Warum sollte er seine offene und ehrliche Verbindung mit Donna durch seine geheime und hinterhältige Abmachung mit Andrea belasten? Bis zu welchem Grad war er durch seinen Pakt mit Andrea gebunden?
»Andrea Gwynplaine?« wiederholte er. »Der Name sagt mir nichts. Wer soll sie sein?«
»Habe ich sie dir gegenüber niemals erwähnt? Sie studiert Dramaturgie am Juilliard und hört auch Vorlesungen an der musikalischen Fakultät«, sagte Donna. »Ich glaube, Jimmy war sehr beeindruckt von ihr, und er hat ein Auge auf sie geworfen, seit er mich zu meinen Vorlesungen am Juilliard begleitet hat.«
»Wann war das?« fragte Domostroy beiläufig.
»Vor etwa einem Monat.«
»Vor einem Monat? Bist du sicher, daß er sie nicht schon früher kennengelernt hat?« Es rutschte ihm heraus, bevor er sich zurückhalten konnte.
»Natürlich bin ich sicher«, sagte Donna. »Es war kurz, nachdem Jimmy mich gebeten hatte, herauszufinden, ob am Juilliard die Musik von Goddard Lieberson gelehrt würde – dessen Namen

ich aufgrund seiner Verbindungen zur CBS kannte – oder eines anderen Komponisten, dessen Name mir im Augenblick nicht einfällt. . .« Sie überlegte. »Jetzt fällt er mir ein, Boris Pregel, ein Zeitgenosse Liebersons. Kennst du Werke von ihm?«

»Ja, ich kenne einige. Ich kannte beide sogar persönlich.« Er spürte sein Herz vor Aufregung schlagen. »Aber erzähle weiter«, sagte er aus Angst, sie könnte von ihrem Gedankengang abkommen.

»Nun, im Grunde wollte Jimmy wissen, ob die Musik von Lieberson und Pregel überhaupt irgendwo in der Stadt gelehrt wurde. Ich ging sämtliche Vorlesungsverzeichnisse durch, aber ich fand nichts – jedenfalls für das laufende Semester.«

»Tatsächlich?« sagte Domostroy, der Donna in ihrer Erzählung bestärken wollte. »Ich wußte gar nicht, daß Jimmy so musikalisch ist.«

»Oh, doch. Ich war selbst überrascht. Er bat mich ebenfalls herauszufinden, ob an irgendeiner New Yorker Musikschule Musikkurse über Chopins Leben abgehalten würden. Ich nehme an, er tat es mir zuliebe.«

»Und hast du für ihn einen solchen Kurs gefunden?« fragte Domostroy.

»Ja, habe ich. Ein Seminar über Klavierliteratur, das zufällig sogar am Juilliard angeboten wurde. Ich habe Jimmy dann zu einigen Seminarstunden mitgenommen.«

Domostroy war verwirrt. Zunächst studierte Jimmy Osten Andreas Worten nach an der University of California in Davis. Karlheinz Stockhausen war früher in Davis Gastprofessor gewesen und hatte dort beträchtlichen Einfluß ausgeübt. Einer seiner Studenten war später die schöpferische Kraft bei den ELMUS geworden, einem Ensemble, das mit Hilfe digital-elektronischer Instrumente eine Musik von einem ungewöhnlich hohen Energiepotential entwickelte, insbesondere bei den Schlaginstrumenten. Einige Melodien und Arrangements von Goddard, so erinnerte sich Domostroy, hatten verblüffende Ähnlichkeit mit der Musik der ELMUS. Und hier war nun Osten, der die Schule besucht hatte, aus der die ELMUS hervorgegangen waren: er bemühte sich um Andrea, das Mädchen, das eigentlich der Köder für Goddard war, und stellte Fragen über Pregel und Lieberson und Chopin-Briefe! Der einzige Grund, warum Osten etwas über Lieberson und Pregel herausfinden wollte, konnte darin liegen, daß er die Briefe

gesehen haben mußte. Inzwischen hatte Domostroy keine Zweifel mehr, daß eine direkte Verbindung zwischen Osten und Goddard bestand. Wie hätte Osten sonst genau wissen können, was in den Briefen an Goddard geschrieben stand? Kannte er Goddard persönlich? Gab es eine Verbindung zwischen Goddard und Etude Classics? Gab es für Jimmy Osten einen Weg, durch den er – mit der Ermächtigung seines Vaters oder eines anderen bei Nokturn – Goddards Post lesen konnte, bevor sie Goddard ausgehändigt wurde?
Dann überlegte sich Domostroy: Was, wenn Goddard die Briefe niemals erhalten hatte? Was, wenn Jimmy Osten sie abgefangen hatte und auf eigene Faust nach dem Verfasser der Briefe aus dem Weißen Haus suchte?
Und dann machte ihm ein anderer Gedanke zu schaffen. Warum sollte Osten, der Andrea erst seit einem Monat nachstieg, jetzt ihr gegenüber behaupten, daß sie ihm schon vor drei Monaten aufgefallen war? War es nicht vielmehr so, daß Andrea ihre Begegnung mit Jimmy nicht mit dem Zeitpunkt in Verbindung bringen wollte, an dem Domostroy den ersten Brief aus dem Weißen Haus abgeschickt hatte? Und warum sollte Andrea seine Behauptung unwidersprochen hinnehmen und sie weitererzählen? Gab es etwa zwischen Andrea und Jimmy Osten eine Verschwörung? Wie könnte Osten andererseits Andrea möglicherweise verdächtigen – wenn er es überhaupt tat –, daß sie die Frau aus dem Weißen Haus war? Konnte Osten ein Geheimbote Goddards sein? Und wenn er es war, wer konnte so schlau gewesen sein, ihn auf Domostroy anzusetzen und gleichzeitig zu sagen, daß er Donna nachspionierte? Und falls Andrea nicht alles preisgegeben hatte, so gab es für Osten keine Möglichkeit, ihn, Domostroy, mit den Briefen aus dem Weißen Haus in Verbindung zu bringen. Konnten schließlich, so unwahrscheinlich es jetzt auch schien, Osten und Goddard ein und dieselbe Person sein?
»Worüber denkst du nach?« fragte Donna und unterbrach seine Gedanken.
»Ich weiß es nicht genau«, sagte er zögernd. »Ich sehe Jimmy Osten aus meiner früheren Zeit bei Etude immer noch als ein unschuldiges Kind.« Er hielt inne. »Was ist übrigens mit seiner Stimme los?« fragte er noch immer nachdenklich.
»Vor einigen Jahren wurde ihm ein Tumor in seinem Hals entfernt«, sagte Donna. »Sein Vater erzählte mir, daß es ein ein-

schneidender Eingriff war. Seitdem hat Jimmy einen vernarbten Kehlkopf und eine für immer veränderte Stimme.«

»Jedenfalls«, fuhr er fort, »hielt ich Jimmy nie für den Typ Mensch, der Leuten nachspioniert.« Er schwieg, versuchte dann wieder unvoreingenommen zu klingen. »Hat er jemals von Goddard gesprochen?« fragte er.

»Goddard Lieberson?«

»Nein, Goddard dem Rockstar.«

»Sehr selten. Und sollte er ihn mögen, so hat er es nicht zum Ausdruck gebracht. Obwohl wir uns im Goddard Beat kennengelernt haben, wußte er, was ich von Rockmusik hielt.«

Jetzt kam Domostroy auf die Idee, daß Osten Musik und sogar Texte für Goddard geschrieben haben konnte. Schließlich war Ghostwriting nicht nur auf Literatur beschränkt.

»Man kennt doch Jimmys Elternhaus«, fragte er, »ist dir bekannt, ob er jemals Musik geschrieben oder irgendein Instrument gespielt hat?«

»Jimmy schreibt zwar, aber er schreibt keine Musik. Musikalisch ist er sehr naiv«, sagte Donna. »Was sein Klavierspiel anbelangt – na ja, seine Mutter hat ihn ein wenig unterrichtet, das war alles.«

Domostroy war durch ihren Ton überzeugt, daß sie ihm die Wahrheit erzählt hatte und sie selbst nicht in das verstrickt war, worin er Ostens Verschwörung zu vermuten begann, und fragte sie: »Glaubst du, das Andrea Gwynplaine neulich Jimmy auf uns angesetzt hat?«

»Könnte sein«, sagte Donna nachdenklich. »Es sollte mich nicht überraschen; sie lebt von Intrigen.«

Domostroy tat, als würde er darüber nachdenken. »Was für ein Mensch ist diese Andrea Gwynplaine?« fragte er.

»Schön«, sagte Donna. »Gescheit. Aus einer alten Mormonenfamilie vom Tuxedo Park. Früher waren sie sehr reich, aber heute, sagte sie, seien sie es nicht mehr. Offensichtlich studiert sie deswegen Dramaturgie. Sie will Produzentin am Broadway werden, so daß sie eines Tages ihre Millionen machen kann, um ihre Familie und sich selbst wieder in die Position zu bringen, in die sie ihrer Meinung nach gehören – an die Spitze der Gesellschaft.«

»Kein kleiner Ehrgeiz«, sagte Domostroy. »Hat sie Talent?«

»Sagen wir, sie wird sich durchschlängeln«, sagte Donna und fügte lächelnd hinzu: »Und in der Dramaturgie ist das Talent.«

»Durchschlängeln? Auf welche Weise?«
»Auf eine gemeine Weise«, sagte Donna. Sie zögerte. »Ich weiß nicht, ob ich es dir erzählen soll.«
»Erzähle es mir nicht, wenn es ein Geheimnis ist.« Er konnte sehen, daß sie im Augenblick zwischen diesen beiden Polen ihrer Natur hin und her gerissen war.
»Es ist kein Geheimnis«, sagte sie. »Ich habe dir schon erzählt, was sie und ihre Freunde mir seinerzeit angetan haben, als sie mich zu diesem Pornofilm eingeladen hatten, in dem Marcello mitspielte. Was soll ich sagen, es gab noch einen Vorfall, der noch viel schlimmer war. Andrea hat ihn inszeniert.«
»Was für einen?«
»Na ja, trotz all dem Gerede über ihre feine alte Mormonenfamilie«, sagte Donna, »findet Andrea Geschmack an allem, das krankhaft und überzogen ist. Besonders, wie ich meine, wenn es um Sex geht. Sie war damals mit Chick Mercurio befreundet, dem Bandleader der Atavists, und bald, nachdem er auf den Titelseiten des *Rock Stars* erschienen war, flog er wegen Drogen auf. Danach gingen schreckliche Geschichten über sein Leben durch die Presse, und niemand wollte ihn mehr für Konzerte verpflichten. Er war am Ende. Als wir all diese Geschichten über Chick lasen, hatten wir allmählich den Eindruck, daß unsere süße Debütantin aus dem Tuxedo Park während ihrer Freundschaft mit ihm in einige äußerst dunkle Machenschaften verwickelt gewesen sein mußte, obwohl ihr Name in der Presse niemals erwähnt wurde. Und ich meine nicht Tabletten nehmen, Bier mit dem Strohhalm trinken, sich die Fingernägel schwarz anmalen und aufreizende Strumpfgürtel aus Gummi tragen oder Lederjacken; ich meine Sex mit Ketten und Peitschen.« Sie zögerte erneut. »Andrea hat offensichtlich Spaß daran, Menschen zu verletzen und zu demütigen.«
»Eigentlich nichts Schlimmes«, unterbrach sie Domostroy, »solange ihr Liebhaber Spaß an dem Theater haben und niemand verletzt wird.«
»Einige wurden es aber«, sagte Donna. »Etwa zur gleichen Zeit, als Andrea mit Chick Mercurio zusammen war, befreundete sie sich mit Thomas, einem Anlageberater einer Bank – jung, gut aussehend, Familie aus New England, Nadelstreifen-Anzug, Weste, das ganze Wall-Street-Ambiente. Kurzum, der liebe Thomas zeigte Andrea nur das Beste vom Besten – die besten Thea-

ter, die feinsten Restaurants, die vornehmsten Parties –, aber sie beschwerte sich bei ihren Freunden, daß er sie zu Tode langweilte und daß er im Bett ebenso phantasielos war wie auch sonst. Eines Tages lud er Andrea und einige seiner Freunde in sein Luxusappartement in der Park Avenue zu einem Drink ein, und Andrea benutzte anstelle der Gästetoilette versehentlich sein privates Badezimmer in der oberen Etage. Dort durchstöberte sie seine Sachen in einer Schublade und stieß auf einige Pornomagazine, deren Anzeigenteil aufgeschlagen war – Sexangebote aller Art. Thomas hatte einige Annoncen von einigen professionellen Dominafrauen eingekreist, die ihre sexuellen Spezialitäten und Dienste detailliert beschrieben, und mit seiner säuberlichen Handschrift hatte er rätselhafte Bemerkungen an den Rand geschrieben! Während er seine Freunde im Wohnzimmer unterhielt, schnüffelte Andrea in seinem Schlafzimmer herum, bis sie eine Golftasche voller Utensilien gefunden hatte, die sogar de Sade und Sacher-Masoch in Entzücken versetzt hätten. Diese Entdeckung haute sie um, denn, wie sie ihren Freunden erzählte, hatte der liebe Thomas sich stets streng an die Konvention gehalten, man könnte sagen – in klassischer Missionarshaltung. Um ihm eine gehörige Lektion zu erteilen, heckte Andrea einen raffinierten Plan aus. Sie bat Chick, sie zu photographieren, nackt, mit einer Perücke und hohen Stiefeln, das Haar über den Busen fallend und eine Ledermaske vor dem Gesicht – und mit diesem Bild inserierte sie in einigen Sexmagazinen, die Thomas kaufte. Sie fügte einen typischen Aufreißer hinzu – ›Strenge Walküre: der Balkon der Phantasie, Fetisch und andere Freunden. Nur für Kultivierte‹ – und gab eine postlagernde Adresse an. Sie ließ diese Annonce einige Wochen lang veröffentlichen und wartete, bis sie zuletzt unter vielen Antworten interessierter Kunden eine fand – lang und offenherzig –, von Thomas, der um eine Verabredung flehte. Der Spaß hätte hier aufhören können, wenn nicht sein Brief so anschaulich geschrieben gewesen wäre. Er enthielt Beschreibungen seiner Phantasien und seiner ziemlich ungewöhnlichen sexuellen Aktivitäten, von denen er sagte, daß er sie zur Befreiung und Befriedigung brauche, und daß er dafür gerne großzügig bezahlen werde.

Andrea entschied, daß er auf jeden Fall bezahlen würde, und schrieb ihm als Walküre, daß er sich erst einem Ergebenheitstest unterziehen müsse, bevor sie sich privat treffen könnten. Dieser

Test diene nicht nur ihrer persönlichen Sicherheit, sondern auch dem Vergnügen ihrer Klienten, und sie verlange ihn von jedem potentiellen Kunden. Als Köder legte sie ein Polaroidphoto – bei dem der Kopf weggeschnitten war – von sich bei, auf dem sie in dem typischen hautengen Lacklederanzug der sexuellen Gebieterin posierte. Sie befahl ihm, im Smoking zum ›Till Eulenspiegel‹ zu gehen, einem schäbigen Hotel in der Innenstadt, und zwar um Mitternacht am folgenden Samstag. Dort würde er auf dem Zwischengeschoß hinter einem schweren, grünen Vorhang eine Nische – ihren Lieblingsbalkon – finden, und dort solle er sich mit dem Gesicht zur Wand hinstellen und auf sie warten. Sie bat ihn, ihr zu schreiben und zu versprechen, daß er ihren Anweisungen folgen würde, und Thomas antwortete, daß er es verspreche.

In den folgenden Tagen traf sich Andrea mit Thomas weiterhin wie gewöhnlich und ließ nicht ein einziges Mal den Verdacht bei ihm aufkommen, daß sie etwas über ihn entdeckt hatte.

Am nächsten Samstag um Mitternacht traf Andrea mit Chick Mercurio und einer Gruppe ihrer Punkfreunde im ›Till Eulenspiegel‹ ein. Sie gingen alle hinauf in das Zwischengeschoß, ohne einen Laut von sich zu geben, und stellten sich vor dem grünen Vorhang auf. Während Mercurio seine Kamera schußbereit machte, setzte Andrea – in ihrem extravaganten Lederanzug – eine Ledermaske auf, ging in die Nische und zog den Vorhang hinter sich zu. Dort stand der liebe Thomas, in Abendgarderobe und leicht nach Eau de Cologne duftend, mit korrekt frisiertem Haar, mit dem Gesicht zur Wand und wartete auf seine neue Gebieterin.

Andrea – dieses gemeine Biest – erzählte jedem ganz genau, was danach passierte. Gleich einer Amazone richtete sie sich in ihren hochhackigen Stiefeln auf, umklammerte ihn von hinten fest mit den Armen und bohrte ihre behandschuhten Hände in seine Brust. Sie flüsterte ihm mit einem schwachen deutschen Akzent rauh wollüstige Kraftausdrücke zu, biß in seinen Nacken, küßte seine Ohrläppchen und preßte ihren ledernen Körper gegen seinen, und bald stöhnte er vor Erregung und bettelte, sich umdrehen zu dürfen, um sie zu sehen. Aber sie befahl ihm, mit dem Gesicht zur Wand stehen zu bleiben. Sie öffnete langsam seinen Gürtel, und indem sie ihn in seiner Hose mit ihren behandschuhten Händen liebkoste, ließ sie seine Hose und seinen Slip bis auf seine Knöchel hinuntergleiten. Sie spielte so lange mit ihm, bis er

zu winseln begann und sie anflehte, ihn gefügig zu machen, wie immer sie wolle. Nachdem sie ihn vollends erregt hatte – und dies unübersehbar –, zog Andrea leise den Vorhang auf, trat hinaus und stellte den armen Thomas ihren lieben Freunden zur Schau.
Erst als er das Gekreische und Gewieher seines Live-Publikums hörte, drehte der arme Thomas sich um und sah, daß er bloßgestellt war und photographiert wurde, aber da konnte er nichts anderes mehr tun als hinunterzulangen und die Hosen hochzuziehen. Während er dies tat, stellte er fest, daß unter den lachenden Zuschauern Andrea am lautesten lachte, seine edle Freundin, in dem hautengen Dress, den er so gut von den Photographien kannte, die sie ihm geschickt hatte.«
Ein schwaches Gefühl des Abscheus überkam Domostroy. Er bedauerte es, Andrea jemals kennengelernt zu haben, es jemals zugelassen zu haben, daß sie ihn verführte. Wie dumm mußte er gewesen sein, sich an ihr Schema zu halten und sich ihren sexuellen Manipulationen zu unterwerfen. Ihr zuliebe hatte er alles in seiner Macht Stehende getan, um Goddard neugierig auf die schöne Frau zu machen, die solch fesselnde und verständnisvolle Briefe schrieb, neugierig genug, um die Herausforderung anzunehmen und sie aufzuspüren – und in die Falle zu gehen. Wie sollte er, Domostroy, ahnen, daß Andrea bereits einen derartigen Plan – sogar mit einer Photographie ohne Gesicht – ausgeführt hatte, und das alles allein, und nur, um sadistische Tritte auszuteilen. Was, so fragte sich Domostroy, hatte sie jetzt für ihn auf Lager? Und welche Rolle spielte Jimmy Osten in ihrer Intrige, Andreas neuester Sklave?
Er schrak zusammen. Bei all dem Wissen, das er inzwischen von Andrea hatte, wäre es für ihn das beste, die ganze Affäre zu vergessen. Er hatte sein eigenes Leben zu leben, und er konnte sich nicht auch noch darum kümmern, wer Goddard war.

Wenn Domostroy mit Donna zusammen war, gab er sich Mühe, nichts zu sagen oder zu tun, das seine Gefühle für sie verraten und sie dadurch aus dem Gleichgewicht bringen könnte. Er wußte, daß sie sich ganz auf ihre Vorbereitungen für den Wettbewerb in Warschau konzentrieren mußte. Mehrere Male drohte sie bei dem Gedanken, in Warschau mit den besten jungen Chopin-Interpreten der Welt wetteifern zu müssen, damit, ihre Meldung zurückzuziehen, aber jedes Mal beruhigte und überzeugte Domostroy sie davon, daß sie, auch wenn sie dort nichts außer Erfahrung gewinnen sollte, nach Warschau gehen und dort auftreten müsse, mit all dem künstlerischen Können, das in ihr ruhte.

Als der Tag ihrer Abreise näherrückte, begann Donna jeden Morgen zu ihm zum Vorspielen zu kommen, und er verhielt sich ihr gegenüber immer wie ein Lehrer, der nur bemüht war, dem Talent seines Schülers den letzten Schliff zu geben und in ihr die nötige Selbstsicherheit zu entwickeln, vor anderen aufzutreten. Wann immer er in ihrem Blick das geringste Verlangen nach ihm als Mann entdeckte, gab er sich große Mühe, nicht zu verraten, wie sehr er sie begehrte.

Aber dann bemerkte er, daß seine vorgetäuschte Zurückhaltung sie verunsicherte, und er wußte, daß sie auf einen Umschwung seiner Gefühle wartete; dies war besonders deutlich, nachdem Jimmy Osten unerwartet ins Old Glory eingedrungen war. An einem Tag, nicht lange nach diesem Vorfall, gab sie Domostroy zwei Photographien von sich. Auf eine hatte sie geschrieben, »Lieber Patrick, du sollst wissen, daß ich immer bei dir bin«; auf die Rückseite der anderen hatte sie Worte geschrieben, die er einst ihr gegenüber gesagt hatte: »Seit ich dich kenne, sehe ich nicht nur Schönheit, vielmehr erfahre ich sie.«

Unter seiner Leitung spielte sie immer besser und erfüllte den alten Ballsaal mit magischen Klängen. Zuweilen ließen ihre reine Virtuosität und ihre Sicherheit im Anschlag Domostroy an einen Satz Schumanns denken: »Ein guter Musiker versteht Musik auch ohne Partitur, und eine Partitur auch ohne Musik. Das Ohr sollte nicht auf das Auge, das Auge sollte nicht auf das Ohr angewiesen sein.« Je mehr er ihr zuhörte, um so mehr wurde er davon überzeugt, daß sie in Warschau sehr gut abschneiden könnte, und wenn sie für das Finale eine günstige Auswahl von Stücken hätte, könnte sie sogar den zweiten, dritten oder vierten Platz erreichen.

Wenn er an ihren Chancen, den ersten Preis zu gewinnen, zweifelte, so hauptsächlich deswegen, weil er bei den meisten Preisrichtern ein Vorurteil vermutete, das in sein Gegenteil umschlug – sie befürchteten, wenn sie den ersten Preis einer Schwarzen zuerkennen würden, daß sie von der Öffentlichkeit und den anderen Teilnehmern insgeheim beschuldigt werden könnten, sie hät-

ten aus einem Bedürfnis heraus, eine jahrhundertealte soziale Ungerechtigkeit zu korrigieren, geurteilt und nicht als unparteiliche Richter über ein musikalisches Talent.
Aber er bezweifelte gleichermaßen, ob irgendein anderer Pianist Donnas Energie und Bravour schlagen könnte, wenn es darauf ankam, Chopin zu spielen. Wenn er da saß und ihrem Spiel lauschte, überkam ihn das unheimliche Gefühl, daß sie in diesen wenigen Wochen unbewußt eine Schlacht gegen die Beschränkungen geschlagen hatte, die die Geschichte ihrer Rasse auferlegt hatte, und nun in der Lage war, sie zu sprengen, aus eigener Kraft und durch die Macht ihrer Kunst. Gab es wirklich einen anderen Pianisten, fragte er sich, der in Warschau mit antrat und dessen Ambitionen einem solch fernen Ziel entsprach – oder einem solch verzweifelten Verlangen, es zu erreichen?
Seit Donna begonnen hatte, mit ihm zu arbeiten, hatte ihr Fingerspiel sich erheblich verbessert. Manchmal schienen ihre Finger über die Tastatur zu fließen gleich dem zarten Seegras, das sich in der aufkommenden Flut zaghaft wiegt; manchmal griffen sie in die Tasten, hart wie eine Meereskoralle. Ihm fiel auf, daß sie jetzt, wenn sie Chopins erste Etüde in a-Moll spielte, eigentlich auf eine Technik zurückkam, die Chopin selbst benutzte – der lange dritte Finger griff über den vierten und fünften hinweg und konnte eine schwarze Taste spielen, insbesondere dann, wenn der Daumen an anderer Stelle eingesetzt war. Unter den achtsamen und kritischen Blicken Domostroys war sie auch bemüht, jede überflüssige Bewegung der Hand zu vermeiden. In den weichen, getragenen Passagen spielte sie so viele Tasten wie nur irgend möglich, ohne dabei ihre Hand zu verschieben, und wenn Verschiebungen notwendig waren, führte sie diese mit größter Leichtigkeit aus und ließ sie perfekt mit den Pausen in den Passagen zusammenfallen. Er war erstaunt über ihre musikalische Intuition und die Freiheit, mit der sie, gleich einem Ragtime-Pianisten, den normalen Fingersatz wechseln konnte, wenn es das Spiel erforderte. Er bewunderte die Präzision, mit der sie, um der schwerfälligen Eckigkeit entgegenzuwirken, die den Mazurken noch aus ihrer strengen Musikära eigen war, die fremden Akzente vollends ausschöpfte, die durch Ketten seitwärts fortschreitender Dominantseptimen vorgegeben waren; und er war beeindruckt davon, wie sehr sie sich von den übermäßigen Quarten löste, von den betonten Bässen, den unerwarteten Triolen und

von den sich ständig wiederholenden Motiven der einzelnen Takte.
Um ihr zu veranschaulichen, daß ein schnelles Spiel nicht das einzige Mittel war, Tempo zu erzeugen, und daß Tempi mehr als das Messen von Zeit mit einer Stoppuhr waren, ließ Domostroy sie verschiedene Aufnahmen des Finales der Sonate in b-Moll anhören, eine der schwierigsten Kompositionen Chopins. Obgleich Rachmaninow und Wladimir Horowitz dieses Finale beide in einer Minute und zehn Sekunden spielten, stimmten Donna und Domostroy darin überein, daß Rachmaninows Version schneller und dynamischer klang. Domostroy beendete die Stunde, indem er ihr sagte, wenn das Tempo der Körper des Vortrags sei, wie Beethoven schon bemerkte, dann müßte die musikalische Tradition der Schwarzen – wie Ragtime, Boogie und Blues der Harlem-Pianisten, eines Duke Ellington, Luckey Robert, Fats Waller und, viel später, ihr Vater, Henry Lee Downes – ihr verständlich machen, daß es letzten Endes ihre eigene Interpretation chopinscher Dynamik – nämlich ihr Stil und ihr Pedaleinsatz – sei, die zusammen den Eindruck ihrer Tempogestaltung bewirken würden. Während er sprach, stellte er zu seiner eigenen Verwunderung fest, daß Donnas musikalisches Talent sie instinktiv in eine frühere Zeit zurückführte, bis sie mit dem Genie des Polen verschmolz, dessen musikalische Genialität seiner eigenen Zeit weit voraus war.

Domostroy wachte jeden Morgen in der Sorge auf, er könnte das Geräusch ihres ankommenden Wagens versäumen, er wurde sich der Zeit nur noch in den Stunden bewußt, die er auf sie wartend verbrachte. Solange Donna bei ihm war, füllten sie und ihre Musik sein Dasein, aber jedesmal, wenn Donna abends den Flügel schloß, um ihn zu verlassen, befiel ihn Angst bei dem Gedanken, sie könne ihn nicht wiedersehen wollen. Um seine Gefühle nicht zu verraten, begleitete er sie über den staubigen Tanzboden an die Tür und dann hinaus an ihren Wagen, sorgsam darauf bedacht, nicht ihren Körper zu streifen.
In der Zeit zwischen ihrer Abfahrt vom Old Glory und seinem eigenen abendlichen Aufbruch ins Kreutzer, fühlte er sich stets ohne Ziel, von einer bleiernen Müdigkeit befallen, einer Art inneren Schweigens, in dem all seine Hoffnung, daß sein Leben sich ändern könnte, zu schwinden schien. Dann schritt er allein über

den Parkplatz und studierte die einzelnen Betonplatten, als wären sie Steine aus einem Dominospiel; oder er ging zurück in seinen Saal, und während sich eine schimmernde Dämmerung über den Parkplatz breitete, über das angrenzende Feld und die verkohlten Gebäude in der Ferne, stand er am Fenster und verfolgte den Einbruch der Dunkelheit.

Auch während seiner Arbeit verließen seine Gedanken an Donna ihn nicht, und die Stunden, die er im Kreutzer verbrachte, waren nur ein Tunnel durch die Zeit, die ihn zu Donna führte oder, wie es ihm oft schien, von ihrer Ankunft am folgenden Morgen trennte. Der Gedanke, daß jemand kommen und sie ihm wegnehmen könnte, versetzte ihn in Frucht und Schrecken, obgleich er wußte – und es sich jeden Abend etliche Male sagen mußte –, daß er Donna um keinen Preis bitten konnte, das Leben mit ihm zu teilen. Denn was sollte sie von ihm wollen? Besonders sein Alter sprach gegen eine Änderung seiner gegenwärtigen Lebensverhältnisse.

Und doch wollte er sie. Er wollte sie, weil sie jung war, und weil er es nicht war; er wollte, daß sie Verlangen nach ihm hatte, daß er sich durch ihre Lust – und sei es nur für einen geborgten Moment – wieder als ein Mann betrachten konnte, der das Leben lebenswert fand. Sein Verlangen war auch sexueller Natur, denn nur indem er sie physisch besaß, konnte er –trotz der Gefahr, gedemütigt und abgewiesen zu werden – hoffen, das Gefühl zu gewinnen, wieder er selbst zu sein.

Jede Nacht fuhr er nach seiner Arbeit über die Brücke nach Manhattan und ging von einem Nachtlokal in das andere, von einem Nachtclub in den nächsten, gleich einer streunenden Katze, die wachsam jedes Geräusch verfolgt, schlug er Stunde um Stunde die Zeit tot, die ihn von Donna trennte.

Das Verlangen nach ihr hinter einem konventionellen Lächeln verborgen, begrüßte er sie am nächsten Morgen mit einem einfachen Handschlag und einem kurzen Kuß auf die Wange und ging danach sofort zu den Stücken über, die für diesen Tag gedacht waren. Nicht ein einziges Mal ließ er es sich in seinem Ton anmerken, wie qualvoll es für ihn war, diese kühle Gleichgültigkeit aufrechtzuerhalten.

Als der Zeitpunkt ihrer Abreise nach Warschau näherrückte, wurde Donna zunehmend nervöser. In nur wenigen Tagen würde sie in einem fremden Land vor einem fremden Publikum und einer Jury aus Preisrichtern auftreten, deren nüchterne, unparteiische Wertung ihres Spiels den ganzen zukünftigen Verlauf ihres Lebens beeinflussen würde.

Ihre geborgene Existenz am Juilliard – wo sie stets das sichere Gefühl hatte, Aufmerksamkeit zu verdienen – war jetzt bedroht. In der wirklichen Welt mochte sie sehr wohl in Konflikte oder sogar in Ungnade geraten, und es hatte für sie den Anschein, daß weder ihre Familie noch ihre Freunde – von denen es ohnedies nur wenige gab – diese Versuchung verstehen, geschweige denn ihr mit Rat und Tat zur Seite stehen konnten. Sie wußte aber, daß Domostroy ihr das alles geben konnte, doch als wolle er sie verletzten, hatte er es in dem Augenblick, da sie seinen Eindruck von ihren Chancen in Warschau zu wissen verlangte, vorgezogen, ihr mit einer selbstauferlegten Gleichgültigkeit zu begegnen.

Mit diesem Gedanken beschäftigt, setzte sie sich eines Morgens an den Flügel und öffnete, in Anbetracht der bevorstehenden anstrengenden Übungsstunden, die oberen Knöpfe ihrer Bluse und lockerte den Gürtel an ihrem Kleid. Ohne ihn anzuschauen, begann sie die ›heroische‹ Polonaise in As-Dur zu spielen und vergaß in der einleitenden Passage nicht, jede überflüssige Fülle zurückzuhalten, um danach bei den folgenden vier Trillern mit solcher Kraft und Leidenschaft zu explodieren, daß die Klänge, die unter ihren Fingern gleichsam herauszuströmen schienen, Schauer und Schwingungen bis in die entferntesten Winkel des riesigen Ballsaales schickten.

Sie brach in der Mitte des Stückes ab, dachte einen Augenblick lang nach und begann die dritte Etüde in E-Dur zu spielen. Domostroy verfolgte ihre linke Hand und erinnerte sich an eine der ersten Stunden, die er ihr gegeben hatte. Er hatte ihr erklärt, da in den meisten Stücken für Klavier die tragenden Melodien in den hohen Tonlagen lägen – und für die rechte Hand angelegt seien –, würden viele Pianisten, selbst in ihrer Technik perfekte, unwillkürlich der linken Hand nur dann Gewicht beimessen, wenn sie die Melodie führte; sie neigten dazu, die Dynamik des Anschlags in der linken Hand zu vernachlässigen, wenn sie langsame Noten spielten, während sie gleichzeitig Noten von einem

doppelten und dreifachen Tempo in der rechten Hand spielten. So, wie sie eine derartige Passage handhabte, zeigte Donna, daß sie sich diese Lektion zu Herzen genommen hatte.
Sie brach ab und glitt mühelos hinüber in den ›Mädchenwunsch‹, die heitere und zarte Mazurka, deren Verse »Könnt' ich als Sonne am Himmel scheinen, all meine Strahlen ergöß' ich für einen. . .« sie Domostroy oft hatte leise vor sich hinsummen hören.
Wieder hörte sie in der Mitte des Stückes auf und wechselte dieses Mal zum Walzer in F-Dur hinüber, der wegen der katzenartigen Sprünge in den ersten drei Takten seines in Achteln trillernden Leitmotivs den Spitznamen »Katzenwalzer« bekommen hatte.
Sie hörte erneut auf, dann klappte sie den Klavierdeckel zu. Wortlos verschränkte sie ihre Arme und legte ihren Kopf hinein, verbarg ihr Gesicht vor ihm. Sie konnte das Geräusch von Domostroys Schritten auf dem Parkett hallen hören, als er aufstand und zu ihr herüberkam.
Er folgte nicht seinem Impuls, sich neben sie zu setzen, er verbat sich selbst den Luxus, den Duft ihres Körpers zu atmen. Statt dessen blieb er stehen und lehnte sich an den Flügel.
»Warum hat die Katze aufgehört zu walzen?« fragte er.
»Ich habe keine Lust zu spielen«, sagte sie.
»Warum nicht?«
»Wozu das Ganze?« flüsterte sie resigniert, das Gesicht noch immer vor ihm verborgen.
»Wozu? Um schön zu spielen«, antwortete er leise.
»Für wen?« Sie sprach in ihre Arme, ohne aufzuschauen.
»Für andere. Für Menschen, die, wie ich, dich hören möchten«, sagte er. »Um ihnen Freude zu machen. Um uns ein Gefühl zu geben, das wir, ohne dich, niemals empfinden würden.«
Sie richtete sich auf, und als sie ihn anschaute, sah er, daß sie Tränen in den Augen hatte.
»Was gehen mich die anderen an«, sagte sie unter Tränen. »Sie können mein Leben nicht leben und meine Gedanken nicht denken.« Ihre Lippen zitterten, und Tränen rollten über ihre Wangen und fielen auf ihre Bluse. »Warum, Patrick? Warum?« fragte sie mit erstickter Stimme.
Er trat ganz nahe an sie heran. In dem grellen Sonnenstrahl, der auf sie fiel, glich sie einer Statue aus flüssiger Bronze.
»Warum – was?« fragte er.

»Du hast mich früher gemocht«, sagte sie mit dünner Stimme, »und jetzt tust du es nicht mehr. Warum?«
Er gab ihr einen liebevollen Klaps auf die Schulter, nicht anders als ein flüchtiger Kuß auf die Wange.
»Ich mag dich – mehr, als irgend jemand anderen – oder etwas anderes«, sagte er sehr langsam, noch immer Herr seiner Gefühle.
Sie hob den Kopf und wandte sich ihm zu. Voller Licht und Tränen schienen ihre Augen reines Grün zu sein. Sie biß auf ihre Unterlippe und sagte fast flüsternd: »Du magst mich, ja. Aber ich dachte, als ich das erste Mal hierher kam – du seist in mich verliebt.«
»Ich bin es noch immer«, sagte er und nahm die Hand von ihrer Schulter.
Er wandte sich um und entfernte sich ein paar Schritte von ihr, so daß er im Schatten stand und sie nicht die Gefühle in seinem Gesicht lesen konnte. »Ich liebe dich, Donna. Mit jedem Augenblick mehr, den ich mit dir zusammen bin.«
»Warum ... wolltest du ... hast du mich –« sie suchte nach Worten – »niemals gefragt, bei dir zu bleiben? Du mußt doch wissen, was ich für dich empfinde!« platzte sie heraus.
Er ging zurück an den Flügel, er blieb vor ihr stehen und blickte ihr ins Gesicht.
»Wenn ich dich nicht gefragt habe, Donna«, sagte er, »so deshalb, weil ich Angst hatte, daß du eines Tages, wenn du stark und sicher wärst, zurückschauen und denken könntest, ich hätte dich benutzt, als du schwach und unsicher und auf meine Hilfe angewiesen warst.«
Er hielt inne, dann gab er sich von seiner eigenen Wahrheit geschlagen. »Solange ich nicht dein Geliebter bin, weißt du, daß ich dich nicht nur um deiner Schönheit willen liebe.«
Sie erhob sich, blickte sich um, und wortlos und ruhig nahm sie die Nadel aus ihrem Haar und ließ die dichte, glänzende Masse über ihre Schultern fallen. Den Rücken ihm zugewandt, langsam, als würde sie eine lange und leichte Musikpassage ausführen, knöpfte sie ihre Bluse auf, öffnete den Reißverschluß an ihrem Rock, zog beide Teile aus und legte sie auf die Klavierbank. Sie stieg aus ihren Schuhen, dann aus ihrem Slip und wandte sich zu ihm um.
Er dachte, sie würde zu ihm kommen, aber sie tat es nicht. Nackt,

den Sonnenstrahl kaskadenartig auf Schultern, Brüsten und Schenkeln, wischte sie ihre Kleider von der Bank, setzte sich an den Flügel, öffnete ihn und begann zu spielen. Die traurigen, lyrisch klagenden Klänge des Scherzo in h-Moll wuchsen und wuchsen, bis sie den riesigen Ballsaal mit ZAL füllten, dieser sanften slawischen Schwermut von hoffnungslosem Groll.
Als er sie anschaute und ihrem Spiel lauschte, wußte Domostroy, daß das, worauf er gewartet hatte, schließlich geschehen würde. Der Augenblick schien jetzt allein seinem Wunsch unterworfen, doch er spürte, wie etwas in ihm diesen Augenblick hinausschieben wollte, aus Furcht, daß, wenn er käme, er impotent werden könnte, oder, gleich den Männern in ihrem Leben, von denen sie erzählt hatte – passiv, bemüht zu gefallen, unfähig zu fordern oder zu empfangen. Stattdessen schaute er, nachdem er seinen Blick über ihren Körper hatte wandern lassen, auf ihre schlanken Hände und ihre geschmeidigen Handgelenke. Und er verfolgte ihre Finger, die plötzlich mühelos ganze Dezimen greifen konnten, die sich spannten, um ein Drittel der Klaviatur abzurufen, die so stark und flink und beweglich waren, daß sie losgelöst von ihren Armen schienen, bewegt allein von demselben Geist, der sie auch atmen ließ.
Domostroy wußte, daß, um der inneren Natur Herr zu werden und um die Klarheit zu erreichen, die notwendig war, um harmonische Klänge zu erzeugen, der Spieler vollkommen entspannt sein und seinen eigenen physischen Rhythmus mit dem Fluß der Musik in Einklang bringen mußte. Die geringste Belastung oder Ängstlichkeit übertrug sich auf die Hände des Spielers, seine Handgelenke und Schultern und äußerte sich im Vortrag, indem sie die Qualität der Klänge, der Harmonie, des Rhythmus und die Melodie beeinträchtigten. Jetzt konnte er hören, daß Donna um so angespannter und unsicherer ihrer selbst wurde, je länger sie spielte.
Trotz der Kraft seines sexuellen Impulses, zwang er sich, sich ganz auf ihr Spiel zu konzentrieren, und er bemerkte, daß alles an ihr – ihre verspannten Schultern, ihr starrer Nacken, die steifen Bewegungen ihrer Beine, ihre lautlosen Seufzer, sogar die Weise, wie sie ihre Hände aus dem Schoß an die Tasten hob – Angst anzeigte, ein Gefühl von Schicksal, Niederlage, Kapitulation. Innerhalb weniger Minuten war ihre Musik außer Atem wie sie selbst auch. Die Kraft schien aus ihrem Spiel gewichen; die

Musik, die von ganz innen aus ihr herausströmte, hatte ihre Lebenskraft verloren und schien nur noch von dem Notenblatt über der Klaviatur zu kommen, so getrennt vom Pianisten zu sein, wie sie es von dem Instrument war, an dem sie spielte. Wenn sie jetzt nach Warschau reisen müßte, dachte er, würde ihre innere Unruhe jede Chance, den Wettbewerb zu gewinnen oder auch nur eine hohe Plazierung zu erreichen, zunichte machen. Er wußte, daß kein noch so herzlicher Empfang, keine körperliche oder geistige Übung allein groß genug waren, um ihr jemals diese tief verwurzelten Ängste oder das Lampenfieber zu nehmen, die sie hindern würden, zu gewinnen.

Er bewegte sich auf sie zu, jetzt selbst ein Spieler, der nach den Tasten langt, in voller Erwartung dessen, was er tun wollte, und wonach er sich sehnte, es zu tun, aber voller Furcht, daß sein Anschlag mißlingen und die allerersten Takte verderben könnte, aus denen das ganze Stück fließen müßte. Er mußte jetzt das versuchen zu tun, was jeder Pianist zu Beginn eines Konzertes tun mußte – sich selbst von einem Impuls bewegen lassen, der nicht länger von seinen Händen, Handgelenken, Armen oder Schultern ausging, sondern vielmehr von den tiefsten Bereichen seines Inneren, seiner Seele.

Er blieb stehen und stand nur Zentimeter hinter ihr, aber sie spielte weiter, als sei sie sich seiner Nähe nicht bewußt. Und obgleich er so dicht hinter ihr stand, daß er die Nähe ihres Körpers spüren und ihren Duft atmen konnte, schien ihm, daß er von sich selbst weit entfernt stand und daß eine Berührung ihres Körpers ihn in seine eigene Realität zurückbringen würde, mit der sich zu konfrontieren er seit so langer Zeit nicht gewagt hatte.

Er streckte seine Hand aus, berührte ihren Nacken, und seine Fingerspitzen drückten sanft auf ihre Haut. Ein Zittern durchlief sie, aber sie spielte weiter. Ihre Haut gab auf seine Berührung nicht nach, aber als er ein wenig fester drückte, schien sie weicher zu werden, und er fragte sich, ob der anfängliche Widerstand von ihr ausgegangen war oder von einer Beeinträchtigung seines Tastsinnes herrührte, einer Fehleinschätzung, wieviel Druck er durch seine eigenen Hände, Arme und Schultern ausüben mußte, um sie zu liebkosen. Er fuhr mit seinen Händen über ihre Schulterblätter und Schultern, und ihr Rumpf verlagerte sich als Antwort fast unmerklich. Während sie weiterspielte, nahm seine

Vertrautheit mit jeder Geste zu, und seine Bewegungen gewannen an Sicherheit, bis er das Gefühl hatte, daß die Spannung in seinem Inneren sich löste und die Hemmung schwand, und er wußte, daß zur vollen Entfaltung seiner Verbindung mit ihr, nur noch seine Kleidung ein Hindernis bildete. Jetzt, da sein Selbstgefühl nicht mehr ein verschwommenes Bild war, konnte er mit den Fingerspitzen der einen Hand lustvoll ihren Nacken, ihre Schultern und ihr Rückgrat streicheln, während er sich mit der anderen entkleidete.

Nackt streifte er mit seiner Brust und seinem Bauch ihren Rükken, sie erschauerte und lehnte sich zurück, um seinem Druck zu begegnen, und ihre Hände konnten die Klaviatur nicht mehr bedienen. Sie hörte auf zu spielen, und unsicher, was sie mit ihren Händen tun sollte, wandte sie sich um und schaute ihn an. Er faßte sie an den Schultern und hielt sie fest, als habe er Angst, sie könne umfallen, und ein übermächtiges Gefühl der Qual und des Verlangens stieg in ihm auf. Ihn beschäftigte nur noch der Gedanke, sie mit seiner Gegenwart zu erfüllen und sein Wesen mit ihrem zu verschmelzen.

Sanft drehte er sie wieder zum Flügel herum, und sie legte ihre Hände auf die Tasten und begann sogleich *Zauber* zu spielen, ein traurig-süßes Lied von Chopin. Die zehn Takte lange Passage der in Strophen geteilten Melodie brachten ihm wieder einige Zeilen zurück, die er als Junge gesunden hatte, wenn er seiner Mutter bei ihren Vorbereitungen auf ein Chopin-Konzert in Warschau lauschte:

Wenn ich mit ihr singe, bin ich scheu;
Wenn sie fortgeht, Leiden ohne Maß;
Ich will so gerne glücklich sein
Und kann es nicht!
Ohne Zweifel,
Dies ist Zauber!

Er neigte sich über ihre Schulter, bedacht, sich nicht allzu schwer aufzulehnen, und ließ die Spitze seines harten, erigierten Gliedes, ein weiterer Beweis seiner Nähe, ihren Rücken berühren, während er ihren Nacken, ihr Kinn, ihr Ohr küßte und seine Wange an ihrem Haar rieb.

Als er sich über sie beugte, die Ellbogen leicht an ihre Schultern

gedrückt, ließ er seine Hände mit zarten Berührungen an ihren Brüsten spielen, die Kuppen seiner Fingerspitzen unmerklich über ihre Brustwarzen gleiten, die sich aufrichteten und hart und spitz wurden, dann über die Aureolen, dann unter ihre Brüste, über ihren Brustkorb, hinunter zu ihrem Nabel, dann zurück und dann wieder hinunter. Seine Finger bewegten sich zögernd über die Haut an beiden Seiten ihres Bauches hinab und tasteten zwischen ihren Schenkeln zu ihrem Schoß. Seine Hand drängte jetzt bestimmter, bis ihre Innenfläche auf ihrem Schoß ruhte, und seine Fingerspitzen tasteten erneut streichelnd tiefer, öffneten und drangen in ihr Fleisch.
Seine Brust an ihren Rücken gepreßt, sein Gesicht neben ihrem, seine Hände zwischen ihren Schenkeln, spielte Donna weiter, ihr Körper wiegte sich unter seinen Berührungen, sehnsüchtig, auf dem Weg, von Verlangen überwältigt zu werden.
Im Augenblick, da ihr Körper nicht länger willens schien, die Arme zu unterstützen, und ihre Hände nicht länger den Bewegungen zu gehorchen schienen, als seien sie durch ein unsichtbares Akkordeon, das sie nicht mehr auf- und zuziehen konnte, getrennt, begann sie *Aus den Augen* zu spielen, eines von Chopins ausdrucksvollen, zweistrophigen Liedern nach einem Gedicht von Adam Mickiewicz, das sie und Domostroy beide liebten. Sie hatte es oft für Domostroy gesungen, während sie es auf dem Konzertflügel spielte:

Allüberall,
wo zusammen wir weinten,
wo wir in Lieb
und Treu uns vereinten,
allüberall
wirst du meiner gedenken,
denn meine Seele,
die mußt' ich dir schenken.

Er wollte nicht, daß sie ihr Spiel unterbrach, und setzte sich neben sie auf die Klavierbank. Indem er sie sanft anhob, schob er sich unter sie, und langsam ließ er sie auf seine Schenkel sinken.
Er hob sie an, schob die Bank beiseite und ließ sie langsam auf den Boden sinken. Mit der Kleidung als Kissen und den leeren

Plätzen des Ballsaals als Publikum, klammerte sie sich an ihn, zärtlich und gebend, grob und selbstsüchtig zugleich.

Sie fuhren in seinem Wagen zum Flughafen, Donnas zwei große Koffer – in einem befanden sich nur Abendgarderoben für die Wettbewerbskonzerte und die Staatsempfänge in Warschau – nahmen den größten Teil des Rücksitzes ein. Sie saß dicht neben ihm, und er fuhr mit einer Hand, sein anderer Arm war um ihre Schultern gelegt, und seine freie Hand spielte dann und wann in ihrem Haar und streichelte ihren Nacken. Wortlos nahm sie seinen Arm von ihren Schultern und schob seine Hand zwischen ihre Schenkel. Mit sich hebender und sich senkender Brust und rascher werdendem Atem rückte sie dichter an ihn heran und brachte seine Hand tiefer in sich hinein, wärmte sie mit der Hitze ihres Fleisches. An ihn geklammert, lehnte sie ihren Kopf an seine Schulter, sah zu ihm auf und stieß ein leises Stöhnen aus.
Obgleich sie ihn gebeten hatte, mit ihr nach Warschau zu gehen, und obgleich er sich die Reise mit dem gesparten Geld, das von Andreas Zahlungen übrig war, hätte leisten können, war er der Meinung, daß es wichtig für Donna war, in Warschau auf sich selbst gestellt zu sein, ohne sein kritisches Auge und ohne sein kritisches Ohr, allein mit dem Publikum, das sie sich noch erobern mußte.
Ihre Mutter und ihre vier jüngeren Schwestern würden in der Abflughalle auf sie warten, sagte sie, und sie habe erfahren, daß die Presse da sein werde, um sie zu interviewen. Domostroy überzeugte sie, daß es besser sei, wenn sie sie allein begrüßen würde. Am Flughafen hielt er den Wagen am Bordstein an, stieg aus und öffnete für Donna die Tür. Er gab einem Gepäckträger die Koffer, und während ihre Verwandten und Reporter mit aufblitzenden Kameras auf sie zukamen, wandte er sich von ihr ab und schlüpfte zurück in den Wagen. Die Medien, die stets gierig auf sehenswerte Neuheiten und bemerkenswerte Gesichter waren, hatten in Donna Downes ein perfektes Objekt gefunden, um die Zeilen für den mit viel Wirbel angekündigten Chopin-Wettbewerb zu füllen.
Zu dem Zeitpunkt, da Domostroy den Wagen geparkt und den Terminal betreten hatte, war Donna bereits von einer massiven Wand aus Kamerateams und Reportern umgeben, denen es gelungen war, ihre Familie zur Seite zu drängen. Durch all die

Schultern und Ellbogen vor ihm konnte er sie kaum sehen, aber wann immer er einen Blick auf sie werfen konnte, sah sie angespannt und strahlend aus, und sie beantwortete die endlosen Fragen erhobenen Kopfes und mit ruhiger Selbstsicherheit. Er sah, daß sie sich umblickte und nach ihm suchte, aber jedes Mal, wenn sie es tat, tauchte er aus ihrem Blickfeld, er hatte beschlossen, daß diese Augenblicke ihr ganz allein gehören sollten.

Ihr Interview endete, als die Pressebande verschwand, um sich mit der Ankunft eines Flugzeuges zu befassen, das die Leichen amerikanischer Soldaten zurückbrachte, die irgendwo in Lateinamerika getötet worden waren.

In Begleitung ihrer Familie und einiger Freunde vom Juilliard ging Donna, noch immer nach ihm Ausschau haltend, langsam auf den Flugsteig zu. Er folgte ihr, verborgen hinter einer Gruppe wohlgenährter osteuropäischer Bürokraten, die ebenfalls in einem Pulk auf den Flugsteig zumarschierten. Nachdem sie die Hoffnung aufgegeben hatte, daß er rechtzeitig kommen würde, um sich von ihr zu verabschieden, sagte sie allen anderen Lebewohl und bewegte sich zögernd auf die Sicherheitskontrolle zu. In diesem Augenblick trat er hinter der Gruppe hervor und winkte, und gleich einem Kind, das von einem Geschenk überrascht wird, veränderte sich ihr Gesichtsausdruck. Sie rannte zu ihm und umarmte ihn, und während ihre Mutter in grenzenlosem Staunen und mildem Tadel im Gesicht zuschaute und ihre kleinen Schwestern kicherten und sie mit weit aufgerissenen Augen anstarrten, küßte Donna ihn innig auf den Nacken, auf die Augen, auf den Mund, und er, der die Blicke ihrer Familie und der anderen Zuschauer jetzt nicht mehr beachtete, erwiderte nun ihre Küsse, schlang seine Arme um sie und suchte ihren Mund.

Dann war es Zeit zu gehen. Sie löste sich von ihm, und während sie ihrer Familie zuwinkte, aber nur ihn anschaute, ging sie zum Flugsteig und die lange Passage entlang. Er sah ihr nach, bis ihre große Silhouette von dem Gang verschluckt wurde, der zum Flugzeug führte. Lächelnd und mit einem leichten Nicken zu ihren Verwandten drehte er sich um und ging auf den Ausgang zu, aber nach wenigen Schritten wurde er von einer kleinen Frau mit Brille angesprochen, die dicksohlige Leinenschuhe und einen breitkrempigen Hut mit Strohblumen trug.

»Entschuldigen Sie, mein Herr«, flehte die Frau ihn mit wäßrig blassen Augen an, die durch dicke Gläser vergrößert wurden.

»War die schöne, junge Dame, die Sie gerade geküßt haben, jemand Berühmtes?«
»Noch nicht«, erwiderte Domostroy geduldig, »aber wenn sie wiederkommt, wird sie es sein.«
»Das dachte ich mir doch!« rief die Frau triumphierend und ließ ihr Gebiß aufblitzen. »Das dachte ich mir doch«, wiederholte sie. »Ich kann berühmte Leute sofort erkennen!«

IV

Andrea hatte Osten zugesagt, ihn abends wieder zum Essen zu treffen. Am Nachmittag ging er zu seiner Bank, um einen Scheck einzulösen; dort wollte er an sein Schließfach gehen und die Briefe aus dem Weißen Haus nochmals auf den Inhalt und die Formulierungen hin durchgehen, die den Verfasser hätten verraten können.

Aber er änderte seine Meinung und zog es vor, lieber das automatische Taschentonbandgerät mitzunehmen.

Er traf Andrea im Stage Fright, einem gemütlichen Restaurant in der Nähe des Lincoln Center, das für seine gute Speisekarte und sein gutaussehendes Personal bekannt war – Schauspieler und Schauspielerinnen, die dort zwischen Engagements arbeiteten. In ihrer Baumwollbluse und dem eng sitzenden Seidenrock, der ihre Formen betonte, mit dem Haar, das in langen Wellen über ihre Schultern fiel, sah Andrea betörend aus, und einmal mehr fiel ihm auf, um wieviel größer und besser proportioniert sie doch war als die Nackte auf den Photographien.

Sie sprachen über Donnas Abflug nach Warschau, den sie beide im Fernsehen verfolgt hatten. Als wollte sie Donna aus seinem Gedächtnis weiter verdrängen, erzählte ihm Andrea dann von Donnas Affäre mit Dick Longo, dem Pornostar, und Osten mußte über die Geschichte lachen, obgleich er einen stechenden Schmerz verspürte, als er entdeckte, wer der wohlausgestattete Mann aus Donnas Photoalbum war.

Von dem Verlangen getrieben, ihr näher zu sein, sagte Osten Andrea, daß er schon seit ihrer ersten Begegnung in der Cafeteria des Juilliard gerne wissen wollte, ob sie einen festen Freund habe. Und da er sie inzwischen ein wenig näher kennengelernt habe, gab er zu, daß ihn der Gedanke beschäftigte, ob es in ihrem Leben jemand gebe, der ihr ebenso wichtig sei, wie es Donna bis vor kurzem für ihn in seinem Dasein des Studiums und der literarischen Ausbildung gewesen war.

Einen Augenblick lang schaute Andrea finster drein. Dann sagte sie, daß sie keinen festen Freund habe. Ihr Studium würde ihre meiste Zeit in Anspruch nehmen, und viele Wochenenden verbringe sie bei ihren Eltern im Tuxedo Park, an einem Ort, wo sie aufgewachsen war und der für sie nur mit angenehmen Erinnerungen verbunden sei. Vielleicht könne er eines Tages mit ihr

dorthin fahren, sagte sie, um dort im Swimming-pool unter den ältesten Zedern und Eichen des Landes zu baden.
Je näher sie sich in ihrem Gespräch kamen, um so glücklicher war er darüber, daß er die Briefe aus dem Weißen Haus nicht nochmals gelesen hatte, um deren Stil zu studieren. So konnte er Andrea ohne Hintergedanken zuhören, sich dem Genuß an ihren klaren, wohlformulierten Ideen und dem angenehmen Klang ihrer Stimme überlassen – es war so ganz anders als Donnas Sprache, die er, wohl aufgrund ihrer Herkunft, schon immer irgendwie unangemessen gefunden hatte.
»Warum hast du nicht Donna nach mir gefragt?« fragte Andrea in einem sachlichen Ton. »Ich bin sicher, sie hätte ein paar alte Klatschgeschichten aus dem Institut auf Lager gehabt«, fügte sie hinterhältig hinzu.
»So, wie du aussiehst«, sagte er, »hätte ich es nicht riskieren wollen, Donna eifersüchtig zu machen.«
Sie sahen sich schweigend an.
»Nachdem wir uns beide in dieser Cafeteria kurz unterhalten hatten, mußte ich oft an dich denken«, fuhr Osten fort. Dann wurde eine Erinnerung in ihm wach, und er sagte leise, mit niedergeschlagenen Augen: »Ich begann, dich vor mir zu sehen – sogar dann, wenn ich es nicht hätte tun sollen.«
»Wann?« fragte sie mit weicher Stimme.
»Als ich mit Donna schlief«, sagte er und begegnete wieder ihrem Blick. »Ich schloß meine Augen und dachte dabei an dich. Ich konnte mich nicht dagegen wehren. Es war wie eine Vorahnung.«
»Eine Vorahnung ... wovon?« fragte sie, von seiner Offenheit überrascht.
»Mich zu verlieben«, sagte er, und erst, nachdem er seine eigenen Worte gehört hatte, wurde ihm klar, wie einfach und unmittelbar sein Verlangen war. »In dich«, fügte er hinzu und legte seine Hand zärtlich auf ihre. Er spürte, daß sie ihre Hand zurückziehen wollte. »Jetzt habe ich dich zum ersten Mal berührt«, sagte er sanft, fast entschuldigend.
»Ich mag dich, Jimmy Osten«, sagte sie langsam und betonte dabei jede einzelne Silbe. »Sogar sehr. Ich mochte dich schon, als du noch mit Donna zusammen warst. Ich war ein bißchen eifersüchtig auf sie. Ich hatte das Gefühl und die Hoffnung, daß zwischen euch keine wirklich starke Bindung bestand. Daß ihr zwar miteinander zusammen wart, aber trotzdem so weit voneinander,

wie Weiß und Schwarz. Ich bin froh, daß es nun vorbei ist. Froh für dich, und – warum soll ich lügen? – froh für mich.«
Bald mußten beide nicht mehr aussprechen, was sie füreinander empfanden. Stattdessen bat er sie, ihm etwas aus ihrem Leben zu erzählen, und er hörte mit Begeisterung zu, während sie von ihren Flugstunden erzählte, ihren raubvogelgleichen Fallschirmsprüngen, den Erfahrungen als Musikkritikerin für *Soho Sounds,* das avantgardistische Rockmusik-Magazin, und, vor allem, von ihren Hoffnungen, am Broadway Produzentin für Bühnenstücke und Musicals zu werden.
Der Abend verging wie im Fluge. Als er Andrea nach Hause fuhr, bemerkte er, daß sie so weit wie möglich von ihm entfernt im Wagen saß. Er hielt dies für ein Zeichen, daß sie für weitergehende Intimitäten noch nicht bereit war, obgleich er während des ganzen Abendessens sämtliche Anzeichen seines Verlangens nach ihr hatte erkennen lassen.
Er respektierte und bewunderte sogar ihre Zurückhaltung. Er nahm diesen Wink ernst, und vor ihrem Haus ließ er den Motor laufen und stieg aus dem Wagen, um sie zur Tür zu begleiten.
»Kommst du nicht mit mir hinauf?« fragte sie erneut in einem überaus sachlichen Ton.
»Ist es nicht zu spät – für dich, meine ich?« stammelte er, mit einemmal unsicher geworden.
»Ganz und gar nicht«, sagte sie. »Ich habe morgen keine Vorlesungen. Außerdem leide ich an Schlaflosigkeit! ›Macbeth hat den Schlaf gemordet‹ «, zitierte sie.
Während Osten den Wagen auf der gegenüberliegenden Straßenseite parkte, wartete sie an der Haustür. Im Wagen fiel sein Blick auf das Etui, das das Tonbandgerät enthielt. Er zögerte. Sein Instinkt riet ihm, es liegen zu lassen. Seit seiner Zeit mit Leila hatte er keine Frau mehr so sehr begehrt, und er schreckte vor dem Gedanken zurück, Andrea so zu behandeln, als könne sie die Komplizin eines Menschen sein, der so abnorm war wie Patrick Domostroy. Außerdem fiel Osten ein, daß sie bislang ihm gegenüber nichts geäußert hatte, das auch nur entfernteste Ähnlichkeit mit den Gedanken oder Formulierungen der Briefe aus dem Weißen Haus hatte.
Und doch dachte er in diesem Bruchteil einer Sekunde, bevor er die Wagentür zuschlug, daß er es wissen mußte, wenn es auch nur die geringste Chance gab, daß Andrea die Verfasserin der

Briefe war. Rasch und unauffällig nahm er das Tonbandgerät aus dem Etui und ließ es in die Innentasche seines Jacketts gleiten. Dann ging er zu Andrea.

Als er die Treppen hinaufstieg, war ihm ihre Nähe so unmittelbar bewußt, daß er es bedauerte, ihr gegenüber nicht ehrlich sein zu können und ihr einfach zu sagen, wer er war und warum er seine Identität verbergen mußte.

Ihm gefiel die Ordentlichkeit in Andreas Appartement – die mit Geschmack ausgewählten antiken Möbel, die übersichtlich aufgestellten Ringbücher, die Familienbilder in Silberrahmen und die verstaubten Regale mit Büchern und Schallplatten. Sie holte eine Silberdose, die ein Plastiktütchen mit Marihuana enthielt, ein Päckchen Zigarettenpapier und eine kleine Zigarettendrehmaschine. Als sie ihm ihre Sammlung antiker Flakons zeigte, ging er zu ihr hin und blieb hinter ihr stehen; er trat einen kleinen Schritt vor und nahm sie bei ihren Schultern, so daß sich ihre Körper berührten. Er drehte sie zu sich herum. Sie legte sacht ihre Arme um ihn, sah ihm einen Augenblick lang in die Augen und ging dann fort, um eine Flasche Wein zu öffnen, die ganze Zeit sprach sie über ihre Schultern hinweg zu ihm. Sie sagte, daß sie zwar mehr Schlaf als andere Menschen brauchte, aber große Schwierigkeiten habe, genug davon zu bekommen. Dann bot sie ihm an, eine Platte aufzulegen, falls er wollte, und fügte im Spaß hinzu, sie besitze auch ein paar Platten von Domostroy, falls er Lust hätte, seine Erinnerung an diesen Komponisten aufzufrischen. Als er sich zu ihrer Schallplattensammlung hinunterbückte, versteckte er schnell das Tonbandgerät hinter einem Stapel Alben. Die automatische Zeituhr würde es am nächsten Morgen einschalten.

Er sah ihre Schallplatten durch und fand zu seiner Freude eine vollständige Sammlung von Goddard. Er war versucht, eine aufzulegen, aber er entschied sich anders und ging zum Radio und schaltete es ein.

Sie brachte die Joints und den Wein, holte einen Aschenbecher und eine silberne Joint-Pinzette und nahm neben ihm auf dem Bett Platz, indem sie sich auf ihre Füße setzte und dabei in einem Berg aus Kissen versank. Sie begannen zu rauchen, und der Qualm durchzog allmählich den Raum.

»Da wir gerade vom Laster reden, hast du jemals Patrick Domostroy kennengelernt?« fragte er und sah sie dabei genau an.

»Nein, habe ich nicht«, sagte sie, »aber ich weiß ein paar Dinge über ihn.« Sie schien so unbefangen, daß er glaubte, sie würde die Wahrheit erzählen. Sie trank von ihrem Wein und reichte ihm den Joint.
»Meine Eltern haben ihn vor ein paar Jahren im Tuxedo Park kennengelernt. Er war damals mit einer Schriftstellerin befreundet, die in der Nähe meiner Eltern wohnte. Ist er ein interessanter Mensch?« fragte sie. Sie sah ihm ins Gesicht. Dann lachte sie. »Nicht, daß ich von dir ein objektives Urteil über ihn erwarte!«
»Kannst du auch nicht.« Er lachte ebenfalls. »Selbst mein Vater, der sonst nie schlecht über andere spricht, hält nicht viel von Domostroys Lebensweise.«
»Und was ist mit seiner Musik?«
»Mein Vater nennt sie viszeral«, sagte Osten, »genauer gesagt, bruchstückhaft und zu gewollt. Er führt das auf Domostroys unnatürliches Verhältnis zum Sex zurück.«
Sie schien ernsthaft interessiert. »Welche Art Sex?«
»Ich weiß nicht genau«, sagte Osten, »aber ich erinnere mich, daß Domostroy vor einigen Jahren – ich hatte gerade die High School hinter mir – auf einer Party meines Vaters die Gäste mit einer schmutzigen Geschichte über Chopin schockiert hatte.«
»Ich frage mich, ob er auch Donna solche Geschichten erzählt hat«, sagte sie lachend.
»Sie hätten ihr nicht gefallen. Sie verehrt Chopin.«
»Was war das für eine Geschichte?« fragte Andrea.
»Jedermann weiß, daß Chopin sexbesessen war – George Sand und all die anderen, du weißt ja. Aber weil er an Tuberkulose litt, sahen viele seiner zeitgenössischen Verehrer ihm das nach. Sie hoben ihn auf ein Podest und benutzten sein Leiden, um seine kleinen Sünden zu entschuldigen. Nach Domostroys Worten verhinderten seine Fans, um Chopins guten Namen zu retten – oder was davon übrig geblieben war –, die Veröffentlichung einer ganzen Reihe von Briefen, Memoiren und anderen Schriftstücken. Aber die objektiven unter Chopins Zeitgenossen schrieben über Chopins zahlreiche Beziehungen, und diese Dokumente wurden in Archiven und Bibliotheken aufbewahrt. Sie sind von vielen Kritikern und Historikern verarbeitet worden, auch von Domostroy.«
»Warum sollte Domostroy all diese Nachforschungen anstellen?« sagte Andrea.

»Ich nehme an, um darüber ein Buch zu schreiben, jetzt, wo er nicht mehr komponieren kann. Und vermutlich, um seinen eigenen Standpunkt darzulegen – demzufolge wohl Herumvögeln ein probates Mittel ist, um persönliches Chaos, Isolation und Schüchternheit zu bekämpfen. Ich habe selbst einige Bücher über Chopin gelesen und bin dabei auf einige seltsame Dinge über ihn gestoßen. Chopin stand in enger Beziehung zu einem gewissen Marquis de Custine und zu dem eher miesen Freundeskreis Custines.«
»War Custine so schlimm wie der andere Marquis?«
»Der Marquis de Sade? Schwer zu sagen. De Sade hatte die meisten seiner sexuellen Possen erfunden, aber Custine hatte das nicht nötig: er und seine Freunde – unter ihnen auch Chopin – haben ihre ausgelebt.
Custine hatte seine pompöse Villa in einen Schauplatz für Perversitäten verwandelt, wo Chopin oft das *pièce de résistance* war – obwohl er keinen besonders großen Widerstand leistete.
Domostroy behauptete – und das allen Ernstes –, daß Chopins Dasein als Künstler durch das ausschweifende Sexleben, das er führte, nicht nur verlängert, sondern sogar erst erzeugt wurde. Dadurch soll er seine Einsamkeit bekämpft und seine Gewohnheiten durchbrochen haben. Das soll ihm geholfen haben, weniger introvertiert zu sein. Seinen Worten nach erhöhte die Krankheit Chopins Körpertemperatur so sehr, daß er sich in einem ständigen Stadium von Erregung befand und jede sexuelle Betätigung ließ seine Körpertemperatur noch höher steigen – einige TB-Bazillen wurden getötet und die Widerstandsfähigkeit seines Körpers gegenüber den restlichen Bazillen soll dadurch gestärkt worden sein! Vermutlich fühlte sich Chopin nach einer Orgie sichtlich besser und konnte daher weiter komponieren und wahllos herumvögeln! Was er auch tat – ganz ohne Rücksicht auf seine sexuellen Partner, von denen er viele zweifellos mit seiner TB angesteckt hat – die ansteckendste Krankheit, die jemals vor dem Herpes grassierte! Ganz schön krank, meinst du nicht auch?«
»Herumvögeln? Oder an TB leiden?« fragte Andrea heiter. »Offensichtlich liebst du all diese literarischen Gerüchte. Du mußt auf deinem Gebiet verdammt gut sein.«
Sie hatten den zweiten Joint zu Ende geraucht. Als wären ihre Bewegungen choreographisch einstudiert, bewegten sie sich aufeinander zu. Seine Hand fuhr in ihr Haar und umfaßte ihren Nak-

ken; ihre Arme umschlangen seine Schultern. Sanft legte er sie neben sich hin und sah ihr, auf einen Ellbogen gestützt, in die Augen. Das Marihuana ließ ihre Augen wie in einen Tagtraum verloren scheinen. Sein sehnsüchtiges Verlangen nach ihr stieg wieder in ihm auf, und während die Erinnerung an seine leidenschaftlichen Phantasien sich in konkrete Gedanken verwandelte, strich er ihr zärtlich das Haar aus dem Gesicht, senkte seinen Kopf und küßte sie auf ihre Stirn, auf ihre Wangen, auf ihren Hals und ihre Schultern, jedoch noch nicht auf ihren Mund; so konnte sie ihm den ersten Kuß geben und bei ihm eine Kette von Reaktionen auslösen, aus der es kein Entrinnen mehr gab.

Und sie küßte ihn auf den Mund, zunächst vorsichtig, dann heftiger, ihre Zunge suchte drängend seine und schnellte wieder zurück; ihre Lippen preßten sich auf seinen Mund, ihre Hände umfaßten seinen Kopf und zogen seinen Körper näher heran, während sie einen Schenkel unter ihn schob. Er lag jetzt eng mit ihr verschlungen, eine Hand an ihrer Brust, die andere knetete ihre Schenkel, hob ihren Rock hoch und drängte fordernd unter ihren Slip, seine Finger fühlten die Hitze ihres Schoßes, die Feuchtigkeit ihres Fleisches.

Sich weiter küssend, fest umschlungen, begannen sie, sich zu entkleiden, während sie sich hin- und herwanden und umschlangen. Sie schlüpfte aus ihrer Bluse und ließ ihn ihren Rock und ihren Slip ausziehen. Mit ihren bloßen Füßen rollte sie seine Hose und Unterhose bis zu seinen Knöcheln hinunter, so daß er sich selbst daraus befreien konnte.

Sie war jetzt nackt, offen für ihn. Während er an ihrem Körper entlang hinabschaute, nahm die Wirkung der Droge zu, und das Bild der gesichtslosen Nackten aus dem Weißen Haus schob sich gleich einem transparenten Vorhang zwischen Andrea und ihn. Verschwommen erkannte er, bevor er sie nahm, daß die Photographien trotz der Ähnlichkeit nicht bewiesen, ob diese Frau nun Andrea war oder nicht. Im Augenblick war nur noch ihre Verbindung wichtig, die er einzuleiten begann, indem er in sie eindrang.

Osten wachte gegen Mittag auf. Andrea schlief noch. Er stieg aus dem Bett und ging rasch ins Badezimmer, damit sie nicht aufwachte. Ihm war übel, und er hatte schreckliche Kopfschmerzen; der Schmerz in seinen Schläfen begann im grellen Badezimmerlicht zu hämmern. Er hatte das Gras nicht vertragen, entweder weil er es nicht gewohnt war, so viel zu rauchen, oder weil es stärker war als der Stoff, den er manchmal in Kalifornien rauchte.

Er zog sich leise an und machte sich zum Gehen fertig. Andreas Gesicht war von ihm abgewendet. Er würde sie schlafen lassen. Er hockte sich vor das Regal und faßte hinter die Schallplatten. Anstatt das Tonbandgerät mitzunehmen – seine ursprüngliche Absicht –, ließ er es da.

Trotz seiner Kopfschmerzen war er guter Dinge. Obgleich er sich nur vage daran erinnerte, was in der Nacht mit Andrea geschehen war, wußte er, daß er entspannt und glücklich in dieser Liebesnacht gewesen war. Ihm fiel ein, daß sie gesagt hatte, wie frei und ungehemmt sie sich mit ihm fühlte, und später, als das Gras sie zu leidenschaftlichen Höhepunkten geführt hatte, wußte er, daß er mit Andrea weitergegangen war, als er es jemals zuvor mit einer anderen Frau getan hatte.

Er ging in sein Appartement und nahm ein langes Bad, und während er das heiße Wasser genoß, fiel ihm ein, daß Andrea viel von ihrer Faszination von übersinnlichen Kräften erzählt hatte, auch über die Bedeutung der automatischen Handschrift. Als sie beide high waren und sich liebten, in einer Wolke aus wohligem Duft und in dem Licht einer kleinen Kerze, hatte sie ihn etwas mit geschlossenen Augen schreiben lassen. Fast in Trance, aus einer albernen, gelösten Stimmung heraus, hatte er geschrieben – aber was? Ihm fiel es nicht ein. War es sein Name? Ein Satz von Macbeth? Andrea hatte gesagt, seine Handschrift würde ihr mehr über seine Gedanken verraten, als er es selbst jemals könnte.

Er empfand Andrea ebenso natürlich wie Leila und war gerne mit ihr zusammen. Sie steckte voller entzückender Gegensätze: eine ernsthafte Studentin der Dramaturgie, gescheit und in der Musik gut bewandert; gleichzeitig jedoch glaubte sie an magische und astrologische Dinge, sie war bezaubernd naiv.

Sie hatte ihm ihre Lieblingsplatten vorgespielt – die meisten von Chick Mercurio. Das hatte ihm gefallen, denn es erinnerte ihn daran, daß die Verkaufszahlen von Goddards erster Schallplatte die Verkaufszahlen von Chick Mercurio und den Atavists, der seinerzeit populärsten Punk-Rockgruppe, sogleich übertrafen und sie von den ersten Rängen in sämtlichen Hitlisten verdräng-

ten, als diese Platte über den Äther ging und bei den Schallplattenhändlern einschlug. Ein paar Wochen danach hatte Osten in den Zeitungen gelesen, daß Chick Mercurio durchgedreht hatte. Die New Yorker Polizei hatte ihn mit so viel Heroin im Körper aufgegriffen, um damit ein ganzes Bataillon von Drogenabhängigen versorgen zu können. Er wurde in ein Krankenhaus eingeliefert, und Gerüchte über sein schmutziges Sexleben füllten für mehrere Wochen die Spalten der Regenbogenpresse. Zu guter Letzt verschwanden Chick Mercurio und seine Gruppe ebenso schnell, wie sie aufgestiegen waren.
Das war vor ungefähr sechs Jahren gewesen, und wenn Andrea noch immer die Atavists hörte, so gab sie sich offensichtlich keine große Mühe, sich dem sich verändernden Geschmack des Landes anzupassen. Immerhin hörte sie auch Goddard, sagte er sich, etwas, das Donna niemals getan hatte.
Und obgleich Andrea im Hauptfach Dramaturgie und Musik nur im Nebenfach studierte, war Osten von ihren Gedanken über musikalische Formen ebenso beeindruckt wie von den Formen ihres Körpers. Sie glaubte fest an musikalische Innovation, hatte sie gesagt, und meinte, daß die instrumentale Musik im Westen durch den Einsatz konventioneller Instrumente eingeschränkt sei. Sie glaubte, daß nur die neuen elektronischen Klänge und Geräte zu wahrer rhythmischer und melodischer Freiheit führen könnten – vielleicht sogar zur Entdeckung neuer Qualitäten in der Tongebung.
Er wollte sie anrufen, aber sie hatte gesagt, daß sie ein oder zwei Tage zu tun habe. In der Zwischenzeit wurde er zunehmend unruhiger und besorgter, wenn er an das Tonbandgerät dachte. Er nahm sich vor, es bei der erstbesten Gelegenheit zu entfernen. Andrea war nicht weniger stolz als Donna; sollte sie entdecken, daß er sie ausspionierte, würde er jede Chance verlieren, mit ihr jemals wieder zusammensein zu können.

Osten starrte unentwegt auf die Vergrößerungen der Nackten aus dem Weißen Haus und versuchte zu bestimmen, ob irgend etwas in der Form und der Gestalt dieses Körpers mit seinem neuen Bild von Andrea übereinstimmte – nackt, anregend, unbarmherzig in der Liebe – ein Bild, das er nicht gerne verblassen lassen wollte.
Er sehnte sich danach, wieder mit ihr zusammenzusein. Es lag et-

was Beruhigendes darin, wie sie ihn aufgenommen hatte. Sie hatte nicht in seiner Vergangenheit gewühlt, ihn nicht nach seinen Vorstellungen über Kunst und Gesellschaft ausgefragt oder sich an seinem Elternhaus gestört – was vor allem Donna getan hatte. Und anders als Donna, die ihr Talent und ihre kreative Kraft am Klavier so sehr in den Brennpunkt rückte, daß sie faktisch alles andere ausschloß, hatte Andrea noch mannigfaltige andere Interessen und eine Fülle anderer Reize und Talente. Sie hatte Osten ihre Gedichte gezeigt, und er hatte sie so scharfsinnig gefunden wie ihre Limericks über Sexualität witzig waren; ihre Karikaturen, Zeichnungen, Skizzen und Entwürfe waren alle gut durchdacht und fehlerfrei ausgeführt; und ihre Versuche im Schreiben von Stücken und Drehbüchern, von denen sie ihm erzählt hatte, wurden am Juilliard als vielversprechend angesehen. Obgleich er erst begonnen hatte, Andrea näher kennenzulernen, hatte er bereits bemerkenswerte Unterschiede zwischen ihr und Donna entdeckt. Donna war in ihrem Naturell schwermütig, besessen; Andrea war unbekümmert, sorglos. Donna war ganz Ernst, sie hatte keine Zeit für Spaß und Spiel und würde sich niemals auf solch gelehrten Aberglauben einlassen wie Astrologie und Chiromantie. Andrea, die ihrem Wesen nach spielerisch zu sein schien, liebte derartige Dinge und machte keinen Hehl aus ihrem Interesse an pseudowissenschaftlichen Gebieten, da sie offensichtlich auch zahlreiche ernsthafte Interessen hatte. Osten mußte lächeln, als er an ihren festen Glauben dachte, durch minuziöses Studium seiner Handschrift tiefen Einblick in sein Unterbewußtes gewinnen zu können. Für Donna war sexuelle Leidenschaft eine Kraft von so großer Wucht und Intensität, daß sie sie nicht unter Kontrolle bringen oder angemessen teilen konnte; diese eroberte sie von innen heraus, lange bevor ihr Liebhaber einen eigenen Anspruch auf sie erheben konnte. Aber Andrea, die schön und leidenschaftlich zugleich war, brachte beides, Sicherheit und Zurückhaltung, in den Sex mit ein; sie war glücklich, wenn ihr Liebhaber sie dazu brachte, sich den körperlichen Freuden hinzugeben.

Er sah blitzartig voraus, daß er in absehbarer Zeit, in einigen Monaten oder schon in wenigen Wochen, mit Andrea durch Kalifornien reisen würde. Er würde ihr den Glanz des Anza Borrego Desert zeigen, mit seinen Fächerpalmen in den Oasen und seinen zerklüfteten Canyons und steilen Schluchten, und er würde sie auf das unheimliche Heulen der Kojoten in der Ferne aufmerksam machen. Dann würde er mit ihr durch Julian zu der Ranch auf dem nahegelegenen Hügel fahren. Langsam, als würde er den Weg nicht genau kennen, würde er mit dem Wagen die Straße verlassen und durch das Tor fahren. Vor dem Wohnhaus würde er anhalten, und sie würden aussteigen, und er würde, als wäre er noch niemals dort gewesen, für sie die Tür öffnen – zum Neu-Atlantis und zu seiner ganzen Vergangenheit.

Das Telephon weckte Osten. Es war Andrea.
»Bitte hilf mir«, sagte sie mit zittriger Stimme. »Ich bin in Schwierigkeiten.«
»Wo bist du?« fragte Osten. Er fühlte sich abgespannt und benommen, und ein Blick auf die Uhr sagte ihm, daß es spät am Abend war. Er hatte den ganzen Tag durchgeschlafen.
»Im Old Glory. Du weißt schon, wo Domostroy wohnt – wo du neulich warst . . .«
Das verblüffte ihn. Erst gestern hatte sie ihm erzählt, daß sie Domostroy nicht kenne.
»Was machst du dort?« fragte er.
»Ich erkläre es dir später. Bitte, Jimmy, du mußt sofort kommen – kennst du noch den Weg? Fahre auf der –«
Es lag ein echtes Drängen in ihrer Stimme.
»Ich kenne den Weg«, unterbrach er sie. »Reg dich nicht auf. Ich fahre sofort los.«
Im Wagen schossen ihm Gedanken durch den Kopf. Wenn Andrea diesen Domostroy kannte, so konnte sie tatsächlich die Person sein, die ihm, Goddard, all diese erstaunlichen Briefe geschrieben hatte. Er hoffte, daß sie es war, denn dann hätte er endlich eine reizvolle, intelligente und gebildete Frau, die er wirklich lieben konnte. Und hatte sie ihm nicht bereits ihre Liebe gestanden? Mit ihrer Begeisterung für Dramaturgie und Musik war sie der ideale Partner, um mit ihm sein künstlerisches Geheimnis zu teilen. Dann kreisten seine Gedanken um Domostroy. Welche Rolle spielte er dabei? War er nur ihr Photograph – oder spielte er einen anderen Part in dieser Intrige, die Goddard demaskieren sollte? Wer hatte sich das Komplott ausgedacht?
Das Tor zum Old Glory stand offen, und zwei Wagen waren vor dem Eingang geparkt, dessen Tür ebenfalls unverschlossen war. Osten parkte neben Domostroys verehrungswürdigem Vehikel

und rannte hinein. Im Ballsaal brannten sämtliche Lichter, und der Flügel prunkte auf der Bühne. Die Plätze für die Musiker und der größte Teil des Mobiliars waren mit weißen Schutztüchern überzogen, die den Ort wie ein verlassenes Bühnenbild aussehen ließen.

Als Osten hineinging, hörte er hinter sich hastige Bewegungen, und nachdem er sich umgedreht hatte, sah er Patrick Domostroy, blaß und mit zerzaustem Haar. Hinter Domostroy, mit Gummihandschuhen und einer Pistole, die er auf ihn gerichtet hatte, stand ein dunkelhaariger Mann in einem offenen Hemd und in ausgebeulten Hosen. Das Gesicht des Mannes kam Osten trotz der großen dunklen Brille irgendwie bekannt vor. Neben den beiden, in einem Pullover und in Jeans, stand Andrea, die ebenfalls Gummihandschuhe trug und eine Pistole in der Hand hielt, die unmißverständlich auf Osten gerichtet war.

»Wie geht es dir, Jimmy?« sagte Domostroy. Seine Lippen waren weiß.

»Halt die Klappe«, sagte Andrea. »Zieh dein Jackett aus – langsam«, befahl sie Osten, »und laß es auf den Boden fallen.«

»Was soll das alles?« fragte Osten, der noch immer nicht wußte, ob es Spaß war oder nicht.

»Tu, was sie sagt«, erwiderte der Fremde mit der Pistole in Domostroys Rücken. Als Osten zögerte, schrie der Mann: »Tu es! Sofort!« und seine Stimme hallte im Ballsaal wider. Während er schrie, erkannte ihn Osten, denn er hatte dasselbe Gesicht erst vor kurzem bei Andrea auf einer Schallplattenhülle gesehen.

»Du bist doch Chick Mercurio, oder?« sagte Osten, als er sein Jackett auszog und Andrea vor die Füße warf. »Was wollt ihr von mir?« fragte er Andrea.

Die Pistole noch immer sorgfältig auf ihn gerichtet, bückte sie sich zu seinem Jackett hinunter und tastete die Taschen ab. Danach griff sie in einen Aktenkoffer, der geöffnet auf dem Boden lag, und holte das Tonbandgerät heraus, das er in ihrem Appartement gelassen hatte. »Sieh da, sieh da!« sagte sie und hielt es hoch. »Wir werden das wohl nicht mehr brauchen, nicht wahr?« Sie ließ das Gerät krachend gegen einen Tisch fliegen, griff nochmals in den Aktenkoffer und holte einen Notizblock heraus.

Sie warf ihn Osten zu, und er fing ihn auf. »Im Umschlag steckt ein Kugelschreiber«, sagte sie, und nachdem er ihn gefunden hatte, befahl sie ihm: »Setz dich hin und schreib folgendes auf.«

Verwundert über die Verachtung in ihrer Stimme, wurde er gereizt.
»Was, wenn ich es nicht tue?« fragte er sie. »Bringst du mich dann um?«
»Bring sie nicht in Versuchung«, sagte Mercurio. »Tu, was sie sagt.«
Nachdem Osten sich noch immer nicht rührte, umfaßte sie ihre Pistole mit beiden Händen, spreizte die Beine weit auseinander und zielte auf seinen Schoß.
»Schreib!« schrie Mercurio.
»Schreib, Jimmy«, sekundierte ihm Andrea mit ruhiger Stimme, »oder ich schieß dir genau ins Gedärm.«
»Was soll ich schreiben?« fragte Osten, der den Kugelschreiber nahm und sich an den nächsten Tisch setzte und in Gedanken verzweifelt nach einem Grund suchte, der Andrea und Mercurio zusammengebracht haben konnte.
»›Liebe Andrea‹«, diktierte sie, während Osten zu schreiben begann. »›Ich war gegen vier Uhr hier, aber du warst nicht zu Hause. Daher diese Nachricht unter der Tür. Patrick Domostroy hat mir nahegelegt, heute Abend zu ihm zu kommen. Er sagt, wenn ich nicht komme –‹« sie wartete, bis er ihr Diktat eingeholt hatte – »›wird er anderen erzählen, wer ich in Wirklichkeit bin, und das kann ich nicht zulassen.‹« Sie legte erneut eine Pause ein und fuhr dann fort.
»›Seit er mit diesen geschickten Briefen aus dem Weißen Haus, die er an meine Adresse bei Nokturn sandte, die Wahrheit über mich herausbekommen hat, hat er Geld erpreßt, das ich ihm immer gezahlt habe. Jetzt verlangt er mehr, und er droht mir mit Entlarvung, wenn ich nicht mehr zahle. Ich muß unbedingt mit ihm sprechen, aber der Mann ist verrückt, und ich würde mich sicherer fühlen, wenn jemand dabei wäre, wenn ich ihn treffe.‹« Andrea brach erneut ab, und Osten konnte in der Stille des Ballsaales nur noch das Geräusch seines Kugelschreibers hören.
»›Aus diesem Grund –‹« sie nahm das Diktat wieder auf – »›hoffe ich, daß du und Chick zum Old Glory in der Süd-Bronx kommen könnt, wo Domostroy wohnt. Ich werde heute nacht gegen elf Uhr dort sein. Es ist dringend. In Liebe, Goddard.‹« Nachdem Osten alles geschrieben hatte und den Kugelschreiber hinlegen wollte, sagte sie: »Das ist noch nicht alles!« Sie überlegte einen Augenblick lang und fuhr dann fort: »›P. S. Bitte hebe die Papie-

re, die ich dir gegeben habe, gut auf. Ich traue Domostroy nicht!‹« Osten schrieb und sah dann zu ihr auf. »Ist das alles?« fragte er.
»Nein!« fauchte Andrea zurück. »Wirf mir den Notizblock zu.«
Er warf ihn neben sie auf den Boden. Sie hob ihn auf und legte ihn in den Aktenkoffer, aus dem sie einige Briefbögen nahm, die mit Schreibmaschine eng beschrieben waren. Ihre Pistole genau auf seinen Kopf gerichtet, ging sie zu ihm hinüber, faltete die Bögen vor ihm auseinander und trat schnell Schritt für Schritt zurück. Er atmete ihr Parfüm. Es erinnerte ihn an die Augenblicke, in denen er es an ihrem Körper gespürt hatte; dies schien lange her.
»Unterschreibe sie – das Original und jede Kopie –, beide mit James Norbert Osten und beide mit Goddard«, befahl sie. »Jede Stelle ist angekreuzt. Und keine Tricks mit der Unterschrift!«
Osten unterschrieb die Dokumente, ließ sie auf den Boden fallen und kickte sie zu Andrea hinüber, die sie aufhob, die Unterschriften prüfte und sie in den Aktenkoffer zurücklegte, ein triumphierendes Lächeln um die Lippen.
»Darf ich fragen, was ich gerade unterschrieben habe?« fragte Osten verärgert Andrea.
»Deinen Letzten Willen und dein Testament, nichts anderes, drei Monate zurückdatiert«, sagte Chick Mercurio. »Alles von einem angesehenen Rechtsanwalt aufgesetzt und von einem Notar beglaubigt.«
»Ich danke dir, Jimmy«, sagte Andrea. »Ich sehe, du hast sie richtig und in gutem Glauben unterschrieben.«
Osten blickte sie fassungslos und verblüfft an. »Ja, und?« fragte er verächtlich.
»Du Idiot! Hast du denn vergessen, daß du deine Unterschrift geübt hast, als ich dir vom automatischen Schreiben erzählte?«
»Ich war stoned«, sagte Osten.
»Das will ich hoffen«, schnaubte Mercurio. »Der Stoff war erheblich stärker als normales Gras. Du mußt völlig weg vom Fenster gewesen sein!«
»War er auch«, sagte Andrea hämisch lachend. »Er war wie ein Schlafwandler. Er wußte nicht einmal, wo er war! Zweimal hat er mich ›Leila‹ genannt und alles getan, was ich ihm sagte. Er sang sogar *Volver, Volver, Volver* für mich in Goddards Stimme!«
Osten bemerkte, daß Domostroy ihn anstarrte.

»Ich bin erstaunt, Jimmy«, unterbrach Domostroy, »wie du deine Stimme verstellen kannst. Ich hätte niemals gedacht, daß du Goddard bist.«
»Ich verwende ein modifiziertes Mikrophon, wenn ich singe, und meine rauhe Stimme, wenn ich spreche«, sagte Osten, indem er in seine normale Stimme hinüberwechselte und als Antwort auf Domostroys skeptisches Stirnrunzeln sagte: »Obgleich ich ehrlich gesagt bezweifle, daß man sogar meinem normalen Tonfall den Goddard anhören würde!«
»Faszinierend«, sagte Domostroy. »Und ich habe Andrea gegenüber sogar einmal geäußert, daß Jimmy Osten nichts anderes sei als ein ›Kuckuck . . . eine dahinirrende Stimme . . . ein unsichtbar Ding . . . ein wahres Geheimnis! Jetzt komme ich mir vor wie ein Narr!« Er lachte.
»Das solltest du nicht«, sagte Osten. »Denn ich sitze da und wollte meine nächste Platte ›Andrea‹ nennen!«
»Jetzt reicht's«, sagte Chick Mercurio. Er stieß Domostroy die Pistole in den Rücken. »Andrea, du paßt auf diesen hier auf, während unser Musiker mit der eisernen Maske und ich uns zu einem kleinen Gespräch in die Küche zurückziehen.«
Während Andrea ihre Pistole auf Domostroy richtete, schritt Mercurio auf Osten zu. »Komm mit«, sagte er mit einem kurzen Wink seiner Pistole. »Nach links und dort drüben durch die Tür! Vorwärts!« schrie er und stieß ihn grob mit der Pistole.
»Chick, mußt du es tun?« fragte Andrea.
»Ja, ich muß!« rief Mercurio ihr zu, während er Osten in die Küche schob.
»Was hat dein Freund vor?« fragte Domostroy Andrea in einem gespielt freundlichen Ton. »Jimmy lebend verspeisen? Oder ihn zuerst kochen?«
»Seit wann machst du dir Sorgen um Jimmy? Du hattest doch niemals Angst, daß Donna ihn verspeisen könnte, oder?« fragte sie. »Wie geht es unserem gierigen Tintenfisch übrigens?«
»Du weißt, daß sie in Warschau ist.« Domostroy machte sich mit einem Mal Sorgen um die Sicherheit Donnas. »Und sie weiß nichts über uns. Glaub mir, Andrea«, beschwor er sie.
Sie stupste ihn mit der Pistole an. »Hoffentlich nicht – in ihrem Interesse!«
Er unterdrückte seine Wut. »Erzähl mir, wie hast du eigentlich herausgefunden, daß Osten Goddard war?«

»Ich hatte ihn vom ersten Augenblick an in Verdacht, als er mit Donna in dem Seminar für Klavierliteratur auftauchte, in dem wir Chopins Briefe behandelt hatten. Wir beide zitierten einen davon im letzten Brief an Goddard, weißt du noch? Das machte mich stutzig, vor allem als er jeden einzelnen im Seminar musterte und mich ins Visier zu nehmen begann. Offensichtlich glaubte er, in mir das Mädchen auf den Bildern zu sehen. Daraufhin setzten Chick und ich vorsorglich das Testament für Jimmy auf. Und dann erzählte mir Jimmy, daß er mich zum ersten Mal vor drei Monaten bemerkt haben wollte. Er log: Als Donna uns miteinander bekannt machte, sagte sie, daß er erst seit etwa einem Monat in der Stadt gewesen war. An dem Abend, als er in mein Appartement kam, fühlte ich etwas in seiner Tasche – und während er schlief, durchsuchte ich nochmals sein Jackett, und es war nicht mehr drin – und daher wußte ich, daß er etwas in meinem Zimmer versteckt haben mußte. Dann fand ich das Tonbandgerät. Warum sollte nun Jimmy Osten ein armes kleines Mädchen wie mich ausspionieren wollen? Und in der Nacht, als er durch mein Spezialgras hoch oben im Himmel schwebte, überlegte er laut, ob meine Titten größer und meine Brustwarzen fester werden würden, wenn er mich schwängern würde, und konnte sich über mein abrasiertes Schamhaar nicht beruhigen. Und schließlich summte er noch dieses mexikanische Lied mit seiner echten Stimme! Das war sein größter Fehler! Ich wußte, daß es jetzt an der Zeit war, seine Unterschrift und seine Handschrift als Vorbereitung für diesen letzten Akt zu kriegen!«
Sie hielt inne und fügte im nachhinein hinzu: »Mehr wollte ich in erster Linie nicht erreichen!«
»Und dank meiner Hilfe ist dein ›Godot endlich gekommen, und wir sind gerettet‹, zitierte er, um sie sanfter zu stimmen.
»Nicht wir alle. Nur ich und Chick.«
»Sag«, fuhr Domostroy fort, »habt ihr beide vor, Jimmy und mich umzubringen – und es so zu arrangieren, daß es aussieht, als hätten wir uns gegenseitig umgebracht? Oder werde ich mich – meiner scheinbar hemmungslosen Schlangennatur entsprechend – selbst umbringen, nachdem ich ihn umgebracht habe?«
»Du wirst schon sehen«, sagte Andrea. »Vergiß nicht, ich bin es, die hier Dramaturgie studiert!«
»Und jetzt machst du in Kriminalistik Examen. Was für ein grausames Endspiel.«

»›Grausamkeit ist eine in die Praxis umgesetzte Idee.‹ Das stammt von Artaud.« Sie lachte. »In der Praxis heißt das dann, daß ich, sobald du und Jimmy von der Bühne abgetreten seid, durch Goddards Letzten Willen und Testament die einzige rechtmäßige Erbin seines gesamten jetzigen Vermögens werde – selbstverständlich beinhaltet das auch sämtliche zukünftigen Tantiemen aus seiner Musik. Wie viele Millionen, sagtest du, wäre unser unsichtbarer Mann wert? Fünfzehn? Siebzehn?«

»Ich sagte nichts«, sagte Domostroy. »Du mußt diese Information aus einer deiner anderen Quellen bekommen haben. Sag mir noch eines – warum ist deine Wahl in erster Linie auf mich gefallen?« fragte er sie. Er war sich nicht sicher, ob er ihre Antwort wirklich wissen wollte.

Sie blickte ihn mit einem Ausdruck von Verachtung und Mitleid an.

»Wahrscheinlich glaubst du, daß ich dich ausgesucht habe, weil du viel gesehen hast und viel herumgekommen bist und viele Leute kennengelernt hast. Aber du irrst dich«, sagte sie. »Du warst nicht einmal der erste. Vor dir hatte ich drei andere Männer aus dem Musikgeschäft angeheuert, einen nach dem anderen, und jeder einzelne war besser informiert und noch beschlagener als du und außerdem ein besserer Fick. Aber alle haben dabei versagt, Goddard zu finden. So habe ich dich ins Visier genommen, Domostroy, weil du – trotz all deiner Musik und deiner Erfahrung – schon immer ein Verlierer warst, und ich wußte, daß ich dich billig kriegen konnte. Darüber hinaus bist du ein derart selbstsüchtiger und berechnender und obszöner Hurensohn, daß ich das Gefühl hatte, du könntest genügend Biß haben, um Goddard aufzuscheuchen!«

In diesem Augenblick drang ein markerschütternder Schrei durch den Ballsaal, und Domostroy zuckte zusammen. Ohne ein Wort rammte ihm Andrea die Pistole in den Rücken und bedeutete ihm, in Richtung der Küche zu gehen. Ohne ein Wort gehorchte er.

Dort fanden sie Jimmy Osten, der mit dem Kopf in einem begehbaren Gefrierschrank steckte, sein Mund war geöffnet und seine Zunge, die ganz herausgestreckt war, klebte an der eiskalten Metallwand. Ein grausames Stöhnen kam aus seiner Brust. Hinter ihm stand Chick Mercurio, dessen Hand mit seiner Pistole spielte und bei Andreas erstaunter Miene laut auflachte.

»Chick! Was machst du da?« kreischte Andrea.
»Ich muß ihm nur noch einen ordentlichen Stoß versetzen, Andrea«, sagte er, »und wir können uns Amerikas meistgesuchte Zunge anschauen!« Er griff nach Osten und wollte ihn vom Gefrierschrank wegziehen, da platzte hinter Andrea die Tür auf und zwei Mitglieder der Born-Free-Bande stürmten mit Pistolen in der Hand herein, die sie aus kurzer Entfernung auf Andrea und Mercurio richteten.
»Weg mit den Pistolen!« rief einer von ihnen, und im gleichen Augenblick fuhr Mercurio zu dieser Stimme herum und feuerte blindlings drauflos. Während der kräftige Born Free auf dem Boden zusammenbrach und Blut aus seinem Bauch strömte, erwiderte er mit tödlicher Sicherheit Mercurios Feuer und traf ihn in die Kehle.
Fast gleichzeitig feuerte Andrea auf den anderen Born Free und blies ihm das Kinn weg. Sekunden, bevor er zu Boden sank, drückte sein Finger den Abzug seiner Pistole und schickte eine Kugel ab, die ihre Brust durchschlug. Mercurio lag zuckend am Boden, Blut floß aus seinem Mund; Andrea lag bewegungslos auf dem Rücken, ihre Augen wurden trübe, und ein sich langsam vergrößernder Fleck aus Blut bildete sich auf ihrem Pullover. Dann war alles still und ruhig im Raum.
Zu erschüttert, um sich zu bewegen, stand Domostroy wie angewurzelt da und verfolgte, wie das Blut aus den Körpern eine Lache zu bilden begann: sie waren alle tot. Sein Plan mit Andrea hatte ein so plötzliches, so schnelles und so dramatisches Ende genommen, daß er wie vor den Kopf geschlagen war, sich verraten und verkauft vorkam. Es war wie ein überschießend irrationales oder übermäßig naiv konstruiertes Ende in einer ansonsten genial entworfenen Abenteuergeschichte. Doch dann ergriff ihn Furcht: wenn Andrea überlebt hätte, so hätte er als Komplize wegen der Erpressung Goddards angeklagt werden können. Er bezweifelte, ob es irgendein Gericht auf der Welt gab, das ihn für unschuldig befunden hätte. Er stellte sich die Tag für Tag erscheinenden Schlagzeilen vor und die nicht endenwollenden Presse- und Fernsehberichte über all die düsteren Aspekte des Paktes, den er mit Andrea geschlossen hatte, um Goddard zu demaskieren. Die letzte Kampagne über seine angeblich geheimen musikalischen Mitarbeiter war vergleichsweise komisch gegenüber dem, was die Medien aus diesem schrecklichen und bluti-

gen Drama machen konnten. Er dachte auch an Donna, eine unschuldige Zuschauerin, die in all das hineingezogen wurde, einfach nur, weil sie seine Liebe erwidert hatte. Ein Richter könnte ihn sehr wohl für Jahre ins Gefängnis schicken und so dem Leben, das er bisher geführt hatte, ein Ende setzen.
Domostroy zwang sich, einen Schritt näher zu treten und sich über Andrea zu beugen. Mit den Daumen schloß er ihre Lider. Dann berührte er ihren Nacken. Sie war warm, als ob ihr Körper sich der Hingabe an die Leere widersetzen wollte. Er dachte an die Zeit, als sie ihm gehörte, als sie den Raum und die Zeit um ihn herum mit lebendiger Schönheit füllte, mit ihrem Fleisch – das jetzt so machtlos und verloren war; jedesmal, wenn sie es ihn berühren ließ, war das eine Quelle freudiger Überraschung. Wenn es in seiner Macht stünde, überlegte er sich, würde er sich wünschen, sie wieder zum Leben zu erwecken? Würde er sich nochmals auf ein Abenteuer mit ihr einlassen?
Eine strenge innere Stimme sagte ihm, daß diese Frage sinnlos war. Sie war tot. Das fluoreszierende Licht der Küche verlieh ihrem offenen Haar einen schimmernden Glanz; ihre Lippen, noch vom letzten Atemzug geöffnet, waren blaß, ihr Gesicht war weiß.
Er wandte sich Chick Mercurio zu. Getreu der Pose in seinem Leben hatte der Sänger sogar im Tod seine Augen hinter einer dunklen Brille verborgen, und seine Hand hielt noch immer die Pistole. Ganz in der Nähe lagen die beiden toten Born Frees regungslos und verzerrt.
Ostens ersticktes Stöhnen brachte Domostroy wieder zu vollem Bewußtsein zurück. Würgend und bittere Galle schluckend, die mit einem Mal seinen Schlund füllte, fand Domostroy den Schalter für den Gefrierschrank. Er schaltete ihn ab und legte Handtücher in warmes Wasser, um damit Ostens Zunge zu betupfen und das empfindliche Gewebe nach und nach von der Metallfläche zu befreien.
Schwankend wandte Osten sich um und schaute auf die vier Körper; sein Gesicht war so blaß wie das der Leichen; ohne ein Wort ging er um die Blutlache herum aus der Küche heraus.
Domostroy folgte ihm.
In seinem Zimmer half Domostroy, dessen Körper noch immer von Schauern geschüttelt wurde, Osten ein antiseptisches Mittel auf seine Zunge und seine verbrannten Lippen aufzutragen.
»Ich muß die Polizei verständigen«, sagte Domostroy, der ver-

geblich versuchte, sein Zittern unter Kontrolle zu bringen. »Du haust besser ab – und das schnell.«
»Brauchst du mich nicht als Zeugen?« murmelte Osten. Er war mit seiner geschwollenen Zunge und seinen geplatzten Lippen kaum in der Lage zu sprechen.
»Ein Zeuge müßte genügen«, sagte Domostroy.
»Was wirst du der Polizei erzählen?«
»Ich werde ihnen erzählen«, sagte Domostroy, »daß mein alter Freund Chick Mercurio und seine Freundin, Andrea Gwynplaine, zu mir zu Besuch kamen. Und daß ein paar Born-Free-Mitglieder, Freunde von mir, die, weil ich allein lebe, ein Auge auf den Ort hier haben, unerwartet hereinkamen. Beide Seiten dachten voneinander, daß sie Eindringlinge wären, sie gerieten noch bevor ich eingreifen konnte, in Panik, zogen ihre Pistolen und eröffneten das Feuer. Den Rest kann die Polizei selbst sehen. Das wär's.«
»Wird die Polizei sich nicht fragen, warum deine Freunde alle bewaffnet waren?«
»Mag sein. Aber sie weiß auch, daß viele Leute in der Süd-Bronx Waffen tragen«, sagte er.
»Ich glaube, das wird genügen«, sagte Osten. »Aber bevor ich gehe, möchte ich dir noch eine Frage stellen.« Er sah Domostroy in die Augen.
»Was willst du wissen?« fragte Domostroy.
»Warst du mit dabei?« fragte Osten. »Hast du Andrea und Mercurio geholfen, Goddard zu finden?«
»Nur Andrea«, sagte Domostroy. »Sie hat mir aber nur erzählt, daß sie dich kennenlernen möchte.«
»Und die Briefe?«
»Habe ich geschrieben«, sagte Domostroy.
»Hast du sie alle geschrieben?«
»Ja. Alle. Bis auf die Zitate aus Chopins Briefen.« Er lächelte.
Osten warf ihm einen langen Blick zu. »Dann –«, er zögerte einen Augenblick, sichtlich bewegt, »hast du mich und meine Musik besser verstanden als sonst irgend jemand.«
»Vielleicht gibt es andere, die dich ebenso gut verstehen. Denk nur an all die Einblicke, die du möglicherweise in deinen Fanbriefen versäumst, weil du keine Zeit hast, sie zu lesen!« sagte Domostroy. »Wie kommst du übrigens darauf, daß ich irgend etwas mit der ganzen Sache zu tun haben könnte? Sämtliche Hinweise

in den Briefen führten zu Andrea. Nichts – und niemand – außer Andrea hätte dich zu mir führen können.«
»Doch, es gab etwas. Nur eine Sache. Die Bilder«, sagte Osten.
»Die Bilder? Aber es waren alles Bilder von Andrea. Es gab doch keine Spur darin, die zu mir führte!«
»Es gab einen Hinweis. Der ungewöhnliche Winkel in einem der Bilder«, sagte Osten.
»Was für ein Winkel?«
»Du hast früher einmal Vala Stavrova aus dem gleichen Winkel, aus der gleichen Perspektive aufgenommen – von unten, kurz über dem Boden, um ihre Schenkel einzufangen, vermute ich. Ich hatte das Bild gesehen, das du von Vala machtest; es steht im Schlafzimmer meines Vaters. Ich habe sogar gedacht, daß du diese ungewöhnliche Perspektive absichtlich wiederholt hast, um mich zu dir zu führen, falls ich Andrea nicht finden würde!«
»Das habe ich nicht«, sagte Domostroy. »Ich war mir nicht einmal bewußt, daß diese Perspektive ungewöhnlich war! Aber Vala! Was für eine schwache Chance!«
»Nicht schwächer als jede andere«, sagte Osten. Er hob das zerschmetterte Tonbandgerät auf und legte es vorsichtig in Andreas Aktenkoffer.
»Bist du sicher, daß du mich nicht zur Rückendeckung bei der Polizei brauchst?« fragte Osten.
»Ganz sicher«, sagte Domostroy. »Jedenfalls mußt du deinen Namen – Goddard – schützen.«
Osten blickte ihn an. »Und du wirst niemandem erzählen, was du von mir weißt?« fragte er ruhig.
»Wozu? Was ich von dir weiß, macht mich oder meine alte Musik nicht besser«, sagte Domostroy.
»Danke«, sagte Osten. »Mein Vater hat mir erzählt, daß sich die Verkaufszahlen von Etude in den letzten Monaten erheblich verbessert haben. Und deine Platten sind trotz dieser alten Verleumdungskampagne noch immer der Stolz in der Reihe zeitgenössischer Klassik!«
»Das ist schön«, sagte Domostroy. »Schade, daß ich keine Musik mehr schreibe. Wo gehst du jetzt hin?«
Osten hab sein Jackett und den Aktenkoffer auf. »Ins Neu-Atlantis«, sagte er. »Ins Haus der Klänge.«
»In Francis Bacons?« fragte Domostroy. »Dort habe ich auch einmal gelebt!« Er lachte.

»Was ist mit dir? Was hast du vor?« fragte Osten.
Domostroy stand auf und knöpfte sein Jackett zu. »Ich bleibe einfach hier – und warte auf Donna«, sagte er.
»Ich hoffe, sie gewinnt in Warschau«, sagte Osten. »Sag ihr, daß ich ihr viel Glück wünsche.«
Er ging aus dem Ballsaal, und erst, nachdem Domostroy seinen Wagen wegfahren hörte und er wußte, daß Osten sicher unterwegs war, nahm er den Hörer vom Telephon, um die Polizei anzurufen.

Es gab kein Fernsehgerät im Old Glory, und Domostroy wollte Donna sehen, die in der späten Talk-Show auftreten sollte, deshalb fuhr er hinüber ins Kreutzer. Es war sein freier Abend, und um von den Reportern nicht erkannt zu werden, die ihm seit Tagen wegen eines Kommentars zu den Morden nachjagten, trug er eine dunkle Brille, einen falschen Schnauzbart und einen Hut. Obgleich die erste Welle der Erregung über die Schießerei zwischen Chick Mercurio, Andrea Gwynplaine und den beiden Bandenmitgliedern der Born Frees verebbt war – BLUTRAUSCH IM OLD GLORY hatte eine der ersten Schlagzeilen gelautet –, waren die Untersuchungen der Polizei noch in vollem Gange, und es erschien immer noch Domostroys Name und gelegentlich ein Bild von ihm in der Zeitung.
Wenn er an Goddard dachte – jetzt, da er wußte, wer er war –, stellte Domostroy sich ihn als vollkommen isoliert in seinem täglichen Leben vor, obgleich er als Musiker mit Millionen Menschen in Berührung kam. Gleich Domostroy hatte er vermutlich nur wenige Bekannte und noch weniger wirkliche Freunde. Doch indem er sich vor seiner Öffentlichkeit verbarg, konnte Jimmy Osten aus seinem Leben wenigstens machen, was er wollte, und seine Kunst in den Musikautomaten belassen. Domostroy hingegen konnte aufgrund seiner früheren Berühmtheit als Komponist und Interpret seine Kunst nicht von seinem Leben trennen; und da er aufgehört hatte zu komponieren, war sein Leben zu seiner einzigen Kunst geworden – ziellos wie der Weg einer Stahlkugel in einem Flipper. Für Goddard würde der öffentliche Erfolg seiner Musik zweifellos immer eine Quelle der Freude und der Sicherheit sein; für Domostroy, den der Wille zu komponieren verlassen hatte, hatten sich die Quellen der Freude und der Sicherheit zu einem gelegentlichen Kunststück sexueller Intimi-

tät verengt – das in seiner Originalität jetzt ebenso herausfordernd war, wie es früher das Schreiben von Musik gewesen war.

Es versetzte ihm einen kleinen Stich, wenn Domostroy sich an die Zeit seiner eigenen Karriere erinnerte, als er rund um die Uhr von Reportern verfolgt wurde, von Beauftragten der Musikgesellschaften, von Film- und Fernsehproduzenten und von Fans. Was wäre, wenn er sich früher oder später, wie Goddard, entschieden hätte, aller Öffentlichkeit zu entfliehen und sein Leben in Abgeschiedenheit oder Maskerade zu verbringen? Hätte er das getan, um seine Musik zu retten? Hätte er seinen Feinden und Widersachern Zugeständnisse machen sollen, um sich selbst vor den Folgen eines öffentlichen Skandals zu retten? Doch solche Spekulationen schienen sinnlos. Yeats wußte sehr wohl, daß die Auffassung des Künstlers von seinem Leben von Natur aus untrennbar mit seiner Kunst verbunden war, als er schrieb:

Oh Baum, Kastanienbaum, der
Fest verwurzelt blüht in seiner Pracht
Bist du das Blatt, die Blüte oder Stamm?
Oh Leib, der sich wiegt in Musik, in hellem Glanz
Bist du der Tänzer oder Tanz?

Er begann zu überlegen, wie sein Leben aussehen würde, wenn er Goddard wäre. Würde er sich in die Sicherheit eines abgelegenen Landsitzes am Meer oder in einen Schlupfwinkel tief im Landesinneren zurückziehen? Oder würde er aus einer Laune heraus lieber im Old Glory wohnen wollen? Würde er aus Langeweile oder aus kreativer Notwendigkeit von Zeit zu Zeit sein Schicksal herausfordern, indem er in der Öffentlichkeit auftrat, vielleicht sogar in denselben Flipperlöchern, in denen er jetzt gezwungen war, aufzutreten?

Je mehr Domostroy sich selbst als Goddard vorstellte, um so sicherer wurde er, daß er, wäre er wirklich der geheimnisvolle Star, sein Leben ebenso leben würde, wie er es immer getan hatte, und dem nachgeben, was er als natürlich empfand. Denn lebte man ein Leben gegen den geistigen Antrieb, der es nährte, so glich dies einem Strom, der bergauf floß und mit der Zeit seine eigene Quelle überflutete.

Für Karlheinz Stockhausen, dessen elektronische Kompositionen Goddard so offensichtlich beeinflußten, hatte ein musikalisches

Ereignis keinen bestimmbaren Anfang oder ein unausweichliches Ende; es war weder eine Folge aus etwas Vorausgegangenem, noch die Ursache für etwas Folgendes; es war Zeitlosigkeit, es war in jedem beliebigen Augenblick faßbar, nicht erst am Ende der Zeit.
Ob man es wollte oder nicht, waren die Ereignisse des Lebens nicht ganz ähnlich? überlegte sich Domostroy.

Das Fernsehgerät über der Bar war eingeschaltet, aber der Ton war abgestellt. *Tuning to Time* hatte soeben begonnen, doch Donna sollte erst gegen Ende der Sendung auftreten.
Auf dem Barhocker neben Domostroy saß Lucretia, eine Professionelle, die er schon oft an diesem Ort gesehen hatte, aber sie hatte ihn aus Gründen, die sich seinem Urteil entzogen, niemals in irgendeiner Weise ermuntert, Gebrauch von ihren Vorzügen zu machen. Lucretia war schwarz, gutaussehend, Ende Zwanzig, und sie kleidete sich stets in der unauffälligen Art einer Studentin aus dem Osten. Aufgrund ihres diskreten Verhaltens und ihrer gepflegten Erscheinung wurde von der Geschäftsführung des Kreutzer toleriert, daß sie dort animierte. Trotz Domostroys Verkleidung erkannte ihn Lucretia sofort. Sie legte ihre Hand auf seinen Arm und versicherte ihm, daß er für diesen Abend ihr Gast sei, und bestellte einen Cuba Libre für ihn und einen Champagner-Cocktail für sich selbst. Nachdem sie ein paar Mal an ihrem Drink genippt hatte, rückte sie näher an ihn heran. »Dieser wahnwitzige Vorfall bei dir zu Hause tut mir leid«, sagte sie. »Was für eine schreckliche Sache, wenn sich die Freunde einfach so gegenseitig vor einem umbringen! Und dieser Chick Mercurio – er war so nett!«
Domostroy senkte wie in Trauer den Kopf.
»Ich habe in der Zeitung über Donna Downes gelesen, diese schwarze Pianistin«, setzte sie das Gespräch in einem vertraulichen Ton fort, »und wie sie gesagt hat, daß du ihr eine ganze Menge geholfen hast. Sie sagte, du seist wie ein leitender Geist gewesen, ohne dich hätte sie diesen großen Preis in Warschau nie gewonnen.« Sie hielt inne. »Das war eine gute Sache, die du da gemacht hast – einem schwarzen Mädchen helfen, seinen Weg in der Welt zu machen.«
»Donna Downes hat hart gearbeitet«, sagte er ein wenig schroff. »Glaub mir, sie schuldet keinem Menschen etwas.«

Lucretia warf ihm einen mißtrauischen Blick zu. »War da etwas zwischen euch beiden, worüber du nicht reden willst?«
»Da war nichts«, sagte Domostroy verärgert.
Lucretia setzte eine verschwörerische Miene auf. »Sag mir«, fragte sie, »bist du verheiratet?«
»Bin ich nicht«, sagte Domostroy.
»Kinder?«
»Keine.«
»Lebt deine Familie noch?«
»Nein. Sind alle tot.«
Sie dachte einen Augenblick lang nach. »Wie sind sie gestorben? Ich meine – an einer Krankheit?«
»Einige am Krieg. Andere am hohen Alter«, sagte Domostroy. »Warum fragst du?«
»Nicht so wichtig«, antwortete sie bestimmt. »Wie alt bist du?« Er nannte ihr sein Alter.
Sie musterte ihn von Kopf bis Fuß. »Du hast zu viele Falten für dein Alter!« sagte sie. »Und du siehst müde aus. Wie fühlst du dich?«
»Keine Beschwerden.« Er amüsierte sich.
»Das liegt daran, daß du nicht rauchst und nicht viel ißt und gut auf deinen Körper aufpaßt«, sagte sie. Sie zögerte. »Ich hätte da etwas, das dich interessieren könnte«, platzte sie heraus.
»Was ist das?« fragte er. Ihre Zielstrebigkeit gefiel ihm.
»Ich habe die Absicht«, sagte sie, »ein Baby zu bekommen. Ich bin im richtigen Alter dazu.« Sie warf ihm einen langen Blick zu.
Er sagte nichts.
»Und ich will für mein Baby das Beste vom Besten haben«, sagte sie. »Ich kann es mir leisten. Ich bin seit meinem zwölften Lebensjahr auf den Strich gegangen, und ich habe eine Menge Geld gespart. Wirklich, eine Menge Geld«, wiederholte sie. »Ist alles sicher angelegt«, versicherte sie ihm mit einem warnenden Unterton in der Stimme.
Er betrachtete sie aufmerksam, während sie sprach.
»Ich könnte heiraten«, sagte sie, »aber der Bursche wird sicherlich wissen wollen, was ich vorher gemacht habe. Glaub mir, ich schäme mich nicht deswegen. Ich will nur keinen ewigen Ärger haben. Ich will bloß einen Vater für mein Kind. Das ist alles. Einen Vater – keinen Ehemann.«
»Ich verstehe«, sagte Domostroy nickend.

Sie stürzte den Rest ihres Drinks hinunter. »Also, du und ich könnten auf eine Reise gehen –« Sie hielt inne, um zu sehen, ob er ihr folgen konnte, aber er lächelte sie an. »Nur wir beide. Eine Reise in eines dieser Länder, die man immer im Fernsehen sieht. Vielleicht nach Hongkong oder Brasilien? Vielleicht sogar um die Welt. In achtzig Tagen!« fügte sie lachend hinzu. Dann wurde sie wieder ernst und sprach weiter. »Ich habe genug Geld für uns beide, so daß wir uns alles leisten können. Bahn-, Schiffs-, Flugreise erster Klasse, erstklassiges Essen, die besten Hotels und Nachtklubs – was du willst. Und ich bin gesund. Ich bin sauber. Kein Herpes. Kein Tripper. Keine von den Frauenkrankheiten. Ich passe gut auf meinen Körper auf. Und ich weiß, daß ich gut im Bett bin – eine Sache, die man in meinem Fach perfekt lernt – und kein Typ hat sich jemals beschwert.« Sie machte eine Pause. Der Barmixer brachte ihr einen neuen Drink, und sie nippte daran. »Du sollst es nicht bereuen, ein Kind mit mir zu machen. Ich zeige dir sogar im voraus mein Geld, wenn du mir nicht traust.«

»Ich habe dich des öfteren hier gesehen«, sagte Domostroy. »Ich weiß, daß du nicht schwindelst.«

»Du hast verstanden, was ich meine, nicht wahr?« fragte sie.

»Du willst, daß ich mich so lange an dich klammere, bis du ein Baby im Bauch hast.«

»Ich will, daß du so lange bei mir bleibst, bis mein Kind geboren ist, Mister«, stellte sie richtig. »Die ganzen neun Monate. Und dann will ich mein Baby in der besten Klinik, die es gibt, bekommen, in einem dieser Länder – Schweiz oder Schweden, richtig? –, wo sämtliche Babies, ob schwarz oder weiß, gleich behandelt werden. Ob weiß oder schwarz, ein Baby braucht von Anfang an eine Menge Liebe.« Sie schaute ihn unverwandt an.

»Und was dann?« fragte Domostroy. »Was machen wir danach?«

»Wir kommen hierher zurück«, sagte sie, als hätte sie diese Erfahrung bereits gelebt, »und du gehst deine Wege – und ich gehe meine Wege. Das Kind bleibt bei mir.«

»Werde ich dich und das Kind weiterhin sehen – danach?« fragte Domostroy.

Sie seufzte. »Nein, das wirst du nicht. Danach ist es mein Baby. Was dich betrifft, haben wir es nie gehabt. Das ist der Pakt. Was hältst du davon?«

Er wartete einen Augenblick. »Warum gerade ich?« fragte er.

»Du hast Musik im Blut. In den Zeitungen stand, daß du früher Musik geschrieben hast, groß rausgekommen bist, groß Kohle gemacht hast, im Fernsehen warst und sogar beim Film! Ich will, daß mein Kind auch so wird – es ganz allein schafft, von niemandem abhängig ist. Aber ich kann nicht Klavier spielen; ich kann ihm kein Talent mit auf den Weg geben.« Sie hielt inne. »Außerdem denk ich mir, daß du gut zu einem schwarzen Mädchen bist. Du hast dieser Donna Downes geholfen!« Wieder hielt sie inne. »Außerdem stand in den Zeitungen, daß du viel gereist bist und wichtige Leute kanntest – du wüßtest, wo man hingeht und was man sich ansieht. Du könntest mir die besten Ärzte und die besten Kliniken vermitteln. Und wenn du mich als deine Lady dorthin bringen würdest, so würden sie mich und das Baby von Anfang an respektieren. Ich selbst kenne nur –« sie beschrieb mit der Hand einen kleinen Kreis – »die Süd-Bronx. Ich bin noch nicht einmal in Atlantic City gewesen?« Sie trank ihren Drink aus. »Wir können jederzeit fahren. Du mußt mir nur sagen, was für Kleider und Koffer ich kaufen soll. Für uns beide, selbstverständlich –«
»Ich will offen zu dir sein, Lucretia«, sagte er, von ihrer Aufrichtigkeit gerührt. »Ich hätte große Lust, mit dir zu gehen, aber ich kann nicht. Ich wäre auch nicht die beste Begleitung für dich. Und du verdienst die allerbeste.«
Er konnte sehen, daß sie verletzt war, aber sie versuchte ihre Gefühle zu vertuschen, indem sie eine Pose einnahm und Lippenstift auflegte. Sie bezahlte die Getränke, gab dem Barmixer ein Trinkgeld und drehte sich langsam zu Domostroy herum.
»Ist es«, sagte sie, »meinetwegen?«
»Nein, das ist es nicht«, sagte er im Brustton der Überzeugung. »Glaub mir, das ist es nicht.«
Sie schaute ihm lange und fest in die Augen. Zufrieden sagte sie: »Eine andere Frau?«
Er nickte, und ein Lächeln entspannte ihre Züge.
»Sollte es dieses Mädchen sein – Donna Downes?«
Er nickte wieder.
»Das dachte ich mir«, sagte sie und stand auf und ging hinüber an den Musikautomaten. Sie las die Liste der Titel durch, warf dann eine Münze ein und drückte auf einen Knopf. Während sie zielstrebig aus der Bar ging, füllte sich der Raum mit den sanften Klängen des Blues von Champion Jack Dupree:

Ich wachte auf heute morgen, mein Baby war fort,
Ich wachte auf heute morgen, mein Baby war fort.
Tja, sie schrieb mir 'nen Brief,
sagt, sie ist bald wieder da.

Domostroys Augen wanderten wieder zum Fernsehgerät über der Bar, der Ton war wegen der Musikautomaten noch immer abgestellt. Er sah, wie der Talkmaster eine Geste der Begrüßung machte und auf einen Vorhang im Hintergrund der Bühne deutete. Das Publikum im Fernsehen applaudierte, und Donna trat auf – alles in stummer Bewegung. Während er sie aus der Ferne betrachtete, als ob er ihr noch niemals begegnet wäre, wurde er sich einmal mehr ihrer unvergleichlichen Schönheit bewußt. In einem langen, schwarzen Abendkleid, das Haar zu einer Krone aufgesteckt, hätte sie der Star aus einem Hollywood-Film sein können. Domostroy verfolgte, wie sie Platz nahm, um mit dem Talkmaster zu plaudern, einem jovialen, gutaussehenden Kalifornier, der außerdem als Amateurmusiker und dafür bekannt war, daß er gelegentlich Klavier spielte, um seine Zuschauer zu belustigen. Obgleich Domostroy keinen Ton vom Fernsehgerät hörte, wußte er genau, daß Donna von ihrem Sieg in Warschau und von ihren Plänen für die Zukunft erzählte.

Schon vor ihrer Rückkehr hatte Domostroy sich in den Nachrichten im Fernsehen Beiträge über den Wettbewerb angesehen, die auch Ausschnitte von Donnas überraschenden Sieg zeigten, und er hatte zahlreiche Zeitungsberichte darüber gelesen. Im Gegensatz zu dem kühlen Auftreten der anderen Wettbewerbsteilnehmer und der strengen Atmosphäre, die im Konzertsaal herrschte, war Donna, von ihrem ersten Erscheinen an auf der Bühne ganz sie selbst gewesen, ganz natürlich, lebendiger und geschmeidiger als die anderen Spieler, aber auch die perfekteste und zuverlässigste Künstlerin; und unter ihren Fingern hatte sich eine Musik entwickelt, die ebenso frisch und unmittelbar und erregend und gefühlvoll geladen war wie sie selbst.

Von Anfang an beherrschte sie den Flügel – das Publikum und die Preisrichter – mit der erstaunlichen Dynamik ihres musikalischen Schwungs, ihrer gründlichen Kenntnis und Beherrschung des Notentextes und mit der seltenen Fähigkeit, ihre Gefühle unverblümt und unmittelbar den Zuhörern zu vermitteln.

Er hatte sie im Fernsehen Chopins Etüde op. 25, Nr. 7 in cis-Moll spielen hören, mit das größte und schwermütigste Werk Chopins, aber auch das längste, das dichteste und vielleicht das schwierigste Cantabile, das jemals für die linke Hand geschrieben worden ist. Unter ihren Händen waren die zwei Themen der Etüde, die beiden Stimmen – das treibend Männliche und das empfindsam Weibliche – brillant herausgekommen. Widerstrebend vereinigten und trennten diese Stimmen sich, leidenschaftlich in den entlegenen Griffen, schwiegen in den ruhigen Zwischenspielen, um dann mit klassischer Präzision zum Höhepunkt des dominanten Themas zu verschmelzen. Während er zuhörte, dachte er an die Augenblicke, als sie ihm diese Etüde vorgespielt und er Chopins hilfreiche Worte zitiert hatte: »Es ist nicht das Ziel, alles in einem durchgehenden Klang zu spielen. Das Vermögen einer entwickelten Technik besteht darin, in sich eine Vielfalt von Schattierungen zu vereinigen.«

In Warschau hatte Donna ihre Stunden im Old Glory nicht vergessen. Er hatte gesehen, wie gelassen sie war, als der Computer die Stimmen der Jury anzeigte und sie zum eindeutigen Sieger erklärte, wie würdevoll und graziös sie blieb, als sie ihren Preis entgegennahm. Er hatte die taktvollen und klugen Worte ihrer kurzen Ansprache bewundert und war tief bewegt von ihrer kurzen Erwähnung des *Zal* gewesen; sie hatte gesagt, daß es eine Qualität sei, die sie durch die Musik Chopins mit allen Polen teilte. Er hatte darüber gelesen und den Empfang gesehen, der ihr zu Ehren in Zelazowa-Wola, dem Geburtsort des Pianisten, gegeben worden war, und er hatte das Open-Air-Konzert verfolgt, das sie auf den Schiffswerften von Gdansk, dem Geburtsort der Solidarität, gegeben hatte, wo sie von vielen tausend Arbeitern und Arbeiterinnen umgeben war, die sie feierten, als ob sie aus ihren eigenen Reihen gekommen wäre, um den begehrten Preis zu gewinnen.

Dann hatte er sie auf dem Flughafen getroffen, inmitten des unbeschreiblichen Spektakels der Medien, das sie bei ihrer Ankunft veranstalteten, und er hatte sie, müde, aber aufgekratzt von der Reise, direkt zum RCA-Gebäude gefahren, um sie zu der Talk-Show zu bringen, die er im Augenblick sah.

Der Talkmaster machte eine einladende Geste; Donna erhob sich, und die Kameras folgten ihr auf dem Weg zur Mitte der Bühne, und sie nahm an dem Flügel Platz. Während sie spielte, wechselten die Kameraeinstellungen; es gab Bilder von ihren Händen auf

den Tasten, Nahaufnahmen von ihrem Gesicht, lange Studien von ihrem Körper und Nahaufnahmen von ihren Füßen auf den Pedalen.
Während er Donna auf dem Bildschirm spielen sah, ihre ruhigen, eingeübten Bewegungen und ihre perfekte Haltung verfolgte, dachte er an die andere Seite an ihr, die er kannte. Er erinnerte sich an die Stunden, als sie seine Geliebte war, als sie nach den Klavierübungen voll sehnsüchtigem Verlangen in seine Arme stürmte. Er dachte an sie, an ihre glühenden Wangen, wie sie mit einem Stöhnen auf den Lippen ihre Kleidung auszog und danach ihm half, sich zu entkleiden. Wie sie Kopfkissen und Bettdecke fortwarf, ihn auf das Bett hinunter zog, in seinem Schoß versank und mit ihrem Mund und ihren Händen sich an ihn drängte und klammerte, bis er sie wie ein fieberndes Kind hinlegte und, angespornt von ihren zusammengebissenen Zähnen, ihren schlagenden Beinen, dem Zittern ihrer Hände, ihren plötzlichen Schreien, ihrem zerzausten Haar, dem Blick in ihren Augen, in ihren bebenden Körper mit all seiner Kraft eindrang und seine Gefühle aus dem Zentrum seiner Person zu ihr hinüberflossen. Er schien nicht länger er selbst zu sein, sondern ein archaisches Selbst, ein Selbst ohne Namen, dessen Existenz er zwar kannte, aber nicht identifizieren konnte. Er erinnerte sich an die Augenblicke, die gleich einem Sinnesrausch waren, wenn sie sich an seine Schultern und Schenkel klammerte, als schaffe der geringste Spalt zwischen ihnen einen unüberbrückbaren Abgrund. Dann suchten ihre Lippen und ihre Zunge seinen Mund, und sie schrie und stöhnte bei jeder seiner Bewegungen. Nachdem sie in einen Orgasmus verfallen war, stürmte sie wieder zu ihm hin und flehte nach mehr, schweißgebadet und weinend; sie umklammerte ihn, nur um sich wieder von ihm zu lösen, fast grob, und, sich selbst auf die Zunge beißend, die Augen niedergeschlagen, die Hände zu Fäusten geballt, schlug sie ihm wieder und wieder ins Gesicht und auf die Brust, bis er sie mit seinen Knien auf ihren Schultern und seinen Armen auf ihren, um sich selbst zu verteidigen, festnagelte. Dann hielt sie einen Augenblick lang inne, umfaßte flehend seine Hüften und kroch unter seine Beine und vergrub ihren Kopf zwischen seinen Schenkeln. Wenn sie schreiend und stöhnend den Höhepunkt erreichte, wenn ihr Orgasmus sie durchfuhr, wand sie sich mit hastendem Atem und trockenen Lippen unter ihm; sie ließ ihn sich nicht von ihr lösen, sondern

klammerte sich an ihn, sie bebte, sie wollte mehr, sie drängte ihn, an sie und in sie zu kommen, um die Spannung wieder zu beleben, die sie nachlassen fühlte, um die Erlösung auszudehnen, die bereits abklang.

Auf dem Bildschirm beendete Donna das kurze Stück, verbeugte sich leicht vor dem Publikum und ging dann wieder zurück, um mit dem Talkmaster zu plaudern. Sie war sein letzter Gast, und am Ende der Show standen die beiden auf und winkten dem Publikum zu, ihr stummes Bild wurde rasch von einer Bierreklame ausgelöscht. Domostroy trank seinen Cuba Libre aus, räumte einem stehenden Gast seinen Platz und ging aus der Bar hinaus.

Am Billardtisch stritten sich zwei Poolkanonen über den strategisch richtigen Stoß. Eine angetrunkene Frau in mittleren Jahren, die in einer Telephonzelle Zusammenhangloses in den Hörer kreischte, fing Domostroys neugierigen Blick auf und kickte, wütend über ihn, die Tür zu. Neben dem Billardtisch kämpften drei Jugendliche apathisch den ›Krieg der Sterne‹ auf dem Bildschirm eines elektronischen Computerspiels aus, und auf einem kleinen Stück Raum an der Bar tanzte ein älteres schwarzes Paar zögernd einen Steptanz zum Rock aus dem Musikautomaten.

Es war spät, fast zu spät, um etwas anderes zu tun, als schlafen zu gehen, und er fühlte sich nicht müde. Inzwischen mußte Donna zurück in ihrem Carnegie-Hall-Studio sein, erschöpft von ihrem Auftritt im Fernsehen, und wissen, daß er nicht mehr zu ihr kommen würde, daß sie alleine schlafen würde.

Wieder einmal dachte er an die Nachricht, die sie ihm aus Warschau gesandt hatte: »Wenn du es immer noch nicht wissen solltest, ich liebe dich. Wenn ich zögere, es mir sogar selbst einzugestehen, so deshalb, weil ich nicht weiß, welchen Platz ich in deinem Leben einnehme.«

Seine Entscheidung, Donna nicht zu treffen, lag auf ihm wie eine schwere Last. Die schrecklichen Ereignisse im Old Glory hatten seinen Ruf beschmutzt; die Klatschspalten hatten durch Anspielungen auf seine anstößige Lebensweise seine Vergangenheit wieder aufleben lassen. Sogar seine Musik war wieder einmal angegriffen worden, sie war als etwas Ungesundes und Zweitrangiges mit einer Tendenz zur widerlichen Dissonanz beschrieben worden. Es war offensichtlich, daß seine Gegenwart Donnas öffentlichem Image nicht dienlich sein würde, und so hatte er beschlossen, sie sich selbst zu überlassen. Sie mußte auf ihren eigenen Füßen stehen, um von einem Erfolg zum anderen zu schreiten, was sie zweifellos auch würde; so wie auch er, ein Zeuge des Mißerfolgs – der eines Tages auch sie wie jeden anderen Künstler heimsuchen konnte –, allein bleiben mußte, in seinem eigenen Reich.

Er hatte nichts vor, nichts zu erledigen. Er konnte natürlich mit dem Wagen wegfahren. Er hatte vom Atelier eines Künstlers in Soho gehört, wo eine Gruppe, die sich ›Ein besserer Weg zur Liebe‹ nannte, nächtliche Treffen abhielt, aber es regnete, und er scheute sich, den langen Weg in die Innenstadt mit laufenden Scheibenwischern zu fahren, die ihn durch ihr rhythmisches Wischen an ein Metronom erinnerten.

Er wandte sich einem Flipper zu, es war ein beliebtes Modell, das Mata Hari hieß, seine EIN BIS VIER SPIELER KÖNNEN SPIELEN- und SPIEL VORÜBER-Zeichen blinkten vom vorhergehenden Spieler noch immer auf. Die beleuchtete Glasplatte des Mata Hari portraitierte eine spärlich bekleidete Frau, die sich wollüstig auf einem Sofa räkelte und triumphierend einem älteren Gentleman ein Dokument reichte. Die Überschrift zum Bild lautete: »Der Geheimplan, Herr Baron!« Domostroys Augen verweilten auf der Frau, sie war jung und schlank, die Formen ihres Körpers angenehm weich und sinnlich.

Er warf eine Münze in den Schlitz. Wo noch vor einer Sekunde SPIEL VORÜBER gestanden hatte, begann jetzt NEUES SPIEL ihm entgegenzuleuchten. Er drückte auf den Knopf, und die erste Kugel sprang in den Schaft, doch einen Augenblick lang konnte Domostroy sich nicht entscheiden, ob er sie spielen sollte oder nicht.

Irwin Shaw

Auf Leben und Tod

Roman

Deutsch von Walter Hasenclever

336 Seiten, Leinen

Auf der Intensivstation eines New Yorker Hospitals setzt Irwin Shaws unschuldig-schuldiger Held die Gewissenserforschung fort, die ihn in gesunden Tagen zermürbt hatte. Diese Selbsttherapie und die Entschlossenheit seiner Frau, ihn zu retten, machen das Unmögliche möglich. Sie entreißen dem Mann, der als ein Todesbote in sein Leben getreten war, sein Opfer. Vor makabrem Hintergrund eine psychologisch raffinierte Spiegelbildsituation.

»Wie in seinem ganzen Werk versteht Irwin Shaw es auch hier, auf den ersten Seiten die Aufmerksamkeit des Lesers zu erregen, und er hält ihn bis zum Schluß im Griff. Diese Aufgabe des Romanciers beherrscht er mit der ihm eigenen Kunst, meisterhaft zu erzählen.«

Washington Times

Knaus K

Albrecht Knaus Verlag
München und Hamburg